D1875047

Harper
Collins

Zum Buch:

Der Lehrer Brendan kann es kaum fassen. Seine Mutter ist aus dem Seniorenheim getürmt und sitzt jetzt irgendwo in der Bretagne am Strand. Außerdem tanzen ihm die Schüler auf der Nase herum, seine Ehefrau Maura ist ständig mies gelaunt, und seine Kollegin erscheint ihm plötzlich viel zu attraktiv. Es muss sich etwas ändern, sofort. Als Erstes will Brendan seine Mutter finden und sicherstellen, dass es ihr gut geht. Und tatsächlich wird ihm die Reise nach Frankreich neue Perspektiven und ungeahnte Chancen eröffnen. Er muss das Glück nur ergreifen, wenn es vor ihm liegt …

Zur Autorin:

Judy Leigh hat mehrere Kurzgeschichten in Zeitschriften veröffentlicht und schreibt eine monatliche Kolumne für die Torbay Times. Als Theaterregisseurin hat sie Shakespeare-Stücke für Jugendliche aufbereitet und u. a. das Junge Shakespeare-Festival in Devon geleitet.

Judy Leigh

Der Weg ist das Glück

Roman

Aus dem Englischen von
Annika Klapper

HarperCollins

HarperCollins®

1. Auflage: April 2019
Deutsche Erstausgabe
Copyright © 2018 der deutschen Ausgabe by HarperCollins
in der HarperCollins Germany GmbH, Hamburg

Copyright © 2018 by Judy Leigh
Originaltitel: »A Grand Old Time«
Erschienen bei: AVON,
an imprint of HarperCollins *Publishers*, UK

Published by arrangement with
Judith Leigh

Dieses Werk wurde vermittelt durch die Literarische Agentur
Thomas Schlück GmbH, 30827 Garbsen.

Umschlaggestaltung: zero-media.net, München
Umschlagabbildung: mauritius images / Andreas von Einsiedel / Alamy,
Lars van de Goor / Trevillion Images
Redaktion: Sonja Helms
Satz: GGP Media GmbH, Pößneck
Printed in Germany
Dieses Buch wurde auf FSC®-zertifiziertem Papier gedruckt.
ISBN 978-3-95967-305-1

www.harpercollins.de

Werden Sie Fan von HarperCollins Germany auf Facebook!

Für Irene

1. KAPITEL

Sie wippte im Nachthemd auf der Bettkante vor und zurück. Abgesehen von dem Knarren herrschte völlige Stille. Alle in Sheldon Lodge schliefen noch. Das Zimmer war klein und dunkel, daher ging sie zum Fenster und schaute nach draußen auf den Weg, der zur Straße nach Dublin führte. Ein Vogel flatterte davon. Eine einzige Wolke zog über das Stückchen Himmel, das sie sehen konnte. Evie schnaubte leise und wandte sich ab.

Sie ging zurück zum Bett und nahm das dünne Taschenbuch in die Hand, das auf der Decke lag. *Zeit der Herzen*. Es war den Damen in Sheldon Lodge empfohlen worden. Evie war noch nie eine besonders eifrige Leserin gewesen. Auf dem Cover war eine Milchmagd in einem rostbraunen Rüschenrock abgebildet, sie saß in einem Kornfeld. Ihr Haar war genauso strohfarben wie die Kornähren, und ihr Gesicht sah traurig aus. Evie drehte das Buch um und las den Klappentext. *Dulcie Jones muss das Leben einer Bauernmagd führen, nachdem ihr spielsüchtiger Vater sie verkauft hat, um seine Schulden zu begleichen. Aber Marcus, der geheimnisvolle Sohn ihres neuen Herrn, Lord Diamant, hat eigene Pläne mit Dulcie …*

Evie warf das Buch zurück aufs Bett. Es war halb sieben Uhr morgens.

»Was für 'n Schrott«, murmelte sie, und dann lauter: »Das alles hier ist Schrott.«

Wie üblich rührte sich darauf nichts in Sheldon Lodge. Dennoch schloss Evie nicht aus, dass Mrs. Lofthouse gleich in ihr Zimmer stürmte, um ihr wild gestikulierend und mit wippendem Hängebusen zu sagen, sie solle wieder schlafen gehen und die anderen Bewohner nicht stören. Seufzend schlüpfte Evie in ihre Pantoffeln und zog sich den Morgenmantel über. Die meisten Bewohner waren von sich aus schon gestört, und mit ihren über achtzig oder neunzig Jahren ohnehin schwerhörig.

Evie war mit Abstand die Jüngste hier. Sie ging zur Küche und horchte, ob Barry da war, der Koch, der ihr bestimmt eine Tasse Tee spendieren würde. Sie hörte durch das Geschirrgeklapper hindurch, wie er hin und her lief und das Frühstück vorbereitete. Sanft klopfte sie gegen die Tür. Und wartete. Keine Antwort.

Sie setzte sich an den kleinen Tisch mit der mit gelben Rosen bedruckten Plastiktischdecke. Erst dann bemerkte Evie, dass sie auf dem Platz von Maud Delaney saß. Maud hatte dünnes, kurz geschnittenes Haar und verbrachte für gewöhnlich den ganzen Tag sitzend, in genau diesem Stuhl, über den Tisch gebeugt, den Kopf an eine kalte Tasse Tee gelehnt, die Augen mit den geschwollenen, beringten Fingern bedeckt. Mauds Platz war der gegenüber von Annie Armstrong, die wie ein Fisch nach Luft schnappte. Jeden Tag fragte sich Evie, ob Maud tot war, bis die beiden Pfleger Slawka und Joe kamen und sie mithilfe des Patientenlifters in einen Rollstuhl verfrachteten und auf ihr Zimmer schoben, weil sie selbst weder allein aufstehen noch laufen konnte. Wenigstens sorgte das in dem monotonen Alltag für ein wenig Abwechslung.

Barry würde in einigen Minuten die Frühstückstheke öffnen, sodass Evie sich etwas Warmes zu trinken und eine Scheibe Toastbrot nehmen konnte. Noch besser: Dann hätte sie jemanden zum Reden. Barry würde über seine Tochter Natalie schimpfen, die bei einem Popfestival im Park Partydrogen eingenommen hatte und daraufhin verhaftet worden war, und Evie würde über die Probleme des armen Pantoffelhelden Brendan reden – sie würden darüber lachen und entspannt plaudern. Irgendwann gäbe es Rührei und noch mehr Toast. Der Morgen wäre halb um, und die Tageszeitung *The Irish Times* würde schon im Aufenthaltsraum liegen.

Sie würde zwei Tassen Kaffee trinken und wie jeden Tag scherzen, dass er mit einem Schuss Cognac viel besser schmecken würde. Großzügigerweise erlaubte man ihr zu den Mahlzeiten ein Glas Rotwein, aber irgendwie schmeckte der sauer. Als hätten die Trauben überhaupt keine Sonne gesehen.

Evie nahm einen Stapel Karten in die Hand, den jemand auf dem Tisch liegen gelassen hatte, und mischte ihn. Sie kannte kein Kartenspiel, aber so hatte sie wenigstens etwas zu tun. Als sie den Stapel ordnete, schaute eine Karte heraus. Sie nahm sie in die Hand: Herz vier.

Evie legte sie auf den Tisch vor sich und lächelte.

Vier. Ihre Glückszahl.

2. KAPITEL

Brendan starrte sein Spiegelbild an. Sein Haar war noch immer kastanienbraun, wenn auch inzwischen etwas glanzlos, und hier und da hatten die dunklen Locken einen Grauschimmer. Seine blauen Augen wurden von kleinen Fältchen umrahmt. Er trug Rasierschaum auf und lächelte den Mann mit dem weißen Bart an – ein väterliches Gesicht, wie das des Weihnachtsmanns. Unwillkürlich stellte er sich vor, wie er sich als Weihnachtsmann verkleidete und vier Kinder sich um ihn scharten. Er hätte gern zwei Jungen und zwei Mädchen gehabt: zwei Söhne, die Fußball mochten, eine sportbegeisterte Tochter, vielleicht Surferin oder Schwimmerin, und die andere Tochter für Maura. Ein vergnügtes, freches Mädchen, das Mauras strahlende Augen hatte.

Nachdem er den Rasierer in die Hand genommen hatte, fuhr er damit vorsichtig über seine Wange. Dann schrie er auf. Das Blut floss ihm in dünnen roten Linien die Hand hinab und verteilte sich auf dem gefliesten Badezimmerboden. Brendan fluchte und ließ den Rasierer ins Waschbecken fallen. Dann griff er nach einer Rolle Toilettenpapier, um das Blut abzutupfen. Er betrachtete sich im Spiegel: ein blasses Gesicht mit einem Bart aus Schaum und runden Fischaugen. Das frisch gebügelte und nun fleckige Hemd würde er ausziehen müssen. Maura wäre entsetzt.

Er warf das Papier in die Toilette und hielt ein neues gegen die Wunde. Da vernahm er ein sich näherndes Rauschen. Brendan erstarrte. Die Beine von Mauras Strumpfhose rieben aneinander und machten so ein leise raspelndes Geräusch, beinahe wie eine Schlange, die sich auf heißem Wüstensand ihrer Beute näherte.

Er hörte ihre Stimme, bevor er ihr Gesicht sah. Eiskalt klang sie.

»Um Himmels willen, Brendan …« Nachdem Maura um

die Ecke gekommen war, musterte sie ihn und schnaubte geringschätzig.

Brendan musterte sie genauso, und auch er schnaubte, aber leiser. Ihre Brüste quollen aus dem V-Ausschnitt ihres Kleides, man sah die beige Spitze ihres BHs. Diese Wölbungen, die er früher einmal begehrt und gestreichelt hatte, interessierten ihn heute kaum noch. Die Strumpfhose und die High Heels betonten ihre Kurven, und auf ihrem Kopf türmten sich kleine, blonde Locken. Er war auf ihre ernste Miene konzentriert, tupfte seine Wunde ab und wartete darauf, dass die Tirade begann.

»Sieh dir dein Hemd an! Vollkommen ruiniert. Ich hole dir ein neues. Das blaue passt zwar nicht so gut zu der Hose, aber egal, das muss heute so gehen.«

Als sie kurz Luft holte, antwortete Brendan automatisch: »Okay, mein Schatz.« Doch schon während er es aussprach, spürte er deutliches Bedauern: Denn es war *nicht* okay, und sie war auch nicht sein Schatz.

Maura starrte ihn kurz an – er fragte sich, ob sie dasselbe dachte. Doch sie seufzte nur und setzte erneut an: »Brendan, jeden Samstagnachmittag ist es dasselbe. Du weißt doch, wie sehr mich diese Besuche aufregen.«

Brendan musste auf die tiefen Linien um Mauras Mund herum starren, die sich bildeten, wenn sie redete. Unwillkürlich dachte er an die zarte Rosette eines Hinterns und grinste. Als Maura ihn jetzt ansah, wirkten ihre Augen wie zwei Kugeln: klein, blaugrau und bereit, abgefeuert zu werden. Jeder Versuch, ihnen auszuweichen, wäre vergeblich. Deshalb rührte er sich nicht, das blutige Stück Papier noch immer in der Hand.

Als sie davonstakste, nahm er das Klackern ihrer Absätze so wahr, als hämmerte ihm jemand Nägel in den Kopf. Brendan drückte die Toilettenspülung und beobachtete, wie das rot gepunktete Papier sich drehte, auflöste und schließlich verschwand.

Bei laufendem Motor saß Brendan wenig später in dem in der Auffahrt geparkten gelben Fiat Panda und wartete. Ein kleiner Fetzen Toilettenpapier klebte noch immer auf dem angetrockneten Blut an seinem Hals.

Im Hintergrund lief das Radio. »Die Vögel zwitschern, und der Sommer kommt nach Dublin«, verkündete der Moderator, »also kommen jetzt die Beach Boys mit ihren *Good Vibrations*.«

Er ließ den Kopf auf das Steuer sinken. Schlug ihn sanft dagegen. Dann fester. Noch fester. Hier gab es definitiv keine guten Schwingungen. Und noch immer keine Maura in Sicht.

Er sah, wie eine junge Frau mit ihrem Kind aus dem Nachbarhaus kam. Es war Erin aus der 27 zusammen mit dem kleinen Colm. Eilig kramte Erin ihr Handy aus der Tasche und fing an zu telefonieren. Der kleine Junge sprang währenddessen von einem Bein aufs andere und trat gegen Kiesel. Er trug nur eine dünne Jacke. Der Wind zerzauste ihm das Haar und ließ seine Hosenbeine flattern. Der Junge sah aus, als würde er frieren. Schließlich setzte er sich auf den Bordstein und fuhr suchend mit den Fingern durch den Kies, bis er etwas fand und es in die Hand nahm. Einen Zigarettenstummel. Colm nahm ihn zwischen zwei Finger, hielt die Hand wie ein rauchender Erwachsener hoch und setzte eine hochnäsige Miene auf.

Sie beide, Brendan und Maura, hatten sich Kinder gewünscht. Die Ärzte im Dubliner Krankenhaus hatten medizinisch nichts feststellen können und ihnen nur geraten, sich zu entspannen. Das war vor zehn Jahren gewesen. Jetzt war er fast vierzig. Es war zu spät. Damals war Mauras weicher Blick hart geworden. Maura war immer die Liebe seines Lebens gewesen. Jetzt war sie nur noch seine Ehefrau, die ihm beim Frühstück gegenübersaß, in engen Klamotten, die Haare hochgesteckt und die Stirn ständig in Falten gelegt. Früher hatte sie oft zu ihm aufgesehen und ihm versprochen, ihn für immer zu lieben. Jetzt knallte sie ihm seine Tasse auf den Tisch und ermahnte ihn, den Kaffee nicht kalt werden zu lassen. Er seufzte. Vielleicht war es mit der Liebe so: Wie Kaffee ist sie anfangs stark und heiß, und mit der Zeit kühlt sie einfach ab.

Nachdenklich beobachtete Brendan, wie das Kind jetzt noch mal zu seiner Mutter blickte, die aber weitertelefonierte und ihm dabei kurz zuwinkte mit der Hand, an der ihre Handtasche hing. Colm steckte den Zigarettenstummel in den Mund und tat so, als würde er rauchen, so, wie er es bei seiner Mutter und anderen Erwachsenen gesehen hatte. Er imitierte es perfekt, atmete tief ein, hielt kurz den Atem an, lächelte und blies dann genüsslich den imaginären Rauch aus. Brendan musste kichern. Erin verstummte schließlich, stopfte ihr Handy in die Tasche, wandte sich ihrem Sohn zu und schlug ihm gegen den Hinterkopf.

Colm ließ den Stummel fallen und brüllte mit hochrotem Kopf los, während ihm vor Wut Tränen in die Augen schossen. Er sah fast aus wie eine Comicfigur. Erin griff nach seiner Hand, zog ihn harsch nach oben und dann mit sich fort. Die kleinen Füße hingen kurz in der Luft, dann berührten sie wieder den Boden, und Colm versuchte, mit seiner Mutter Schritt zu halten. Brendan dachte, dass man kein Kind so behandeln sollte. Er umklammerte das Steuer noch fester, und der Panda wackelte leicht, als Maura endlich einstieg. Sie verstaute die Tasche mit Kuchen in dem Fußraum hinter ihrem Sitz und sah Brendan streng an.

»Können wir los, Brendan? Haben wir alles dabei?«

Er nickte. »Ich denke schon, mein Schatz.«

Maura sah ihm in die Augen, ihre Brauen bildeten ein spitzes V auf ihrer Stirn, die Lippen waren geschürzt. Er kannte diesen Ausdruck nur allzu gut.

»Brendan, was in Gottes Namen hängt da an deinem Hals? Klopapier! Wie du wieder aussiehst!« Sie suchte in ihrer Handtasche nach einem Taschentuch. Er wusste, was jetzt kam. Ihre rosafarbene Zunge schoss hervor, befeuchtete das Papier, und dann rieb sie damit an seinem Hals herum. Wie ein artiges Kind hielt Brendan still, schloss die Augen und dachte, er könne spüren, wie die Liebe aus seinem Leben geschrubbt wurde.

Maura sah ihn an und atmete hörbar aus, das feuchte Tuch noch in der Hand. Sie hielt inne, und für einen Moment war ihr Blick wieder weich geworden. Sanft fuhr sie ihm durchs Haar, spielte mit seinen Locken. Dann streichelte sie mütterlich seinen Nacken. »Na also, Brendan, fertig. Viel besser. Wollen wir losfahren?«

Der Motor des Pandas brummte leise. Maura hatte sich in eine braun karierte Jacke mit Kunstpelzkragen gezwängt. Sie trug roten Lippenstift und ebenso grellen Nagellack, ihre Finger erinnerten an die eines wilden Jägers, der soeben seine Beute gehäutet und komplett verspeist hatte. »Worauf warten wir?«

Er schluckte. »Maura, ich glaube, Mom gefällt es in Sheldon Lodge nicht. Ich meine, sie hat sich einfach noch nicht eingelebt …«

»Sie ist dort bestens aufgehoben, Brendan. Sie kann da Tai-Chi machen und Kochkurse für Senioren besuchen. Sie kümmern sich gut um sie. Sie hat es dort viel besser, als wenn sie allein leben würde.«

»Aber ganz ehrlich: Sie sieht furchtbar aus.«

Maura dachte kurz nach. »Unsinn. Ich bin sicher, sie fühlt sich pudelwohl dort. Komm, lass uns endlich los. Wir kommen sonst zu spät.«

Jetzt umfasste er das Lenkrad so fest, dass er es fast hätte zerquetschen müssen. Flüchtig blickte er auf den Pelzkragen um Mauras Hals. Dann schaltete Brendan in den ersten Gang. Der Radiomoderator sprach begeistert von der Blütezeit der Band Oasis und den Neunzigerjahren, einige Akkorde ertönten, und der Song begann: *Wonderwall*. In dem Jahr, als Maura und Brendan sich kennengelernt hatten, war das Lied rauf und runter gespielt worden.

Wonderwall war das Sinnbild ihrer jungen, aufregenden Liebe. Brendan hatte die schlanke, zärtliche Maura umarmt, sie hatten sich geküsst und Pläne für die Zukunft geschmiedet. Sie waren beide erst achtzehn gewesen, und Maura hatte ihn damals angesehen, als wäre er ein Heiliger. Brendan hatte sich gefühlt, als könnte er alles erreichen – um ihretwillen. Als würden die Worte des Songs nur ihnen beiden gelten. Worte, die ewige Liebe versprachen, Liebe über alle Maßen, Liebe, die so groß war, dass sie ewig andauerte.

Als Brendan den Panda ruhig auf die rechte Spur der Schnellstraße lenkte, waren Mauras Augen halb geschlossen, und sie fing an, mit ihrer dünnen Reibeisenstimme zu singen:

»*Wonderwaaaaall …*«

Sie war jetzt in ihrer eigenen Welt, und er hatte keine Ahnung, was in ihr vorging. Er fragte sich, ob sie sich an die schönen, glücklichen Zeiten erinnerte, an die vielen gemeinsamen Spaziergänge am Fluss Liffey, daran, wie er ihr einmal seine Jacke gegeben hatte, als es zu regnen begonnen hatte, wie sie seine Finger umfasst und ihn angelächelt hatte. Er fragte sich, ob sie überhaupt an etwas dachte. Seine Finger umkrampften das Lenkrad erneut, während er sich fragte, wohin es verschwunden war, das süße Mädchen mit der samtweichen Haut von damals. Unwillkürlich seufzte er, fühlte sich ratlos und leer, schaute auf die Autos vor sich, die sich stauten, und brachte den Wagen murrend zum Stehen.

3. KAPITEL

Vier ist eine Glückszahl. Am 4. April 1942 geboren. Das vierte von fünf Kindern. Vierhunderttausend Euro für das Haus bekommen. Vier Würstchen heute Mittag gegessen. Die Vier hatte ihr immer Glück gebracht. Ihr Vater hatte ihr ein vierblättriges, zwischen den Seiten eines Buches getrocknetes Kleeblatt geschenkt, als sie vier Jahre alt gewesen war. Ihren Sohn hatte sie am 4. März bekommen. Er war ihr viertes Baby gewesen und das einzige, das bei ihr geblieben war.

Fünfzehn ist keine gute Zahl. Mit fünfzehn die verhasste Schule verlassen. Am 15. Juli Jim geheiratet. Von da an verheiratet geblieben, bis zu seinem Tod. Am 15. Dezember hier in Sheldon Lodge eingezogen. Zimmer Nummer 15. Nein, fünfzehn ist eindeutig keine Glückszahl.

Evie war tief in Gedanken versunken, als Mrs. Lofthouse sie ansprach. Mrs. Lofthouse wiederholte das Gesagte einmal, dann zweimal, jedes Mal lauter und betonter.

»Evelyn. Ihr Sohn kommt heute zu Besuch. Brendan? Er kommt, um Sie zu besuchen.«

Evie blinzelte. Sie starrte Mrs. Lofthouse so verwirrt an, wie sie nur konnte.

»Ich werde Ihr Haar etwas richten. Brendan wird um vier hier sein.«

»Vier.«

»Brendan. Und seine Frau … Maura. Ein schönes Paar, Evelyn.«

Übertrieben verzog Evie das Gesicht. Maura war stets steif und höflich, sie gab vor, der Inbegriff einer perfekten Ehefrau zu sein. Abgesehen davon hatte sie überhaupt nicht das Gefühl, sie gut zu kennen, nicht einmal nach fast zwanzig Jahren. Maura war humorlos und förmlich. Sie erinnerte Evie an die Nonnen in der Schule, die darauf bestanden hatten, sie Evelyn zu nennen und nicht die Kurzform zu benutzen, die ihr lieber gewesen wäre. Schon im Alter von vier Jahren hatte sie beschlossen, dass *Evie* viel netter und kecker klang. Es passte viel besser zu ihr als die förmliche Version. Evie war ein Name, der von Lebensfreude zeugte. Maura würde etwas mehr Lebhaftigkeit auch nicht schaden, dachte sie. Die Nonnen kamen ihr wieder in den Sinn, und sie erinnerte sich daran, wie sie sie bestraft hatten, sobald sie den Namen des Herrn zum Fluchen gebraucht hatte. Und dennoch, oder gerade deswegen, war das Schimpfen zu ihrem Hobby geworden. Die Worte fühlten sich in ihrem Mund an wie Süßigkeiten.

»Quatsch mit Soße«, erwiderte Evie zufrieden.

»Das ist aber nicht nett, nicht wahr?« Mrs. Lofthouses Seufzen ließ erahnen, wie sehr sie bei ihrer Arbeit litt. Sie fuchtelte mit der Haarbürste herum. »So, Evelyn. Sie sehen bezaubernd aus. Wollen wir etwas Lippenstift auftragen? Damit Sie für Brendan frisch und chic aussehen?«

Wortlos nahm Evie Mrs. Lofthouse den Lippenstift aus der Hand und sah ihn sich an. Paradise Pink. Mrs. Lofthouse trug diese Farbe auf den Lippen. Wie Garnelen hingen sie über ihren riesigen Zähnen, die in verschiedene Richtungen wuchsen – einer ragte nach rechts, ein anderer nach hinten links. Amüsiert hob Evie den Lippenstift und malte sich damit die Lippen an, wie ein Kind mit einem dicken Stift in der Hand krakelte.

Mrs. Lofthouse öffnete den Mund: »Wenn Sie jetzt Dummheiten machen …«

Evie setzte erneut den Blick ins Leere ein.

»Ich werde das abwischen, und dann machen wir das noch einmal. Ah, jetzt aber. Sie sehen umwerfend aus.«

Evie grinste sie extra breit an. Daraufhin wurde Mrs. Lofthouses Schmollmund zu einer schmalen Linie. Die Besucher müssten ja auch jeden Moment da sein.

Nachdem Mrs. Lofthouse davongewatschelt war, lehnte Evie sich in ihrem Stuhl nach vorn und schaute sich im Aufenthaltsraum um. Die anderen Bewohner saßen in Schaukelstühlen und blickten zum Fernseher, wo Jeremy Kyle einen Lügendetektortest machte. Meistens nahmen die Alten das Gerede gar nicht war, das Flimmern des Bildschirms spiegelte sich in ihren Brillengläsern. Evie ließ den Blick zu den alten Damen hinüberschweifen, die seitlich auf der breiten Fensterbank saßen. Sonnenlicht schien auf ihre Gesichter, aber sie schienen die Wärme kaum zu bemerken. Die Blumen im Garten blühten, jeden Tag saß ein Specht auf der Eiche. Die alten Damen starrten aber nur geradeaus.

Eine von ihnen, Elizabeth, redete nie. Jeden Tag versuchte Evie es aufs Neue und fragte: »Guten Morgen, Lizzie, wie geht es dir heute?«

Nichts. Elizabeth starrte weiter geradeaus.

Die andere, Barbara, hörte nicht mehr gut. Selbst Alex, der freundliche Ukrainer, der das Frühstück brachte, musste extra laut sprechen, um sie aus ihren Träumereien zu reißen. Jeden Morgen um acht Uhr stand Alex da, mit seiner kleinen Haarlocke in der Stirn und dem gut gelaunten Lächeln: »Barbara, meine Liebe, hier sind Ihre Eier und Würstchen, bitte sehr! Eier und Würstchen, Barbara?«

Die alten Damen waren hagere, faltige Frauen in den Neunzigern, extrem dünn und alt genug, um Evies Mutter zu sein. Jeden Dienstag sah sie sie beim Yoga, wie sie sich umschauten und ihre dürren Arme wie Zweige in die Luft hoben. Da fiel ihr etwas ein: *Tweedle Dumb and Tweedle Deaf.* Ihr war langweilig, und Langeweile machte sie boshaft. Was sollte sie auch sonst in diesem Sanatorium voller Tristesse und Teetassen machen, wo es den ganzen Tag nach parfümierter Pisse stank?

Die Uhr schlug vier. Gleich würden sie hier sein. Evie schloss die Augen und lauschte der beruhigenden Musik, die den Einwohnern zeigen sollte, dass man sich hier um sie kümmerte. Der Sessel hatte moosgrüne Kissen mit seidenen Fransen. Evie lehnte sich wieder zurück.

Frank Sinatra sang *Fly me to the moon* auf seine typisch unbeschwerte Art.

Evie dachte an den Mond und die Sterne. Wo genau waren die? Hoch oben im Himmel? Ist da auch der Tod, an der Seite von Frank und Jim und all den anderen? Was passierte nach dem Tod? Evie beschloss, dass sie als Rentier wiedergeboren werden wollte.

Vor ihrem geistigen Auge tauchte auf einmal ein lustiger, zweidimensionaler Rudolph auf, mit leuchtender Nase und wackeligen Beinen im Schnee. Unter den geschlossenen Lidern verdrehte sie die Augen. Plötzlich explodierte Rudolph und wurde von einem riesigen Rentier abgelöst, majestätisch mit Geweih und brennendem Blick. Mit der Stimme eines Hollywood-Schauspielers sprach es: »Ich bin Evie Gallagher, und ich bin so verdammt sauer ...« Es schaute sich im Wald um, bezog Posten auf einem Eisberg und stampfte mit dem Huf so fest auf, dass Schnee gen Himmel stob. Abrupt öffnete Evie die Augen und sah in zwei Gesichter, eines besorgter als das andere.

Noch ganz bei ihrer Vision, erklärte Evie: »Ich bin so verdammt sauer.«

»Mom«, sagte Brendan. »Wie geht es dir?« Erst danach begriff er, dass sie diese Frage schon beantwortet hatte.

Mit pflichtbewusster Miene beugte sich Maura zu ihr herunter. »Mutter, schön, dich zu sehen. Du siehst gut aus. Kann ich dir eine Tasse Tee holen?«

Evie blickte Maura in ihrem lächerlichen Aufzug und die straff zusammengesteckten Locken an und beschloss, dass sie lieber Gülle schlucken würde. Sie schloss die Augen. Das Rentier war verschwunden. Jetzt sah sie nur dünne blaue Adern, die in ihren Lidern pulsierten.

Sie hörte, wie Maura sich an die Pflegerin wandte: »Ich glaube, es geht ihr schlechter, Mrs. Lofthouse.«

»Ich schätze, sie kommt und geht.«

Evie wünschte, sie alle würden kommen und gehen. Vor allem gehen.

»Für Brendan ist es so traurig, seine Mutter so zu sehen. Als wäre sie irgendwo in einer Traumwelt.«

»Das sehen wir hier ständig«, antwortete Mrs. Lofthouse tonlos. Evie war nicht sicher, was sie ständig sah. Mrs. Lofthouse war kurzsichtig und kleingeistig. Eigentlich war sie nur klein. Und dick. Evie spürte eine Hand auf ihrem Arm: Sie wusste, wie Brendan sich anfühlte. In ihrem Inneren regten sich starke Gefühle, und sie erinnerte sich an den kleinen Jungen, der damals ständig an ihrer Hand hing. Abrupt öffnete sie die Augen. Jetzt war er Ende dreißig, sah jedoch älter aus. Sein Haar war noch dicht, ergraute aber langsam, sein Gesicht wirkte schlaff, hing förmlich an den ausgeprägten Wangenknochen herunter – eine sorgenvolle Miene. Nur noch selten kam das kindliche Gekicher über seine Lippen, das früher einmal sein Markenzeichnen gewesen war, aber in seinen Augen lag noch dieselbe Hoffnung. Evie wollte ihn gerade anlächeln. Doch als sie Mauras Grunzen hörte, fuhr sie herum.

»Da bist du also wieder, was, Mutter?«

Evie rümpfte die Nase. Mauras Parfüm kratzte ihr im Hals, sie musste würgen. »Ich bin nicht deine Mutter«, brachte sie keuchend hervor.

»Mrs. Lofthouse, könnte meine Mutter bitte ein Glas Wasser bekommen?«, rief Brendan. Kurz darauf kam die Pflegerin mit einem Becher in der Hand zu ihnen herübergewatschelt, wie ein Hauptfeldwebel, der stolz sein Bajonett vor sich trägt. Evie wartete förmlich darauf, dass sie »Feueeeeeer« brüllte.

Stattdessen sagte Mrs. Lofthouse: »Kommen Sie schon, Evelyn, runter damit.«

Evie trank einen Schluck, setzte sich gerade hin und betrachtete die drei um sich herum. Dabei musste sie an den

Film mit den Hobbits denken, in dem alle um einen Tisch herum saßen, um ihre hobbitmäßigen Gespräche zu führen. Jeder Einzelne von ihnen war zwergwüchsig, jeder Einzelne selbstbewusst, und jeder wartete geduldig darauf, dass er an die Reihe kam. Evie hustete noch einmal, und das Wasser in ihrem Mund verteilte sich in alle Richtungen. Sie spuckte, verschluckte sich und lachte gleichzeitig, es war ein schallendes, triumphierendes Gelächter. Schließlich ließ sie sich zurück in den bequemen Sessel plumpsen und legte die Arme auf die Lehnen.

Eine Stunde verstrich. Das Gespräch verlief schleppend und steif.

Fast die ganze Zeit starrte Evie durch das Fenster auf den Weg, der um eine Kurve herum zur Straße führte. Brendan bewegte sich auf seinem Stuhl und lächelte zuerst seine Mutter, dann seine Ehefrau an.

»Zeit für uns zu gehen, Brendan«, sagte Maura dann endlich.

Langsam stand er auf, sein Blick blieb auf seine Mutter gerichtet. »Also, Mom, ich sehe dich nächste Woche wieder, zur gleichen Zeit.«

»Sie kann dich wahrscheinlich nicht hören, Brendan. Das ist ja so furchtbar für ihn, sie so zu sehen.«

»Das sehen wir hier ständig«, murmelte Mrs. Lofthouse wieder.

»Tschüs, Mom.« Brendan gab ihr einen Kuss auf den Kopf.

Evie wollte sich schon aufrichten und ihn berühren. Aber dann sah sie, wie Maura den Kopf schüttelte und die Lippen schürzte. Eine Weile musterte sie ihre Schwiegertochter eingehend.

»Maura?«

»Was denn, Mutter?«

»Hat dir schon mal jemand gesagt, dass dein Mund wie ein Arsch aussieht?«

Brendans Miene erhellte sich, ein heimliches Lächeln huschte über seine Lippen, und mit einem Hauch Verzweiflung sah er zu Evie hinab.

»Komm jetzt, Brendan.« Mauras Lippen waren nun so fest wie zwei Pobacken zusammengepresst.

Evie zwinkerte Brendan zu, bevor er seiner Frau hinterherlief.

Mrs. Lofthouse stöhnte. »Wir machen Sie mal lieber sauber, Evelyn.«

»Ich werde als Hirsch wiedergeboren«, verkündete sie.

Evie saß an ihrem Schminktisch in Zimmer Nummer 15, im zweiten Stock: in ihrem Zimmer. An der Tür hing ein kleines Schild mit der Aufschrift: *Bitte respektieren Sie meine Würde. Klopfen Sie an und warten Sie. Es kann sein, dass ich schlafe.* Im Spiegel betrachtete sie den Raum hinter sich: das Einzelbett mit der roten Rosendecke, ihre kleine Kommode, das Regal mit ihren Fotos, die moosgrünen Vorhänge und dunkelweißen Wände, der mausgraue Teppich. Das hier war nun ihr Zuhause, weil sie ihr Haus verkauft hatte. Maura hatte gemeint, es sei zu groß für sie allein, aber Zimmer Nummer 15 war bei Weitem zu klein.

Brendan hatte angenommen, sie würde in Sheldon Lodge Gesellschaft haben, und als sie sich das Altersheim zum ersten Mal angesehen und sich vorgestellt hatte, hier ihr erstes Weihnachten allein zu verbringen, war es ihr wie ein Hotel vorgekommen. Die Schlafzimmer sahen einladend aus, ebenso der Speisesaal mit den kleinen Tischen für vier Personen. Und Barry, der fröhliche Koch in der karierten Hose, hatte ihr versprochen, dass sie echte Butter auf ihrem Toast bekommen würde. Die Managerin Jenny hatte sie damals freundlich begrüßt und von dem neuen Leben geschwärmt, das sie hier führen würde: Fitnessprogramm, Musikabende und Aquarellkurse. Evie hatte Sheldon Lodge durch die Augen eines hoffnungsvollen Kindes gesehen, den glitzernden Weihnachtsbaum und all die Girlanden. Sie hatte die Formulare unterschrieben und war eingezogen. Wie sich letztlich aber herausgestellt hatte, bedeutete Weihnachten hier nicht mehr als Truthahn, Trägheit und TV.

Der dreigeteilte Spiegel zeigte ihr Spiegelbild, aber das Gesicht ihrer Mutter schien sie aus drei verschiedenen Winkeln anzusehen, mit leeren Augen. Ihre Mutter hatte keine Zähne mehr gehabt, als sie gestorben war. Evie hatte bis auf einen noch alle. Ihre Mutter hatte graue Haare gehabt, aber Evies Haar war noch weich und braun, auch wenn der Ansatz silbern durchschimmerte. Mit vierzig war ihre Mutter völlig fertig gewesen. Evie war jetzt fünfundsiebzig, aber ganz sicher nicht am Ende ihres Lebens angekommen.

»Eine heiße Schokolade für dich, Evie? Kekse dazu oder einen Schokoriegel?«

Als Evie über ihre Schulter schaute, sah sie Alex, der lächelnd zur Tür hereinschaute und eintrat. Nachdem er das Tablett abgestellt hatte, nahm er davon einen Becher und einen Teller Kekse herunter. »Ist alles in Ordnung mit dir, meine Liebe?«

»Ich hätte lieber ein schönes Glas Merlot.« Sie kaute auf ihrer Lippe herum. »Alex, gefällt es dir hier?«

Alex musste laut lachen. »Ich bin seit drei Jahren hier, Evie. Ich habe hier Freundin. Arbeit ist gut, Leute sind nett. Für mich Dublin ist besser als Kiew, ganz sicher.« Evie schaute unglücklich drein und wandte sich ab. »Warum gefällt es dir nicht hier, Evie?«

»Mir ist langweilig, Alex.«

»Es gibt Fernseher, Liebes. Banjo-Musiker kommt später. Vielleicht du kannst jetzt unten Domino spielen mit Barbara?«

»Domino ist mir scheißegal.«

»Ich weiß, was du meinst.«

»Das macht mich verrückt.« Evie sah Alex direkt in die Augen. »Dass ich hier bin, ist ein Irrtum.«

Alex schüttelte den Kopf. »Vielleicht morgen alles ist besser?«, schlug er vor. Aber das Lächeln war aus seinem Gesicht verschwunden, als er nach dem leeren Tablett griff und Evie wieder allein ließ.

Sie nahm den Becher in die Hand. Die Schokolade war nur lauwarm, und der Keks schmeckte wie Sand. Missmutig sah Evie sich erneut im Zimmer um. So konnte sie den Rest ihres Lebens nicht verbringen. Im Geiste sah sie lahme Yogastunden, alberne Banjospieler und die beiden alten Damen, die, ohne zu blinzeln, auf den Fernseher starrten. Mit den Fingern umklammerte sie den Kragen ihres Hausanzugs. Und als ihr die Idee kam, war sie zunächst wie gelähmt, sie konnte nur das Pochen ihres Herzens hören.

Mit einem Satz erhob sie sich von ihrem Schminktisch.

Sie öffnete die obere Schublade, hob die Unterwäsche an, um an ihre Handtasche, ihren Führerschein und ihre Bankkarte zu kommen. Darunter lagen vertrautere Dinge: ihre Busfahrkarte, ein Pass, einige Schmuckstücke, ein kleiner Regenschirm. Sie berührte das vierblättrige Kleeblatt, das ihr Vater ihr vor so vielen Jahren gegeben hatte. Es war noch immer getrocknet und in ein Papiertaschentuch gepresst, lag jetzt aber zwischen den Seiten ihres kleinen Fotoalbums, das vollgestopft war mit Bildern eines jüngeren Brendan in Shorts, gemeinsam mit seinem Vater Jim.

Sie fand dort auch das Handy, das Brendan ihr zu Weihnachten geschenkt hatte, damit sie in Kontakt blieben. Es war noch eingeschweißt.

Diese Dinge waren nun keine Relikte der Vergangenheit mehr, sondern der Zugang zu ihrer neuen Freiheit. Ohne groß nachzudenken, stopfte Evie alles in ihre kleine Handtasche. Im Juni war Dublin immer schön, am Montagmorgen wären die Geschäfte voller Leute. Sie würde sich die Zeit nehmen, frische

Luft einzuatmen. Schon bei der Vorstellung lag ihr ein kleiner Hauch der echten Welt da draußen in der Nase. Evie kannte die Türcodes und den Tagesablauf von Sheldon Lodge. Jeder Tag lief nach dem einen bestimmten Zeitplan ab. Es würde nicht allzu schwer sein.

In dieser Nacht schlief sie hochzufrieden mit sich ein.

4. KAPITEL

Die Kinder stürmten über den Platz, einige schrien, andere drängelten, wieder andere trotteten hinterher. Brendan blies in die Trillerpfeife, so laut, dass ihm die Ohren schmerzten. Während sich die Kinder um ihn herum versammelten, riefen sie laut durcheinander und beschwerten sich.

»Zieht euch jetzt um!«

»Mister Gallagher, das eben war ein Elfmeter. Dennis hat den Stürmer umgenietet.«

»Hab ich nicht, du Idiot.«

»Hast du wohl.«

»Ich verpass dir gleich eine.«

»Ach ja? Ach ja? Versuch's doch!«

Brendan pfiff erneut. Die Gesichter der Schüler waren rot vor Schweiß und Anstrengung. »In die Umkleiden mit euch. Und ab unter die Dusche. *Sofort!* Los jetzt!«

Mit hängenden Schultern schlurften die Kinder davon. Ein Schüler flüsterte: »Arschloch.«

Eine Viertelstunde später saß Brendan im Lehrerzimmer und umklammerte einen Becher mit Kaffee. Er blickte auf seine schlammbespritzten Shorts und die blassen Beine hinunter. Ernüchtert sah er sich im Büro um. Unterlagen stapelten sich, was bedeutete, dass es haufenweise Berichte zu schreiben gab. Noch mehr Abende zu Hause vor dem Laptop. Der Kaffee schmeckte abgestanden.

Als die Tür aufging, betrat Penny Wray den Raum, in sauberen Shorts und mit wippendem Pferdeschwanz. Im Vorbeigehen legte sie Brendan kurz eine Hand auf die Schulter. »Und, war es Folter?«

»Diese Klasse ist immer Folter.« Wie um sich zusätzlich zu bestrafen, trank Brendan noch einen Schluck Kaffee. »Den ganzen Sonntagabend habe ich mich vor den kleinen Scheißern gefürchtet.«

Penny setzte sich und überschlug ihre perfekt geformten Beine. Sie nahm eine Wasserflasche aus ihrer Tasche und öffnete sie mühelos. »Ich hatte gerade die Mädchen aus der Siebten beim Trampolinspringen. In der Klasse sind ein paar richtig gute Turnerinnen.«

Beiläufig registrierte Brendan, dass Penny nicht so aussah, als wäre sie auf dem Trampolin gewesen. Sie duftete süßlich, frisch. Er seufzte. Dann fiel es ihm wieder ein. »Als Nächstes habe ich Englisch in der Höllenklasse.«

Penny lachte, ein weiches, mitfühlendes, warmes Lachen, während sie ihn am Arm berührte. »Ich weiß nicht, warum sie dich Englisch unterrichten lassen, Brendan. Du bist Sportlehrer.«

Er zuckte die Achseln. »Ich bin neununddreißig, Penny. Das machen sie nun mal mit alten Sportlehrern. Wir werden aussortiert und bekommen Klassen, die niemand unterrichten will. Verlierer unterrichten Verlierer.«

»Ich werde Schulleiterin sein, wenn ich so alt bin wie du.«

Das bezweifelte Brendan nicht, und deshalb wurde ihm die Aussicht auf die Lyrikstunde in der schlimmsten Klasse der ganzen Schule noch unerträglicher. Zwanzig Jahre bis zur Rente. Das bedeutete für ihn: jahrelang Kinder unterrichten, die Elfmeter einforderten, die Yeats' Poesie hassten, die ihn hassten, danach zu Maura nach Hause fahren und abends Berichte schreiben, während Maura klagte, dass sie ein neues Auto bräuchten und er nie Zeit hätte, sie abends auszuführen. Brendan trank noch mehr Kaffee.

»Ich gebe heute Abend meine Kickbox-Stunde.« Lächelnd sah Penny ihn an. »Warum kommst du nicht auch?«

Sofort stellte Brendan sich Penny in ihrem Box-Outfit vor, wie sie die Fäuste durch die Luft schwang und kickte, seinen Arm berührte, seine Taille, während sie ihm zeigte, wie er die einzelnen Bewegungen auszuführen hatte, und sie gemeinsam laut keuchten vor Anstrengung. »Ich wünschte, ich könnte.«

»Du kannst deine Frau ja mitbringen.«

Er dachte an Maura in ihrer Jogginghose beim Kickboxen und verdrängte die Vorstellung schnell wieder. Sie hatte seine Leidenschaft für Sport nie geteilt.

Da die Glocke läutete, stand Brendan mechanisch auf, griff nach seiner Lehrertasche und ging in Richtung Tür. Er hörte noch, wie Penny ihm zurief: »Viel Glück mit den Höllenkindern, Brendan. Ich besorge dir für heute Mittag ein Baguette.«

Im Gang wehte ihm auf einmal kalter Wind durch eine auf- und zuschlagende Tür entgegen. Brendan wurde eng um die Kehle.

Eine Stunde später ertönte die Glocke erneut, und Raum E5 war wieder leer. Brendan legte den Kopf in die Hände. Die Stille dröhnte in seinen Ohren, schlimmer noch als das Geschrei und der Lärm, der noch Minuten zuvor den Raum erfüllt hatte. Sein Kopf schmerzte, dumpf pochte es hinter seinen Augen. Als er sie wieder öffnete, starrte er in das Klassenzimmer, ein Panorama aus umgedreht auf den Tischen liegenden Stühlen und zusammengeknülltem Papier.

Erschöpft nahm er den Papierkorb, um den Müll einzusammeln. Er griff nach einem zusammengeknüllten Blatt Papier, drückte es weiter zusammen, bis es so groß wie seine Faust war. Sorgfältig faltete er es anschließend wieder auseinander und las:

Doch ich bin arm, hab nur meine Träume.
Die legte ich zu deinen Füßen aus.
Tritt sanft, du trittst ja auf meine Träume.

Wieder bückte er sich, um einen Zettel aufzusammeln.

»Brendan. Ach, hier bist du.«

Als er den Kopf hob, sah er Nancy Doyle. Sie schob ihre Brille zurecht, ihre geschminkten Lippen formten ein einstudiertes Lächeln. Schuldbewusst sah Brendan sich in dem chaotischen Klassenzimmer um, bevor er bemerkte, dass Nancy die Unordnung zur Kenntnis nahm. So überprüfte also eine erfahrene Schulleiterin seine Unterrichtsstunde, basierend auf der Menge Abfall, die herumlag.

»Brendan, können wir uns kurz zusammensetzen? Ich muss mit dir reden.« Wieder das Lippenstiftlächeln. Brendan befürchtete das Schlimmste.

»Natürlich, Nancy.« Höflich rückte er ihr einen Stuhl zurecht, sodass sie sich setzen konnte, und nahm ebenfalls Platz.

Sie trug einen dunklen Hosenanzug, eine Seidenbluse und hatte das Haar hochgesteckt. Tief atmete Nancy ein, bevor sie sagte: »Also, Brendan, ich komme gleich zur Sache. Ich hatte soeben einen Anruf von Sheldon Lodge.«

Brendan richtete sich auf. »Meine Mutter?«

»Sie möchten, dass du zurückrufst. So schnell du kannst. Allem Anschein nach hat deine Mutter heute früh am Morgen das Heim verlassen und ist bis jetzt nicht zurückgekehrt.«

Gedanklich sah Brendan seine Mutter in ihrem Mantel vor sich, die Schulter hochgezogen, als Schutz gegen den Wind. Er sah sie von hinten, während sie menschenüberfüllte Straßen entlanglief. In seiner Vorstellung war sie gebrechlich, Fußgänger rempelten sie an, während sie in die entgegengesetzte Richtung eilten.

»Ich bin mir sicher, alles ist in Ordnung. Deine Mutter hat aber offenbar eine ganze Reihe an Habseligkeiten mitgenommen. Ich denke, du solltest sofort in Sheldon Lodge anrufen. Hast du ein Handy dabei?«

Brendan konnte sich nicht rühren.

»Geh und kläre die Angelegenheit mit deiner Mutter. Und ruf mich heute Abend an, okay? Sag bitte Bescheid, ob es ihr gut geht.«

Endlich spürte Brendan wieder Kraft in seinen Beinen. Er sprang auf, schnappte sich die Tasche, lief hektisch zur Tür und rief noch schnell über die Schulter: »Danke, Nancy. Ja, das mache ich. Ich melde mich auf jeden Fall. Danke.«

Er eilte durch die Flügeltür zum gelben Fiat Panda, der auf dem Lehrerparkplatz stand. Das Handy in der Hand, suchte er nach der Nummer des Altenheims, während er murmelte: »Pass auf, wohin du trittst, denn du trittst auf meine Träume? O Mom, was zum Teufel hast du getan?«

5. KAPITEL

In dem überfüllten Bus nach Dublin rutschte Evie tiefer in ihren Sitz und schlang die Arme um sich. Es kam ihr vor, als bohrten sich Blicke in ihren Rücken, als stünde sie permanent unter Beobachtung.

Als sie aus dem Fenster blickte, dachte sie daran, dass sie jeden Moment erkannt, identifiziert und festgenommen werden könnte. Da kam ihr die Idee: Sie würde einen Hut kaufen, einen, der ihren Look völlig änderte und gleichzeitig ihr Haar verdeckte – eine Verkleidung. Hastig wühlte sie in ihrer kleinen Tasche: Gut, all ihre Sachen waren noch da.

Die Tasche fest gegen die Brust gedrückt, rutschte sie nach vorn, als der Bus langsamer wurde.

In einem Geschäft probierte sie wenig später das gesamte Hutangebot. Sie betrachtete sich im Spiegel mit verschiedenen Schlapp- und Hochzeitshüten, mit festlichem Kopfschmuck. Letztlich entschied sie sich für eine rote Baskenmütze, denn die sah flott aus, bedeckte ihr Haar komplett, und Evie fand, dass sie damit aussah wie eine intelligente und unabhängige Spaziergängerin, die viel mit ihrem Hund unterwegs war. Außerdem kaufte sie eine Sonnenbrille, eine übergroße Handtasche und einen lässigen Mantel aus leichtem Material. Abschließend betrachtete sie ihr Spiegelbild: eine Mittelklasse-Lady oder eine stylische Touristin aus Paris.

Nachdem sie mit der Karte bezahlt hatte, machte sie sich auf den Weg zur nächsten Pommesbude. Ihr alter Mantel und die zu kleine Handtasche steckten nun in Plastiktüten und schlugen ihr gegen die Beine.

Weil frittiertes Essen in Sheldon Lodge kritisch beäugt wurde, gab es das dort fast nie. Jetzt gönnte Evie sich eine große Portion Pommes, Backfisch und vier Soleier. Sie setzte sich zum Essen auf eine Bank. Die Pommes waren so heiß, dass sie sich fast den Mund daran verbrannte, schmeckten aber einfach köstlich nach Fett, zu viel Salz und Essig. Der Backteig des Fisches war wunderbar knusprig und hüllte ihre Zunge in Öl. Dazu hätte ein schönes Glas Prosecco hervorragend gepasst.

Ein Mann mittleren Alters nahm neben ihr auf der Bank Platz. Er war nach vorn gebeugt und trug einen alten Mantel, sein Gesicht war von dunklen Bartstoppeln bedeckt. Spontan bot Evie ihm ein Solei an.

»Da sage ich nicht Nein«, erwiderte er, steckte sich das ganze Ei in den Mund und schluckte es herunter.

Sie gab ihm noch eins.

»Vielen lieben Dank«, sagte er, bevor er den Mund erneut weit aufriss und das Ei hineinlegte.

Evie fand, er glich einer Anakonda, und stellte sich vor, dass man das Ei in seiner Kehle sehen könne, bevor es in den Magen rutschte. Schweigend aß sie ihre Pommes, einen nach dem anderen. Zu ihren Füßen ließ sich eine Taube nieder und pickte mit dem Schnabel in die Stückchen, die zu Boden gefallen waren. Beinahe hätte Evie sie mit dem Fuß verscheucht. Doch dann hielt sie inne – vielleicht brauchte die Taube auch Pommes. Sie warf ihr ein paar zu und beobachtete, wie die Taube eifrig nach ihnen pickte, die Flügel zusammengefaltet.

»Sie machen also Urlaub hier in Dublin?«, fragte der Anakonda-Mann.

Evie überlegte, was sie antworten sollte. »Ach so, nein, ich bin Krimiautorin und recherchiere hier.«

»Oh, was recherchieren Sie denn?«

»Glück.«

»Dann bin ich Ihr Mann«, entgegnete er und leckte sich ein Stück Ei aus dem Mundwinkel.

»Wirklich?« Evie war neugierig. Sie wandte sich ihm zu, während die Taube davonflog.

»Ja, ich versuche selbst gern mein Glück. Eigentlich bin ich gerade auf dem Weg zu einem Ort, wo ich auf ein bestimmtes

Pferd setzen werde. Kommen Sie doch mit. Das wird sicher lustig, vielleicht finden Sie so Ihr Glück.«

Evie dachte kurz nach. Sheldon Lodge kam ihr so weit weg vor. Sie lächelte. »Das würde ich sehr gern.«

Sie warf die noch warme Pommesschale in den Mülleimer neben der Bank. »Ich war noch nie in einem Wettbüro.«

Sie gingen an zwei Wettbüros vorbei, beide mit großen Schaufenstern, in denen Poster hingen, die in bunten Farben für Wetten und Quoten warben. Beide Wettbüros kannte sie aus TV-Werbungen. Evie erwartete, dass er stehen blieb, doch der Anakonda-Mann trottete weiter, den Blick geradeaus gerichtet. Evie hielt sich direkt hinter ihm; sie wollte ihn schon am Arm packen, überlegte es sich dann aber anders.

»Wir sind vorbeigelaufen ...«, brachte sie keuchend hervor. »Das war doch ein Wettbüro. Wohin gehen wir?«

»Nicht mehr weit«, murmelte er. Er war sichtlich in Schweiß ausgebrochen, hielt aber das Tempo. Evie trabte hinter ihm her.

»Was stimmte denn nicht mit dem Wettbüro?«

»Nichts.« Der Anakonda-Mann wirkte entschieden und hoch konzentriert. »Ist nur nicht das richtige Wettbüro, das ist alles.«

Kurz hielt Evie inne. Vielleicht war der Mann in Wirklichkeit ein gemeingefährlicher Verbrecher wie Sweeney Todd oder Jack the Ripper, der sie nur in eine dunkle Gasse locken wollte. Er könnte sie ausrauben oder Schlimmeres ...

»Kommen Sie, wir sind fast da«, murrte er und wandte sich im Gehen kurz zu ihr um. »Die schließen bald, und ich muss auf ein richtig heißes Pferd setzen. Sind Sie noch dabei?«

Obwohl sie nickte, fragte sie sich, ob das klug war. Denn sie bogen in eine dunkle Straße ab, wo die Backsteingebäude schon zerfielen. Sie blieben vor einem kleinen Geschäft mit dunklen Fenstern und einer Tür stehen, die früher einmal grün gewesen war und davor gelb. Evie sah gelbe Flächen durch das ausgeblichene Grün hindurchschimmern.

Im Wettbüro selbst war es leuchtend hell. Es roch nach Staub und Schweiß und war offenbar der heimliche Treffpunkt von Glücksspielern, die in Zeitungen vertieft auf ihren Stühlen saßen. In der hinteren Ecke gab es einen Schalter; zwei Männer flüsterten miteinander und tauschten Geld aus. Mehrere Menschen beäugten Evie skeptisch. Sie spielte gerade mit dem Gedanken zu gehen, da ergriff einer der Männer das Wort.

»Ah, Memphis, heute sollte dein Tag sein«, rief der Mann am Schalter.

Evie sah ihren Begleiter an, der grüßend lächelte. Ihr Begleiter hieß augenscheinlich Memphis.

»Na, Bruder.«

Memphis sah dem Mann am Schalter nicht ähnlich. Daher nahm Evie an, dass ihr brüderliches Verhältnis vom Wetten herrührte.

»Ich möchte dir gern meine reizende Begleitung vorstellen. Sie schreibt Krimis und heißt …«

»Agatha«, vollendete Evie den Satz, streckte ihre Hand aus und beschloss, dass es am sichersten war, zu lügen. Sie zog die rote Baskenmütze seitlich herunter und blickte über den Rand ihrer Sonnenbrille. Gleich würde sie irgendeine Ausrede erfinden und abhauen.

Auf einmal hielt Memphis die Hand hoch und wedelte mit Scheinen herum. »Ich will bei dem Rennen um halb zwei mitwetten. Zwanzig für Sieg-Platz auf Nummer fünfzehn, El Niño.« Er zeigte ihr eine Zeitung, die er mit der anderen Hand vom Tisch genommen hatte. »Das ist er: El Niño. Ein gutes Pferd für Sie und die beste Garantie, wenn Sie schnelles Geld machen wollen.«

Sie schaute sich die Zeitung an. Ein dort abgedruckter Name fiel Evie ins Auge. Sie sah zur Tür. Ein paar Minuten könnte sie noch bleiben. Nachdenklich biss sie sich auf die Lippe.

»Ich will auf die Nummer vier setzen – Lucky Jim«, erklärte sie schließlich.

Der Mann am Schalter lächelte leicht. »Ein klarer Außenseiter, Lady.«

Zwei Männer hinter ihr lachten schallend.

»Hundert zu eins«, stimmte Memphis ihnen zu. »Aber warum sollten wir der Dame diesen Nervenkitzel verwehren? Schließlich sind Sie auf der Suche nach dem Glück.«

»Dann schnell«, sagte der Mann am Schalter und verzog das Gesicht. »Die Wettannahme schließt gleich.«

Evie fasste in ihre Tasche und zog eine Rolle Geldscheine hervor, die sie sich vor der Begegnung mit Memphis in einer Bankfiliale hatte auszahlen lassen. Es war Geld, das nur auf dem Konto gelegen hatte und sonst nichts. Es würde ihren Wetteinsatz abdecken, und dennoch würde genug übrig bleiben. Ihr zitterte die Hand.

Sie rief sich ins Gedächtnis, wie sie ihr gemeinsames Zuhause verkauft hatte, den Ort, an dem sie mit Jim und Brendan gelebt hatte, dann nur mit Jim, so viele Jahre lang, und versuchte, sich an das Gesicht ihres Ehemannes zu erinnern.

»Ich setzte auf Nummer vier, Lucky Jim.«

Schweigend zählte der Mann am Schalter das Geld, Memphis sah ihm dabei genau zu.

»Wie viel wollen Sie denn setzen?«

Evie dachte an Sheldon Lodge, an Mrs. Lofthouse und ihre pinken Garnelenlippen, dann dachte sie an ihren Mann Jim und daran, wie er seine flache Mütze tief über die ernsten Augen gezogen hatte, eine Zigarette zwischen den Lippen. Einen Augenblick lang zögerte sie, aber war die Vier nicht ihre Glückszahl? Sie hatte es sich noch nie richtig bewiesen, und das war ihre große Chance. Obwohl sie nichts von Gewinnquoten verstand, musste dieses Pferd gewinnen. Es trug Jims Namen und ihre Glückszahl. Und Jim war so ein guter Mann gewesen.

Ihre Stimme war leise, und sie überkreuzte zwei Finger an jeder Hand. Vier Finger. »Alles.«

»Fünfhundert Euro?«, fragte der Mann und zog die Augenbrauen hoch.

Evie atmete ein. »Nummer vier. Auf Sieg.«

Der Mann am Schalter zwinkerte Memphis zu. »Lucky Jim, auf Sieg, hundert zu eins. Hier, Lady, und viel Glück.« Damit reichte er ihr einen kleinen Zettel.

Evie bemerkte, dass die restlichen Männer im Lokal sie ungläubig anstarrten. Die gesamte Aufmerksamkeit war auf sie gerichtet – sie war anders, ein Außenseiter, genau wie Lucky Jim. Mit einem Mal wünschte sie sich, sie hätte das Wettbüro verlassen, solange es ihr noch möglich gewesen war.

Als die Stimme im Radio den Start des Rennens verkündete, glaubte Evie den Angstschweiß der mitfiebernden Menschen um sich herum zu riechen. Ein kleiner Mann mit Schirmmütze und nur wenigen Zähnen grinste sie an. Sie wollte zurückweichen, doch sie war umzingelt. Eine Horde Männer umgab sie, alle hatten den gleichen Gesichtsausdruck. Voller Sorge und gleichzeitig voller Hoffnung hielten sie ihre Wettzettel fest umklammert.

»Und sie rennen los«, ertönte es beschwingt aus dem Radio.

Evie hielt die Luft an, als die Männer noch näher heranrückten. El Niño führte, dicht gefolgt von Steam Packet und Argonaut – kein Wort über Lucky Jim. Als es im Radio lauter wurde, fingen die Knie der Männer fast unmerklich an zu zittern. Der Kommentator sprach nun immer schneller, das Zittern der Männer wurde stärker, sodass all ihre Körper bebten, immer stärker, je weiter das Rennen voranschritt. Evie spürte die Angst der Männer, die auf eines der Pferde gesetzt hatten, und hielt sich so weit am Rand, wie sie konnte. Sie hoffte, das Rennen wäre bald vorbei. Das mit den fünfhundert Euro war keine gute Idee gewesen. Fast sehnte Evie sich zurück nach Sheldon Lodge. Aber nur fast.

»Und die Nummer fünfzehn führt, El Niño … El Niño ist dicht gefolgt von Argonaut, sie kommen auf die Zielgerade,

El Niño ist Argonaut um eine Halslänge voraus, sein Jockey Paddy Mills gibt alles, jetzt ist El Niño …«

Evie dachte kurz darüber nach, den Wettschein einfach fallen zu lassen und aus dem Lokal zu laufen, aber sie fürchtete die aufgebrachte Menge, die nun zu jubeln begann. Memphis machte eine Faust, streckte den Arm immer wieder nach oben, kleine Speicheltropfen fielen ihm aus dem Mundwinkel. Die Stimme des Kommentators wurde hysterischer, bei jedem Konsonanten zischte es im Radio. Die Augen der Männer glänzten wie bei einem religiösen Schwur, und sie hatte das Gefühl, der einzige gesunde Mensch in dem Wettbüro zu sein. Dann ertönte die Stimme aus dem Radio erneut, und auch Evie schloss andächtig die Augen.

»El Niño hat es so gut wie geschafft, aber oh, von der Seite kommt jemand! Es ist Lucky Jim, die Nummer vier! Sein Jockey treibt ihn weiter voran, keine Achtelmeile mehr bis zum Ziel: Er überholt Argonaut, aber El Niño ist noch vor ihm, El N… Nein, Lucky Jim ist um Haaresbreite vor ihm! Nun führt Lucky Jim, Lucky Jim, Lucky Jim! Und Lucky Jim gewinnt das Rennen mit extrem knappem Vorsprung!«

Memphis ließ seine Faust mit ausgespreizten Fingern auf den Tresen sinken, sodass der Wettschein herausfiel. Alle Augen richteten sich auf Evie, als wäre sie ein überirdisches Wesen. Niemand rührte sich, niemand sagte ein Wort. Sie fühlte ein seltsames Kribbeln unter der Haut. Lucky Jim war als Erster ins Ziel gekommen. Schließlich brach Evie das Schweigen. »Tja …«

Die Männer reagierten mit Applaus, sie klopften ihr auf die Schulter und jubelten. Der kleine Mann mit den wenigen Zähnen packte Evie am Arm. »Können Sie mir einen Tipp für das Rennen um halb drei geben?«

Evie wusste nicht, wie ihr geschah. Der Mann am Schalter errechnete ihren Gewinn, es waren über fünfzigtausend Euro. Die anderen starrten sie mit offenem Mund an. Höflich bat sie darum, dass der Scheck auf den Namen Mrs. E. Gallagher ausgestellt wurde. Nachdem der Mann ihn ihr in einem Umschlag gereicht hatte, schüttelte er bloß den Kopf. Behutsam legte Evie das Kuvert in ihre Handtasche.

Memphis rieb sich die feuchten Hände, als er sagte: »Wer hätte das gedacht?«

Evie atmete tief ein, um sich zu beruhigen. Sie schob die Sonnenbrille ein wenig herunter, streckte die Hand aus und ergriff seine. Voll Dankbarkeit und Wohlwollen sah sie ihn an.

»Ich danke Ihnen so sehr für Ihre Hilfe heute, Mr. Memphis«, gurrte sie. »Sie haben mir wirklich Glück gebracht. Und wer weiß? Vielleicht begegnen wir uns eines Tages wieder. Ich werde Sie auf jeden Fall in meinem neuen Roman erwähnen.«

Mit der einen Hand nahm sie ihre Tragetaschen, mit der anderen ließ sie ihre Handtasche hin und her schwingen. Während die Männer sie noch immer anstarrten, schwebte Evie förmlich aus dem Wettbüro und fühlte sich dabei wie Marilyn Monroe.

Sie blinzelte, als sie zurück in die Helligkeit der Straßen Dublins trat. Kurz hielt sie inne, rückte ihre Baskenmütze zurecht und beobachtete die Passanten auf den Bürgersteigen.

Sie dachte daran, dass Jim in seinem Leben nie Glück gehabt hatte.

Entschlossen ließ sie die Plastiktüten mit ihrem alten Mantel und der alten Handtasche auf einen randvollen Mülleimer sinken.

»Heilige Scheiße«, flüsterte sie.

6. KAPITEL

Draußen schien die Dubliner Innenstadt zu verschwimmen: Geschäfte, Häuser, Straßen zogen vorüber. Evie saß in einem Taxi, der Fahrer bog mehrmals ab, und sie wurde seitlich in ihren Sitz gedrückt. Sie kramte tief in ihrer Tasche. Die neue Handtasche war riesig, und ihre wenigen Habseligkeiten steckten in den hintersten Ecken. Mit der Hand ertastete sie den zusammengefalteten Umschlag, in dem der Scheck gesteckt hatte. Jetzt war er leer, nachdem Evie bei der Bank gewesen war. Sie spürte, wie unter dem neuen Mantel ihr Herz pochte, bis zur Kehle hinauf.

Nachdem sie weiter in der Tasche gewühlt hatte, fand sie endlich das Handy, das Brendan ihr geschenkt hatte. Es war nagelneu und füllte ihre Hand aus. Sie würde Brendan anrufen und ihm von ihrem Plan erzählen. Ihm sagen, dass es nur für ein paar Tage wäre. Dann würde sie im Altersheim anrufen und sich für etwaige Unannehmlichkeiten entschuldigen.

Sie blinzelte das Telefon an und berührte den Bildschirm. Dann drückte sie die Taste an der Seite. Der Bildschirm blieb dunkel. Evie drückte fester auf die Seitentaste. Nichts geschah. Sie schlug das Telefon zweimal auf ihre Handtasche und drückte die eckige Taste auf der Rückseite über dem Samsung-Schriftzug. Das Taxi wurde langsamer. Das Display vom Handy blieb dunkel.

»Von wegen Smartphone«, fluchte sie vor sich hin. Intelligent war dieses Telefon jedenfalls nicht.

Als der Taxifahrer gewendet hatte und kassieren wollte, blickte Evie auf die Glasfassade, die vor ihr in die Höhe ragte. Sie las *Dublin Airport* und fühlte, wie ihr ein Schauer über den Rücken lief.

Brendan stand in der Warteschlange. Drei Leute waren noch vor ihm. Als er Mauras Stimme am Empfang hörte, das vertraute, hochvergnügte Trällern, das sie bei allen Patienten einsetzte, wenn sie sie aufrief, hustete er leise. Zusätzlich lehnte er sich etwas zur Seite und winkte ihr zu. Vor ihm stand ein kleiner Mann in einem Regenmantel, vornübergebeugt, zwischen den rosa Ohren klemmte eine tief in die Stirn gezogene Schirmmütze. Über dessen Kopf hinweg sah Brendan den dürren Rücken einer Frau, ihr gebleichtes Haar war zu einem Dutt zusammengebunden. Als sie sich leicht drehte, sah er ihren riesigen Bauch und das kleine Kind, das sie an die Brust gedrückt trug. Ganz vorn in der Schlange stand ein junger Mann, ein Skinhead mit tätowierten Armen. Brendan wippte auf seinen Absätzen hin und her.

»Doktor Palmer kann Sie heute nicht empfangen, Mr. Lawn. Auch nicht bei so heftigen Darmbeschwerden, wie Sie sie haben. Nicht ohne Termin.«

»Aber ich muss den Doktor sehen, Misses. Heute ist es so schlimm, ich brauche etwas, das meinen Darm beruhigt. Es ist ein Notfall.«

»Doktor Palmer hat heute keine Sprechstunde. Er hat Urlaub.«

»Aber ich muss ...«

»Warum gehen Sie nicht zur Apotheke gegenüber und besorgen sich dort etwas, das Ihnen fürs Erste hilft? Soll ich dann schon mal für morgen früh einen Termin bei einem anderen Arzt machen?« Maura sprach leiser und vertraulicher, trotzdem hörte Brendan es. »Doktor Singh. Sie kümmert sich um Ihren Durchfall, ganz bestimmt. Neun Uhr. Passt das?« Maura schenkte ihm ein breites Lächeln.

Die Schultern des jungen Mannes sanken. Nachdem er sich vom Schalter entfernt hatte, flüsterte das schwangere Mädchen mit dem Kind Maura etwas über schmerzhafte Hämorriden zu. Brendan sah, wie Maura warmherzig lächelte, und konnte sich nicht daran erinnern, wann sie ihn das letzte Mal so angelächelt hatte.

Er stellte sich auf die Zehenspitzen und wedelte mit der Hand. »Maura?«

Sie notierte etwas, statt zu antworten. Brendan trat von einem Fuß auf den anderen und blickte hinter sich. Er war der Letzte in der Schlange. Fast zwei Uhr. Der alte Mann im Regenmantel trat einen Schritt vor.

Maura sah ihn mit hochgezogenen Augenbrauen freundlich an. »Ja, bitte? Wie kann ich Ihnen heute helfen?«

Brendan war erstaunt, wie nett sie mit den Patienten umging.

Der Mann nahm die Mütze ab und lehnte sich an den Schalter. »Guten Tag, meine Liebe. Ich habe einen Termin mit der Schwester. Zehn vor zwei.«

Mauras Tonfall wurde heiterer. »Sie sehen zwar blendend aus, Mister O'Malley, aber Sie sind trotzdem zu spät. Die Schwester wartet schon auf Sie. Gehen Sie bitte die Treppe hinauf, dann rechts, dort bitte warten.«

Auf einmal war Brendan an der Reihe. Er wollte Maura die Neuigkeiten überbringen, damit sie das Problem lösen könnte. Als sie ihn jetzt ansah, runzelte sie die Stirn. Ihr lockiges Haar war streng am Oberkopf zusammengebunden; sie hatte es glatt gekämmt, die einzelnen zu erkennenden breiten Strähnen sahen aus wie Zuggleise. Nur oben auf dem Kopf sprangen die Locken auf wie eine strahlende, goldene Krone. Ihr Zweiteiler war blau und über der Brust eng zugeknöpft, der Blusenkragen lag auf dem Stoff wie zwei spitze Zungen.

Brendan holte Luft und wollte gerade ansetzen.

Doch sie kam ihm zuvor. »Brendan, was um Himmels willen machst du …?«

»Es geht um meine Mutter, sie ist nicht mehr da!«

»Möge sie in Frieden ruhen.« Maura sah nicht im Geringsten traurig aus; ihr Gesicht zeigte keinerlei Regung.

»Nein, Maura, sie ist nicht tot, sondern abgehauen. Aus dem Heim.«

Erst sagte Maura gar nichts. Ihr Mund stand offen: rote Lippen, kleine Fältchen um die Mundwinkel. »Tja, dieses Mal scheint sie wirklich den Verstand verloren zu haben.«

»Jenny Marshall von Sheldon Lodge hat die Polizei informiert. Sie halten Ausschau nach ihr.«

»Na, immerhin.«

»Ich habe den Nachmittag frei. Ich bringe sie zurück. Komm schon.«

Maura starrte Brendan an, als wäre das alles seine Schuld. »Ich habe erst um vier Uhr Feierabend.«

»Das Auto steht draußen.« Da plötzlich sein Telefon piepte, zog er es aus seiner Tasche hervor.

Maura runzelte die Stirn. »Ist das die Polizei? Vielleicht hat sie es wieder mit dem Brandy übertrieben, und sie haben sie irgendwo betrunken aufgelesen.« Sie lächelte über ihre Bemerkung, aber Brendan hörte nur mit halbem Ohr zu.

»Hallo? Ja, hier Brendan Gallagher … Ja, das ist meine Mutter. Wie bitte?« Er ließ sich alles erklären. Nach dem Telefonat verstaute er aufgebracht das Telefon in der Tasche.

Maura verdrehte die Augen. »Und?«

»Das war die Polizei. Sie haben Moms Mantel und ihre Handtasche gefunden. In einem Mülleimer.«

7. KAPITEL

Evie sprach mit sich selbst. Sie saß in der Flughafen-Lounge, trank einen Caramel Latte, der wie Sahnepudding schmeckte, und redete sich ein, wie lecker er war und wie sehr sie doch diese modernen Kaffeespezialitäten mochte. Als sie eine Stunde später auf den Schaum im Becher starrte, hörte sie eine abgehackte Stimme über Lautsprecher verkünden, dass das Flugzeug eine Stunde Verspätung haben würde. Also trank sie zwei weitere Becher Kaffee, ging zweimal zur Toilette, und als sie sich wieder setzte, bemerkte sie, dass ihre Hände zitterten.

Evie sah, wie sich andere Passagiere mit ihren Koffern freudig auf den Weg machten, als sei das Fliegen die normalste Sache der Welt. Ihre Atmung dagegen war flach geworden, sie überlegte schon, ob sie sich einen kleinen Brandy kaufen sollte. Als ihr Flug dann endlich aufgerufen wurde, rief sie sich ins Gedächtnis, dass Menschen tagtäglich mit dem Flugzeug verreisten. Was um alles in der Welt hatte sie zu befürchten?

Im Flieger saß sie gedankenverloren auf ihrem Fensterplatz und sprach sich leise Mut zu. Fliegen war doch sicher. Nie geschah etwas Schlimmes, na ja, nicht oft jedenfalls, nur in Filmen.

Die Entscheidung hatte sie ganz spontan getroffen. Sie wollte ihr Leben in die Hand nehmen und in einem Flugzeug fliegen, um etwas zu tun, das sie nie zuvor allein getan hatte, um eine Stunde in der Luft zu sein und um ihren Gewinn auf den Kopf zu hauen. Jetzt saß sie zum allerersten Mal allein in einem Flugzeug, doch sie bereute es nicht, nein, keineswegs.

Einige Leute schauten sie an. Sicher sahen sie in ihr eine alte Irre, die mit sich selbst redete, weil sie sonst niemanden hatte, der ihr zuhörte. Zum Glück würde der Flug zum John Lennon Airport nicht lange dauern. Schon bald würde sie in England landen. Das letzte Mal war sie mit Jim nach Mallorca geflogen, das war fünf Jahre her, sie hatte die ganze Zeit über seine Hand gedrückt.

Jim. Evie schüttelte den Kopf. Letztes Jahr war er noch am Leben gewesen, allerdings ausgemergelt und hustend im Krankenhaus. Die Bettlaken wurden zum Leichentuch an dem Tag, als er starb. Und als sie nach Hause zurückgekehrt war, hatte das Haus noch nach kaltem Zigarettenrauch und seinem Aftershave gerochen. Es war Sommer gewesen, aber alles hatte sich kalt angefühlt.

Nervös fummelte sie an ihrem Sicherheitsgurt herum. »Jetzt beruhige dich mal, Evie. Es gibt überhaupt nichts zu befürchten. Wenn du erst einmal dort bist, wird alles wunderbar sein.«

»Das hier sind unsere Plätze, in Ordnung?« Ein rothaariger junger Mann deutete auf die beiden Plätze neben Evie, auf einem stand ihre Handtasche. Er hatte einen Liverpooler Akzent.

Evie nickte ihm zu und fragte sich, ob er ihr Selbstgespräch mitbekommen hatte. Er und sein Freund, der kleiner und dunkelhaarig war, setzten sich, nachdem sie die Tasche unter ihren Sitz gelegt hatte.

Auf dem Rollfeld schoben Menschen in Uniformen Wagen voller Gepäck hin und her. Die jungen Männer schoben ihre Rückenlehnen nach hinten und rutschten tiefer in ihre Sitze. Der Rothaarige neben ihr steckte die Beine unter den Sitz vor sich, zog sie dann wieder zu sich heran, überschlug sie, was offenbar unbequem war, und lachte leise.

»Nehmen wir uns ’nen Drink, wenn es losgeht, Paul?« Er stieß seinen Kumpel an. Dann wandte er sich an Evie. »Ich bin Danny, das ist Paul.«

Der Dunkelhaarige, Paul, nickte ihr zu.

»Ich bin Evie Gallagher. Ich fliege zum Shoppen nach Liverpool und saß noch nie alleine in einem Flieger …« Das Flugzeug setzte sich in Bewegung, sie spürte die Vibrationen bis in ihre Brust. Erschrocken atmete Evie ein. »O mein Gott …« Sie fühlte, wie das Flugzeug leicht schlingerte und ruckelte. Mit den Fingern krallte sie sich an den Armlehnen fest.

Wieder lachte Danny leise und lehnte sich entspannt zurück.

Als das Flugzeug auf der Startbahn beschleunigte, wurde Evie in den Sitz gedrückt. Erschrocken hielt sie sich die Hände vor den Mund und riss die Augen auf. »Das hier sollte eine kurze Auszeit sein«, sagte sie. »Ich bin vorher noch nie allein verreist. Ich glaube, in Liverpool kann man sehr gut shoppen.«

Die jungen Männer blickten sich kurz an, dann schauten sie zu Evie, die ihre blassen Hände aneinanderdrückte.

Danny kicherte erneut. Mit einem Mal leuchteten seine Augen auf. »He, Paul, erzähl Evie von dem einen Abend, als wir in der Disco waren, du zur Toilette musstest und rausgegangen bist. Da hat dich dann der Bulle angehalten …«

»Erzähl du's ruhig, Dan.«

Evie drückte eine Handfläche gegen die Fensterscheibe. Unter ihr wackelte das Flugzeug. Der Himmel kam auf sie zu – sie rasten gen Wolken. Danny erzählte weiter.

»Also, Evie, Paul war echt dicht, und dann kam da ein Bulle, aus Dublin oder so, und Paul schwankte hin und her …«

Alles unter ihr war nur noch ganz klein, das Flugzeug schwenkte zur einen Seite, der Flügel sank.

»Paul musste also total dringend und suchte eine passende Stelle, um … Sie wissen schon. Und der Bulle hat gemerkt, dass wir aus Liverpool waren, kam auf uns zu und sagte mit seiner tiefen, irischen Stimme: ›Hey, was glaubt ihr denn, was ihr da macht, ey …?‹«

Bei Dannys Versuch, den irischen Akzent nachzuahmen, lachte Paul laut auf. Evie sah Wolken vor ihrem Fenster – schwebende, flauschige Kissen – und fragte sich, wie es sein konnte, dass sie so weit weg war von der Welt, die sie kannte.

Paul und Danny warteten, bis sie sich ihnen wieder zuwandte, dann erzählte Danny weiter.

»Also hat Paul zu dem Bullen gesagt: ›Ey, Kumpel, ich muss pissen.‹ Und der Bulle kommt rüber und sagt zu uns: ›Nun mal langsam, Jungs, wie heißt ihr denn?‹ Und Paul guckt zu mir rüber, fängt an zu stottern und sagt: ›Ey, ey, sag ihm nicht deinen Namen, Danny.‹ Und dann legt er sich auf die Fresse.«

Danny und Paul schüttelten sich vor Lachen in ihren Sitzen, ihre Gesichter waren knallrot. Evie sah sie einen Augenblick lang schweigend an, dann musste auch sie lachen. Sie atmete aus, ließ die Hände in den Schoß sinken und lehnte sich zurück.

Danny kicherte immer noch leise. »Und, Evie? Alles wieder gut?«

Evie sah in Dannys besorgtes Gesicht.

»Sie waren eben ganz blass. Ich hatte echt Angst. Dachte schon, Sie würden sich übergeben.«

Paul pflichtete ihm bei.

»Jetzt geht es mir besser, danke.«

»Wie wäre es dann mit einem Drink? Zur Beruhigung?«

Eine Stewardess in schicker blauer Uniform war mit dem Getränkewagen auf ihrer Höhe angekommen. Sie blickte zu Danny und Paul, dann zu Evie. »Ist alles in Ordnung?«

»Bestens, danke.« Evie deutete auf den Wagen. »Allerdings könnte ich einen Drink vertragen.«

Paul mischte sich ein. »Das geht auf mich. Was trinken Sie, Evie?«

Misstrauisch beäugte die Stewardess die beiden jungen Männer. Evie ignorierte das und schlug vor, eine Flasche Champagner zu kaufen.

Zwanzig Minuten später hatten Evie und ihre neuen Freunde eine Flasche Veuve irgendwas getrunken. Sie hatte ihnen beigebracht, *»sláinte«* zu sagen, was Paul und Danny laut wiederholten, während sie ihre Gläser hin und her schwenkten.

Irgendwann winkte Evie die Stewardess zu sich und bestellte eine zweite Flasche. Im Flüsterton fügte sie hinzu: »Ist ein besonderer Anlass. Man ist nur einmal jung.«

Die Stewardess beugte sich vor, woraufhin die Jungs sich erst recht krümmten, weil ihr uniformierter Oberkörper ihnen nun noch näher war. Mit sanfter Stimme fragte sie nach: »Sind Sie sicher, dass alles in Ordnung ist?« Sie lächelte zwar, aber ihr Blick war leicht besorgt.

»Ja, danke, jetzt, wo wir eine zweite Flasche bekommen, ist alles bestens.«

»Natürlich.« Sie nahm den Champagner aus dem Eiskühler, entkorkte die Flasche und reichte sie Danny und Paul, die zu jubeln begannen, als das Getränk überschäumte. »Könnten Sie bitte etwas leiser sein? Sie stören die anderen Passagiere.«

Die Jungs brachen erneut in Gelächter aus. »Haste 'ne Packung Chips für uns, Süße? Ich verhungere«, sagte Danny, als sie auf Pauls Geburtstag und die Freuden des Fliegens anstießen.

Evie bekam gar nicht mit, dass der Sinkflug eingeleitet wurde. Paul schlief und schnarchte laut. Danny blickte verstohlen zu ihr herüber, um sicherzugehen, dass mit ihr alles in Ordnung war. Dann begann er mit einer Lobrede auf Steven Gerrards Freistoßqualitäten und erzählte, wie ihn der eine Fehler gegen Chelsea die Meisterschaft gekostet hatte, bevor er seine Karriere beendet hatte. Evie lächelte, aber sie nahm in ihren Ohren ein Pfeifen wahr und hatte so ein untrügliches Gefühl, dass sie nicht ganz so leicht aus dem Liverpooler Flughafen herausfinden würde.

»Ich fand ihn immer toll, diesen John Lennon«, sagte sie nachdenklich. »Wirklich eine Schande, dass er erschossen wurde.«

»Wo bleiben Sie in Liverpool, Evie?« Danny zog eine Augenbraue hoch und schob Paul in eine aufrechte Sitzposition, wobei dessen Kopf auf Dannys Schulter sank.

»Ich brauche für ein paar Tage ein Hotel. Können Sie mir eins empfehlen?«

»Klar, kein Problem. Wir besorgen Ihnen ein Taxi ins Stadtzentrum, sobald wir draußen sind, nicht wahr, Paul?«

Paul schnarchte geräuschvoll weiter. Die Räder des Flugzeugs berührten den Asphalt, die Bremsen quietschten, und Danny redete schnell weiter. »Haben Sie denn was Besonderes vor in Liverpool, Evie? Außer shoppen, meine ich.«

Evie war sich nicht sicher. Also sagte sie: »Ja. Ich besuche meinen Sohn.«

»Ach! Lebt er in Liverpool?«

Kurz überlegte sie. »Nein, er trifft mich hier.« Sie hatte zu viel getrunken, und auf einmal stiegen lauter Dummheiten in ihr auf, wie Blasen in einem Champagnerglas. »Er ist ein Rockstar.«

Danny schaute Evie in die Augen. »Ein Rockstar? Jemand Berühmtes?«

Er war betrunken. Mit ernster Miene rückte er näher. Eine weitere kleine Showeinlage war nötig. Evie richtete sich auf, streckte ihre Arme aus und fuhr sich mit einer Hand durchs Haar. »O ja, mein Sohn ist ziemlich berühmt. Ich bin sicher, Sie haben schon von ihm gehört. Er ist Sänger und spielt mit seiner Band auf der ganzen Welt. Er heißt Bono.«

Danny saß auf einmal kerzengerade und stieß Paul heftig in die Seite. Sie schauten einander an. Paul blinzelte, während Danny ihn erneut mit dem Ellbogen anstieß und leise kicherte.

»Krasse Scheiße, Paul«, brachte Danny keuchend hervor. »Wir haben uns gerade mit Bonos Mutter die Kante gegeben.«

8. KAPITEL

Es war Morgen, laut Uhr schon kurz vor neun. Blinzelnd öffnete Evie die Augen und streckte sich in dem breiten Kingsize-Bett. Noch immer wunderte sie sich, wie der Flug nach einem so unschönen Start noch so angenehm hatte werden können. Die Lügengeschichte über Bono, die sie den zwei jungen Herren aufgetischt hatte, bereute sie kein bisschen. Die beiden waren so glücklich gewesen, als sie Evie in ein Taxi gesetzt, ihr die Hand geschüttelt und gesagt hatten: »Es war uns eine Freude, Sie kennengelernt zu haben, Evie. Richten Sie Bono aus, dass wir *Achtung Baby* geliebt haben.«

Ihr knurrte der Magen. Wegen des Champagners hatte sie eine ganz pelzige Zunge – sie könnte ein Frühstück vertragen. Vergangene Nacht hatte sie in Unterwäsche geschlafen. Sie hatte weder Wechselkleidung noch eine Zahnbürste mitgebracht. Es war also höchste Zeit, einkaufen zu gehen. Schließlich war sie in Liverpool, und die nächsten paar Tage konnte sie tun und lassen, was sie wollte.

Heute würde sie sich bei Brendan melden – und bei Jenny von Sheldon Lodge. Gut gelaunt schnappte Evie sich die Baskenmütze, die sie in Dublin gekauft hatte, und setzte sie auf. Jetzt konnte sie jemand anderes werden, nicht die Evie, die sie war, nicht die Ehefrau, die Mutter, die alte Dame im Seniorenheim, sondern jemand Interessantes, jemand, dem sie noch nie begegnet war. Sie zog ihre Kleidung an, ihren neuen Mantel, und der Geruch erinnerte sie plötzlich an Flughäfen, Taxis und Wettbüros. Wieder musste sie lachen.

Im Foyer fragte sie an der Rezeption nach einem Stadtplan, um ihre Einkaufstour zu planen. Sie würde sich ein schönes Café zum Frühstücken suchen, wo es Caramel Latte gab. Als sie wenig später auf die Straße hinaustrat, dachte Evie immer noch an den süßen Geschmack des Modegetränks.

Sie spürte den Zusammenstoß. Mit dem Rücken wurde sie

gegen die Hauswand gedrückt, und instinktiv umklammerte Evie ihre Handtasche. Nachdem sie die Baskenmütze zurückgeschoben hatte, die ihr ins Gesicht gerutscht war, blickte sie in das Gesicht einer Frau, die sie anstarrte.

»Warum schauen Sie nicht hin, wo Sie langgehen?«, schimpfte die Frau.

Evie war sprachlos. Atemlos.

Die Frau, eine Italienerin oder Spanierin, war verärgert. Ihre Augen sprühten förmlich Funken, arrogant zog sie die Brauen hoch. Ihr Gesicht sah nicht mehr jung aus. Die Augen waren operiert und mit Kajal umrandet, der Mund war feuerrot. Sie trug eine orangefarbene Jacke und trug das Haar in einem Knoten zusammengebunden. Evie starrte auf das Haar. Es war purpurfarben und mit einer pinken Schleife versehen.

»Sie sollten aufpassen, in Ihrem Alter«, fuhr die Frau fort. »Sonst verletzen Sie sich noch.« Mit diesem Worten drehte sie sich um und eilte die Straße hinunter.

Evie betrachtete die Jacke, die hohen Schuhen und dünnen Knöchel sowie die orangefarbene Ledertasche, die die Frau sich im Gehen über ihre Schulter schwang. »Was sollte das denn heißen, in meinem Alter?«, rief sie. »Die war doch selbst mindestens fünfundsechzig.«

Nachdenklich blickte sie auf ihre staubigen Schuhe, auf die bequeme Hose, die so weit und kurz war, dass man den Rand ihrer weißen Socken sehen konnte, und auf den unförmigen blauen Mantel, auf den sie einen Tag zuvor noch so stolz gewesen war. »Hmmm.«

Frühstück war erst einmal wichtiger, ein Caramel Latte und ein Croissant. Währenddessen würde sie sich über alles Weitere Gedanken machen.

»Ich kann Sie dazwischenschieben, wenn Sie einen Moment Zeit haben, meine Liebe.«

Auf dem Namensschild stand »Nathan«. Seine blonden

Haare waren an den Seiten rasiert und etwas dunkler, auf dem Kopf zu einer geschwungenen Locke gestylt. Er trug ein violettes T-Shirt mit der Aufschrift *This Is What A Feminist Looks Like*, enge schwarze Jeans und einen Gürtel, an dem Scheren und Kämme befestigt waren.

Dankend nahm Evie im Empfangsbereich Platz und hielt ihre Einkaufstüten fest an sich gedrückt. Sie hatte sich ein paar neue Kleidungsstücke gegönnt, darunter eine Lederjacke. Allerdings war sie sich bei der Jacke noch nicht so sicher. Grün trug sie normalerweise nicht. Die Jacke war smaragdgrün, und schließlich war sie doch Irin, hatte der Verkäufer gemeint. Zudem war sie nicht gerade günstig, andererseits saß sie perfekt. Natürlich passte sie nicht zu der roten Baskenmütze, aber Evie hatte einen schwarzen Hut gekauft, der dem ähnelte, den sie in dem Beatles-Film *A Hard Day's Night* gesehen hatte. Am Ende hatte sie alles mit Karte bezahlt, sodass es sich fast angefühlt hatte, als hätte sie so gut wie nichts ausgegeben.

Während Evie wartete, brachte ihr eine junge Dame vom Empfangstresen einen Kaffee. Er schmeckte wie Sirup.

»Jetzt kann es losgehen«, rief Nathan.

Nachdem er sie zu einem Stuhl geführt hatte, legte er ihr mit Schwung einen Umhang um die Schultern. »Was kann ich für Sie tun, meine Liebe?«

Evie zögerte. »Ich möchte mich verändern.«

»Hmmm.« Nathan sah sie an und trat einen Schritt zurück. »Radikal?«

Sie wusste nicht, was er damit meinte, stimmte aber zu.

»Lassen Sie mich nur machen. Eine kräftige Farbe und ein neuer Schnitt, und schon sehen Sie aus wie Madonna.«

Eigentlich wollte sie nicht wie die katholische Popikone aussehen. Nach reiflicher Überlegung kam Evie sogar zu dem Schluss, dass sie auf keinen Fall wie die Frau aussehen wollte, die sich austobte und *Like a Virgin* sang, das Lied aus dem Jahr 1984, als Brendan gerade sieben Jahre alt gewesen war. Sie erinnerte sich daran, wie er in der Kinderdisco dazu mitgesungen und auf seinen kurzen Beinchen dazu getanzt hatte, die Arme in die Luft gestreckt. Er hatte sie angestrahlt, weiter mit den Armen gewackelt und mit den Füßen gestampft. Es hatte ihr einen Stich versetzt, dabei zuzusehen, wie ihr Kind den Liedtext mitsang. Trotzdem hielt sie den Friseur nicht zurück.

Nathan hielt ihre braunen Locken in der Hand und schien zu überlegen.

In ihrer Fantasie sah sie sich als entstellte Karikatur mit wilder Mähne, die von Leuten angestarrt und ausgelacht wurde. Schweigend hoffte sie auf das Beste.

Nathan sprach mit ihr, doch sie schwieg, während der Maestro seine Arbeit verrichtete. Er erzählte ihr von seinem Mazda MX-5 und fragte sie, ob sie den neuen Bond-Film gesehen hatte. Evies Haare wurden derweil mit Farbe bepinselt und aufgetürmt.

Das Licht im Salon war grell und betonte die Falten in ihrem Gesicht, sodass sie erst recht verängstigt aussah. Das Waschen dauerte ewig, und dann saß sie schließlich vor ihrem Spiegelbild, das sie an eine seltsame Elfe mit einem blödsinnigen Helm aus Haaren erinnerte, der ihr am Kopf klebte.

Nathan schwang den Föhn und plauderte weiter, diesmal über den Junggesellenabschied eines Freundes in Goa. Evie versuchte, an ihm vorbei in den Spiegel zu schauen, während er ihr Haar stylte. Die Worte *Hammel* und *Lamm* kamen ihr in den Sinn. Nathan war ein wahrer Künstler, der mit Kamm und Schere in der Hand sein Werk vollendete, einige Schritte zurückging, das Gesicht verzog und erneut die Schere ansetzte. Mit schwungvoller Geste trat er schließlich zurück und hielt den Kamm triumphierend nach oben.

»Den Pony habe ich lang gelassen und einige Stufen und etwas Struktur hineingebracht, aber nicht zu viel abgeschnitten. Ich finde, die blonden Highlights rahmen Ihr Gesicht wirklich gut ein, so wirkt es weicher. Was meinen Sie?«

Evie sah die Frau an, die ihr aus dem Spiegel entgegenblickte, und brach in Gelächter aus. »Oh, wie sehe ich denn aus!«

Ihr Gesicht strahlte, weiches, goldblondes Haar umspielte die Wangen. Ihre Augen leuchteten. Sie fand, sie sah aus wie eine Märchenkönigin.

»Gefällt es Ihnen nicht?«, fragte Nathan pikiert.

Sie sah zu ihm auf, als wäre er ein Heiliger. »Ich liebe es! Das ist großartig. Was schulde ich Ihnen?«

»Das macht einhundertzwanzig Pfund.«

»Es ist jeden einzelnen Penny wert«, erwiderte sie und griff nach ihrer Karte.

9. KAPITEL

Mit einem Koffer voller Kleidung kehrte Evie an diesem Tag ins Hotel zurück. Sie schlief kurz, lud ihr Telefon auf – inzwischen hatte sie sich erklären lassen, dass das nötig war –, wusch sich und ging in neuen Jeans und der grünen Lederjacke erneut in die Stadt. Nun war sie eine elegante Blondine, das erkannte man nun sicher auch an ihrem Gang. Genau das hier hatte sie gebraucht: eine kleine Auszeit von Dublin. Sie verzog das Gesicht. Sie musste Brendan anrufen oder ihm zumindest schreiben.

Als sie an einem Reisebüro vorbeilief, fiel ihr im Schaufenster eine große blaue Anzeige ins Auge. Evie nahm sich vor, später zurückzukommen. Erst einmal wollte sie die Kathedralen besichtigen.

In einer Seitenstraße blieb sie dann aber doch vor einem Pub stehen, nahm ihr Handy heraus und drückte unbeholfen an den Seiten herum. Sie hörte, wie Leute lachten, die Musik dröhnte, und es roch stark nach Bier. Langsam drückte sie auf die Tasten. Erst würde sie Brendan anrufen, dann Sheldon Lodge. Sie malte sich das Gespräch aus. Alle wären beeindruckt davon, wie souverän sie diesen kleinen Trip organisiert hatte, ganz allein. Und sie würde jünger, blonder und vitaler zurückkehren. Sheldon Lodge fühlte sich immer noch nicht wie ihr Zuhause an, aber vielleicht gab es noch andere Möglichkeiten, ein kleiner Bungalow womöglich, in der Nähe von Brendans Haus.

Erstaunlicherweise leuchtete das Smartphone plötzlich auf, und auf dem Display erschien ein blauer Himmel mit weißen Wolken. Sie drückte auf das Briefumschlag-Symbol. Kurz darauf erschien ein Textfeld, über dem die Worte »Brendan, Sohn« standen. Evie drückte auf die Buchstabentasten, bis Worte entstanden:

lieber brendan ich bin in liverpool mach dir keine sorgen alles liebe mom

Sie drückte auf *Senden*, und somit war es vollbracht. Sie hatte eine SMS verschickt. »Ich bin wohl ein Naturtalent.«

Mit einem Mal polterte etwas Hartes und Grobes gegen sie. Evie ließ das Handy los, es fiel auf den Kies. Eine Hand drückte sie nach unten und griff nach ihrer Handtasche, aber daran krallte sie sich fest.

Eine Stimme brüllte: »Lass los, du blöde alte Oma!«

Unnachgiebig klammerte sie sich weiter an ihrer Tasche fest, krümmte sich über ihr. Als sie jedoch einen Tritt gegen den Arm spürte, hörte sie ihre eigene Stimme wie von fern aufschreien. Sie rollte sich zusammen und wartete auf die nächste Attacke. Wieder hörte sie einen dumpfen Schlag, dann Geschrei und ein Raufen. Aber sie war nicht erneut getroffen.

Evie sah auf. Zwei Männer kämpften gegeneinander. Der eine war ein junger Kerl in einer dunklen Jacke mit Kapuze, sein Gesicht war so verzerrt wie das eines bösartigen Kobolds. Der andere hatte einen dicken Bauch, trug ein rotes Fußballtrikot und seine Arme waren enorm: Mit einem nahm er den Jungen in den Schwitzkasten, der nun vor Wut schrie. Der Mann fluchte und stieß den Jungen grob von sich, der sich darauf hastig aufrappelte und davonrannte. Der Trikot-Mann wandte sich Evie zu und half ihr auf. Sie hielt ihre Handtasche vor sich wie einen Schild.

»Alles in Ordnung?«

Ihr zitterten die Beine, und ihr Arm tat weh.

Der kräftige Mann legte ihr einen Arm um die Schultern. »Wollen Sie hereinkommen und einen Brandy trinken? Sie wirken ziemlich mitgenommen.«

Ihre Stimme versagte. Evie konnte nur noch ihre Handtasche umklammern. Aber ein Brandy klang verlockend. Ein doppelter.

Der Mann betrachtete sie noch einmal. »Offenbar haben Sie sich nichts Schlimmes getan. Sie sind ja ganz schön hart im Nehmen. Nur die Jeans ist ein bisschen dreckig. Ist das Ihr Handy?«

Er beugte sich vor und reichte Evie ihr Telefon. Der Bildschirm war kaputt.

»Da hatten Sie aber wirklich Glück.«

Evie zitterte.

»Wo wohnen Sie? Dann bringen wir Sie nach Hause.«

Nachdem sie ihm den Namen des Hotels genannt hatte, winkte er ein Taxi heran und half ihr hinein. Sie überprüfte, ob ihr Telefon auch wirklich in ihrer Hand war und die Tasche an ihrem Arm hing. Die Fahrt dauerte nicht lange.

»Die Polizei hat keinerlei Spur von ihr. Seit zwei Tagen. Nichts. Sie meinten, ich solle mir keine Sorgen machen und einfach normal weiterleben.«

Brendan ließ den Kopf auf den Schreibtisch sinken und schob dabei Unterlagen in alle Richtungen. Penny Wray stellte sich hinter ihn. Sie legte ihm die Hände auf die Schultern und massierte seine verspannten Muskeln.

Abrupt richtete er sich auf. »Was, wenn sie sie nicht finden? Oder wenn ihr etwas passiert ist?«

»Alles wird gut. Warte einfach ab.«

»Sie ist fünfundsiebzig, Penny. Ich male mir die schlimmsten Dinge aus, die ihr zustoßen könnten.«

Penny verstärkte ihren Griff, während sie seine Schultern weitermassierte. Seufzend legte Brendan den Kopf wieder auf die Tischplatte, schloss die Augen und genoss die Wärme ihrer Hände, die durch den Stoff seines Hemdes drang. Er dachte über Penny nach, die nur wenige Zentimeter hinter ihm stand, darüber, was für eine freundliche Erscheinung sie seit einem Jahr im Lehrerzimmer war und wie dankbar er ihr für ihre Warmherzigkeit und Liebenswürdigkeit war. Ihm fiel auf, dass sie nie einen Freund oder Partner erwähnt hatte. An ihrem Ringfinger trug sie einen breiten Silberring, eine Art keltisches Symbol mit einem großen Rubin. Sie war nicht verheiratet: Sie hieß Miss Wray. Und wenn sie bislang keinen Mann erwähnt hatte, gab es in ihrem Leben vielleicht auch keinen. Der Rubinring diente lediglich der Abschreckung. Er sollte sicher die einsamen Wölfe von ihr fernhalten. Sie war ein zufriedener Single, widmete sich dem Sport, ihrer Fitness, Gesundheit, Schönheit und natürlich dem Unterrichten.

Als sie ihre Finger tief in das weiche Gewebe seiner Schultern drückte, entspannte er sich zunehmend. Er wusste, dass sie Erfahrung mit Sportmassagen hatte, aber ihm gegenüber war sie schon immer besonders freundlich und hilfsbereit gewesen. Er stellte sich Penny an den Wochenenden vor, wie sie früh aufstand, dann laufen und schwimmen ging. Zum Frühstück aß sie bestimmt Müsli, zu Mittag einen Salat, irgendetwas mit Linsen, und dann ging sie vielleicht zum Pilates oder gab Spinning-Unterricht. Er stellte sich vor, wie sie am Abend Freunde traf. Vermutlich lebte sie in einem kleinen Häuschen, hatte einen Hund – einen Ridgeback, der sie bei jedem Wetter auf ihrer Joggingrunde begleitete – sie war eine Frau mit Hund, die im Morgengrauen am See ihre Runden drehte. Nein, beschloss er, sie hatte keine Zeit für einen Ehemann. Jetzt drückte Penny mit den Daumen gegen seinen Nacken, und Brendan spürte, wie die Verspannung verpuffte, so wie Luft aus einem Ballon entwich. Auf seinem Gesicht breitete sich ein Lächeln aus, und er fragte sich, ob sie es genauso genoss wie er. Als er seufzte, hörte er selbst, wie verzweifelt er klang. Penny trat ein Stück zurück.

»Du bist sehr verspannt. Du machst dir bestimmt sehr viele Sorgen, Brendan. Kann deine Frau da nicht helfen?«

Sofort zog er die Schultern hoch und drehte sich zu Penny um, die nun ihre Jacke anzog. Sie war eine ausgebildete Masseurin. Er hatte schon gesehen, wie sie die verspannten Rücken anderer gestresster Kollegen wieder weichgeklopft hatte.

Doch sie hatte viel Zeit für seine Schultern aufgebracht, mehr als nötig gewesen wäre. Er biss sich auf die Lippe. Ihr Haar war lang und glänzte. Sie sah aus wie jemand aus einer Shampoo-Werbung.

Mitfühlend sah sie ihn an und verzog dabei den Mund.

Er schüttelte den Kopf. »Was soll ich denn tun?«

Sie hob eines ihrer Sandwiches. Mit Käse und Salat. »Hier. Du hast nichts zu Mittag gegessen.«

»Ich habe keinen Appetit.«

Penny ging zu ihm, nahm seine Hand und hielt sie fest. Obwohl ihm bewusst war, dass er zitterte, konnte er nichts dagegen tun.

»Brendan, es ist fast fünf Uhr. Warum fährst du nicht nach Hause? Wir sind doch hier mit allem durch. Ruf noch mal bei der Polizei an. Frag, ob du mit jemandem sprechen kannst, der den Fall betreut.«

Sein Kopf wurde schwer, und zwischen seinen Augen breitete sich ein dumpfer Schmerz aus. Brendan ging durch den Sinn, dass er lieber in der Schule bleiben würde, als einen Abend mit seiner Frau zu verbringen. Und er fragte sich, ob Penny seine Gedanken lesen konnte; vielleicht wollte sie, dass er endlich nach Hause fuhr. Vielleicht wollte sie woanders sein, wo es interessanter war. Womöglich gab es letztendlich doch einen Mann in ihrem Leben. Er stützte sich am Tisch ab und stand auf, ganz langsam, so als würden ihn die Sorgen zu Boden ziehen, nahm seine Tasche und steckte einige Unterlagen hinein.

»Du hast natürlich recht. Morgen sieht die Welt schon wieder anders aus. Danke. Du warst wundervoll.«

Zum Abschied umarmte sie ihn, und Brendan atmete ihren warmen Duft ein. Die Arme hielt er seitlich von seinem Körper und fragte sich noch, ob er ihre Taille umfassen sollte. Aus seiner Kehle drang ein Schluchzen. Schließlich zuckte er die Schultern. »Ich gehe dann mal, Penny.«

Sein Handy klingelte. Das war sicher Maura, die ihn daran erinnern wollte, dass er nicht zu spät zum Abendessen kommen sollte. Er kramte in seiner Tasche und holte das Telefon heraus. Auf dem Bildschirm las er *Mom*, und umschloss die Plastikhülle so fest, dass seine Finger Schweißflecken hinterließen. Penny stand neben ihm, als er die Nachricht öffnete.

Er las sie einmal, dann noch einmal. Seiner Mutter ging es gut. Seine Sicht verschwamm, während er auf den Text starrte.

Sie war in Liverpool.

10. KAPITEL

Evie saß in der Badewanne und schloss die Augen. Sie fühlte sich ganz steif, alles tat ihr weh. Um sie herum stieg Dampf auf, während sie vor Wut weinte. Sie erinnerte sich an dieses erdrückende Gefühl, nicht gut genug zu sein. Genau diese Minderwertigkeitskomplexe hatte sie in der St.-Aloysius-Schule gehabt, als Schwester Benedikta ihr mitgeteilt hatte, sie hätte lediglich drei Prozent in dem Bibeltest erreicht. Am zweiten Tag in der Bäckerei hatte sie sich genauso geschämt, als sie ein Blech voller frischer Sahnehörnchen fallen gelassen hatte. Nun fiel ihr auch das Gefühl der Erniedrigung und des Verlusts wieder ein, das auf ihren Schultern gelastet hatte, als der Arzt ihr die erste Fehlgeburt diagnostiziert und ihr gesagt hatte, sie könne womöglich keine Kinder bekommen. Sie erinnerte sich an Jims trauriges Gesicht, dem Brendons heute so sehr ähnelte. Mit trübem Blick hatte Jim sie damals beobachtet, verschanzt unter seiner Schirmmütze.

Evie kletterte aus der Wanne, wickelte sich in ein Handtuch ein und nahm sich ein zweites für die Haare. Sie betrachtete den dunkelblauen Bluterguss und versuchte, ihren Arm zu heben. Er fühlte sich unglaublich schwer an, sie presste die Kiefer zusammen.

Natürlich könnte sie zurück ins Altersheim gehen. Da wäre sie wenigstens in Sicherheit. In Sicherheit, aber gelangweilt und vor sich dahinvegetierend.

Eine verschwommene Erinnerung nahm in ihrem Kopf wieder Form an; Evie zuckte zusammen und fühlte sich unwohl. Sie erinnerte sich an einen Spaziergang in einem Dubliner Park vor fast einem Jahr. Es war Frühherbst, und sie musste einfach raus aus dem Haus, wo hinter jeder Ecke Erinnerungen an Jim lauerten, wo der Staubsauger mitten im Flur herumstand und die Fenster im Sonnenlicht schmierig und dreckig aussahen und förmlich danach schrien, von ihr gereinigt zu werden.

Evie mochte die Weite im Park, die langen Wege, wie sich die Bäume und Pflanzen in verschiedenen Grün- und Rottönen vom weißen wolkigen Himmel absetzten und wie hier und da einzelne Blumen bunte Farbakzente setzten. Auf einmal tauchte während des Spaziergangs ein Hund vor ihr auf und sprang sie an, sodass sie zu Boden fiel. Seine Pfoten waren auf ihrer Brust, und sie konnte den warmen Atem des Tieres spüren, den Gestank seiner nassen rosafarbenen Zunge riechen. Ein Mann packte den Hund am Halsband. »Runter mit dir, Bucket, sofort!«

Der junge Mann war überaus freundlich. Er hatte mit dem Hund geschimpft und ihn sofort an die Leine gelegt. Danach verflüchtigten sich ihre Erinnerungen. Der junge Mann hatte eine Glatze und trug eine braune Jacke. Der Hund war groß, vielleicht ein Schäferhund, mit großen, runden Augen und geifernden Lefzen. Evie war erschüttert gewesen, zutiefst erschrocken. Die Stimme des jungen Mannes hatte in ihrem Kopf gedröhnt. Er hatte ihr auf die Beine geholfen, sich entschuldigt und irgendetwas davon gesagt, dass Bucket noch ein Welpe sei. Sie hatte leise gemurmelt, dass es in Ordnung sei und es ihr gut ginge. Dann hatte sie sich umgedreht und war nach Hause gegangen, zurück zum Staubsauger und den schmierigen Fensterscheiben.

Später in der Woche hatte sie Brendan und Maura von dem Hund erzählt und mit ihnen über die Themen Sicherheit und Einsamkeit gesprochen. Sie hatten ihr vorgeschlagen, in ein Seniorenheim zu ziehen. Nach Sheldon Lodge.

Die Erinnerung an den Hund war noch immer präsent, die Art, wie er sie angefallen und umgerannt, wie er ihr die schweren Pfoten in die Brust gestoßen hatte. Und Evie dachte zurück an den jungen Mann, der sie vorhin in der Gasse überfallen hatte, an ihrer Handtasche gezerrt und sie beschimpft hatte, mit einer Stimme wie der eines fauchenden Tieres. In Sheldon Lodge war es warm, friedlich und sicher.

Evie biss sich auf die Lippe und setzte sich auf. Sie hatte überlebt. Ein freundlicher Mann hatte ihr geholfen, sie sogar als mutig bezeichnet. Die Handtasche war noch heil, genau wie sie. Sie war im Urlaub, hatte sich neue Kleidung gekauft und war jetzt eine Blondine. Sie atmete aus. »Jetzt aufzugeben, das kommt überhaupt nicht infrage. Ich bin nicht fünfundsiebzig Jahre alt geworden, ohne gelernt zu haben, was es bedeutet, Kampfgeist zu haben.«

Entschlossen nahm sie ihr Telefon heraus. Der Sprung im Display spiegelte zwar das Licht, aber die Wolken erschienen tadellos vor blauem Himmel. Ein Ärmel ihrer grünen Jacke war voller Erde und Kies, ansonsten hatte sie aber nichts abbekommen. Die Jeans wäre nach dem Waschen wieder wie neu, die Schrammen in ihrem Gesicht und der blaue Fleck auf ihrem Arm würden in Kürze verheilen. Evie ging zur Minibar und schenkte sich einen Gin Tonic ein. Als der Alkohol in ihrer Kehle brannte, wurde ihr wärmer. Sie würde die Rezeption anrufen und dafür sorgen, dass die Jeans gereinigt würde, und sich dann eine Pizza bestellen.

Als Brendan zu Hause ankam, war es dunkel im Haus. Er runzelte die Stirn. Maura ging selten ohne ihn zum Supermarkt, und üblicherweise besuchte sie abends auch keine Freunde. Er stellte seine Tasche im Flur ab. Die *Irish Times* würde für ihn bereitliegen. Sicher konnte er vorm Abendessen noch in Ruhe Zeitung lesen, später würde er dann ein paar Stunden lang die Poesie-Hausaufgaben benoten.

Aus dem Esszimmer ertönte eine sanfte Stimme: »Hier bin ich, Brendan.«

Staunend trat er ein. Der Tisch war für das Abendessen gedeckt und mit mehreren Teelichtern dekoriert, die Flammen tanzten in der Dunkelheit. Brendan musste an die Beerdigung seines Onkels Patrick denken, bei der er als Teenager gewesen war. Fast spürte er wieder die zugige Luft aus der Kirche auf seiner Haut, als er an den Tod seines eigenen Vaters im vergangenen Jahr dachte, an den wuchtigen Sarg, in dem ein kalter Körper lag, den er nie wieder berühren würde.

Maura saß am Kopf des Tisches, vor sich eine Auflaufform. Als sie den Deckel lüftete, stieg Dampf auf, und das flackernde Kerzenlicht warf Schatten an die Wand – wie eine Hexe vor ihrem Kessel. Auf dem Tisch entdeckte Brendan er eine offene Flasche Wein und zwei leere Gläser. Sprachlos blieb er stehen.

Geschmeidig rutschte sie von ihrem Stuhl und ging auf ihn zu. Sie trug ein tief ausgeschnittenes schwarzes Kleid, und er sah ihre rosafarbene Haut durch den dünnen Stoff hindurchscheinen. Als die Träger des Kleides herunterrutschten, schob sie sie wieder hoch. Das Haar fiel ihr auf die Schultern und war zu einem Helm aus goldenen Locken gesprayt. Während sie Brendan die Arme um den Hals schlang, nahm er Rosenduft wahr.

»Ich habe uns Schmorhähnchen gemacht.« Er sah zum Tisch hinüber, und sie gab ihm einen Kuss auf die Wange.

Um sie richtig zu küssen, wandte er den Kopf, doch sie hatte sich schon weggedreht.

»Dazu gibt es einen herrlichen Pinot Grigio. Den habe ich schon vor Stunden kalt gestellt.«

Er erschauerte unwillkürlich.

»Ich dachte, wir essen schön zusammen und gehen dann vielleicht früh schlafen.« Sie schlug die Lider herunter und sah ihn verführerisch an.

Erstaunt sah Brendan seine Frau an. Weder hatte er Geburtstag, noch hatte er ihren Hochzeitstag vergessen, was also sollte das Ganze?

»Komm, setz dich doch, Liebling. Ich habe extra etwas Besonderes gekocht.«

Noch nie hatte sie ihn Liebling genannt. Wie ein braves Kind setzte er sich an den Tisch. Sie beugte sich über ihn und füllte Hähnchen und Soße auf seinen Teller. Dann schenkte sie ihm Wein ein, wobei sie sich auf seiner Schulter abstützte. Der Wein plätscherte ins Glas.

Mauras Dekolleté war nah an seinem Gesicht, und er erinnerte sich daran, dass er sie früher gern dort geküsst hatte. Damals war sie jung und verletzlich gewesen. Er hatte sie in den Armen gehalten, und seine Brust hatte geschmerzt vor zu viel Liebe.

Seine Gedanken drifteten ab, aber er versuchte sich vorzustellen, wie sie nach dem Essen gemeinsam ins Schlafzimmer gingen. Er versuchte sich daran zu erinnern, wie lange es her war, dass wirkliche Nähe zwischen ihnen entstanden war. Im Kerzenlicht schimmerte ihr Gesicht sanft, Brendan fiel auf, wie perfekt ihre Schultern geformt waren. Kopfschüttelnd gab er den Versuch, sich zu erinnern, auf. Sein Blick fiel zurück auf die knusprige Hähnchenhaut.

»Guten Appetit, Liebling«, sagte Maura. Sie ging zurück an ihren Platz und tat auch sich Fleisch auf.

Als er in die Hähnchenbrust schneiden wollte, rutschte er mit dem Messer ab. Er aß Pilze und Zwiebel, das Fett tropfte von der Gabel auf den Teller. Mauras Mund war voll.

»Wie schmeckt es dir?«, fragte sie und hob neugierig ihre Augenbrauen.

Er nickte freundlich und brummte zufrieden. »Wunderbar, danke.«

»Ich dachte, ein gutes Stück Huhn wäre doch etwas Feines.«

»Ist wirklich köstlich.«

Sie sah ihn einen Augenblick lang an, ihre Blicke trafen sich, und Brendan fragte sich, ob er ihr ein Kompliment zu dem Kleid machen sollte. Er fand, mit dem schimmernden schwarzen Stoff und den blonden Locken sah sie aus wie ein Filmstar. Kurz hatte er das Bedürfnis, ihr zu sagen, dass er sie liebte. Er öffnete den Mund, brachte aber kein Wort heraus, also nahm er noch einen Bissen von dem Hähnchenfleisch.

Eine Weile war nur das Geklapper von Besteck auf Porzellan zu hören, dann sagte Maura: »Und, wie war dein Tag?«

»Okay. Viel zu tun.«

»Als Nachtisch habe ich uns einen Käsekuchen gebacken.«

»Wunderbar.«

»Mit Erdbeeren.«

Maura hatte ihre Portion fast aufgegessen. Brendan stach mit der Gabel ins Fleisch. Er schaute zu Maura. Sie lächelte ihn ebenfalls an, als könnte ein breites Grinsen ihre traurige Ehe retten.

»Iss auf, Liebling.«

Er holte Luft. »Ich … ich habe heute eine Nachricht von meiner Mutter erhalten.«

»Ach ja?« Sie runzelte die Stirn.

»Sie ist in Liverpool.«

»Wirklich?« Ihr Lächeln verschwand.

»Aber es geht ihr gut.«

»Und wann kommt sie wieder zurück?«

»Das hat sie nicht geschrieben.«

»Wie nett von ihr.«

Brendan fiel keine passende Antwort darauf ein.

»Macht sie also etwas Urlaub?« Es klang wie eine sarkastische Bemerkung, daher zuckte er nur die Achseln.

»Ich weiß es auch nicht, mein Schatz. Aber ja, ich glaube schon.«

»Manche brauchen das, nicht wahr?«

»Wie meinst du das?«

»Ach, Brendan, wir könnten auch einen Urlaub vertragen. Es ist Jahre her, dass wir zusammen verreist sind.« Sie hielt kurz inne, beugte sich vor und lächelte. »Weißt du noch, wie schön es auf Korfu war?« Sie errötete, und bei der Erinnerung an den gemeinsamen Urlaub leuchteten ihre Augen.

Das Hähnchenfleisch lag blass auf seinem Teller. Wieder rutschten ihr die Träger von den Schultern. »Korfu? Das ist acht Jahre her.«

Sie kicherte leise und hielt sich die Hand vor den Mund. Auf einmal wirkte sie ganz begeistert. Brendan sah wieder die junge, süße Frau voller Hoffnungen vor sich; ihr Gesicht schien vor Aufregung zu glühen, und für einen kurzen Augenblick wollte Brendan sie in den Arm nehmen. »In den ganzen zwei Wochen haben wir nicht einmal das Hotelzimmer verlassen. Als wir zurückkamen, waren wir noch genauso blass wie vorher. Dein Vater meinte …«

Er wollte nicht daran erinnert werden, dass sein Vater meinte, sie seien wie ein Pärchen in den Flitterwochen. Deshalb fiel er Maura ins Wort. »Korfu wäre zu dieser Jahreszeit viel zu heiß.«

Sinnlich zog sie an einem Träger und zuckte die Achseln. »Ich dachte ja nur, dass es schön wäre, wenn wir Zeit miteinander verbringen würden.«

»Oh …«

»Überleg doch mal: gemeinsame Abendessen, am Strand entspannen, ein romantisches Hotel mit großen Bett …« Sie gestikulierte mit den Händen, breitete sie aus, um die Größe des Bettes zu verdeutlichen – es war so groß wie ihre Hoffnungen. Brendan nickte. Ihre Augen glänzten. »So hätten wir die Möglichkeit, gemeinsam Zeit zu verbringen. Nur du und ich. Ich meine, du arbeitest so hart, Brendan. Du hast immer etwas für die Schule zu tun, an den Abenden und an den Wochenenden. Außerdem bist du Schiedsrichter beim Fußball im Park. Ich vereinsame langsam, wenn ich immer allein bin. Stell es dir einmal vor: nur wir beide und ganz viel Zeit. Es wäre eine Chance für dich und mich. Wir könnten uns ganz neu kennenlernen. Wir könnten es als Chance sehen, wieder zueinanderzufinden …«

Brendan trank einen Schluck kühlen Wein. Als ihm die Flüssigkeit in die Nase stieg, atmete er hektisch ein. Er schnaubte. Der Wein kitzelte ihn, sodass er schließlich losprustete, als würde er lachen.

Mauras Miene verdunkelte sich. »Was soll das denn heißen?« Abrupt stand sie auf und stieß dabei fast die Weinflasche um.

Er schnaubte noch einmal.

»Brendan?«

Er krümmte sich, hustete und gab Geräusche von sich, die wie ein Kichern klangen.

Traurigkeit überzog plötzlich ihr Gesicht, und dicke Tränen traten ihr in die Augen. »Ich habe mir heute Abend wirklich Mühe gegeben, das alles herzurichten, und du lachst mich aus.«

Brendan rieb sich die tränenden Augen. Er stammelte: »Ich lache nicht …« Wieder verschluckte er sich, sodass es ihn schüttelte.

»Das ist nicht komisch, Brendan.«

Er hustete noch lauter, hielt sich die Faust vor den Mund. Sein Gesicht war schweißnass.

Langsam wischte sie sich die Tränen von den Wangen. Eine Weile schwieg sie und blickte ihn voller Verzweiflung an. Dann atmete sie tief aus. »Ich hoffe, du hast Spaß auf meine Kosten.«

Tränen liefen über Brendans Gesicht; er beugte sich über den Teller, und ein zweiter Krampf breitete sich in seiner Kehle aus. Er stöhnte und prustete von Neuem los. Mauras Stimme klang schwach, erstickt, als sie schluchzte. Ihre Miene erstarrte vor Entsetzen, und sie starrte Brendan an wie einen Fremden, jemanden, den sie nicht wiedererkannte. Schließlich ballte sie die Hände zu Fäusten und hielt sie sich vor das Gesicht, dessen Rötung sich bis zum Dekolleté ausgebreitet hatte. Heftig trat sie gegen den Tisch, wich einen Schritt zurück und wandte sich dann noch einmal zu Brendan um. »Ich habe heute Abend wirklich mein Bestes gegeben. Für dich. Für uns. Und alles, was du machst, ist, mich vor den Kopf zu stoßen. Fahr zur Hölle, Brendan!«

Sie stürmte an ihm vorbei. Die Tür knallte; er hörte, wie sie die Treppe hinaufstapfte, und dann, wie sie weinte. Mit Daumen und Zeigefinger drückte er gegen seinen Nasenrücken, stützte sich mit dem Ellenbogen auf den Tisch und ließ den Kopf in die Hände sinken. Er würde hochgehen und sich entschuldigen. Gleich.

11. KAPITEL

Sie kaufte zwei Romane am Bahnhof Liverpool Lime Street. Als der Zug schließlich in Plymouth einfuhr, kannte Evie Emma Bovary schon recht gut. Romanen hatte sie noch nie besonders viel abgewinnen können, aber sie hatte etwas zum Zeitvertreib auf ihrer Reise gebraucht, und eine redselige Dame in den Dreißigern mit stacheligem Haar und runder Brille hatte ihr Flaubert empfohlen, wenn sie schon nach Frankreich reiste, und etwas von den Brontë-Schwestern, falls sie noch nichts von ihnen gelesen hatte. Evie hatte lachen müssen. Eigentlich hatte sie bis dahin nichts außer kitschigen Geschichten von Heiligen und Sündern auf der St. Aloysius und schlechte Liebesschinken in Sheldon Lodge gelesen.

Sie fand, dass Emma Bovary sich mit keinem der Männer in dem Roman hätte abgeben sollen. Hätte sie ihr Geld beim Pferderennen auf das richtige Pferd gesetzt, wäre es ihr weitaus besser ergangen. Voller Leseeifer fing Evie dann an, Emily Brontë zu lesen. Sie würde mit dem Buch *Sturmhöhe* durch sein, wenn sie in Roscoff angekommen war. Das Ticket, das sie in Liverpool gekauft hatte, war für eine Kabine mit zwei Liegeplätzen. Als Evie die Nummer 8215 endlich gefunden hatte, war es fast Mitternacht. Sie wollte nur noch schlafen.

Für Evie war die Kabine wie das Schwarze Loch von Kalkutta. Sie war zwar nie dort gewesen, aber sobald sie das Licht ausschaltete, war es in der Kabine stockfinster, und man spürte deutlich den Wellengang. Evie schloss die Augen und fühlte sich allein. Frankreich war noch weit weg. Sie war sich nicht einmal sicher, was sie dort tun würde. Wie in Liverpool würde sie sich in Roscoff ein Hotel suchen, dann würde sie einkaufen gehen, französisch essen, leckeren Wein dazu trinken und anschließend wahrscheinlich wieder zurück nach Hause fahren. Sie hatte genügend Geld, wäre unabhängig und würde sich eine kleine Auszeit gönnen. Das würde sie schon schaffen, ein

Abenteuer bestreiten, ganz allein. Sie würde wieder ihre Glückszahl benutzen. Ja, vier Tage würde sie dortbleiben. Dann würde sie wissen, wie es weiterging.

Sie zitterte. Was genau ihr Zuhause war oder sein sollte, konnte und wollte sie jetzt nicht entscheiden. Sie brauchte Zeit, um nachzudenken. Aber eines stand fest: Sie würde nicht zurück nach Sheldon Lodge gehen. Das wusste sie sicher. Um sich dennoch zu vergewissern, sagte sie es laut: »Ich bin geliefert, wenn ich dahin zurückgehe. Vorher springe ich freiwillig in die Kiste.«

Die Dunkelheit, die sie umgab, warf ein Schweigen zurück. In der Kabine war es zu warm. Als Evie sich auf die Seite drehte, zog sie die Decke mit sich. So ähnlich musste es sich in einem Mutterleib anfühlen, dachte sie, umgeben von Wasser. Oder wie in einem Grab, wo einen die Dunkelheit erstickt.

Sie konnte nicht einschlafen. Wenn sie die Augen schloss, sah sie Jims Gesicht vor sich. Jim, der aussah wie bei ihrer ersten Begegnung, als er in die Bäckerei gekommen und eine Makrone bestellt hatte. Er war schüchtern gewesen, hatte sie angeschaut, und ihr hatte seine höfliche Art gefallen. Daraufhin war er jeden Tag wiedergekommen; es hatte Wochen gebraucht, bis er sie nach ihrem Namen gefragt hatte, und Monate, bis er sie ins Kino eingeladen hatte.

Evie erinnerte sich an ihr steifes Brautkleid. Es bestand aus weißer Spitze – ein Vorzeichen für das, was folgen sollte. Es war unbequem, wurde nur der Tradition wegen getragen und dann in den Schrank gehängt, wie Hoffnung, wie Liebe. Die Wirklichkeit hatte sie schon in der Hochzeitsnacht eingeholt: Jim, der unbeholfen seine Krawatte löste und das Hemd auszog, sie dann ansah und darauf wartete, dass sie etwas sagte. Sie starrte seine nackten Schultern an, ein paar rote Stellen auf seiner blassen Haut fielen ihr auf. Was darauf folgte, war der Beginn der Ehe, eine stillschweigende Abmachung, freundlicher Respekt für einen liebevollen Mann, die gemusterte Tapete,

Routine und Gewohnheiten. Sie lag demütig neben ihm und streichelte sein Haar, ermutigte, beruhigte ihn. Aber Liebe ist das nicht gewesen, dachte Evie. Nie hatte sie so wie Emma Bovary empfunden. Jim war auch kein Heathcliff, niemand, nach dem sie sich verzehrt hatte. Er war einfach ein netter Mann, mit dem sie ihre Ehejahre verbrachte; er war der Grund, warum sie das Haus wohnlich gestaltete und warmes Essen servierte.

Er hatte ihr Brendan geschenkt, viele Jahre später, als sie die Hoffnung auf eigene Kinder längst aufgegeben hatten. In den ersten heiklen Monaten der Schwangerschaft, als sie beim Aufwachen sofort an das Baby gedacht hatte, war Jim stets an ihrer Seite gewesen, hatte ihr Kissen gebracht und ihre Füße hochgelegt. Er staunte, als ihr Bauch sich wölbte, staunte über das Wunder, das dann schon bald in ihren Armen lag und laut weinte. Jim betrachtete beide aus der Ferne, seine Miene war voller Stolz. Vielleicht hatte ihre Bindung erst damals wirklich ihren Anfang gefunden, als der sanftmütige Ehemann zum verspielten Vater geworden war und das vorher so ruhige Haus sich mit Leben gefüllt hatte. Doch all das war Vergangenheit, Jim lag nun unter der Erde, er war nicht mehr da. Sie würde ihr Leben allein weiterleben müssen, ohne je zu erfahren, wie sich wahre Liebe anfühlte. Denn diese Gelegenheit war ihr entwischt, wie Wasser war sie ihr zwischen den Fingern davongeflossen und in der Erde versickert.

Sie befand sich auf einem Schiff, das ruckelte und wackelte. Wasser rann durch ein Bullauge und sammelte sich um ihre Füße. Sie drückte gegen die Tür, die sich kein Stück bewegte, und das Wasser stieg weiter. Ihr weißes Nachthemd sog sich voll mit Wasser, wurde grau und zog sie nach unten. Sie kämpfte, sah sich suchend um. Doch es gab keinen Ausweg und niemanden, der ihr helfen könnte. Sie schrie laut und streckte die Arme aus, auch wenn dort niemand war. Seltsame, provozierende Musik setzte ein, und in ihrem Kopf hörte sie eine böse Stimme, die sie verhöhnte.

Evie schlug die Augen auf und machte Licht. Aus der fröhlichen Musik schloss sie, dass es Zeit war aufzustehen. Auf Französisch und Englisch kündigte jemand durch die Lautsprecher die Ankunft in Roscoff an und bat die Passagiere, die ohne Auto reisten, ins Foyer. Evie nahm *Sturmhöhe* in die Hand und schaute sich das triste Bild auf dem Titel an. Es war eine kleine Gestalt, die sich gegen den Wind stemmte, sich vorankämpfte, alle Elemente gegen sich. Bitter lachte Evie auf, bevor sie begann, ihre Sachen zusammenzupacken.

Evie zog ihren Koffer hinter sich her. Die Handtasche und den Mantel über dem Arm mühte sie sich damit ab, während Lastwagen an ihr vorbeiratterten. Ein SUV mit einem Wohnwagenanhänger samt Fahrradträger fuhr vorbei, dann ein kleines, hübsches Wohnmobil mit geblümten Vorhängen in den Fenstern. Es gab keinen Taxistand, keine Bushaltestelle, niemanden, den man nach dem Weg hätte fragen können – nur die plötzlichen Windstöße, die Evie Gesellschaft leisteten. Als ein Sattelschlepper an ihr vorbeibretterte, spürte sie, wie der Boden bebte. Roscoff hieß auf Französisch so wie auf Englisch, insofern war Evie zuversichtlich, dass sie ein schönes Hotel finden würde. Es müsste einige in der Nähe des Hafens geben, aber sie lief schon so lange, und ihre Knie taten ihr weh. Sie hievte den Koffer über den Bordstein und zerrte ihn über den Bürgersteig. Bei der Bewegung fuhr ihr ein stechender Schmerz durch den geprellten Arm.

Ein weißer Laster mit einer schwarzen, französischen Aufschrift fuhr ganz dicht an ihr vorbei, und vor Schreck wandte Evie sich von der Straße ab. In dem Moment verdrehte sich etwas, und sie hörte ein Krachen, so als würde ein Knochen brechen. Zuerst dachte sie, sie hätte sich den Knöchel gebrochen, begriff dann aber, dass der Koffer sich verkantet hatte. Ein Rad hatte sich gelöst und rollte jetzt davon. Evie ließ den Mantel auf den Koffer fallen und eilte dem Rad hinterher, das auf der Seite landete. Sie nahm es in die Hand, die sofort schmutzig wurde. Der Metallstift ragte noch aus dem Koffer, aber das Rad wollte nicht mehr daraufpassen. Evie drehte den Koffer um, versuchte es erneut und drückte den Stift in das Rad. Es funktionierte auch so nicht, ein weiteres Teil musste fehlen. Sie suchte den Bürgersteig danach ab.

Evie fluchte, betete zu Gott und fluchte erneut. Hoffnungsvoll schaute sie sich nach einem freundlichen Gesicht um, doch vergebens – sie war wirklich allein. Sie überlegte, was *Bitte, helfen Sie mir* auf Französisch hieß, merkte aber, dass ihre Französischkenntnisse bei *Bitte* aufhörten. Man würde sie schon verstehen, wenn man das fehlende Kofferrad bemerkte. Sie machte sich mit der Vorstellung Mut, wie ein netter Herr ihr den Koffer reparierte und sie zum Frühstück einlud.

Entschlossen zog sie am Handbügel und versuchte, den Koffer mit nur einem Rad zu ziehen. Er war schwergängig, weigerte sich, das Metall quietschte träge, als es über das Straßenpflaster kratzte. Wieder fluchte Evie.

Dann hörte sie ein Fahrzeug, das langsamer wurde, und schließlich eine Stimme hinter sich. »Hallo. Gibt es ein Problem?«

Eine junge Frau mit Sonnenbrille lehnte sich aus dem Fenster eines alten Renault Espace. Evie atmete aus und schloss für einen kurzen Moment die Augen. Es waren Briten, Engländer vielleicht. Jedenfalls sprachen sie Englisch. Aus dem Inneren drang Popmusik. Die Frau wollte sich erneut an Evie wenden, drehte sich dann jedoch zu ihrer Begleiterin auf dem Beifahrersitz, die mit leiser, monotoner Stimme etwas einwendete. Die Frau ignorierte sie.

»Hatten Sie einen Unfall?«

Evie nickte. »Das verdammte Rad vom Koffer ist kaputt.«

»Können wir Sie irgendwohin mitnehmen?«

Die Beifahrerin schien erneut zu protestieren. Zwar konnte Evie nicht verstehen, was sie sagte, doch ihr Tonfall war eindeutig ablehnend.

»Steigen Sie hinten ein.«

Evie hievte ihren Koffer samt Mantel und Handtasche in den Lieferwagen. Als sie Platz genommen hatte, wurde sie von stürmischem Gebell empfangen. Ein riesiger Labrador mit hellbraunem Fell sprang auf sie zu.

»Runter mit dir, Iggy!«, rief die Beifahrerin, und der Hund gehorchte sofort. Evie zog die Schultern hoch, auch wenn sie nicht sicher war, ob das Hundebellen oder die Beifahrerin sie so einschüchterten.

Die Fahrerin drehte sich um, nahm die Sonnenbrille ab und lächelte. Sie war eine nett aussehende Frau um die dreißig, die ein verblichenes T-Shirts trug und das hellbraune Haar locker zusammengebunden hatte. Heutzutage ist es so schwer, das Alter von Leuten zu schätzen, dachte Evie, wo sich alle Menschen gleich kleiden, egal wie alt sie sind.

»Wo können wir Sie denn rauslassen?«

Evie schaute sich im Wagen um. Hinter ihr lagen Kartons und ein Waschbecken samt Wasserhahn. Sie wandte sich wieder der Frau zu. »Wo fahren Sie denn hin?«

»Zur Halbinsel Crozon, in der Nähe des Pentrez-Strandes. Liegt das auf Ihrem Weg?«

Evie überlegte nicht lange. Die Wörter *Halbinsel* und *Strand* reichten ihr, und so antwortete sie ohne Umschweife: »O ja, der Strand. Da muss ich hin. Der ist herrlich.« Kurz überlegte sie, bevor sie hinzufügte: »So ein Zufall.«

Die Frau auf dem Beifahrersitz drehte sich nicht um. Ihre dunklen Haare waren kurz und stachelig, und sie trug lange, glänzende Ohrringe. Evie zeigte sie die kalte Schulter, die hinter der Lehne hervorlugte. Sie trug ein ausgeblichenes T-Shirt, und ihre Arme waren gebräunt. Evie glaubte, sie leise murren zu hören. Trotzdem versuchte sie, mit dem unfreundlichen Mädchen ins Gespräch zu kommen. »Sie haben ein Waschbecken hinten im Wagen?«

Fröhlich blickte die Fahrerin über die Schulter. »Ja, für die *gîte*, ein kleines Ferienhaus. Wir renovieren gerade.« Sie lenkte den Espace zurück auf die Hauptstraße. »Ich bin Maddie.«

»Evie.« Sie lächelte die freundliche junge Frau mit dem langen Zopf an, die im Rückspiegel mit strahlenden Augen zurücklächelte.

Die andere Frau schaute weiter aus dem Fenster. Maddie erklärte entschuldigend: »Und das hier ist Katherine.«

»Kat«, verbesserte diese mit gereizter Stimme, ohne sich zu rühren.

»Freut mich, Sie kennenzulernen«, setzte Evie an.

Wortlos drehte Kat sie Popmusik lauter, ein wummernder Beat war zu hören und eine weibliche Stimme, die ständig das Wort *Umbrella* wiederholte. Evie schaute aus dem Fenster. Sie sah Orte, deren Namen sie nicht aussprechen konnte, während der Lieferwagen ein Dorf nach dem anderen passierte. Sie dachte an die Crozon-Halbinsel und fragte sich, ob es dort aussah wie auf den Bildern im Reisebüro. Da machte ihr Handy ein Geräusch. Sie kramte es hervor und sah, dass sie eine Nachricht erhalten hat. Von Brendan. Er hatte geschrieben: *Komm nach Hause, Mom.*

Der Labrador sah sie gebannt an, die Zunge hing wie eine rosafarbene Socke aus seinem Mund. Evie fragte sich, was sie als Nächstes tun sollte.

12. KAPITEL

Evie hielt den Hund am Halsband fest. Sie wollte klopfen. Die Tür, auf der *Privé* stand, war nur angelehnt, deshalb hielt sie kurz inne und lauschte.

»Ich hasse es hier. Du hast alles kaputt gemacht.«

»Kat, das stimmt nicht. Wir haben doch entschieden …«

»Du hast entschieden …«

»Wir haben uns darauf geeinigt …«

»Du wolltest hier leben. Es geht immer nur darum, was du willst.«

»Das hier wird unser Zuhause.«

»Ja, ich und du, Maddie. Aber jetzt hast du diese Alte eingeladen, bei uns zu bleiben.«

»Das macht dir doch nichts aus, oder, Kat?«

»Du hast mich ja nicht einmal gefragt. Sie ist in den Lieferwagen und hat gesagt: ›Ist der Strand nicht wundervoll? Wissen Sie vielleicht, wo ich ein paar Tage bleiben könnte?‹ Und du hast geantwortet: ›Wir hätten genug Platz.‹ Worauf sie einfältig lächelnd gemeint hat: ›Oh, das wäre ja toll.‹ Du hättest mich zumindest vorher kurz fragen können, was ich davon halte.«

Evie verzog das Gesicht bei Kats furchtbarem Versuch, einen irischen Akzent zu imitieren. Mitfühlend und mit großen, runden Augen schaute Iggy zu ihr auf.

Maddie erwiderte in beschwichtigendem Ton: »Sie ist süß. Und sie kann uns helfen. Sie hat gesagt, sie würde uns hier ein bisschen Arbeit abnehmen.«

»Sieh sie dir an, Maddie. Sie ist eine alte Frau. Das ist so typisch für dich, irgend so eine alte Streunerin mitzunehmen und zu tun, wonach dir gerade ist. Sie wird Miete zahlen müssen.«

Alte Frau? Evie rümpfte die Nase und hob die Hand an, um anzuklopfen, überlegte es sich aber anders.

»Kat …«

»Du hast mich nicht gefragt, ob sie bleiben kann. Du hast einfach entschieden. Weil ich nichts beisteuere, nicht wahr?«

»Es war nicht meine Absicht …«

In diesem Moment drückte Evie die Tür auf und trat ein. Beide Frauen wirkten erschrocken. Der Hund befreite sich aus Evies Griff, rannte auf Maddie zu und schnüffelte an ihren ausgestreckten Fingern. Evie hielt die Leine hoch. »Ich dachte, ich mache mich nützlich und gehe mit Iggy ein bisschen am Strand spazieren.«

»Danke, Evie«, sagte Maddie mit betretener Miene. Kat stürmte aus der Tür und rempelte sie dabei an. Evie hörte sie schluchzen.

Bei Hunden war sie sich nie ganz sicher. Sie hatten etwas Unvorhersehbares an sich, wie sie herumtollten, einen ansprangen und bellten. Das Tier, das sie nun an der Leine hielt, zog sie den Strand entlang, immer weiter, mit unermüdlicher Begeisterung. Grimmig murmelte Evie: »Zu schade, dass der verdammte Koffer das nicht machen konnte.«

Sie runzelte die Stirn, als sie über Kat und Maddie nachdachte. Sie würde ihnen anbieten, bei der Renovierung der anderen zwei Gebäude zu helfen, die früher einmal Schweineställe gewesen waren und – ehrlich gesagt – noch eher wie solche aussahen. Ein wenig Arbeit würde ihr guttun. Sie könnte kochen, putzen und Holz hacken, ein oder zwei Wochen lang, länger würde sie nicht bleiben. Dann hätte sie Zeit zum Nachdenken. Vielleicht schaffte sie es danach auch, in Dublin etwas zu organisieren.

Die Luft fühlte sich feucht, warm und schwer an. Inzwischen etwas langsamer ging Evie an den Wohnwagen vorbei, die nahe der Ufermauer parkten. Aus einem grauen Wohnmobil mit deutschem Kennzeichen roch es nach würzigen Zwiebeln; ein Mann mit Bart stand in der Tür und grüßte, indem er sein Glas hochhob, als sie vorbeiging. Iggy zog wieder an der Leine, schnellen Schrittes eilte Evie weiter. Ihr verletzter Arm schmerzte und war immer noch mit blauen Flecken übersät, die sich allmählich gelb färbten. Der Seewind peitschte gegen ihre neuerdings blonden Haare. Es war schon spät, und der Wind trieb die wenigen Leute, die noch dort waren, an die Ränder des Strandes. Der Himmel ließ nur hier und da schmale Streifen des Sonnenuntergangs durchscheinen, rote Narben zwischen dunklen Wolken, und der breite Sandstrand verschwamm fast mit dem blauen Meer.

»Und? Was hältst du vom Strand von Pentrez, Iggy?« Der Hund steckte seine Nase in etwas, das er im Sand entdeckt hatte, und schnüffelte.

Der Strand war genauso, wie das Leben sein sollte: offen und unkompliziert. Es waren nur wenige Leute mit ihren Hunden da. Sie lächelten Evie an, sagten *»Bonsoir«* und gingen dann weiter. Sie hatte eine klare Sicht auf den Bereich, wo der Strand endete und in seichte Hügel überging.

Schließlich kehrte sie um und ging zurück zum Bauernhof, zu den kleinen *gîtes* und der Baustelle. Sie war müde; der Tag war lang und voller Überraschungen gewesen. Über ihr ging der Mond auf wie eine antike, bronzene Scheibe, metallisch und dünn. Als Iggy erneut an der Leine zog, hielt Evie ihn ebenso zurück wie zuvor. Sie war selbst überrascht, dass sie so entschieden war. Sie schaute zum Himmel hinauf. »Ich frage mich, ob du jemals auf mich herunterblickst, Jim.«

Wegen des Meeresrauschens hörte sie die eigene Stimme kaum.

»Ich denke an die Babys, die wir hätten haben sollen. In Gedanken habe ich ihnen Namen gegeben, jedem einzelnen von ihnen. Nach jedem Mal habe ich von ihnen geträumt, ein kleines Mädchen ohne Gesicht, das an unsere Tür klopft, mich ohne Augen ansieht und sagt: ›Weine nicht, Mom, ich werde wieder zu dir zurückkommen.‹«

Sie schluckte schwer, als hätten sich ihre ungelösten Gefühle zu einem Klumpen in ihrem Hals verdichtet. Brendan war Nummer vier gewesen, ihre Glückszahl, der Einzige, der geblieben war. Mit einem Mal zog Iggy sie voller Eifer weiter, die Schnauze weit geöffnet. Evies Schluchzen ging in ein Lachen über, schrill und kurz. Jim war nicht dort oben im Himmel; Evie war sich nicht einmal mehr sicher, ob es dort oben oder sonst wo überhaupt einen Gott gab. Sie war sich keiner Sache mehr sicher.

»Wird das jetzt immer so sein, Iggy? Taumele ich so schnell vorwärts, dass ich nicht weiß, wohin ich gehe? Wird es so sein, bis ich den Sinn des Lebens oder was auch immer finde?«

Als Iggy ihr mit einem Bellen antwortete, entschied Evie, dass sie diesen Hund mochte. Das Meer atmete ein und aus wie ein schlafendes Kind, und sie fragte sich, wie lange dieser friedliche Atem sie hier festhalten konnte. Als die Sonne unterging, dachte sie daran, dass Zeit nicht mehr als ein Lichtfleck war, der am Himmel verglühte. Man konnte sich nicht lange daran klammern.

Die Bilder auf den beiden Hochglanz-Postkarten waren identisch: Sie zeigten drei Aufnahmen, alle in sommerlichem Gelb gehalten mit Sandstrand und Sonnenschein und blassen gelben Ginsterblüten. In einem meeresblauen Banner stand in knallroten Buchstaben *Pentrez Plage*. Auf die Rückseite der ersten Karte schrieb Evie Folgendes: *Herzlichen Dank an alle von Sheldon Lodge. Ich habe mich jedoch entscheiden, nicht zurückzukommen. Bitte gebt meine Habseligkeiten meinem Sohn. Ich melde mich bald. Mit den besten Wünschen für die Zukunft, Evie Gallagher*. Die andere versah sie mit Brendans Adresse und den Worten: *Ich mache Urlaub und wohne nur zwei Minuten vom Strand entfernt. Es ist herrlich. Liebe Grüße, Mom.*

Beschwingt bat sie den Wirt um zwei Briefmarken. Er blickte sie fragend an, woraufhin sie mit den Karten wedelte. »*Deux* … ähm … Briefmarken«, versuchte sie es erneut.

»*Anglaise?*«, fragte er sie.

»Irisch.«

»*Irlandaise*«, korrigierte er sie und reichte ihr zwei kleine Marken.

Nachdem Evie zurück nach draußen in die Sonne gegangen war und die Karten in den Kasten mit der Aufschrift *Étranger* gesteckt hatte, fühlte sich von all ihren Sorgen befreit.

Der letzte Junitag war enorm heiß, und Evie saß mit *Sturmhöhe* im Schatten. Iggy lag ihr zu Füßen und tauchte seine Zunge immer wieder in eine Wasserschüssel. Sie hörte, wie Backsteine mit Hammer und Bohrer bearbeitet wurden. Kat war im ehemaligen Schweinestall, um dort das Waschbecken zu installieren, und Maddie verputzte Wände.

Heathcliff hatte gerade Cathys Grab geöffnet, und Evie war beeindruckt von der Kraft der Leidenschaft in dem Roman, wie sie Menschen aneinanderbinden und die Entschlossenheit eines Mannes brechen konnte. Durch den Baulärm, der aus dem Stall drang, machte sie Stimmen aus – allen voran Kats, die nach wie vor hart klang. Dann herrschte auf einmal Stille, gefolgt von einem einzelnen Schrei. Evie setzte sich abrupt auf, auch Iggy spitzte die Ohren.

Wütend kam Kat aus dem Gebäude gerannt. Sie war braun gebrannt und sah schlank aus in den Shorts, in ihrem Haar hingen Gipsklumpen, ihre Wangen waren mit weißem Staub bedeckt.

»Komm mit, Iggy.« Mit jedem Schritt, den sie lief, spuckte sie ein Wort aus. Der Labrador folgte ihr die Einfahrt hinunter zur Straße.

Evie las weiter. Ein paar Minuten später bemerkte sie einen Schatten auf den hellen Buchseiten und sah auf. Maddie hingen die Haarsträhnen ins Gesicht, dennoch entgingen Evie ihre geschwollenen, tränenverschmierten Augen nicht.

»Evie?«

Sie legte das Buch zur Seite, stand auf und nahm die jüngere Frau in den Arm.

»Wir hatten einen schlimmen Streit.«

Evie wartete ab.

»Alles geht schief ... Kat ist so wütend auf mich. Ich glaube ... Ich fürchte, sie haut ab.«

Evie blinzelte. Die Sonne schien ihr direkt in die Augen. Maddie ließ sich neben sie fallen. Beruhigend streckte Evie den Arm aus und tätschelte Maddies Hand. »Ich bin sicher, alles wird gut.«

Schniefend beuge Maddie sich vor und fuhr sich mit der Hand über das Gesicht. »Nein, Evie, wird es nicht. Es war toll, als wir hier angekommen sind. Wir haben ein Jahr lang nur gearbeitet. Dann sind wir letzte Woche zurück nach England gefahren, um meine Eltern zu besuchen und ein paar Dinge für die *gîtes* zu kaufen. Das war unser Traum, hier ein Zuhause aufzubauen, es gemeinsam als Unternehmen zu führen, aber alles geht schief.«

Evie wartete und beobachtete, wie die Schultern der jungen Frau bebten, dann legte sie ihr sanft eine Hand auf den Rücken. Als sich Maddie ihr zuwandte, war ihr Gesicht fleckig und ihre Stimme ganz schwach. »Meine Oma hat mir Geld vererbt. Wir haben uns beide so sehr gewünscht, dass das mit den *gîtes* klappt. Wir sind seit dem zweiten Jahr an der Uni zusammen, neun Jahre jetzt, und es lief immer alles gut. Ich habe BWL studiert, Kat Fremdsprachen – da schien es ein Leichtes, hierherzukommen. Allerdings gab es schon immer das Problem, dass sich meine Eltern einmischen. Wir haben versucht, es zu ignorieren, und gehofft, es würde von alleine aufhören. Dann hat meine Mutter letzte Woche so eine blöde Bemerkung vor Kat gemacht. Seitdem ist sie richtig schlecht drauf.«

»Was hat deine Mutter denn gesagt?«

Maddie schluchzte. »Dass ich das ganze Geld für die *gîtes* beschaffe, die ganze Kopfarbeit leiste und Kat nichts beisteuert. Das hat sie wirklich verletzt. Sie denkt, meine Eltern seien privilegiert und ich sei verwöhnt, ich fürchte, sie respektiert mich jetzt nicht mehr so wie früher. Sie ist sehr unabhängig. Das ist auch einer der Gründe, warum ich sie liebe.«

»Wollen wir den Wagen nehmen und hinaus zur Landzunge fahren? Da können wir spazieren gehen, und du kannst mir mehr darüber erzählen. Und wenn wir zurückkommen, machen wir Abendessen und öffnen eine schöne Flasche Wein«, schlug Evie vor.

Maddie suchte in ihrer Tasche nach den Schlüsseln. Sie legte den anderen Arm um Evies Schultern, atmete tief ein und nickte.

Der frühe Abend war noch warm und hell. Aus der kleinen Küche duftete es nach Kräutern und Bratkartoffeln. Endlich war Kat zurück. Sie stand im Türrahmen wie ein stiller Schatten ihrer selbst, und Iggy trottete zu seiner Wasserschüssel, aus der er laut schlabbernd trank. Maddie blickte hoffnungsvoll vom Tisch auf, der mit einer blau karierten Decke, Tellern mit grünem Salat, geschnittenen Tomaten, Oliven, Käse und haufenweise frischem Brot gedeckt war. Sie deutete auf den Stuhl neben sich, und Kat ließ sich darauf fallen. Sie wirkte mürrisch und erschöpft, fuhr sich mir der Hand durch das Haar. Evie stellte die Tortilla in die Mitte des Tisches. Sie war riesig, fluffig und goldbraun, gefüllt mit Erbsen, Kartoffeln, Paprika und Zwiebeln.

Der Stuhl quietschte, als Evie sich setzte. Sie goss Rotwein in drei Gläser.

Kat verzog keine Miene. »Was soll das alles?«

Gutmütig lächelte Evie sie an. »Das ist für dich, Kat. Und für Maddie. Ich wollte mich bei euch bedanken, dass ihr mich so herzlich aufgenommen habt. Und dafür, dass ihr beide so wunderbar seid.«

Kat wandte sich um, rümpfte die Nase und musterte die frisch gestrichenen weißen Steinwände. Maddie nahm sich ein

Stück Tortilla, Evie deutete einladend auf die übrigen Speisen und hob ihr Glas. *»Sláinte.«*

Maddie prostete ihr zu. *»Santé.«*

Kat trank ihren Wein in großen Schlucken und murmelte in Evies Richtung: »Das ist Französisch für *Prost.*«

Eine Weile waren nur die Geräusche vom Besteck und Porzellan zu hören. Dann sah Evie die beiden Frauen an. »Ich muss euch etwas gestehen.«

Zwei Augenpaare richteten sich auf sie, Evie musste blinzeln. »Ich bin auf der Flucht.«

Kat beugte sich vor. »Vor dem Gefängnis?« Sie hielt ihr Besteck in der Luft.

Evie nahm einen Schluck Wein und prustete. »Nein. Aus einem verdammten Altersheim.«

Maddie zog die Brauen hoch. »Das verstehe ich nicht.«

Evie kaute zufrieden. »Mein Mann ist gestorben, und ich habe einfach aufgegeben. Ich fühlte mich einsam, also habe ich mich in Sheldon Lodge angemeldet. Dort waren lauter liebe, alte Menschen um mich herum, und, wisst ihr, es war der kälteste, einsamste Winter meines ganzen Lebens.«

Auch Maddies Gabel ragte noch in die Luft. »Ich hatte ja keine Ahnung, Evie.«

»Also bin ich weggelaufen. Ich glaube an Glück, müsst ihr wissen. In meiner Handtasche habe ich immer ein vierblättriges Kleeblatt bei mir. Das habe ich, seit ich vier war. Vier ist meine Glückszahl.« Da Kat den letzten Schluck ihres Weins ausgetrunken hatte, schenkte Evie ihr nach. »Ich habe auf ein Pferd gewettet und viel Geld gewonnen, das wiederum hat mich nach Liverpool geführt, wo ich ein paar nette Leute getroffen habe, aber da bin ich überfallen worden und wollte erneut aufgeben. Doch dann bin ich hierhergekommen und euch beiden begegnet.«

Maddie und Kat tauschten Blicke aus. Evie reichte das Brot herum und atmete tief ein. »Ihr beide, ihr habt einfach alles.

Diesen Ort, eure Jugend, eine Zukunft – und einander. Macht das Beste draus. Bevor ihr's euch verseht, rast die Zeit vorbei, und auf einmal seid ihr fünfundsiebzig und allein. Für so alberne Zankereien ist keine Zeit.«

Die jungen Frauen starrten Evie an, die strahlte. »Also, los, ihr beiden. Lasst uns Prioritäten festlegen.« Evie hob ihr Glas. »Glück. Jemanden, den man liebt und der einen auch liebt. Ein gutes Essen mit Freunden. Und die wichtigste Sache überhaupt: Das Hier und Jetzt. Unser Leben heute. Das ist ein wahres Geschenk.«

Kat blickte zu Evie und nickte langsam. »Du hast recht, Evie.« Sie wandte sich Maddie zu und streckte die Hand aus. »Es tut mir leid, Maddie. Ich war dumm, nicht wahr?«

Maddie lehnte sich zu ihr und murmelte: »Das war nicht deine Schuld … Niemand war schuld. Komm her.« Die beiden Frauen umarmten sich.

Evie stand grinsend auf. »Soll ich noch eine Flasche öffnen? Noch einen Rotwein vielleicht?«

13. KAPITEL

Sein Schädel pochte. Stimmen hallten in seinem Kopf wider. Im Lehrerzimmer umgaben ihn das dumpfe Brummen von Gesprächen und das Klirren von Löffeln, die in Kaffeetassen bewegt wurden. Brendan legte den Kopf auf den Tisch und wünschte sich, die Zeit würde stillstehen. Er rutschte mit dem Ellenbogen weg und schob dabei einige Unterlagen auf den Boden: Berichte, Bewertungen – Büroarbeit, die er heute Abend erledigen musste. Er sammelte die Zettel wieder ein, und sie raschelten wie trockenes Laub in seinen Händen, als er sie zusammenlegte. Seufzend fasste er sich an den Nasenrücken und massierte Akupunkturpunkte zwischen den Augen.

Penny Wray stand hinter ihm und berührte ihn an der Schulter. »Letzte Stunde in diesem Halbjahr. Viel Glück.« Die Glocke läutete.

Er nickte und nahm seine Tasche.

Er steckte die Postkarte in den Gedichtband, als Lesezeichen für die Unterrichtsstunde. Wenig später öffnete er das Buch dann im Klassenraum und wandte sich an die Schüler: »Also, William Butler Yeats. *Das zweite Kommen.*«

Jemand kicherte. Garantiert McNally oder Fearon. Brendan ignorierte es und las weiter vor, mit etwas lauterer Stimme. Er dehnte die Wörter, versuchte, die wichtigsten Stellen zu betonen, um die Bedeutungsschwere und Schönheit der Worte hervorzuheben.

»Irgendwo im Sand der Wüste
Regt ein Geschöpf mit Löwenleib und Kopf vom Mensch,
Sein Blick so starr und mitleidlos wie die Sonne,
Langsam die Glieder …«

Gelächter erklang, hart und stechend. Brendan sah auf. »Kevin Fearon?«

Kurzes Schweigen, der Junge verzog das Gesicht, als würde

er über etwas nachdenken. »Ich dachte nur gerade über die langsamen Glieder nach, Sir.«

»Der denkt nur an Glieder, Sir.«

Brendan versuchte, die Störung mit einem dezenten Lächeln zu übergehen. »Alles klar, Jordan. Zurück zum Gedicht. Wo war ich?«

»Zwischen den langsamen Gliedern, Sir.«

Schallendes Gelächter ertönte; die Gesichter der Schüler erschienen ihm wie verzerrte, lachende Masken, und Brendan spürte, wie er sich etwas duckte. Er begann von Neuem: »Irgendwo im Sand der Wüste ...«

»Yeats ist schwul, Sir.«

Ernst sah Brendan den Störenfried an. »Nein, Gilbert, offenbar nicht, denn er war verheiratet mit Georgiana H...«

»Sind Sie verheiratet, Sir?«

»Ja, ist er. Ich habe seine Frau schon gesehen, die Blondine mit den dicken ...«

»Sie arbeitet beim Arzt, meine Mutter hat sie da gesehen.«

»Also ... Yeats sagt uns in diesem Gedicht ...« Brendan schlug das Herz bis zum Hals, als er das Buch hochhielt. Die Postkarte schaute hervor, und er schob sie wieder zwischen die Seiten.

»Sie und Ihre Frau, Sir«, setzte Jordan Jelfs an. »Schreiben Sie auch Gedichte über ihre Glieder?«

Wieder brach Gelächter aus. Brendan merkte, wie ihm Schweiß den Rücken hinunterlief.

»Erzählen Sie uns von Ihrem zweiten Kommen, Sir, und von ihren weichen Gliedern.«

»Lässt sie sich gut reiten?«

Brendan legte das Buch zurück auf den Tisch, die Postkarte segelte zu Boden. Aus dem Augenwinkel bemerkte er, wie Malandra Shaw sich die Wimpern tuschte. Sie sah ihn direkt an.

»Mister Gallagher würde lieber Miss Wray reiten.«

Die Jungs johlten, lehnten sich in ihren Stühlen zurück. Kevin Fearon fasste sich in den Schritt. »Kann man Ihnen nicht verübeln, Sir. Die würde ich auch gern reiten!«

»Na, los doch, erzählen Sie uns was über Miss Wray. Hat sie weiche Glieder?«

Brendan sah sich jedes Gesicht an. Die Kinder schüttelten sich vor Lachen, boxten in die Luft, grinsten sich an, ihre Münder waren zu sarkastischen Grimassen verzogen. Er schlug mit der Faust auf den Tisch. Sein Mund zuckte und erstarrte dann. Erst stotterte er, doch dann schrie er laut: »Haltet den Mund! Hört ihr mich? Haltet den Mund, ihr alle!«

Einen Augenblick lang war es still. Die Luft knisterte förmlich. Brendan spürte den Schweiß unter seinen Armen und nahm den beißenden Geruch wahr.

Kevin Fearon flüsterte: »Ooohooo, er wird böse …«

Jemand kicherte. Dann machte jemand anderes ein Furzgeräusch mit seinem Arm.

Brendan wusste, dass er so weiß wie eine Buchseite aussehen musste, als er zu Kevins Tisch ging und sich nach vorn beugte, bis auf wenige Zentimeter vor dessen Gesicht. In ihm türmte sich die Wut auf: der Sohn, der Ehemann, der Lehrer, der totale Versager. Sein Mund war staubtrocken. Er befeuchtete die Lippen, einmal, wie eine Schlange. Das Pochen hinter seinen Augen trübte ihm die Sicht. Er stützte sich mit einer Hand auf dem Tisch ab. »Das alles muss aufhören. Und zwar jetzt. Es hört auf.«

Seine Stimme klang rau, und die Schärfe seiner Worte ließen eine Wut erahnen, die er nicht länger kontrollieren konnte. Kevin lehnte sich zurück, wollte schon grinsen, aber etwas ließ ihn zögern. Weiter hinten im Klassenraum kratzte ein Stuhlbein auf dem Boden, jemand atmete laut aus.

Brendan schlug erneut auf den Tisch, seine Faust war völlig bleich. »Yeats ist ein wichtiger Bestandteil unseres Unterrichtsprogramms«, setzte er an. »Hier wird sich gehörig was ändern. In den Ferien schreibt mir jeder von euch einen Aufsatz über Yeats' Poesie. Verstanden? Jeder Einzelne von euch!«

Zum dritten Mal schlug er mit der Faust auf die Tischplatte, noch zweimal, dreimal, und mit jedem Schlag bekämpfte er seine Ängste ein Stück mehr. Alle Blicke waren auf ihn gerichtet. Als er sich ganz aufrichtete, war ihm schwindelig. Er ging zur Tafel, wo er auf eine Frage zeigte. Seine Stimme zitterte, aber seine Augen fühlten sich an wie brennende Kohlen. Seine Hand schmerzte. Ein Fingernagel war abgebrochen, die Haut rot.

»Gut. Gut. Welche literarischen Stilmittel verwendet Yeats in *Das zweite Kommen*? Ich möchte zwei Seiten von jedem von euch dazu lesen, Abgabe ist am ersten Tag nach den Sommerferien. Schreibt das in euer Hausaufgabenheft. Ohne zu sprechen.«

Aufgebracht sah er sich im Klassenzimmer um. Jeder Schüler schrieb nach vorn gebeugt die Hausaufgabe auf, einige hoben den Kopf, um zur Tafel zu schauen. Einige wirkten verblüfft, andere taten interessiert. Brendan bückte sich, um die Postkarte aufzuheben, seine Hand erschien ihm geradezu gelähmt vor Aufregung und Triumph. Noch einmal las er die handgeschriebene Karte: Seine Mutter war an einem Strand in der Bretagne.

Als die Glocke läutete, verließen die Schüler das Klassenzimmer, wobei ein oder zwei von ihnen gegen den Lehrertisch stießen. Brendan sammelte seine Unterlagen ein und verstaute sie gut in seiner Tasche.

»Schöne Ferien, Brendan«, sagte Penny Wray, als sie das Klassenzimmer betrat, lässig und selbstsicher in Shorts und T-Shirt.

Brendan wurde rot. Ihm fiel ein, dass er sie jetzt wochenlang nicht sehen würde. Er atmete tief ein und zwang sich, die Frage zu stellen, die ihm schwer wie Zement auf der Zunge lag. »Fährst du den Sommer über weg, Penny?«

Sie lächelte. »Für mich geht's nach Mexiko. Und du?«

Er zuckte die Achseln. »Keine wirklichen Pläne.« Er sah sie an, in ihren weißen Shorts, mit der strahlenden Haut, und hakte noch einmal nach. »Du fährst also mit deinem Freund nach Mexiko?«

Sie wandte sich um und nahm seinen Yeats-Band in die Hand, musterte den Titel und legte das Buch dann zurück. »Ich mache Aktivurlaub: schnorcheln, segeln, sonnen.«

Beinahe hätte Brendan gesagt, dass er gern mitkommen würde. »Klingt toll«, murmelte er.

Sie grinste ihn an. »Soll ich dir Bilder schicken? Die Landschaft dort ist traumhaft, ich war schon fünfmal da.«

Er nickte und fragte sich, ob nicht mehr hinter ihrem freundschaftlichen Angebot steckte. Dann fiel ihm wieder auf, wie sehr er nach Schweiß roch. Als Penny sich an seinen Tisch setzte und die Beine übereinanderschlug, musste er schlucken. Sie hielt eine Zeitung in der Hand und faltete sie auseinander. Ihr Pferdeschwanz bewegte sich hin und her, während sie die Seiten umblätterte.

»Sieh mal«, sagte sie schließlich und zeigte auf eine Anzeige. »Ich habe neue Jobs für uns gefunden. Hier – der würde perfekt zu mir passen. Sportlehrerin im Norden der Stadt. Und der hier ist was für dich. Eine Stelle als Seelsorger an der St. Cillian's National School. Diese Woche endet die Bewerbungsfrist. Ist doch direkt in deiner Straße. Du würdest das sicher sehr gut machen.«

Brendan schaute auf die Anzeige und las den Text. Ein neuer Posten in einer neuen Schule. Penny hatte recht, das brauchte er, er würde sich dort bewerben. Sie würden an verschiedenen Schulen arbeiten, verschiedene Leben führen, und sie würde ihn nicht vermissen. Aber vielleicht war so eine Veränderung genau das, was er jetzt brauchte.

14. KAPITEL

»Du sitzt schon den ganzen Abend vorm Laptop. Warum kommst du nicht her und schaust mit mir fern?«

Brendan war in den letzten Zügen seiner Bewerbung für die St. Cillian's. Er presste die Lippen aufeinander, statt zu antworten. Maura versuchte es erneut, dieses Mal deutlich engagierter.

»Ich könnte uns eine Flasche Wein aufmachen und etwas zu knabbern holen.«

Brendan las seine Bewerbung Korrektur, änderte hier und dort ein paar Ausdrücke und klickte schließlich auf *Senden* – mit einer Mischung aus Unglauben und Zufriedenheit. »Was habe ich da gerade gehört?«, fragte er.

»Wein und Snacks, Darling.«

Die ganze Woche über war sie sanfter, zärtlicher gewesen. Ihre Augen leuchteten hoffnungsvoll, die getuschten Wimpern klimperten verführerisch.

»Gleich.« Er überlegte, ob er ihr auch einen neuen Kosenamen geben sollte, vielleicht »Schöne« oder »Süße« statt des üblichen »mein Schatz«, aber es fühlte sich seltsam an. Kopfschüttelnd griff er wieder einmal nach seinem Handy, um seine Mutter anzurufen. Doch wieder nichts, nur die Mailbox ging ran. Ob sie schon herausgefunden hatte, wie man eine Mailbox abhörte?

»Brendan, kann ich den Film anmachen?«

Auf einmal fiel ihm etwas ein. Schnell suchte er im Internet und runzelte dabei die Stirn. Er merkte, dass Maura sich hinter ihn gestellt hatte. Aber er tippte ungerührt etwas und wartete. Eine weiße Seite öffnete sich – ein Fahrplan. Sanft schlang Maura ihm die Arme um den Hals und legte den Kopf auf seine Schulter. Brendan scrollte auf der Seite schnell hoch und runter: Cork nach Roscoff, Roscoff nach Cork.

Sie lehnte sich an ihn. Er hörte sie atmen.

»Machen wir einen Kurzurlaub? Fahren wir nach Frankreich?« Sie spielte mit seinem Haar, ihre Stimme klang jung und unbeschwert. »Oh, Brendan, ich würde so gern nach Frankreich fahren. Nur du und dich. Das Essen, der Wein – und die tollen Strände. Du kannst dein Französisch auffrischen, das wird dir gefallen. Und erst die Kultur! Wir könnten die alten Kirchen besichtigen, Frankreich hat so viel Kultur und Geschichte zu bieten. Du könntest Kanu fahren, während ich mich sonne und braun werde. Ich bin so blass. Das würde uns beiden guttun.«

Hastig klappte er den Laptop zu und drehte sich um. Maura trug einen hauchdünnen Morgenmantel. Er saß so locker, dass Brendan erkannte, dass sie darunter kaum etwas trug, vielleicht auch nichts. Das feuchte Haar hing ihr in die Stirn. Auf einmal wurde ihm bewusst, dass er sie anstarrte.

»Ähm.« Er drehte sich zurück zum Laptop. »Maura. Ich dachte, ich verreise allein.«

Als er sich ihr wieder zuwandte, stellte er überrascht fest, dass sie aufgebracht war. Sie lächelte nicht mehr, und ihre Augen wurden ganz glasig, beinahe schimmerten Tränen darin, dann wurde ihr Blick kühl und hart.

»Ich dachte, ich hole meine Mutter zurück«, erklärte er. »Ich werde nur ein paar Tage weg sein. Nicht lange.«

Voller Unglauben sah sie ihn an.

»Sie hat dem Heim geschrieben und gesagt, dass sie ihren Platz dort nicht mehr will. Ich muss nach Frankreich fahren und sie zurückholen, Maura. Ich muss wissen, was da los ist.«

Maura atmete sichtlich aus. Als der Morgenrock aufklaffte, zog sie ihn über der Brust zusammen und band den Gürtel fest zu. »Warum rufst du sie nicht einfach an und sagst ihr, dass sie nach Hause kommen soll?«

Brendan hielt sein Handy hoch. »Habe ich versucht. Sie geht nicht ran.«

»Aber wir müssen ihr doch nicht hinterherfahren. Sie ist eine erwachsene Frau. Sie findet schon allein zurück.«

Er runzelte die Stirn. »Und was, wenn sie nicht zurückkommen will?«

»Dann lass sie doch dortbleiben.«

Unschlüssig schaute er an die Wand und dann wieder zurück auf das Handy in seiner Hand. Dann fiel sein Blick auf den Ehering an seinem Finger. Er hatte sich vorgenommen, allein nach Frankreich zu fahren. Das sollte ein Abenteuer werden. Er wäre dann so etwas wie ein Detektiv. Er würde seiner Mutter nicht sagen, was er vorhatte, sondern ihr schreiben und ihr folgen. Irgendwann würde er sie anrufen, ihr sagen, wo er war, sie würden sich in einem netten Restaurant treffen und vielleicht zusammen Muscheln essen, *moules marinières*. Sie wäre überrascht, ihn zu sehen, aber erfreut. Er würde sie überreden, mit ihm nach Hause zu kommen. Schließlich würde sie sagen: »Ich bin froh, dass du hier bist, Brendan. Ich bin jetzt bereit, wieder zurückzufahren. Dublin hat mir doch zu sehr gefehlt. Vor allem hast aber du mir gefehlt.«

»Ruf sie an, Brendan.« Maura deutete auf das Handy. »Dann können wir uns den Film ansehen.« Erwartungsvoll zog sie die Augenbrauen hoch. »Und etwas Leckeres knabbern.«

Brendan ließ den Kopf sinken. Ob es seiner Mutter in der Bretagne gut ging? Womöglich vermisste sie ihn überhaupt nicht, vielleicht brauchte sie ihn gar nicht. Diese Vorstellung weitete sich aus wie eine Regenwolke und lastete unangenehm auf seinen Schultern. Er stöhnte. »Ich fahre nach Frankreich, Maura.«

»Dann schreib ihr und sag ihr, dass wir kommen.«

Er schüttelte den Kopf, starrte kurz auf seine Hände und ließ den Blick durch den Raum schweifen. »Ich wüsste nicht, dass ich Mom je eine SMS geschrieben habe. Sie wird die SMS wahrscheinlich gar nicht lesen. Außerdem will sie vielleicht gar nicht zurückkommen. Ich fahre hin und überrasche sie. Dann sage ich ihr, dass sie uns fehlt. Dass sie hierhergehört, nach Dublin, zu uns. Ich überrede sie, wieder nach Hause zu kommen.«

»Dann komme ich aber mit.« Maura Lippen bildeten eine gerade Linie. »Buch uns Tickets, Brendan. Ich habe sowieso noch ein paar Wochen Urlaub gut. Du kümmerst dich um die Fähre, ich mache mich ans Packen. Und dann geht's los.«

Evie lief den Hügel hinauf, sie hatte sich bei Maddie und Kat untergehakt. Die Musik war bereits zu hören, der Wind trug leise Dudelsackklänge zu ihnen herüber, und die drei Frauen tanzten schon im Gehen.

Maddie lehnte sich zu Evie hinüber. »Du kennst Pentrez erst, wenn du auch echte bretonische Tänzer gesehen hast. Im Sommer sind die jeden Freitagabend hier, in Tracht. Das wird dir gefallen, Evie.«

Kat lächelte, woraufhin Evie grinste. Noch nie hatte sie die junge Frau so glücklich wie in der vergangenen Woche gesehen. Zu dritt hatten sie hart in den *gîtes* gearbeitet und die ganze Zeit über geredet. Evie hatte so getan, als wäre sie zutiefst schockiert gewesen von Kats rauen Interpretationen verschiedener – sogenannter – traditioneller irischer Melodien. *Paddy McGinty's Goat* war besonders schlimm gewesen. Sie hatten einander Geschichten erzählt und Brandy getrunken. Evie hatte sie mit ein paar Anekdoten über ihre Streiche und die Reaktionen der wütenden Nonnen in der St.-Aloysius-Schule unterhalten und sogar zu Tränen gerührt, als sie mit ihrer hohen, zittrigen Stimme *Danny Boy* gesungen hatte.

Schließlich erblickten sie einen kleinen, nächtlichen Markt – dort wurde eine Art Dorffest gefeiert. Der köstliche Duft von Crêpes hing in der Luft, und die Tänzer wirbelten schon über den Platz, Arm in Arm mit Menschen aus der Gegend, die offenbar jeden Tanzschritt kannten. Evie lächelte, während Maddie und Kat sie durch die Menge lotsten. Auf einmal standen sie in einem Kreis, hakten sich bei anderen Menschen unter, folgten ihren Bewegungen und lachten über ihre falschen Schritte.

Ein Mann, der sich zu Evie umdrehte, bewegte sich trotz seines breiten Körperbaus leichtfüßig. Locker umfasste er ihre Taille, und mit einer gekonnten Tanzbewegung nahm er ihre Hand. Er lächelte charmant, das Gesicht voller Falten. Evie ließ sich von ihm führen, wandte sich ihm zu und war erstaunt, wie ungewohnt es sich anfühlte, die Hand eines Fremden zu halten. Sie blickte über seine Schulter zu den in Schwarz und Weiß gekleideten Musikern, die mit Quasten verzierte Hüte trugen. Sie sangen und spielten voller Eifer Flöte, die Luft war erfüllt von fröhlichen Klängen. Evie drehte sich noch einmal schwungvoll zu einer Gavotte um die eigene Achse, Maddie und Kat tanzten zusammen, ihre Augen leuchteten vor Glück, und Maddies Zopf schwang hoch in die Luft. Evies Tanzpartner umfasste sie fester. Seine Unterarme waren muskulös, das und die runden Wangen erinnerten sie an Popeye.

Während sie über den Platz wirbelte, schien alles um sie herum zu verschwimmen: die anderen Feiernden, die Musiker und die Foodtrucks, an denen man Crêpes und Couscous kaufen konnte. Die Kneipen waren voll, Leute tranken und lachten, standen in den Eingängen mit einem Glas in der Hand und klatschten im Rhythmus der Musik. Als Evie sich erneut umdrehte, war ihre neue Tanzpartnerin Kat. Zum Klang der lauten Flöten wirbelten sie weiter.

Kat versuchte, die Musik zu übertönen: »Ich kann dir nicht genug danken. Für alles.«

»Ach, war mir ein Vergnügen.« Evie dachte an die Schweineställe, die nun zu zwei *gîtes* umgebaut worden waren. In den letzten zwei Wochen waren sie frisch gestrichen worden und wirkten jetzt sehr einladend mit den neuen Vorhängen und den gelben Wänden. Sie hatten inzwischen auch Anzeigen geschaltet und bereits Buchungen für den Rest der Urlaubssaison erhalten.

»Ich meine dafür, dass du so lieb und geduldig warst. Ich war wirklich eine blöde Kuh. Aus einer Kleinigkeit habe ich ein Riesending gemacht.«

Evie gab sich dem Schwung der Musik hin, während Kat ihre Hände fest drückte.

»Bitte bleib doch noch den Sommer über, Evie. Maddie würde sich freuen, und ich mich auch.«

Sie drehten sich gemeinsam und wechselten noch einmal die Partner.

Popeye war wieder da und schlang seinen Arm um Evie. Wieder schenkte er ihr sein faltiges Lächeln und sagte *»charmante«*, wobei er sie näher an sich zog. Sie atmete seinen Duft nach Tabak ein und dachte an Jim, daran, wie locker er sie in den Armen gehalten hatte, wenn sie in den Sechzigern gemeinsam getanzt hatten. Jim hatte seine Beine unbeholfen hin und her bewegt, aber sie hatte das Tanzen geliebt.

Popeyes Hand auf ihrer Taille zeugte dagegen von Entschlossenheit.

Es war Zeit, sich noch ein Glas Pommeau zu holen, also riss Evie sich von ihm los, ging zu einem der Stände und bestellte. Das Getränk war wie ein dickflüssiger Sirup, der an ihrer Zunge klebte. Es fühlte sich genauso aufregend an wie ein Samstagabend in Dublin. Genüsslich trank sie den süßen Drink in großen Schlucken, er kribbelte ihr im Hals.

Ihr Blick schweifte zum Strand am Ende der Straße. Der Tag neigte sich dem Ende zu, und sanfter Regen fiel auf ihr Gesicht. Kein Auto fuhr vorbei, nur der Deutsche mit seinem Wohnmobil, der sich auf den Weg woandershin machte. Er erkannte Evie wieder und winkte ihr mit einer Hand zu, Evie erwiderte den Gruß. Sie fragte sich, wo er hinfuhr, ob er weit reisen und Abenteuer erleben würde. Sein Wohnmobil war riesig wie ein kleines Haus. Es musste toll sein, einfach losfahren zu können, wohin man wollte.

Nachdem das Wohnmobil davongefahren und aus ihrem

Blickfeld verschwunden war, fühlte sie sich, als hätte man sie vergessen. Sie schaute auf das schimmernde Meer, das von der untergehenden Sonne in der Mitte geteilt zu werden schien, und ihr Blick wanderte zu der geschwungenen Küstenlinie. Sie fragte sich, was hinter der Bretagne lag. Hinter ihr ertönten Musik und Gelächter. Evie sah wieder zum Horizont und merkte, wie ihr Puls schneller ging.

Sie fuhren nach Le Faou für eine besondere Überraschung. Kat und Maddie hatten Evie von einer Bäckerei und Konditorei dort erzählt, die die besten Kuchen der gesamten Halbinsel verkaufte. Grinsend hatten sie erklärt, dass sie alle Bäckereien im Umkreis getestet hatten. Und da Evie selbst über zwanzig Jahre lang in einer Bäckerei gearbeitet hatte, musste sie diese natürlich probieren. Danach würden sie zu Mittag essen. Iggy leckte sich bereits das Maul, und die Stimmung im Lieferwagen war fröhlich und gelöst.

Der besagte Bäcker verkaufte Macarons in allen Pastellfarben, knusprig und mit Creme gefüllt. Davon aß Evie drei und sagte dem Inhaber, dass die Dubliner Bäckereien aus den Sechzigern keinem Vergleich standgehalten hätten. Maddie und Kat hielten Händchen und erzählten von den Plänen, die sie für die *gîtes* hatten: Themenabende, Partys, Musik. Maddie ergriff Evies Hand. »Wir würden uns freuen, wenn du bleiben und uns helfen würdest. Solange du möchtest.« Darauf schenkte Evie ihr ein Lächeln.

Das Mittagessen war köstlich, es gab Crêpes, Salat, Brot und eine Flasche Wein. Evie fühlte sich wohlig warm, als sie bei Maddie und Kat untergehakt zurück zum Wagen ging. Voller Vorfreude sprach Maddie wieder über die Pläne, die sie für ihre Feriengäste hatte, über Grillabende, sogar Weihnachtsfeiern, aber Evie hörte nur halb zu. Ein Schild an einem Holztor fiel ihr ins Auge, sie blieb stehen. »Können wir da kurz reinschauen?«

Die Werkstatt »Garage Lasnec« erstreckte sich hinter dem offenen Holztor, darin fanden sich haufenweise Metall und Fahrzeuge in verschiedenen Reparaturstadien. Ein großer Mann mit einem Ölfleck am Kinn hob träge die Motorhaube eines hellgrünen Peugeots an. Er stellte sich als Georges Lasnec vor, soviel verstand Evie. Sie fragte ihn in ihrem besten Englisch, ob er irgendwelche Wohnmobile zu verkaufen hätte. Maddie übersetzte, und schon führte Georges Evie vorbei an mehreren Wagen, von alt bis relativ neu. Plötzlich blieb sie stehen.

»Seht euch mal dieses süße, alte Wohnmobil an!« Es war meeresblau und sah von vorne aus wie ein rundes Gesicht. Mit den Fingern strich sie über den kleinen, verchromten Kühlergrill. »Ach, das hier ist alt und hat was Lustiges an sich … Das find ich großartig. Gefällt mir.«

Kat sagte etwas zu dem Mann, woraufhin er ihr die Schlüssel reichte.

»Steig ein, Evie. Willst du es einmal Probe fahren?«

Freudig erregt setzte Evie sich hinters Lenkrad. Der Sitz war mit weichem Leder bezogen und sehr bequem. Sie schaute hoch zum Dach und entdeckte einige Rostflecken. Im Wagen roch es moschusartig, ein bisschen nach Moor, aber süßlich. Vor den Fenstern hingen helle Vorhänge mit ausgefransten Rändern. Im hinteren Teil lagen ein paar zusammengerollte Decken und ein Weidenkorb, der wie ein Picknickkorb aussah. Evie schaute durch die Windschutzscheibe, die schmutzig war bis auf den Halbkreis, der vom Scheibenwischer gereinigt wurde. Sie müsste einmal ordentlich geputzt werden. Entspannt umschloss sie das Steuerrad mit den Händen, dann ruckelte sie an der Gangschaltung. Sie lächelte. »Die hier braucht ein paar Streicheleinheiten.«

Kat nahm auf dem Beifahrersitz Platz, aber Maddie und Iggy blieben in der Werkstatt zurück, während Evie das Wohnmobil durch das Tor hinaus auf die Straße lenkte. Es ruckelte ein wenig, sie blieben stehen und fuhren dann weiter, um sich in den Verkehr einzufädeln. Evie fuhr versehentlich auf den Bordstein, dann polterte der Wagen auf die Fahrbahn.

»Bleib auf der rechten Seite. Du bist hier nicht in Irland.«

»O ja, stimmt.«

Kat leitete sie durch die Stadt. Evie blinzelte und starrte konzentriert nach vorn, sie schlug gegen den Schalthebel, fuhr wieder auf den Bordstein und dann wieder hinunter.

»Bremsen!«

Mit beiden Füßen trat Evie auf die Bremse und verpasste die Stoßstange vor ihr nur um Haaresbreite. »Verdammt.«

Sie wich einem parkenden Lieferwagen aus, fuhr gefährlich nah an einem Radfahrer vorbei, beschleunigte erneut und erinnerte sich daran, dass es schon eine Weile her war, als sie das letzte Mal ihren alten Micra gefahren war. Meistens hatte Jim sie durch Dublin chauffiert. Nach seinem Tod war sie mit dem Micra nur ab und zu unterwegs gewesen, zum Supermarkt, mehrmals zum Friedhof. Sie mochte das Fahren in Dublin nicht, aber hier, in Frankreich, waren die Straßen recht ruhig.

Ein Fahrer hob die Hand und ließ sie vor sich einscheren. Mit Kats Hilfe meisterte Evie eine Verkehrsinsel, überholte einen langsameren Fahrer und kam auf die Straße zurück nach Le Faou. Ein Blick auf die Kilometeranzeige verriet ihr, dass sie genau vier Kilometer gefahren war. Das Wohnmobil würde ihr eindeutig Glück bringen.

Nachdem sie scharf vor einem Laster abgebogen waren, der laut hupte, parkten sie vor »Garage Lasnec«. Maddie sah besorgt aus, und Iggy zog an seiner Leine. Georges Lasnec stemmte die Hände in Hüften.

Evie stieg auf der Fahrerseite aus und hielt die Schlüssel in die Luft. »Ich kaufe es.«

»Warte mal kurz.« Kat sagte etwas zu Georges Lasnec, der als Reaktion nur die Achseln zuckte. Erneut redete Kat in fließendem Französisch auf ihn ein und argumentierte offenbar, ihre Worte klangen hart und bestimmt. Evie fuhr sich übers Haar; der Wein, das Fahren und die ganze Aufregung hatten sie erschöpft.

Der Werkstattbesitzer hielt irgendwann inne, murrte und hob protestierend die Hände. Kat sagte etwas, nannte ihm anscheinend eine Zahl, mit der sie alles auszureizen schien, und er verschränkte die Arme vor der Brust. Wieder murrte er, aber schließlich schob er die Hände tief in die Taschen, drehte sich um und nickte. Kat hatte gewonnen.

»Okay, Evie, er ist mit dem Preis runtergegangen. Das Wohnmobil braucht neue Reifen, die montiert er dir jetzt an. Alles zusammen für dreitausend Euro. Wie klingt das?«

Schon suchte Evie in der Tasche nach ihrer Kreditkarte. »Das klingt großartig. Sag ihm, wir sind im Geschäft.«

Ihr Koffer war gepackt, das kleine Rad daran repariert. Sie hatte Kisten mit Essensvorräten eingepackt, Sommerkleidung, CDs, Bettwäsche, Wasser und zu viele Bücher, unter anderem eines, das sie gerade erst angefangen hatte zu lesen. Es war die Übersetzung eines Werkes von Simone de Beauvoir, das Maddie ihr geschenkt hatte. Im Wohnmobil war es heiß und stickig. Der Strand wäre der ideale Ort zum Lesen gewesen, aber Evie hatte sich auf einer Karte mit Bleistift eine andere Strecke eingezeichnet. Denn sie wollte nach Süden fahren, um sich die Weinhänge und die Berge dort anzusehen. Mithilfe von Maddies und Kats Tipps von ihrem Trip ins Languedoc vor zwei Jahren hatte sie ihre Reiseroute geplant.

Zum Abschied beugte Evie sich vor und streckte die Arme aus. Iggy sprang auf, riss die Augen auf, und Kat und Maddie umarmten sie gleichzeitig, sodass die drei ein Knäuel bildeten. Als sie wieder voneinander ließen, flossen Tränen.

»Komm bitte mal wieder zu Besuch, Evie.«

»Na klar.«

»Und danke für alles.«

Kat reichte ihr zwei Zettel. Auf dem einen standen eine Adresse und Handynummer. Der andere war der Scheck, den Evie ihnen für die Miete gegeben hatte. Zuerst wollte Evie ihn nicht annehmen, aber Maddie schniefte so laut, dass sie es dabei beließ.

»Ihr Mädchen seid die Besten. Wie Töchter. Ich komme bestimmt bald wieder, um euch zu besuchen.«

Fest umarmten sie sich alle drei noch einmal, dann stieg Evie ein. Als sie losfuhr, sah sie im Rückspiegel zwei winkende Frauen, die einander an den Händen hielten, und einen bellenden Hund.

Sie beugte sich über das Steuer, setzte den Blinker und fuhr über den Bürgersteig auf die Straße. Das Meer lag rechts von ihr, die Landstraße breitete sich schimmernd und verheißungsvoll vor ihr aus. Eine Linkskurve führte auf einen Berg, auf einem Schild stand *Ménez-Hom*. Die Straße wurde steiler, und die Hänge auf beiden Seiten schmückte gelb und violett blühende Heide. Evie überholte einen Radfahrer, fuhr wieder auf ihre Spur und schaltete in den zweiten Gang, wodurch der Wagen einen Satz nach vorn machte. Oben auf dem Berg angekommen, bog sie ab, parkte zwischen zwei anderen größeren Wohnwagen und stieg aus.

Die Handtasche fest an sich gedrückt, kletterte Evie den Fußweg hinauf auf den Gipfel vom Ménez-Hom. Der Wind pfiff laut in ihren Ohren.

Sie sah, wie Menschen von den Bergen in den Himmel aufstiegen. Sie hingen an bunten Schirmen, baumelten kurz auf ihrer Höhe, glitten dann hinab und verschwanden aus ihrem Sichtfeld. Wie frei und ruhig sie wirkten, diese Drachenflieger – mithilfe des Windes stiegen sie kurz auf, verharrten auf einer bestimmten Höhe und flogen dann davon. Evie sah auch Modellflugzeuge, die in die Höhe stiegen und wieder hinabfielen, und rechts ganz in der Ferne erblickte sie einige Windräder und einen kleinen Ort. Links erkannte sie eine Brücke und einen Fluss. Und als sie sich umwandte, erstreckte sich das spiegelglatte Meer vor ihren Augen. Das Panorama war wunderbar weit und bot ihr so viele neue Möglichkeiten. Sie schauderte, und das fühlte sich herrlich an – die Bergesfrische und der Gedanke an die vielen Möglichkeiten, die vor ihr lagen.

Eine Stunde später kletterte Evie zurück ins Wohnmobil. Innen war es stickig und schwül. Nachdem sie die Fenster geöffnet und die Vorhänge beiseitegeschoben hatte, damit der Wind hineinwehte, startete sie den Motor. Der Gipfel lag hinter ihr, als sie den Berg hinunterraste und die vielen Abzweigungen von der Straße nach links und rechts sah.

»Heute ist der vierte Juli, mein Glückstag – die Welt liegt mir zu Füßen«, murmelte sie, als sie abrupt runterschaltete und bei einem Schild abbog, auf dem *Ploeven* stand. Sie fummelte an dem CD-Player herum, und eine eingängige Melodie ertönte. Evie sang laut und unbeschwert mit.

Nur eine Stunde Fahrzeit entfernt verließ gerade ein gelber Fiat Panda den Hafen von Roscoff und bog auf die Hauptstraße ab. Der Fahrer blickte geradeaus, während die Frau auf dem Beifahrersitz eine Karte vor sich hielt und ihm die Richtung ansagte.

15. KAPITEL

Sie sahen das Meer schon von der höher gelegenen Straße aus. Es sah aus wie ein silberner Spiegel, eingerahmt von einem Sandbogen, der in der Sonne glitzerte. Der Fiat Panda wand sich durch die engen, kurvigen Straßen, dann lag der Strand zu ihrer Rechten, und sie konnten die Badenden im Wasser ausmachen. Windsurfer durchschnitten die Schaumkronen. Im Auto war es heiß, obwohl sie die Fenster heruntergekurbelt hatten. Auf der Suche nach einem Hotel fuhren sie zweimal an der Promenade auf und ab.

»Sie meinte, sie wohne ganz in der Nähe dieses Strandes, also muss sie sich ein Hotel genommen haben. Aber hier gibt es keins.«

»Dafür gibt es ein paar kleine Apartments. Vielleicht hat sie sich so eins gemietet. Wäre doch lustig, wenn wir sie in einem kleinen Café antreffen, vielleicht in so einem wie dem hier.« Maura meinte, den Pizzaduft zu riechen. Auf einem blau-weißen Schild wurden *moules marinières/frites* als Tagesgericht für neun Euro angeboten.

Suchend schaute Brendan von einer Seite zur anderen. »Vielleicht sollten wir jemanden fragen? Soll ich bei dem Laden da vorn halten? Kann doch sein, dass sie da die Postkarten gekauft hat.«

Er parkte halb auf den Bürgersteig und schnappte sich seine Jacke. Handy und Geldbörse waren in der Innentasche. Nachdem er ausgestiegen war, knallte er die Wagentür zu. Maura folgte ihm; selbst in Top und Shorts schwitzte sie. In dem Geschäft gab es Eis, kalte Getränke und Zeitungen. Gedankenverloren suchte sie sich ein paar Ansichtskarten mit Fotos der sprühenden Gischt darauf aus. Brendan fragte den Inhaber in seinem besten Französisch, ob er eine Dame, eine Irin, kannte, die in der Nähe wohnte.

Der Mann schob seine Brille auf dem Nasenrücken etwas höher und antwortete: *»Oui.«*

Erleichtert atmete Brendan auf. Er fragte nach, ob die besagte Dame etwas älter war, um die siebzig.

Der Mann kratzte sich am Kopf. *»Oui. Peut-être. Plus jeune … on ne sait jamais en ce qui concerne les femmes …«*

Hoch konzentriert stützte Brendan sich mit den Händen auf dem Ladentresen ab und lehnte sich vor. *»Brunette? Petite?«*

Der Inhaber wischte die Brille an seinem Hemd ab, setzte sie wieder auf und starrte Brendan an. *»Non. L'irlandaise, elle était une petite blonde.«*

Enttäuscht vergewisserte Brendan sich, ob er sich da sicher sei, und der Mann bejahte murrend. Maura reichte ihm die Postkarten, die er zusammen mit Briefmarken und zwei Flaschen Wasser kaufte. Laut seufzend ging er anschließend zurück zum Auto.

»Das kann sie nicht sein. Die Frau, die er kennt, hat blonde Haare. Was sollen wir jetzt machen?«

»Ruf sie an, Brendan.«

»Wir haben das doch besprochen. Wir überraschen sie. Sie liebt Überraschungen.« Wieder einmal malte er sich aus, wie seine Mutter sich freuen würde, ihn zu sehen, wie sie ihn umarmte, ihm sagte, dass sie kein Wort Französisch spreche und wie gut sie ihn hier gebrauchen könne. Er beherrsche die Sprache so gut und sei genau zur rechten Zeit gekommen, um ihr bei der Auswahl eines netten Restaurants fürs Mittagessen zu helfen. Dann würde sie sich wieder auf den Weg nach Hause machen.

»Dann schicken wir ihr eine Nachricht und gehen danach essen?« Mauras Miene hellte sich auf.

Brendan war bereits mit seinem Telefon beschäftigt. »Wir sagen ihr lieber nicht, dass wir hier sind, mein Schatz. Noch nicht.« Er hatte ein neues Szenario vor seinem inneren Auge: seine Mutter in Badeanzug auf einem Liegestuhl am Sandstrand, einen Sonnenhut auf dem Kopf, ihre Miene überrascht und leicht verärgert. Was, wenn sie ihn gar nicht brauchte?

Was, wenn ihn schon wieder niemand brauchte außer Maura? Schuldgefühle breiteten sich plötzlich in ihm aus, und er schauderte. Brendan hielt das Handy fest und tippte: *Wo bist du Mom? B*

Maura legte ihm eine Hand auf den Unterarm. Sie beugte sich zu ihm vor, bis ihre Lippen fast seine Wange streiften. »Wir sollten uns nach einem Hotel umschauen, Brendan. Könnte sein, dass wir einige Tage hierbleiben, vielleicht auch länger.«

Die Muscheln wurden mit einer köstlichen Soße gereicht, die Pommes waren dünn und knusprig. Den Nachmittag verbrachten sie träge in der Sonne am Strand – die Zeit verging herrlich langsam, wie wenn man in einer Hängematte döste und jegliches Gefühl für Raum und Zeit verlor. Maura ging ins Wasser, lachte und planschte, rief Brendon hinterher, er solle mitkommen. Seine Stimmung stieg, als seine Frau ihn fröhlich anlächelte und sich das Haar ins Gesicht fallen ließ. Mehrere Male schaute er auf sein Handy: keine Antwort von Evie.

Sie fanden ein kleines, idyllisches Hotel am Fluss in dem nahe gelegenen Ort Châteaulin und aßen in einem gemütlichen Restaurant zu Abend. Als Maura bei ihrem dritten Glas Wein angekommen war, redete sie davon, an einem der folgenden Tage auf einen französischen Markt in der Stadt gehen zu wollen.

Sie teilten sich ein Dessert: Maura wählte *profiteroles* aus und kicherte vor Freude, während sie eines der Röllchen vom Teller nahm und es Brendan zwischen die Lippen schob. Er versuchte, sich nicht um seine Mutter zu sorgen, sondern Mauras Gesellschaft zu genießen. Sie strahlte förmlich, umgarnte den Kellner mit ihrem spärlichen Französisch, *merci* und *s'il vous plaît*, und der große, fast kahle Mann im Anzug war ihr gegenüber äußerst aufmerksam, schenkte ihr Wein nach und flüsterte: *»Vous parlez Français très bien. Vous êtes Allemande, Madame?«*

Fragend blickte sie Brendan an.

Er murmelte: »Er denkt, du bist Deutsche. Und er sagt, dein Französisch ist gut.«

Maura lachte. Brendan hingegen warf dem Kellner einen kritischen Blick zu und wünschte sich, er würde verschwinden.

Arm in Arm spazierten sie wenig später zurück zum Hotel. Das Wasser war ruhig und kristallklar, die Bogenbrücke und die grünen Ufer spiegelten sich perfekt auf seiner Oberfläche. Ein Radfahrer fuhr an ihnen vorbei, dann noch einer. Brendan schaute auf seine Füße und nutzte seine freie Hand, um zweimal aufs Handy zu schauen, ohne dass Maura es bemerkte.

Im Hotel angekommen, verschwand sie im Badezimmer. Brendan schaute wieder auf sein Handy – keine Nachrichten. Er nahm ein paar Landkarten aus seiner Tasche und setzte sich. Er wählte die Übersichtskarte des Finistère aus. In der Dusche sang Maura währenddessen lauthals von *A new day*, ihre Stimme hallte von den Glaswänden der Duschkabine wider. Sie versuchte sogar, die Bassstimme zu imitieren, und gab als Akzente schmatzende Geräusche von sich.

Mit einem Mal vibrierte sein Telefon, endlich erhielt er die ersehnte Nachricht. *Bin in der Nähe von Angers. Fahre Richtung Süden. Schön hier. Mom.* Als Maura in ein Handtuch gewickelt aus dem Badezimmer kam, steckte er das Telefon schnell zurück in die Tasche.

Sie ließ sich in Brendans Arme fallen, sodass er auch nass wurde. Darüber musste Maura lachen, und das Handtuch rutschte etwas tiefer, sodass er die von der Sonne gerötete Haut ihres Halses sah und tiefer blickend die makellose helle Haut betrachten konnte. Maura umschlang seinen Hals zu fest, und sie roch penetrant nach Vanille. Dennoch legte er die Arme um sie.

»Sag mir, dass du mich liebst, Brendan.«

Er hauchte einen Kuss auf ihre feuchte Stirn. »Das weißt du doch.«

Sie legte die Stirn in Falten. »Ich wünschte, du würdest es mir öfter sagen.«

»Du weißt doch, was ich fühle …«

»Manchmal … bist du so distanziert.«

»Maura …«

»So verschlossen …«

»Maura, bitte nicht …«

In ihren Augen sammelten sich Tränen, bis sich eine löste. Wie eine dicke Perle verharrte sie kurz im Augenwinkel, dann platzte sie und lief die Wange hinunter. Spontan küsste Brendan sie fort. Er fragte sich, ob es der richtige Moment war, um zu erklären, wie unglücklich Maura ihn manchmal machte: dass sie sehr kritisch sein konnte und er einsilbig und verschlossen, aber dass er sie immer noch schön fand. Und um sie zu fragen, ob es eine Möglichkeit gab, dass es zwischen ihnen wieder so werden könnte, wie es früher war.

Maura verzog das Gesicht, tränenverschmiert schluchzte sie. »Sag mir, dass alles in Ordnung ist.«

»Alles ist in Ordnung, Maura.« Unwillkürlich schaute er auf ihren Mund. Ihr Kiefer zitterte unkontrolliert, und er wollte sie noch fester in den Arm nehmen. Etwas Beschützendes und Ursprüngliches brach sich in ihm Bahn, sodass er einfach seine Lippen auf ihren Mund presste. Doch sie wich blinzelnd zurück, nahm ein Taschentuch und schnäuzte sich.

Dann sah sie ihn ernst an. »Du weißt, dass du noch immer ein attraktiver Mann bist, Brendan Gallagher. Komm her und lass mich dir zeigen, wie sehr ich dich noch liebe, auch nach all den Jahren.«

Sanft legte sie ihre Hände auf seine Schultern, und das Handtuch rutschte nun ganz hinunter. Maura umfasste sein Gesicht, bevor sie Brendan zu sich zog und schließlich auf die Matratze lotste. Brendan hörte, wie sie ausatmete, legte sich auf sie, umarmte sie und schloss die Augen. Erregt zerrte sie an den Knöpfen seines Hemdes, liebkoste sein Ohr. Während er behutsam ihr Haar berührte, legte er erneut seine Lippen auf ihre. Die Augen zusammengekniffen, flüsterte er etwas Unverständliches in ihr Haar hinein. Sie lag in seinen Armen, und es war wie früher. Das vertraute Gefühl hüllte ihn ein, und er murmelte wieder und wieder ihren Namen. Er fühlte sich mächtig. Ein Glücksgefühl breitete sich in seinem Brustkorb aus, wie ein Vogel, der im Flug seine Flügel spreizt. Sie würden ihre Ehe wieder auf Kurs bringen. Dieser Urlaub war genau das, was er gebraucht hatte. Gemeinsam drehten sie sich. Dabei glitt das Telefon aus seiner Tasche und aufs Bett, dann fiel es auf den Teppich.

Als Brendan am nächsten Morgen aufwachte, spürte er die Schuld angesichts seines Traumes auf sich lasten. Er hatte im tiefblauen Ozean gebadet, zusammen mit Penny Wray. Sie war eine Meerjungfrau mit schimmernder Schwimmflosse, und sie vergnügten sich unter Wasser miteinander. An der Oberfläche warf Penny ihr langes Haar nach hinten, die Wassertropfen in der Luft sahen wie kleine Diamanten aus. Nachdem er ihr zu einem Felsen gefolgt war, stand sie auf einmal nackt vor ihm. Ihre Haut hatte die Farbe von Milchkaffee. Sie liebten sich und lagen träge in der Sonne, bis das Salz auf ihrem Körper zu glitzernden Kristallen getrocknet war.

Er war hochgeschreckt, voller Schuldgefühle, und drehte sich nun zur Seite.

Maura schlief noch, ihr Mund war geöffnet, ein Arm lag über einer Brust und hob sich blass gegen die roten Stellen auf ihrer Schulter ab. Leise stand Brendan auf, hob seine Unterhose auf, die zusammengeknüllt auf dem Boden lag, zog sie an und holte seinen Laptop hervor. Er hatte zwei E-Mails erhalten: eine von der St. Cillian's, die den Eingang seiner Bewerbung bestätigte, und eine von Penny Wray, die ihm schöne Ferien wünschte und ihn darüber informierte, dass sie sich für die Stelle als Fachleiterin für Sport bewerben würde, bevor sie nach Mexiko zum Schnorcheln reiste.

Als Maura wach wurde, setzte sie sich im Bett auf und beobachtete ihren Mann. Lächelnd betrachtete sie seinen gebeugten Rücken, während er eine Frankreichkarte studierte. Er wusste nicht, dass sie die Luft anhielt und ihn in vertrauter Zuneigung betrachtete, dass ein Gefühl der Hoffnung in ihr Herz hüpfte. Sie versuchte, sich daran zu erinnern, wie lange das Frühstücksbuffet im Hotel geöffnet war. Vielleicht hätte sie noch genügend Zeit war, ihn erneut ins Bett zu locken?

Blinzelnd starrte Brendan auf den Bildschirm. Er war in die Online-Landkarten vertieft, versuchte, den gewölbten Linien und vielen Punkten zu folgen, die Straßen und Orte darstellten, und die Distanz in Kilometern zu schätzen. In hellen Farben malte er sich die Fahrt aus, plante Zeit für eine Mittagspause ein und überlegte, wann sie in Angers sein und seiner Mutter das in einer Nachricht mitteilen könnten. Vielleicht wäre das ein guter Zeitpunkt, sie anzurufen und ihr zu sagen, dass er nicht weit entfernt war. Er plante die Strecke so, dass sie zügig vorankommen und Mautstraßen sowie Stadtzentren umfahren würden. Heute würden sie nach Süden fahren und die Bretagne, die Märkte, die Muscheln in Weißwein und die Strände weit hinter sich lassen. Maura wäre enttäuscht, aber seine Mutter wiederzufinden und sie zurückzubringen war ihm jetzt lebenswichtig.

16. KAPITEL

Evie schlief tief und fest in ihrem Wohnmobil, eingekuschelt in die Baumwolldecke, vollkommen sicher. Am Abend zuvor hatte sie zu viel Wein getrunken, sie hatte es sich richtig gut gehen lassen. Außerhalb von Angers hatte sie eine Pension gefunden, vor der ein Schild mit folgender Aufschrift hing: *Camping-cars sont bienvenus: 8 euros*. Die Inhaberin, eine alte, kleine und zierliche Dame, hatte ein herzliches Lächeln und ein freundliches, faltiges Gesicht. Odiles Haar war weiß, sie ging gekrümmt und war bereits achtundsiebzig Jahre alt. Mithilfe von Stift und Papier hatte sie Evie zu verstehen gegeben, dass sie, wenn sie für 20 Euro bei ihr zu Abend aß, Wein inklusive, das Wohnmobil gratis über Nacht parken könnte.

Alle Gäste hatten gemeinsam an einem großen Holztisch gegessen, Odile am Kopf der Tafel. Sie war die perfekte Gastgeberin, trug einen köstlichen Gang nach dem anderen auf und reichte dazu sowohl Weiß- als auch Rotwein. Die Gäste waren wunderbar: ein Spanier mit seiner deutschen Frau, sie hießen Miguel und Ursula, waren zusammen mit ihrer Tochter Kristina hier. Kristina sprach mit ihrem Vater Spanisch, mit ihrer Mutter Deutsch, Französisch mit Odile und Englisch mit Evie. Obendrein übersetzte sie das Gesagte für jeden am Tisch. Dann gab es noch einen Holländer um die vierzig, Adriaan, und ein englisches Paar, Rom und Fran aus Leighton Buzzard. Aber erst das Essen! So etwas hatte Evie noch nie genossen: erst eine cremige Artischockensuppe, dann Artischocken im Ganzen, die vor Butter trieften, Tomaten mit frischen Kräutern, winzige Kartoffeln, dazu Fleisch und Soße, die auf der Zunge zergingen. Schließlich waffelartige Crêpes, Sahne, Apfelkuchen und Brandy. Evie hatte den anderen Gästen von ihrem Roadtrip ab Dublin erzählt. Sie alle hatten gutmütig über ihr Glück beim Pferderennen gelacht – es war ein gemütlicher, herzlicher Abend.

Odile war irgendwann von ihrem Platz aufgestanden und hatte ein traditionell irisches Lied gesungen, ihre Stimme klang hoch und gefühlvoll. Alle hatten sich zum Abschied umarmt und sich alles Gute gewünscht. Dann hatte Evie sich in ihrem Wohnmobil in die Kissen und Decken gekuschelt, ein letztes Mal in den sternenbesetzten Himmel geschaut und war eingeschlafen.

Am nächsten Morgen schien die Sonne sogar schon vor dem Frühstück warm vom Himmel. Evie wusste genau, wohin sie fahren würde. Denn beim Abendessen hatte Fran ihr empfohlen, Limoges zu besichtigen und auf dem Weg nach Süden kurz in Oradour-sur-Glane zu halten. Nachdem sie sich die Orte auf der Straßenkarte markiert hatte, machte Evie sich früh auf den Weg.

Mit offenen Fenstern fuhr sie in der flimmernden Hitze durch das Limousin. Als sie in Oradour-sur-Glane ankam, war es fast Mittag, und die Sonne brannte. Nachdem sie geparkt hatte, stieg sie aus und ging langsam über das Gras. Sobald sie das marmorne Denkmal von Oradour-sur-Glane erreichte, wurde die Luft kühler.

Auf einer grauen Tafel wurde von dem Massaker berichtet: Am 10. Juni 1944 war es geschehen. Die Nummer vier hatte den armen Dorfbewohnern kein Glück gebracht. Sie waren aus ihren Häusern geschleift und ermordet worden, weil man sie fälschlicherweise für Widerstandskämpfer gehalten hatte. Die Ruinen des Dorfes waren erhalten geblieben und Teil der Gedenkstätte. Evie fühlte sich, als würde sie rückwärts durch die Zeit laufen.

Damals war Evie zwei Jahre alt gewesen. Sie hatte in einem Reihenhaus am Dubliner Stadtrand gelebt. Ihre Mutter hatte immer Brot und Marmelade auf den Tisch gestellt, und Evie, in ihrem kratzigen Kleid, hatte die Hand nach einer Scheibe Brot ausgestreckt, während ihre Brüder Brendan, Eddie und Patrick sich bereits große Stücke davon in den Mund gestopft und ganze Scheiben unter dem Tisch versteckt hatten. Kathleen war damals noch ein Baby gewesen, sie hatte gekränkelt und viel geschrien, alle Aufmerksamkeit der Mutter war ihr zugefallen, während der röchelnde Husten des Vaters aus dem Nebenzimmer zu hören gewesen war. Er war einige Monate später in seinem Bett gestorben. Und die schwache Kathleen war letztendlich die Stärkste von allen gewesen. Heute lebte sie in Australien, Evie hörte nur selten von ihr. Eddie und Pat waren im Abstand von einem Jahr gestorben, und Brendan lebte allein in Sligo in Irland.

In den Augen ihrer Mutter hatte Evie immerzu Besorgnis gelesen. Sie erinnerte sich daran, wie sich die feste Hand ihrer Mutter angefühlt hatte, wenn sie sie ihr sanft aufs Haar gelegt hatte. Jene Tage lagen nun schon lange zurück; die Welt heute war eine ganz andere.

Im Dorf selbst drang Evie die Kälte bis in die Knochen, noch immer schien man die Zeit und die Menschen zu spüren, die den Ort geprägt hatten. In den Ecken lungerten vielleicht Geister, deren Atemhauch von einem Haus zum nächsten reichte. Die Vögel zwitscherten nicht, der Wind säuselte leise. Auf Schildern stand *Souviens-toi, Erinnere dich*. Die Gebäude waren schief und zerfielen, Steine bröckelten ab und hinterließen schroffe Mauern, wie Zähne in dem aufgerissenen Mund eines Toten.

Langsam ging Evie den staubigen Weg entlang, auf dem schon lange kein Gras mehr wuchs. Krumme Reihen von Backsteinen im Boden ließen erahnen, wo einst die Grenzen der Grundstücke verlaufen waren und wo Häuser gestanden hatten. Ein uraltes rostrotes Auto, dessen Kühlergrill zu einem Grinsen verzerrt war, stand nur noch auf den Felgen. Auf einer Tafel an einer Mauer stand *Un Groupe D'Hommes Fut Massacré et Brulé*. Evie starrte auf die Wörter, bis deren Bedeutung zu ihr durchgedrungen war. Sie lief an einer alten Bäckerei vorbei, von der nur noch Trümmer übrig waren, und sie stellte sich unwillkürlich die verzweifelten Schreie der Familien vor, die auseinandergerissen worden waren, getrennt lediglich durch einen Gewehrlauf; sie sah förmlich vor sich, wie sie sich aneinandergedrängt, wie sie bei jedem Schuss wieder und wieder die Augen zusammengekniffen hatten.

Sie ging weiter zur heruntergebrannten Kirche. Sie war hohl und rußgeschwärzt, Steine und Staub waren überall verteilt. Hier waren damals Frauen und Kinder hergebracht worden. Evie war eiskalt. Das tiefschwarze Kirchengewölbe hatte das Kreischen der Kinder nicht herausgelassen. Kein Gott hatte sie gerettet. Sie erblickte einen leeren Kinderwagen, kaputt und versengt. Jemand hatte einen Strauß Wiesenblumen auf den Sitz gelegt. Evie schloss die Augen und ließ das Kreischen der eingesperrten Menschen in ihrem Kopf dröhnen. Als sie die Augen wieder öffnete, waren die Geister noch immer da. Sie schwebten schwerfällig in der Luft und schienen sie zu beobachten. Evie ging zurück zu den Häuserruinen und verschränkte die Arme unter ihrer Jacke, um sich warm zu halten.

Als sie das Dorf verlassen hatte, hob sich die schwere Luft. Evie trat erneut ins Sonnenlicht. Sie setzte sich auf eine Bank und holte ihr Telefon hervor.

Brendan hatte ihr eine SMS geschrieben. Doch sie konnte ihm noch nicht antworten. Sie war gedanklich immer noch bei den französischen Männern und Frauen von Oradour-sur-Glane. Es war zwar vor siebzig Jahren passiert, doch für sie geschah es genau jetzt. Sie trug einen Rock aus schwerem, kratzigem Stoff und ein dunkles Kopftuch. Jim hatte seine Mütze tief ins Gesicht gezogen. Sie trug den vierjährigen Brendan. Seine Beine baumelten an ihren Seiten, umschlossen ihre Taille und ließen sie dann wieder los, die kleinen Schuhe traten gegen ihre Schürze und vergruben sich darin. Es war mitten in der Nacht, dunkel und kalt. Sie standen draußen vor dem Rathaus, und Männer in Uniformen zielten mit Pistolen auf sie. Evie konnte spüren, wie Brendan sie fest umarmte; sie sah Jims besorgten Blick vor sich und hörte zwei junge Soldaten in einer Sprache reden, die sie nicht verstand. Beide hatten Pistolen in der Hand, das kalte Metall ihrer Läufe zeigte direkt auf sie.

Evie schauderte. Mit den Pistolenläufen bedeuteten die Soldaten ihnen, sich zu trennen. Jim sollte zur Gruppe der Männer gehen und Evie mit Brendan zu den anderen Frauen. Sie wurden über einen Hügel gescheucht, hinein in die Kirche. Evie stellte sich Brendan auf ihrem Arm vor, seine kindliche Stimme fragte sie, was nun mit ihnen geschehen würde. Sie konnte die Schüsse hören, die wie ein Feuerwerk vor dem Rathaus losgingen, und wusste, dass die Männer hingerichtet wurden, wusste, dass Jim unter ihnen war. Sie sah einem der uniformierten Soldaten in die Augen, als er die Frauen mit schriller Stimme aufforderte, in die Kirche zu gehen. Die Holztür fiel ins Schloss, die schweigenden Frauen hielten die Luft an, und dann roch es plötzlich nach Rauch. Evie zitterte und öffnete wieder die Augen.

»Sind Sie Deutsche?« Ein junger Mann saß neben ihr.

»Ich verstehe nicht, was Sie sagen. Ich bin Irin.«

»Ich komme aus Stuttgart.« Sein Englisch war tadellos.

Evie überlegte, was sie erwidern sollte. »Ich bin das erste Mal hier.«

»Ich komme jedes Jahr hierher. Erinnern ist wichtig.«

Er war jung und hatte ein sanftes Gesicht, helles Haar und grüne Augen. Kaum älter als fünfundzwanzig schätzte sie ihn.

»Ich bin Evie Gallagher.«

»Didi Klossner.« Er reichte ihr die Hand, und Evie schüttelte sie.

»Didi, sind Sie in dem Dorf gewesen? Vermutlich schon, ja. Ich bin immer noch etwas aufgewühlt von all dem. Das ist so schrecklich traurig.«

Er zuckte mit den Schultern. »Die Vergangenheit ist immer noch hier und begleitet uns.« Er schaute weg, Wind bewegte sein Haar.

Evie richtete sich auf. »Das war eine erschütternde Erfahrung. Ich brauche einen Moment, um mich zu sammeln. Wissen Sie, wo ich hier in der Gegend einen Kaffee oder Brandy bekommen kann? Sie könnten mich begleiten. Etwas Gesellschaft wäre ganz schön nach …«

»Natürlich, Evie. Gute Idee. Ich kenne ein Café, wo es den besten Cognac gibt.«

Eine Stunde lang saßen sie auf schmiedeeisernen Stühlen vor einem kleinen Café. Die Sonne wärmte sie, sodass Evie die grüne Lederjacke auszog und sich die Ärmel hochkrempelte. In perfektem Französisch bestellte Didi die Getränke für sie beide. Als die Sonne immer kräftiger auf die Pflastersteine schien, trank Evie einen Brandy, dann Kaffee. Währenddessen erzählte ihr Didi von seinem Leben. Er studierte Sprachen und Philosophie in Berlin und Paris, hatte eine französische Verlobte namens Marie-Claire und teilte mit Evie gern seine Gedanken zum Weltfrieden.

Ihr Begleiter konnte gut reden und ausgezeichnet zuhören. Sie erzählte ihm von Sheldon Lodge und Mrs. Lofthouse, von dem Anakonda-Mann und dem Rennpferd mit der Gewinnchance von eins zu hundert, von dem Wettbüro, dem Kauf des Wohnmobils und den guten Freunden, die sie in der Bretagne gefunden hatte. Sie erzählte ihm, dass sie an die Kraft des Glücks glaubte, dass sie immer Glück gehabt hatte und dass die Vier ihre Zahl sei. Er hatte noch nie etwas von dem sprichwörtlichen Glück der Iren gehört, also erklärte sie es ihm. Über Brendan oder Jim oder die schmerzende Einsamkeit wollte sie nicht reden. Didi nickte, lächelte und schien das zu verstehen, ohne dass sie es überhaupt erwähnte.

Sie unterhielten sich die ganze Zeit, und Evie fand, er war ein wunderbarer Gesprächspartner. Sie hätte ohne Probleme noch eine Stunde länger mit ihm plaudern können, doch es war an der Zeit, weiterzufahren, außerdem war ein Brandy genug. Seufzend erhob sie sich nach dem Bezahlen und wünschte Didi für sein Studium und seine Zukunft alles Gute. Dann schüttelte sie seine Hand, merkte an, dass sich sämtliche Regierungen und Politiker einen Dreck um den Weltfrieden scherten, und ging zurück zu ihrem Wohnmobil. Dabei fiel ihr eine fröhliche Melodie ein, die sie leise vor sich hin summte.

Sie fuhr einige Stunden, bis die Landschaft um sie herum hügeliger wurde. Die grünen Berge links und rechts von ihr machten sie leicht klaustrophobisch. Zudem spürte sie die Müdigkeit allmählich in ihren Armen und Schultern.

Sie hielt an, schloss von innen ab und kletterte nach hinten, um zu schlafen. Es wäre spannend, morgen die Pyrenäen zu sehen, dachte sie noch, vielleicht fahre ich sogar auf einen Berggipfel und genieße die Aussicht. Der neue Schlafsack, den sie in Angers gekauft hatte, war innen kalt, aber sie hatte Socken und eine dicke Decke. Sie schloss die Vorhänge, sank zurück in die Kissen, und den warmen Geschmack des Brandys auf der Zunge, schlief sie ein.

Der Himmel brach auf und die Welt draußen bebte. Evie öffnete die Augen – es war zappenduster und ein Sturm tobte. Die Fenster des kleinen Wohnmobils klapperten in ihren Fassungen, die Vorhänge wackelten. Da es draußen laut donnerte, rollte Evie sich unter ihrer Decke zusammen. Die Landschaft war mit einem Mal hell erleuchtet und versank dann wieder in Dunkelheit.

Sie dachte kurz, es wären Bomben oder Schüsse aus Oradour-sur-Glane, aber die Tatsache, dass auf den ohrenbetäubenden Donnerschlag ein Blitz folgte, ließ sie aufatmen. Regen prasselte aufs Dach und floss an den Fensterscheiben hinunter. Als Evie nach ihrem Handy griff und erneut Brendans Nachricht las, spürte sie, dass er beunruhigt war. Sie fühlte mit ihrem Sohn und antwortete ihm, wobei sie wünschte, sie könnte ihm etwas Liebe durch den Äther schicken.

17. KAPITEL

Den ganzen nächsten Tag lang fuhr Evie gen Süden durch die Hitze, die als Dunst von den Straßen vor ihr aufstieg. Als sie aus Bergerac herausfuhr, hatte sie Schwierigkeiten, die richtige Straße zu finden. Ein paarmal bog sie falsch ab und bekam mehrmals lautes Hupen zu hören. Ihre natürliche Reaktion wäre wildes Gestikulieren gewesen, doch sie riss sich zusammen und entschied sich für den sanfteren Weg: Sie winkte, lächelte wohlwollend und wünschte einen schönen Tag.

Die Luft wurde etwas kühler, als Evie durch eine geschäftige Kleinstadt am Fuße der Pyrenäen fuhr. Der ganze Ort war mit Fähnchen geschmückt, es waren bunte, kleine Dreiecke, die, wie sie später erfuhr, ankündigten, dass das für seine Tomaten berühmte Dorf Marmande ein Fest feierte. Nachdem Evie das Wohnmobil geparkt und abgeschlossen hatte, stieg ihr der köstliche Duft von Grillfleisch in die Nase, und sie hörte Popmusik aus rauschenden Lautsprechern. Interessiert folgte sie einigen Leuten, die sich einen Weg ins Stadtzentrum zu einem Markt bahnten. Ein ganzes Ferkel wurde am Spieß gegrillt. Sein Maul war weit geöffnet, wie zu einem breiten Lächeln aufgerissen, das Fett triefte herunter, während das Tier über den Kohlen gedreht wurde.

Im Vorbeigehen sah sie, wie weitere Speisen vorbereitet wurden: Couscous, Zwiebel-Bhajis und Reis, köstliche Kuchen und Käse – alles duftete wunderbar. Der Markt war unglaublich bunt und bot so viele verschiedene Dinge mit verschiedenen Texturen an, dass Evies Finger alles anfassen und ausprobieren wollten: Schmuck, Stoffe und Töpferwaren. Ein Afrikaner grüßte sie auf Englisch und Deutsch, rief ihr zu, sie solle Gürtel, Handtaschen, Kleidung kaufen, die in leuchtenden Farben und Mustern an seinem Stand hingen. Stattdessen erstand sie eine Schale pikanten Couscous, dazu Rotwein in einem Plastikbecher, und machte es sich damit auf einer Holzbank neben einer Bühne bequem, wo Männer Kabel einrichteten und die Mikrofone testeten. Sie streckte die Füße aus und stieß die Gabel in das dampfende Getreide. Der erste Bissen war eine Geschmacksexplosion: warm und würzig. Evie entschied, dass sie sich die Kuchen und den Käse lieber nicht entgehen lassen wollte, wenn sie aufgegessen hätte. In der allmählich einsetzenden Dämmerung sah sie kleine, bunte Lichterketten leuchten, die die Stände zierten. Und plötzlich bemerkte Evie, dass jemand auf sie herabsah.

»Hallo. Sind die Plätze hier noch frei?«

Die Worte platzten wie ein Morse-Code aus dem Mund der Frau heraus. Sie war mittleren Alters und trug ein hellblaues Sakko mit passender Hose. Neben ihr stand ein eher zurückhaltender Herr in einem hellgrauen Anzug. Er war hager und beugte sich leicht nach vorn, sein Haar war dünn. Der Zweiteiler der Frau saß eng, und der untere Teil des Sakkos stand wie ein kleines Segel ab, als sie sich nach vorn lehnte, um auf die Plätze zu zeigen. »Können wir uns hier hinsetzen?«, dröhnte die Frau.

Evie rutschte ein Stück zur Seite und deutete auf den freien Platz neben sich.

»Danke.« Die Frau schenkte ihr eine Geste der Anerkennung, und auch der Mann nickte höflich, bevor er sich setzte. Die Frau ließ eine schwere Handtasche auf ihren Schoß sinken. Sie war aus blauem Leder, passend zum Hosenanzug, der wie eine zweite Haut knitterte und Falten schlug, als sie sich auf das schmale Stück Bank zwischen Evie und ihrem Mann quetschte.

»Wir kommen aus England«, verkündete sie.

Evie reichte ihr die Hand.

Die Frau sprach genauso laut weiter. »Aus Winchester, das liegt in Hampshire, aber ich bin in der Nähe von London geboren. Ich liebe London, vor allem die Museen. Mein Mann kommt gebürtig aus Chepstow, das ist der Nähe von Wales, aber er ist kein Waliser. Ich bin Margaret Knowles, meine Freunde nennen mich Peggy. Das ist Geoffrey. Sie können Geoff zu ihm sagen.«

Evie lächelte und wollte gerade etwas erwidern, doch Peggy ließ sie nicht zu Wort kommen.

»Sind Sie Französin? Sie sehen nicht französisch aus. Vielleicht Niederländerin. Hier sind viele Niederländer. Ich denke, Sie kommen aus den Niederlanden, bei Ihrem Teint.«

»Nein, ich bin keine Niederländerin. Ich bin …«

»Schottisch!« Peggy klatschte in die Hände. »Wie reizend! Auch eine Britin. Freut mich, Sie kennenzulernen. Ich habe Ihren Namen gar nicht verstanden.«

Evie schenkte Peggy ihr breitestes Lächeln. Ihr fiel so schnell kein schottischer Name ein, aber sie hatte eine Idee.

»Ich bin Eartha. Eartha Windass.« Sie presste die Lippen aufeinander, um nicht loszuprusten. »Freut mich sehr, Sie kennenzulernen, Peggy, Geoff.«

»Ach, wie nett. Geoff, geh doch mal los und hol äh … Eartha, nicht wahr?« Evie nickte. »Hol uns allen doch bitte eine Flasche Wein. Ein Chablis wäre fein.«

Sogleich verschwand Geoff in der Menge, und Peggy strahlte Evie an. Ihr Lippenstift war knallrot, die Mundwinkel hingen leicht nach unten, das Kinn war weich. Gedankenverloren fuhr Evie sich durch das blonde Haar und dachte an Schottland. Sie hatte früher einmal für Sean Connery geschwärmt – 1962, als sie ihn in *007 jagt Dr. No* gesehen hatte. Ein flotter Typ, dieser Sean Connery, und er war Schotte.

»Wir machen gerade Urlaub. Nächsten Monat feiern wir unseren Hochzeitstag. Fünfunddreißig Jahre. Geoff ist Jurist. Er hat gerade einen großen Scheidungsfall abgeschlossen und braucht eine Pause. Ich selbst arbeite natürlich nicht, aber ich beschäftige mich sehr gern. Ich kann hervorragende Blumenarrangements zaubern, müssen Sie wissen. Mein Garten hat die schönste Blütenpracht, die Leute kommen für Sträuße und Hochzeitsschmuck immer zu mir. Rosen gehören zu meinen Lieblingsblumen – und Lilien. Zu Geoff sage ich immer, dass ich daraus ein Geschäft hätte aufziehen sollen.«

»Wie wunderbar.«

»Ach, wie nett, dass Sie das sagen, Eartha. Es ist so schön, Sie kennenzulernen. Und was machen Sie so? Ich nehme an, Sie arbeiten nicht mehr?«

Evies Gedanken rasten, sie suchte nach einer guten Geschichte, die sie der Dame auftischen konnte. »Ich bin Schauspielerin«, erzählte sie Peggy nach einem kurzen Moment schließlich in vertraulichem Ton. »Ich drehe hier in Frankreich gerade einen Film.«

»Oh, ich liebe es, wie Sie Film aussprechen, mit so einem hübschen Akzent. Ah, Geoff …« Der dünne Herr im Anzug war zurück, beugte die Knie und präsentierte ihnen eine Weinflasche. Am Hals der Flasche und dem Etikett hatten sich Tropfen von Kondenswasser gesammelt. Geoff schenkte ihnen drei große Gläser voll ein. »Eartha hat gerade erzählt, dass sie im Filmbusiness ist. Unglaublich spannend.« Peggy nahm ihr Glas und nippte mehrmals daran. Nach jedem Minischluck hielt sie inne, als würde sie nachdenken.

Besorgt sah Geoff seine Frau an. »Schmeckt dir der Chablis?«

»O ja, ganz offensichtlich ein guter Jahrgang. Ich rieche Pfingstrosen und Zitrusaromen.« Sie nahm noch einen Schluck, hielt inne und überlegte. »Zitrone, denke ich, vielleicht ein Hauch Grapefruit.«

Evie schaute kurz weg, bevor sie sich wieder auf Peggy konzentrierte und überlegte, was für einen Unsinn sie doch von sich gab.

Geoff hingegen trank ebenfalls einen Schluck und schenkte seiner Frau seine volle Aufmerksamkeit. »Vielleicht Aprikose? Geranie? Ja, Litschi, ich schmecke auch Litschi heraus.«

Peggy sah Evie an. »Was meinen Sie, Eartha?«

Sie schnupperte am Wein. »Riecht herrlich nach Trauben und irgendwas wie Katzenpisse. Haut ordentlich rein. Wir Schotten stehen auf so was.«

Peggy wandte sich ihrem Revers zu und strich es glatt. »Eartha ist Schauspielerin, Geoff. Sie dreht hier einen Film.«

Geoff lächelte zaghaft und rieb sich das Kinn, als würde er aus einer Speisekarte auswählen. »Und welche Art von Filmen drehen Sie, Eartha?«

»Sie würden eine gute Miss Marple abgeben, wenn Sie mich fragen.« Peggy schob ihren Kiefer etwas zurück, wodurch sie ein Doppelkinn bekam. Sie runzelte die Stirn. »Aber die war keine Schottin, nicht wahr? Nein. Also, drehen Sie eine mehrteilige Saga? Einen Kostümfilm? Vielleicht den über diesen schottischen Polizeibeamten? Wie hieß er noch gleich? Hamish irgendwas?«

Evie konnte nicht widerstehen. Sie setzte ihr strahlendstes Lächeln auf. »Pornos.«

Geoff schluckte, und Peggy hielt ihr Glas einen Augenblick zu lang hoch, bevor sie rasch einen Schluck trank. »Ach, du liebe Zeit.«

»Es handelt sich um sehr geschmackvolle Pornos.« Evie schwenkte ihr Weinglas. »Ich habe die Hauptrolle, Lady Whiplash. Mir gehört ein Bordell mit lauter Mädchen und Frauen unterschiedlichen Alters. Dicke und dünne, aus aller Herren Länder, sogar aus Schottland, und wir schlagen die Männer zum reinen Vergnügen.« Sie hob erneut das Glas und machte eine kleine Handbewegung, die Schläge hätte anordnen können.

Peggy war entsetzt. »Wie grausam!«

»Keineswegs.« Evie war voll bei der Sache, der Wein in ihrem Glas schwappte über. »Ist eine tolle Story. Ich bin leicht nymphomanisch und herrsche mit eiserner Faust in meinem Bordell. Dann verliebt sich eines der Mädchen in einen reichen

Mann – ich glaube, Richter oder Rechtsanwalt, vielleicht auch nur Jurist, ja, genau, ein Jurist –, doch er wird nackt in seinem Bett aufgefunden, erwürgt mit den eigenen Hosenträgern, und die Polizei bittet mich, ihnen bei der Suche nach dem Mörder zu helfen.«

Geoff trank und schenkte sich schnell nach.

»Ah, dann ist es also doch ein bisschen wie Miss Marple?« Erwartungsvoll schaute Peggy sie an.

»Ein wenig.« Evie tätschelte ihr das Knie, wie um zu versichern, dass alles halbwegs korrekt und legal war. »Eine Art moderne Miss Marple – als Porno.«

»Nun«, setzte Peggy an, aber ihr Satz ging in dem lauten Dröhnen einer Bassgitarre unter, die gerade gestimmt wurde. Ein Drummer hämmerte mit seinen Sticks auf jedes Teil seines Schlagzeuges, einmal, zweimal, dann schneller und ohne Pause. Eine Gitarre ertönte, und ein kleiner Riff erfüllte die Nachtluft.

»Rockmusik.« Evie war sichtlich erfreut. »Das ist ja toll. Ich steh ein bisschen auf Punkrock. Ich hoffe, sie spielen was von der Platte *Never Mind the Bollocks* der Sex Pistols.«

Peggy wand sich sichtlich. Geoff trank derweil den letzten Rest aus seinem Weinglas, aber die Flasche war noch nicht leer. Schnell spielte die Band sich in einen Rausch aus Geschrei und Gespringe, der Frontsänger tanzte in Leder und zerfetzten Jeans vor ihnen auf und ab. Peggy stand auf.

»Das ist nicht ganz das Gitarrenspiel, das ich mir erhofft habe«, rief sie. »Ich fürchte, ich werde mich verabschieden und Ihnen eine Gute Nacht wünschen, Eartha. Hat mich sehr gefreut.« Sie streckte ihre Hand aus, und Evie schüttelte sie kurz, bevor Peggy sich in ihrem blauen Hosenanzug zum Gehen wandte. Sie hörte sie noch sagen: »Vielleicht laufen wir uns wieder einmal über den Weg.«

Geoff nahm ebenfalls ihre Hand. »Es ist mir ein Vergnügen, Sie kennengelernt zu haben, Eartha.«

Evie meinte zu sehen, wie er ihr zuzwinkerte. Im nächsten Moment folgte er seiner Frau, die sich vor ihm in leuchtendem Blau einen Weg durch die Massen bahnte.

»Und vergessen Sie nicht, sich meinen Film anzuschauen, wenn er herauskommt«, rief Evie ihnen noch hinterher, doch ihre Worte gingen in dem Geschrei des Sängers unter, der von einer Seite der Bühne zur anderen stürzte. Sein Gesang war eine Mischung aus Reibeisenlauten und französischen Kraftausdrücken.

Evie trank ihren Wein aus. Als sie die Augen schloss, spürte sie das Pochen des Basses fast hinter den Lidern. Früher wäre sie bis zum Ende der Feier geblieben, hätte getanzt und sich stundenlang von der Musik tragen lassen. Sie und Jim hatten in Dublin so einige Bands gesehen: The Kinks oder Herman's Hermits und The Bachelors. Sie hatte im Minirock getanzt, das Haar hochgesteckt, sich gedreht, bis ihre Füße in den Stilettos taub geworden waren. Aber nun war sie müde, und es fühlte sich anders an. Die Müdigkeit breitete sich in den Knochen aus, ihre Gelenke schmerzen, vor allem die Knie. Als sie den letzten Schluck Wein trank, spürte sie, wie das bittere Aroma auf ihrer Zunge kitzelte.

»Schottisch, na klar. Peggy und Geoff mit ihrem ganzen Schwachsinn.« Sie schlug den Kragen ihrer Jacke hoch. Dunkelheit umgab sie, als sie das Konzert verließ und Ausschau nach ihrem kleinen Wohnmobil hielt.

18. KAPITEL

Während Evie das Dorf Oradour-sur-Glane erkundet hatte, waren Brendan und Maura auf ihrer Suche in Richtung Angers aufgebrochen. Sie schwiegen seit einer Weile. Die Sonne brannte durch die Windschutzscheibe, was die Hitze im Wagen verstärkte. Maura starrte aus dem Fenster, während Brendan sich stirnrunzelnd aufs Fahren konzentrierte. Ab und an seufzte sie, verschränkte die Arme vor der Brust oder drehte sich zur Seite, um auf die Schilder am Straßenrand zu schauen.

Auf einem stand: *Angers, 60 kilometres*. Brendan fragte sich, welche Art Unterkunft sie in Angers finden würden und ob es dort überhaupt etwas Interessantes für Maura gäbe. Sie hatte nicht aus der Bretagne abreisen wollen und ihren Koffer am Ende mehr ins Auto geschleudert als gelegt. Mit heftigem Zuschlagen der Tür hatte sie ihrem Missmut Ausdruck verliehen.

Es war zwei Uhr, und sie hatten noch nicht gegessen. Maura seufzte erneut, dieses Mal lauter.

Brendan versuchte sein Glück. »Eine drückende Hitze. Ich glaube, später könnte noch ein Sturm aufkommen. Hoffentlich geht es Mom gut.«

Sie fuhr sich mit der Hand über die Stirn und atmete aus.

»Wie geht es dir denn, mein Schatz? Hast du Hunger?« Kaum hatte er die Frage gestellt, wünschte er, nichts gesagt zu haben.

»Nein, Brendan, Hunger habe ich ganz sicher nicht.«

»Geht es dir nicht gut?«

In genervtem Ton erwiderte sie: »Ich hasse jede Minute dieser Reise. Das hier sollte ein Urlaub sein. In der Bretagne habe ich mich so wohlgefühlt. Ich dachte, du auch. Ich meine, wir hätten noch ein paar Tage länger bleiben können.« Sie seufzte schwer.

Darauf antwortete er lieber nichts und blickte stattdessen wieder auf die Straße, auf den Dunst, der vom Asphalt aufstieg, auf den schweren Laster, der sich an ihnen vorbeischob. Ein zweiter Laster tauchte neben ihnen auf und fädelte sich kurz darauf ebenfalls vor ihnen ein. In dem Fiat war es jetzt unerträglich warm, Brendan öffnete sein Fenster, obwohl er wusste, dass Maura die Zugluft scheute.

Sie seufzte erneut.

Wenn sie für eine kurze Pause hielten, könnte er Evie anrufen. Vielleicht hatte sie ihm auch wieder geschrieben. Falls nicht, würde er noch eine Nachricht abschicken.

»Nur noch sechzig Kilometer bis Angers«, sagte er unsinnigerweise. Dann versuchte er es noch einmal. »Es tut mir leid. Du weißt, wie wichtig es ist, Mom zu finden. Aber wir werden eine schöne Zeit in Angers verbringen. Wie wäre es, wenn ich uns erst einmal ein leckeres Mittagessen organisiere?« Er schaute zu Maura. Sie starrte stur geradeaus, ihre Wangen waren rot. Brendan suchte fieberhaft nach einem Weg, sie aufzuheitern.

Er war selbst angespannt. Natürlich war es völlig unrealistisch, dass er seiner Mutter einfach hinterherfuhr und den Ritter in der Not spielte, der sie sicher nach Hause brachte. Sein Vater hätte es von ihm erwartet. Doch die Sicherheit seiner Mutter stand in starkem Widerspruch zu Mauras Bedürfnis nach einem romantischen Urlaub. Das alles war aus ihrer Sicht allein seine Schuld, und jetzt war Maura sauer. Er seufzte aus tiefstem Herzen. Sie hatte natürlich recht. Sie brauchten eine gemeinsame Auszeit, etwas Raum, um sich an die guten Zeiten zu erinnern, und Gelegenheiten, zusammen noch mehr gute Zeiten zu erleben. Er erinnerte sich wieder an seinen Vater, wie er vor Jahren gelächelt hatte, als sie aus dem Korfu-Urlaub zurückgekehrt waren, als hätten sie dort ihre Flitterwochen verbracht. Er selbst hatte damals gestrahlt und war gleichermaßen verlegen wie stolz gewesen. Jener Urlaub war ein großer Erfolg gewesen. Brendan hatte das unangenehme Gefühl, dass er mit dieser Reise einen riesigen Fehler begangen hatte.

Autos und Laster überholten, tauchten erst links auf und fuhren dann vor ihnen weiter. Brendan wischte sich Schweiß von den Augenlidern und blinzelte. Rauch oder irgendein Dunst stieg von der Motorhaube auf. Er blinzelte, um besser zu sehen. Dampfwolken erfüllten die Luft. Maura richtete sich auf.

»Brendan, fahr rechts ran. Mit dem Wagen stimmt etwas nicht.«

Hektisch suchte Brendan nach einer Möglichkeit zu halten.

Ihre Stimme wurde lauter. »Um Gottes willen, halt an! Der Motor qualmt!«

Der Nebel vor ihnen war so dicht, dass sie kaum mehr zwei Meter weit sehen konnten. Brendan fuhr bei der nächsten Ausfahrt ab, passierte einen Kreisverkehr und bog dann in eine Parkbucht. Maura war ausgestiegen, bevor er die Handbremse anziehen konnte.

Sie schrie panisch. »Wir brennen. Mein Gott, wir fliegen gleich in die Luft.«

Ruhig griff er nach ihrer Handtasche, stieg aus und schloss die Wagentür. Als er Maura die Tasche reichte, riss sie ihm sie förmlich aus der Hand. Er zuckte bloß die Achseln. »Ist vielleicht nur der Kühler, mein Schatz. Wir warten, bis er abgekühlt ist, und füllen dann ein bisschen Wasser nach. Das wird schon wieder.«

Sie atmete schwer. »Kannst du nicht einen Automechaniker rufen?«

»Das wird schon gehen. Wahrscheinlich ist nur zu wenig Wasser drin.«

»Hast du das nicht überprüft, bevor wir losgefahren sind?«

Brendan stieß mit der Schuhspitze in den Kies. »Ich habe Kühlwasser dabei. Kein Grund zur Panik.« Er legte ihr eine Hand auf die Schulter. Sofort wich Maura zur Seite und stellte sich einige Meter von ihm und dem Auto entfernt hin.

»Scheißkarre«, fluchte sie. »Seit Monaten pfeift sie schon

aus dem letzten Loch. Ich hab dir gesagt, wir hätten investieren sollen …«

Brendan entfernte sich einige Meter von ihr, setzte sich auf einen Grünstreifen und stützte den Kopf in die Hände. Autos fuhren vorbei. Maura durchwühlte ihre Tasche und zog ein Taschentuch hervor.

Ein Gefühl von Aussichtslosigkeit stieg in ihm auf, sodass er schwer schluckte.

Im Kühler brodelte es. Brendan wickelte sich ein Stofftaschentuch um die Hand und drehte den Deckel auf. Er schrie kurz auf, als er sich durch den Stoff hindurch den Daumen verbrannte. Dampf zischte heraus.

Maura seufzte nur wieder, stand hinter ihm und sah zu. Nachdem er Mineralwasser aus einer Flasche in den Kühler gefüllt hatte, schloss er ihn und trat einen Schritt zurück, die Hände in die Hüften gestemmt. Jetzt waren auch noch sein Hemd und seine Hände voller Öl. Genervt wischte er mit dem Taschentuch darüber, verteilte es aber dadurch nur.

Da Maura das Ganze nur mit einem verächtlichen Laut quittierte, steckte Brendan das Taschentuch ein und schaute gen Himmel. Er war strahlend blau, keine Wolke zu sehen, der ideale Urlaubstag. Maura ging ein Stück auf ihren High Heels, in den engen Leggins und dem ärmellosen Top. Brendan krempelte sich gedankenverloren die Ärmel hoch und überlegte, ob er nicht irgendwo im Auto ein T-Shirt hatte, an das er leicht herankommen würde. Schließlich beließ er es dabei. Denn Maura würde nur wieder eine blöde Bemerkung machen, sie hatte ihm am Morgen ja gesagt, es sei zu heiß für ein Hemd.

Schwungvoll öffnete er die Beifahrertür. »Steig ein, mein Schatz. Jetzt wird alles super laufen. Reibungslos.«

Wortlos setzte sich Maura auf ihren Sitz. Brendan schloss die Tür, nahm ebenfalls Platz und startete den Motor. Dieser heulte kurz auf, dann gab Brendan mehr Gas. Schnell gelangten sie wieder in den Kreisverkehr und waren bald wieder auf der Autobahn. Maura atmete hörbar aus, hielt sich so weit von ihm entfernt wie möglich und schaute wieder aus dem Fenster. Nach einer Weile schnupperte sie und sah sich nervös im Auto um. »Brendan, versprichst du mir, dass mit dem Auto jetzt alles in Ordnung ist? Ich glaube, irgendetwas riecht hier komisch.«

Er schüttelte den Kopf. »Alles wird gut, Maura. Ich habe es im Griff.«

Angers war nur noch dreißig Kilometer entfernt. Brendan hatte vor, ein Hotel zu suchen und seiner Mutter zu schreiben. Er würde für das Auto ein Parkhaus suchen, denn das wäre sicherer, ein schönes Restaurant finden und sich entspannen. Maura würde sich beruhigt haben und bald wieder gut gelaunt sein. Spätestens bei einem gemeinsamen, leckeren Essen. Sobald sie wieder zurück in Dublin waren, würde er ihr einen Trip zu zweit für Ende August vorschlagen. Vielleicht Korfu? Maura würde das gefallen, und Brendan malte sich aus, wie sie an die Zweisamkeit vom vergangenen Abend anknüpfen würden: mit gutem Essen und Wein, Mauras lautem Lachen und Nächten voller Leidenschaft. Bei der Vorstellung begann er vergnügt zu pfeifen. Er malte sich abermals aus, wie er seine Mutter fand, wie froh sie sein würde, ihn zu sehen, wie sie ihn als besten Sohn lobte. Sie würde lachen und sagen, dass sie auch nicht wisse, wie sie so eine Schnapsidee haben konnte, nach Frankreich zu reisen.

Erneut stieg Dampf aus der Motorhaube auf. Erst wenig, dann immer mehr, bis der Anblick Brendan fast an einen isländischen Geysir erinnerte. Natürlich war es jetzt unangebracht zu lachen, aber es platzte einfach aus ihm heraus, ein gedämpfter hysterischer Anfall.

»Halt an, Brendan!« Mauras Stimme klang tief und schwer, beinah wie der Bösewicht in einem Horrorfilm.

Als er eine Parkbucht entdeckte, bog er ein und brachte den Wagen zum Stehen, indem er die Handbremse zog. Maura stieg aus und knallte die Tür zu. Zwei Schritte entfernt hockte sie sich auf einen Stein und wühlte in ihrer Tasche nach einem Schokoriegel. Wütend biss sie hinein, während Brendan nach seinem Handy griff.

Vier Stunden später war der Pannendienst mit einem Anhänger da. Ein junger Mann um die zwanzig stellte sich als Olivier vor, schüttelte Brendans Hand und blickte kurz zu Maura. Sie schaute auf ihre Uhr, die zwanzig nach sieben anzeigte. In seinem besten Französisch erklärte Brendan Olivier, dass das Wasser im Wagen heiß geworden sei.

Olivier schaute sich das Innere der Motorhaube an, fluchte auf Französisch, sagte etwas zu Brendan, wobei er auf den Anhänger deutete. Einen Moment lang sah Brendan ihn nur verwirrt an, woraufhin Olivier es erneut versuchte. Dieses Mal verstand Brendan: Sie würden den Wagen in die zwanzig Kilometer entfernt gelegene Werkstatt bringen, die Nacht dort verbringen und bei einer Wirtin Unterschlupf finden, die Übernachtung und Frühstück anbot. Am nächsten Tag würde Olivier dann versuchen, den Wagen zu reparieren. Brendan und Olivier luden den Fiat Panda auf den Anhänger, dann quetschte sich das Ehepaar neben Olivier ins Führerhaus. Der Motor ratterte laut, und der ganze Wagen zitterte. Olivier plauderte fröhlich vor sich hin, während sie wieder auf die Autobahn fuhren.

Olivier erklärte ihnen, dass das Dorf, in das sie fuhren, Cantenay-Épinard hieß. Épinard bedeutete, soweit Brendan wusste, auf Französisch Spinat. Bei einer Dame namens Clémence würden sie unterkommen können, sie sei zudem eine ausgezeichnete Köchin. Brendan lächelte und hob den Kopf anerkennend, um zu zeigen, dass er verstanden hatte, während Maura auf die vorbeifahrenden Autos starrte. Olivier sagte, es sei doch gut, dass sie in den Pays de la Loire, der Region an der

Flussmündung der Loire, eine Panne hatten, denn so könnten sie den lokalen Wein kosten, der außergewöhnlich gut sei, sowie die köstlichen Spezialitäten der Region. Jedenfalls glaubte Brendan, das zu hören, und erzählte es Maura.

»Olivier meint, wir sollten den hiesigen Wein probieren. Die Gegend ist offenbar berühmt für ihren guten Wein.«

Maura wirkte wütend. »Ich kann mir vorstellen, was er gesagt hat.« Sie wandte sich um und blickte weiter aus dem Fenster. »Na, das wird ein toller Urlaub.«

Olivier versprach, dass es ihr nach einem ordentlichen Abendessen besser gehen würde. Die *chambres* von Clémence seien sehr *comfortable*.

Es war bereits nach zehn Uhr, als sie in den Ort Cantenay-Épinard fuhren, erst über den Fluss, dann vorbei am Rathaus. In einigen Häusern brannte noch Licht. Brendan wunderte sich, wie dunkel es hier war: absolut finster, eine dicke, schwarze Decke lag über dem Ort, kein fahler Lichtschein und keine Spur von der Stadtbeleuchtung im Großstadtsmog, die er von zu Hause kannte. Olivier setzte sie bei einem eisernen Tor ab, wo eine Frau sie bereits erwartete. Er half ihnen noch, die Koffer auszuladen, gab Brendan seine Visitenkarte, bat ihn, am nächsten Morgen anzurufen, und fuhr mit dem Fiat Panda, der auf dem Anhänger schaukelte, davon.

19. KAPITEL

Clémence war eine kräftige Frau um die fünfzig oder sechzig. Sie hatte dunkles, kurzes Haar und trug Jeans und Pullover. Die Pension lag auf einem kleinen Hof, auf dem auch Hühner und Ziegen lebten. Brendan dachte, das wäre der perfekte Ort, um mit Kindern Ferien zu machen. Ein tolles Außengelände in einer ländlichen Umgebung, die zum Erkunden einlud, zum Radfahren und zum Camping. Clémence führte sie ins Haus, wo schon ein Tisch für zwei Personen gedeckt war. Eine Karaffe Wein, knuspriges Brot und ein dampfender Eintopf standen auf dem großen Bauerntisch. Brendan murmelte *»merci«*, nahm Platz, stützte den Kopf auf die Hände. Clémence ließ sie beide in Ruhe essen und trinken. Zweimal fragte Brendan Maura, ob sie noch Wein oder Eintopf wolle, und sie hielt ihm nur schweigend ihr Glas und ihren Teller hin. Später brachte Clémence ihnen ein Stück Kuchen, der aus einem Eierguss und Beeren, vielleicht auch Kirschen, bestand, es war süß und irgendwie tröstlich. Als sie ihnen schließlich zwei Espressi servierte, fielen Brendan schon fast die Augen zu.

Ihr Zimmer lag im obersten Stockwerk. Während Brendan beide Koffer hinauftrug, folgte Maura ihm, die Schuhe in der Hand. Das Zimmer war dunkel. Eine Blümchentapete schmückte die Wände, auf einem schweren Holzschrank zeigte eine Schnitzarbeit eine Bauernszene: ein Mann und eine Frau, die das Land bestellten. Der Mann hielt eine Sense in der Hand, die Frau trug eine Schürze.

Der alte Holzboden knarrte unter ihren Füßen, die Dachsparren waren windumtost. Doch Brendan interessierte allein das Bett mit dem Kopf aus Messing und dem bestickten Überwurf. Über einem kleinen Waschbecken putzten sie sich die Zähne. Brendan zog sich einen Schlafanzug an. Maura lag schon im Bett und hatte sich von ihm weggedreht. Ihr Körper strahlte Wärme aus, und er kuschelte sich näher an sie heran, aber sie rückte ruckartig von ihm ab. Vorsichtig legte er ihr eine Hand auf die Schulter.

»Morgen machen wir das Beste aus unserer Lage, Maura, in Ordnung? Wir frühstücken, machen eine Weinprobe und sehen uns den Fluss an, während Olivier das Auto repariert. Was meinst du?«

Eine Weile lang schwieg sie. Sanft streichelte er ihr die Schulter. »Maura, ich weiß, heute ist viel schiefgelaufen. Und das mit dem Auto tut mir leid.«

Sie seufzte, drehte sich aber nicht um. »Es war doch so schön vorher.«

»Ich weiß. Aber wir machen es uns nett hier. Du wirst schon sehen«, versprach er erneut.

Wieder Seufzen. »Das hoffe ich sehr, Brendan. Denn mir hat die Bretagne wirklich gefallen.«

Er bewegte seine Hand, berührte ihren Rücken und massierte die verspannten Muskeln. Dabei dachte er an Penny Wray und daran, wie sie ihn im Lehrerzimmer massiert hatte. Er drückte Mauras Schultern fester, so wie Penny es bei ihm gemacht hatte.

»Aua, das tut weh.«

Kurz schwieg er. »Tut mir leid, Maura.«

»Was tut dir leid, Brendan? Das mit dem Auto? Oder dass du unseren Urlaub ruiniert hast? Gestern Abend waren wir doch glücklich, oder nicht?«

Schweigend legte er sich auf den Rücken, starrte in die Dunkelheit und dachte eine Weile nach. Dann sagte er mit krächzender Stimme: »Wenn wir Kinder hätten, vielleicht.«

Lange sagte keiner etwas von ihnen, Brendan glaubte sie leise schniefen zu hören. Schließlich flüsterte sie. »Dafür ist es jetzt zu spät.«

Er schaute sich um, versuchte in der Dunkelheit, die ihn umgab, etwas auszumachen, etwas, das ihm half, eine Lösung zu finden. »Wir könnten aber noch einmal von vorn anfangen.

Versuchen, etwas besser miteinander auszukommen, wenn wir wieder in Dublin sind.«

»Du schiebst immer alles auf, Brendan. Immer heißt es später, niemals jetzt und hier. Du bist nie spontan.«

»Du bist eben spontan genug für uns beide.«

»Ja, aber manchmal wäre es schön, wenn du die Initiative übernehmen würdest.«

Er runzelte die Stirn und starrte weiter geradeaus in die Dunkelheit. »Die Initiative?«

Verärgert stöhnte sie auf. Dann fiel ihm etwas ein. Er drehte sich zu ihr, legte eine Hand auf ihre Hüfte und strich dann weiter bis zum ihrem Hintern. Dann streichelte er die andere Seite. »Maura, wir könnten Urlaub auf Korfu machen. Unsere zweiten Flitterwochen? Wenn wir wieder zu Hause sind, buchen wir. Ganz spontan.«

Zärtlich massierte er eine Pobacke, dann die andere, schmiegte sein Gesicht in ihr weiches Haar und flüsterte: »Mein Schatz.«

In der Dunkelheit ertönte ihre Stimme: »Fahr zur Hölle, Brendan.«

Enttäuscht drehte er sich weg, schloss die Augen, und die Erkenntnis, dass er Maura überhaupt nicht verstand, erschütterte ihn. Nach so vielen Jahren wusste er nicht, was sie glücklich machte. Er bezweifelte, dass er das noch lernen würde. Diese Zeiten waren vorbei, und zurückholen konnte er sie nicht. Er wüsste nicht, wie.

Maura riss ihr Croissant in der Mitte durch und steckte sich den weichen Blätterteig in den Mund. Höflich nickte sie Clémence zu, die Kaffee in ihre Tasse goss, Brendan bedankte sich ebenfalls leise bei ihr, als auch ihm nachgeschenkt wurde. Lächelnd stellte Clémence einen Krug Orangensaft vor sie auf den Tisch. Brendan bedankte sich erneut auf Französisch und versuchte, ihr zu erklären, dass er und seine Frau womöglich eine Nacht länger bleiben müssten, je nachdem, ob das Auto rechtzeitig repariert sein würde. Clémence nickte, sagte, sie habe viele englische Gäste und könne recht gut Englisch sprechen. Dann ging sie zurück in die Küche.

Maura stopfte sich die andere Hälfte des Croissants in den Mund und spülte es mit einem Schluck Kaffee hinunter. Missmutig gab sie zwei Stücke Zucker in den Kaffee. Dann sah sie Brendan unverwandt an. »Nun, ich hoffe für dich, dass das Auto heute wieder läuft. Dieser Urlaub ist zum Albtraum geworden.«

Er atmete tief ein. »Wenn du dich erinnern möchtest, Maura, dann war das hier nie als Urlaub gedacht. Wir sind hier, um meine Mutter zurückzuholen.«

Sie schnitt eine Grimasse. »Immer geht es um deine verdammte Mutter.«

»Das ist jetzt aber nicht nett.«

»Ach, komm schon, Brendan, sie hat mich nie gemocht. Vom ersten Tag an, als du mich mit zu euch nach Hause genommen hast.«

»Das stimmt nicht.«

»Doch. Bei unserem ersten Treffen hat sie mir kalten Tee gereicht, mich komplett ignoriert und nur mit dir geredet. Wäre dein Vater nicht gewesen, hätte niemand mit mir während des ganzen Essens auch nur ein Wort gewechselt, weil du und deine Mutter die ganze Zeit die Köpfe zusammengesteckt habt. Sie hat mich nur toleriert, weil sie sich über Enkelkinder gefreut hätte. Nie hat sie mir etwas zu sagen. Sie redet mit dir, als wäre ich nicht da. Sie behandelt mich wie Luft, schon immer.«

»Sie mag dich.«

»Ach, du merkst das einfach nicht. In deinen Augen ist sie perfekt, deine wunderbare Mutter. Und du würdest mich natürlich nie vor ihr in Schutz nehmen, Brendan.« Sie riss ein zweites Croissant in der Mitte durch.

»Das ist nicht fair.«

»Dich interessiert es doch gar nicht, was ich denke!«

Maura steckte sich das nächste Stück Croissant in den Mund. Mit vollem Mund murmelte sie: »Ich wünschte, diese verdammte Frau wäre tot.«

Fassungslos stand er auf und zeigte mit dem Finger auf sie. »Es reicht jetzt.«

Maura starrte ihn an. »Das habe ich natürlich nicht so gemeint. Es tut mir leid, was ich gesagt habe. Aber ich habe genug Gründe, um sauer auf sie zu sein.«

»Ach ja? Welche denn bitte?«

»Die Liste ist ellenlang. Erinnerst du dich an all die Jahre, als wir versucht haben, ein Kind zu bekommen? Daran, wie schlecht es mir jeden Monat ging, wenn ich wieder einmal feststellen musste, dass ich nicht schwanger war? Sie war jedes Mal vollkommen rücksichtslos, kein einziges Mal hat sie mich gefragt, wie es mir damit ging. O nein, immer drehte sich alles nur um sie, um ihre Fehlgeburten, um all die Babys, die Mädchen geworden wären und idiotische Namen bekommen hätten, und darum, wie sie es immer und immer wieder versucht hatte, bis schließlich du da gewesen bist. Schön für sie.«

»Mich hat das auch gestört. Ich wollte genauso sehr ein Kind wie du.«

»Außerdem ist sie der Meinung, dass wir überhaupt nicht zusammenpassen.«

»Das stimmt nicht.« Er richtete den Blick auf seine Kaffeetasse.

Maura ballte eine Hand zur Faust. »Sie hat mir oft genug gesagt, wie stolz sie ist, dass du ein Sportlehrer bist, wie sehr du Radfahren, Schwimmen und Fußball magst. Wenn ich ihr erzählt habe, dass ich eher unsportlich bin, lautete ihre Antwort, ich solle mir ein Rad kaufen und mich mal anstrengen. Als müsste ich mich für dich ändern. Und du weißt ja, dass ich Sport verabscheue. Ich würde eher sonstwas tun, bevor ich auf ein Rad steige.«

»Na ja, vielleicht hatte Mom gar nicht so unrecht. Es wäre schön, wenn wir ein paar gemeinsame Interessen hätten.« Er dachte an Penny Wray, ihren blonden Pferdeschwanz und die weißen Shorts. »Vielleicht kämen wir dann besser zurecht.«

Als sie zu ihm aufsah, verwandelte sich die Wut in ihren Augen in schiere Panik. »Brendan, warum begreifst du denn nicht …?«

»Ich weiß es nicht, Maura. Ich weiß nicht, was ich noch sagen soll. Wir werden es versuchen und, so gut es geht, miteinander klarkommen. Dann sammeln wir Mom ein und bringen sie zurück nach Dublin.« Er seufzte, bevor er sie wieder anschaute.

Maura verengte ihre Augen zu Schlitzen, unwillkürlich dachte er an Miniaturgeschosse. Vielleicht würde sie ihn erschießen, wenn sie könnte. Er wich ihrem Blick nicht aus. Sie schaute weg. Langsam setzte Brendan die Tasse an und trank geräuschvoll noch einen Schluck Kaffee. Plötzlich stand Clémence wieder neben Maura und hielt ihr den Korb voll Croissants hin. Maura nahm ein weiteres und rupfte es in kleine Stücke.

Sie gingen am Fluss vorbei und durch die Stadt. Die Straßen wurden enger, die weißen und braunen Steinhäuser waren drei Stockwerke hoch. Auf der Karte in Brendans Hand stand die Adresse der Werkstatt, Clémence hatte ihm erklärt, wie sie dorthin kamen. Maura trödelte hinter ihm her. Er wusste, sie war müde, ihre Absätze schlugen aufs Pflaster, und gelegentlich blieb sie stehen, um die Riemen wieder zurechtzurücken. Dann wartete er auf sie.

Er beschloss, dass sich heute etwas ändern würde: Alles würde gut gehen. Er würde das Auto abholen, sie würden weiterfahren. Dann würden sie irgendwo schick essen gehen und Pause machen. Maura würde glücklich lächeln, um ihre Augen würden sich Lachfalten zeigen. Er würde sie zum Lachen bringen, und sie würden während des Essens Händchen halten. Sie würde sich für ihren Wutausbruch entschuldigen und er ihr im Gegenzug versprechen, von nun an offener und zärtlicher zu sein. Anschließend würden sie sich ein Hotel suchen, miteinander schlafen und dicht aneinandergekuschelt einschlafen.

In der Werkstatt sah Brendan den Panda sofort. Da niemand da war, ging er an anderen Fahrzeugen vorbei ins Büro und ließ Maura lässig, aber missmutig am Auto lehnend stehen.

Im Büro war auch niemand. Auf den Tisch stapelten sich Unterlagen, und an der Wand hing ein Kalender mit Bildern der Stadt Cantenay-Épinard, der ein Foto vom Fluss und die grünen Ufer zeigte. An der Wand hing eine Uhr in Form einer Weinflasche, auf der *Pays de la Loire* stand. Es war 10 Uhr 40.

In der Hoffnung, dort jemanden zu entdecken, ging Brendan wieder nach draußen. Doch es war niemand zu sehen. Er lief zurück zu Maura, die eine Tür des Autos geöffnet und sich hingesetzt hatte, um einen Schuh auszuziehen. Sie rieb sich die Sohle und sah zu Brendan auf. »Und?«

»Keiner da.«

»Okay. Dann bleibt nur eins. Wir steigen ein und fahren los.«

»Maura, wir …«

»Der Schlüssel steckt. Wenn hier niemand Wert darauf legt, dass wir bezahlen, dann ist das ihr Pech.«

»Aber …«

»Kein Aber, Brendan. Ich bleibe hier keine Minute länger.«

In diesem Augenblick ertönte ein fröhliches *»Bonjour«*, und Olivier kam um die Ecke. Er trug einen stark verschmutzten Overall. Nachdem er Brendan die Hand geschüttelt hatte, sprach er direkt über das Auto. Brendan bat ihn, langsamer zu reden und das Gesagte zu wiederholen. Olivier breitete die Hände aus, um die Größe des Problems zu verdeutlichen. Anscheinend war es sehr groß. Der Kühler war hinüber, Schrott, nicht mehr zu gebrauchen. Er könnte einen neuen einbauen, aber für einen Fiat hätten sie keinen auf Lager. Jemand aus

Angers könnte ihm morgen oder schlimmstenfalls in drei Tagen einen passenden bringen.

Zumindest einen Teil schien Maura verstanden zu haben, denn sie verschränkte die Arme vor der Brust, und ihre Miene verfinsterte sich. Olivier entschuldigte sich, lobte jedoch Clémence' Kochkünste, die er nur zu gut kannte, denn sie war seine Tante. Warum machten sie nicht hier in paar Tage Urlaub, fragte er. Er würde sich um den neuen Kühler kümmern, der dann sicherlich auch lange halten würde. Höflich bedankte Brendan sich, erwiderte, dass ein neuer Kühler bestimmt eine gute Idee sei und dass sie natürlich noch bleiben würden.

Als Brendan sich umwandte, sah er gerade noch, wie Maura aus der Werkstatt stapfte und in den unbequemen Stöckelschuhen am Straßenrand stehen blieb. Zum Abschied bedankte Brendan sich noch einmal bei Olivier, der sich vorbeugte, auf Maura deutete und ihm auf Englisch zuraunte: »Die Frauen. Sie bringen uns tagtäglich um den Verstand, *hein*?«

Brendan nickte nur und vergewisserte sich, dass sie ihnen nicht zuhörte. Dann stellte er sich mit an den Straßenrand.

»Was hat er gesagt? Wie lange dauert es?«

Er deutete mit den Händen das Ausmaß des Problems an, so wie Olivier es getan hatte. »Morgen. Vielleicht übermorgen. Aber keine Sorge. Wir bekommen die Zeit schon rum. Wir können sogar mit dem Bus nach Angers fahren …«

Maura streckte den Rücken und stieß Schmerzenslaute aus, als sie die Füße bewegte. »Ich fahre bestimmt nicht mit dem Bus. Nirgendwohin.«

Staksend ging sie auf die andere Straßenseite. Dort war ein *immobilier*, ein lokales Maklerbüro, in deren Fensterscheibe Bildern von zum Verkauf stehenden Häusern hingen. Maura schaute sich die Angebote an. Währenddessen zog Brendan sein Telefon hervor und wandte sich ab. Er rief die Nummer seiner Mutter auf und schrieb ihr eine Nachricht. *Wo in Angers bist du, Mom?*

Maura verlagerte ihr Gewicht von einem auf den anderen Fuß, ihre Schultern hingen herab, sie sah traurig aus.

Als sein Handy vibrierte, öffnete Brendan die SMS und las die Antwort seiner Mutter: *Gestern hat es ziemlich gestürmt. Bin nach Süden gefahren, Richtung Sonne.* Brendan seufzte einmal tief auf und fragte sich, was er jetzt machen sollte.

20. KAPITEL

Evie war höchst zufrieden mit sich und der Welt. Sie ließ das Wohnmobil auf einem kleinen Parkplatz stehen, ging nur ein kurzes Stück zu Fuß und fand ein hübsches Restaurant namens *Le Petit Ours.* Auf dem Schild war das Bild eines kleinen Bären zu sehen, der lächelte und tanzte. Leise wiederholte Evie die französischen Worte für sich. Am gegenüberliegenden Tisch aß ein Paar mittleren Alters Meeresfrüchte. Gebannt schaute sie zu, wie sie die Muschelhälften eine nach der anderen an den Mund führten, um den Inhalt schlürfend in den Mund zu nehmen, und die leeren Schalen in eine Schüssel legten.

Der Kellner war ein freundlicher junger Mann, noch keine zwanzig, die Haare hatte er nach hinten gekämmt und zusätzlich mit einem dünnen Haarband zurückgehalten. Er nahm ihre Bestellung auf.

Sie deutete auf den Chablis auf der Weinkarte und sagte: *»Un, s'il vous plaît, Monsieur.«* Daraufhin kam er nicht mit einem Glas, sondern mit einer Flasche zurück. Doch Evie kümmerte das nicht, denn der Wein war gut gekühlt und schmeckte gut. Der Kellner brachte ihr knuspriges Brot und fragte, was sie essen wollte. Evie deutete auf das Pärchen mit den Muscheln am gegenüberliegenden Tisch, lächelte ihn an und sagte wieder: *»Un, s'il vous plaît, Monsieur.«* Und der Kellner kehrte mit einer metallenen Schüssel voller *moules marinières*, wie er sagte, zurück an ihren Tisch.

Vorsichtig probierte sie zunächst den Muschelsud, schmeckte Knoblauch, Wein und Kräuter, dann aß sie ein wenig Muschelfleisch. Sie fragte sich, wie Jim das alles gefunden hätte. Er hatte gehaltvolles Essen gemocht, viel Kartoffeln und Fett – für ihn war ein Sahneteilchen oder ein Schokoladenkeks ein ganz besonderes Vergnügen gewesen. Nein, Jim hätte mit diesen Muscheln nichts anfangen können. Er hätte den Kopf geschüttelt, verlegen gegrinst und gefragt, ob sie auch Pommes, Brot und Butter hätten.

Evie jedoch aß das Brot, die Muscheln und den Knoblauch mit Genuss und schenkte sich Wein nach. Ihre grüne Lederjacke lag auf dem Stuhl neben ihr, über ihrer Handtasche. Sie war eine unabhängige Frau auf Reisen, sie wusste, was sie wollte, wie Simone de Beauvoir, deren Buch sie fast zu Ende gelesen hatte. Simone vertrat feste Überzeugungen, was den Platz der Frau in der Gesellschaft betraf und was man vom Leben zu erwarten habe. Sie glaubte, Frauen sollten mehr vom Leben verlangen – und von sich selbst. Da stimmte Evie ihr zu. Und Simone war ihr neues Vorbild.

An diesem Tag hatte sie ein neues Buch begonnen. Es gab ihr Rätsel auf, aber sie sagte sich, dass die französischen Schriftsteller eben nicht zu vergleichen waren mit den Autoren einfacher Liebesromane, die es in Sheldon Lodge gab und in denen arme junge Frauen auf Rettung warteten. Vor allem die englische Übersetzung eines Buches von Albert Camus hatte Evie etwas geschockt. In der Geschichte ging es um einen seltsamen Mann, den es nicht kümmerte, als seine Mutter starb, und der mit einer neuen Freundin schwimmen ging, statt zu trauern. Dennoch genoss sie die Lektüre und war sicher, dass die Geschichte bald eine spannende Wendung nehmen würde. Evie bewunderte die Franzosen dafür, wie entspannt und langsam sie alles angingen: ihre Bücher, ihr Essen, ihre Lebensart. Außerdem hatte sie *Dubliner* nicht verstanden, als sie die Kurzgeschichten in der Schule gelesen hatte, aber vielleicht fand sie ja später noch zu James Joyce. Immerhin war er ein irisches Heiligtum.

Zufrieden aß sie die letzten *moules* und leerte die Flasche Wein. Evie spielte mit dem Gedanken, noch eine Flasche zu bestellen. Rotwein mochte sie, seit sie denken konnte, und trank hin und wieder gern ein Glas zum Essen, aber irgendwie schmeckte der französische Wein so viel besser als das Zeug, das sie sonst in einem Dubliner Supermarkt gekauft hatte. Vielleicht lag das daran, dass sie in Frankreich im Urlaub war und eine eigenständige, intelligente Frau wie Simone de Beauvoir. Sobald sie die Hand hob, eilte der Kellner herbei, um ihr einen Nachtisch anzubieten. Evie hatte noch nie Tiramisu probiert, also bestellte sie eines, ohne genau zu wissen, was das war. Der Kellner lobte ihre Wahl, räumte den Tisch ab und verschwand wieder.

Das Paar gegenüber hatte aufgegessen und unterhielt sich nun. Über dem Tisch hielten sie Händchen, lachend warf die Frau den Kopf in den Nacken. Der Mann führte ihre Hände an seine Lippen, ohne sie dabei aus den Augen zu lassen.

Evie strich sich das Haar aus dem Gesicht und überlegte, ob ihr die Gesellschaft eines Mannes fehlte und sie gern eine Beziehung hätte. Als das Tiramisu serviert wurde, beschloss sie, dass dem nicht so war. Genüsslich ließ sie den Löffel tief in die mit Kakao bestäubte Masse sinken. Dann schloss sie die Augen und kostete den Geschmack von Kaffee und Schlagsahne voll aus. In kurzer Zeit hatte sie aufgegessen und bestellte einen Cognac.

Sie hatte schon oft Cognac getrunken, aber noch keinen, der so sanft und cremig war wie der, der ihr hier gebracht wurde. Erneut ließ sie den Kellner an ihren Tisch kommen und musste kichern, als er zu ihr eilte. »*Un* noch, *s'il vous plaît, Monsieur.*« Er runzelte die Stirn, wandte sich ab, war aber sogleich mit einem neuen Glas zurück.

Evie stützte sich auf den Ellenbogen, ihr war leicht schwindelig. Das Paar am gegenüberliegenden Tisch küsste sich über die leeren Teller hinweg, und Evie wandte sich ihnen lachend zu. »Man ist nie zu alt für ein bisschen Romantik, nicht wahr?«

Sie starrten Evie an, die Frau sah beleidigt aus.

Amüsiert trank Evie den letzten Schluck Cognac, schlürfte auch den letzten Tropfen aus dem Glas. Mit einem Finger wischte sie den Rest Tiramisu aus der Schüssel und leckte die Sahne ab.

Schon war der Kellner wieder bei ihr. Sie blinzelte, sah ihn an und zeigte auf das leere Glas. »*Un* noch?«

Der Kellner tat, als würde er nicht verstehen, und reichte ihr einen Zettel auf einem kleinen Teller. Es war die Rechnung mit seltsam gekritzelten Ziffern, die über das Blatt tanzten. Nach kurzer Suche in ihrer Tasche, holte Evie ihr Portemonnaie hervor und versuchte, dreißig Euro herauszunehmen. Die Scheine klebten irgendwie zusammen, also legte sie einfach mehrere davon auf den Teller. Dann stand sie auf und schob den Tisch etwas zurück. Ihre Beine fühlten sich weich an. Unwillkürlich dachte sie an die glibberigen Muscheln in Knoblauchsud. »Ich bin auch ganz glibberig«, murmelte sie kichernd und trat einen Schritt zurück.

Umständlich versuchte sie, sich die grüne Lederjacke anzuziehen. Der junge Kellner half ihr. Seine Stirn lag in Falten, die Augenbrauen hochgezogen. »Madame?« Er hielt sie am Ellenbogen, damit sie nicht umfiel. »Sie haben mir gegeben ... zu viele.« Er drückte Evie mehrere Scheine an die Hand, aber sie fielen zu Boden. Hastig sammelte er das Geld auf und schloss beim zweiten Versuch ihre Hand fest um die Scheine.

Doch Evie war hartnäckig. Sie faltete jeden einzelnen Schein auseinander und legte sie feierlich zurück in seine Hand. »Für Sie, *Monsieur*.«

Ungläubig starrte er sie an. *»Vingt euros?«*

»Als Trinkgeld. Sie waren wundervoll. Ich hätte gern einen Enkel wie Sie.«

Sie schwebte förmlich an dem verliebten Paar vorbei zur Tür. »Wenn das die Wirkung dieser *moules* ist, werde ich sie wieder essen«, erklärte sie den anderen Gästen mit ernster Miene.

Die kalte Nachtluft schlug ihr entgegen, und für einen Augenblick konnte Evie sich nicht erinnern, ob sie links oder rechts herum gehen musste. Sie umfasste die Handtasche mit allen Fingern und kicherte erneut. »Wenn es in Frankreich irgendwelche Diebe gibt, dann schlag ich sie mit der Tasche k.o. Das mache ich.«

Sie wandte sich um in Richtung Parkplatz – eine bewusste Entscheidung – und lief zügig los, leicht vornübergebeugt mit kleinen, schnellen Schritten. Als sie hinauf zu den Sternen blickte, die über ihrem Kopf herumzuwirbeln schienen wie Milch im Kaffee, stolperte sie.

»So besoffen war ich nicht mehr seit dem Weihnachtfest vor Jahren, als wir bei Brendan gegessen haben und es Gin Tonic gab. Maura hatte dieses trockene Hühnchen gekocht. Oder war das Ente? Gans! Natürlich gab es Gans!« Sie prustete laut. »An dem Abend musstest du mich nach Hause tragen, Jim. Wo bist du jetzt, jetzt, wo eine Dame einen stützenden Arm braucht?« Sie beugte sich wieder nach vorn und torkelte weiter. »Wer weiß schon, wo du jetzt bist, Jim. Ich jedenfalls habe keinen blassen Schimmer. Du könntest überall sein. Oder nirgendwo. Wer weiß das schon? Ich nicht, so viel steht fest. Aber ich weiß, wohin ich gehe.«

Vor dem kleinen Wohnmobil blieb sie stehen und kramte in ihrer Tasche. Als sie an den Fingern Metall spürte, zog sie triumphierend die Schlüssel heraus, versuchte, sie ins Schloss zu führen, rutschte jedoch ab. »Sollte ich jemals diese Scheißtür aufkriegen, gehe ich sofort ins Bett.«

Als sie aufwachte, war der Himmel mit rosafarbenen Streifen durchzogen. Evie rollte sich in ihrem Schlafsack auf die Seite und zog die Beine an den Körper. Ihr Magen krampfte sich zusammen, der Kopf pochte, und in ihr breitete sich das Gefühl von Schwindel und Übelkeit aus. Sie versuchte, das Gefühl mental zu bekämpfen. Aber ihr Körper rebellierte. Gesicht und Haare waren schweißgebadet, die Augen träge. Kurz hielt Evie inne, atmete tief ein, dann schlüpfte sie aus dem Bett und zerrte an der Tür.

Der Parkplatz war ruhig, kühle Luft schlug ihr entgegen. Evie schwankte leicht. Ihr Magen kapitulierte, sie konnte das Würgen nicht kontrollieren und erbrach sich zweimal. Weit lehnte sie sich aus dem Türrahmen, blickte auf den Schotter vor sich und wischte sich den Mund ab. Dann setzt sie sich hin, und obwohl niemand sie sehen konnte, schämte sie sich.

Kurz wartete sie, bemüht, den Schwindel zu besiegen. Doch ihr Körper krampfte erneut, ihr Mund war mit einem Mal wieder voll. Wieder lehnte sie sich vor. Ihr war schlecht, und sie spürte die Säure von Muscheln und Wein im Mund.

Mit pochendem Schädel ließ sie sich wenig später zurück auf den Schlafsack fallen. Einige Augenblicke lag sie einfach so da, fragte sich, was sie tun sollte, war aber nicht in der Lage, eine Antwort zu finden. Dann griff sie nach einer Flasche Mineralwasser, öffnete den Deckel, nahm einen Schluck, spülte sich den Mund aus und spuckte das Wasser schließlich nach draußen auf den Schotter. In der Flasche war noch ein halber Liter. Evie schüttete alles vor das Wohnmobil auf die Stelle, wo sie sich übergeben hatte, und hoffte inständig, Scham und Übelkeit würden zusammen mit dem Erbrochenen verschwinden.

Sie fühlte sich schwach, und ihr war schwindelig. Also ließ sie sich wieder auf den Schlafsack sinken und schloss die Augen.

Als sie wieder aufwachte, war es drückend heiß im Wohnmobil, die Hitze staute sich bei geschlossenen Fenstern. Ihre Hände waren eiskalt. Evie nahm die Decke, rollte sich ein und fragte sich, ob sie sich erneut übergeben müsste. Ihr Mund war trocken, die Knochen schmerzten. Aber sie schlief wieder ein, und als sie das nächste Mal die Augen öffnete, wusste sie nicht mehr, wo sie war. Sie sah vertraute Dinge, ihre Jacke, ihre Kleidung, ihre Bücher, aber sie war durcheinander. Sie setzte sich auf und drückte die Türklinke – sie hatte nicht abgeschlossen. Ihre Handtasche war noch da, mit ihrem Geld, dem Pass, sämtlichen Karten und dem Handy. Das Telefon zeigte zehn nach vier an. Evie brauchte einige Augenblicke, bis sie begriff, dass es Nachmittag war. Sie hatte Durst. Ihr fiel ein, dass sie den Rest aus ihrer Flasche weggeschüttet hatte, also würde sie neues kaufen müssen. Unten in der Handtasche waren die Schlüssel, aber sie fühlte sich nicht imstande zu fahren. Sie sagte sich, dass es zum nächsten Supermarkt oder Bäcker nicht allzu weit sein konnte. Dort würde sie Wasser und vielleicht etwas Obst kaufen, auch wenn sie gerade nichts herunterbekam.

Mühsam zog sie sich T-Shirt und Jeans an. Ihre Haut war fahl und grau, die Arme waren kalt. Deshalb schlüpfte Evie in ihre grüne Jacke, bevor sie in ihre Schuhe schlüpfte. Dann stieg sie aus dem Wohnmobil und presste ihre Handtasche fest an sich, als sie in die frische Luft trat. Nachdem sie abgeschlossen hatte, machte sie einen großen Schritt über die Stelle, wo sie sich erbrochen hatte. Jede Bewegung, jede Entscheidung fiel Evie schwer. Sie setzte eine Sonnenbrille auf, denn ihr Kopf fühlte sich an wie ein Ghettoblaster, und ihre Augen taten weh.

Sie überquerte den Parkplatz, ihre Beine trugen sie gerade noch. Als sie an einer niedrigen Mauer ankam, blieb sie stehen und lehnte sich kurz an, um Luft zu holen. Die Gebäude über ihr schienen sich zu bewegen: Autos, die Läden, das Restaurant, wo sie gegessen hatte. Evie hoffte, eine Apotheke zu finden, wo sie etwas kaufen könnte, was ihren Magen beruhigte und ihr wieder Kraft gab. Wie ein Kind wartete sie aufmerksam und schaute nach links und rechts, bevor sie die Straße überquerte. Morgen würde sie darüber lachen können; sie würde wirklich nie wieder Alkohol trinken. Vielleicht waren es auch die *moules marinières* gewesen, die ihr nicht bekommen waren, oder es war einfach zu viel leckerer Wein gewesen. Ihr Magen krampfte sich zusammen; Galle stieg ihr die Speiseröhre hinauf, und sie schluckte. Doch das bereute sie sofort. Denn plötzlich krampfte sich ihr Magen erneut vor Schmerz zusammen.

In der Nähe entdeckte sie einen kleinen Laden und ging darauf zu. Die Tür aufzustoßen, war scheinbar ein echter Kraftakt, schließlich erkannte sie aber, dass man die Tür ziehen musste. Auch das erschöpfte sie. Im Inneren des Geschäfts gab es Käsesorten mit kräftigen Aromen, Schinken hingen an Haken von der Decke herab. In der Kühltheke erblickte Evie zusammengerollte Würstchen. Sie sahen wie Innereien aus, sicherheitshalber hielt sie sich die Hand vor den Mund. Gerade wurde eine Frau bedient, der Mann hinter der Theke zerhackte eine Rindshaxe. Der beißende Geruch rohen Fleisches stieg Evie in die Nase, und sie musste würgen, aber es kam nichts hoch außer säuerlicher Galle. Trotz ihrer Jacke zitterte sie und spürte, wie ihr Körper wankte. Schnell streckte sie die Hand aus, um sich irgendwo festzuhalten, und schlug dabei beinahe ein Schild um.

Nach einigen Atemzügen schob sie die Sonnenbrille hoch. Das Licht im Geschäft war jedoch so grell, sodass sie sie schnell wieder nach unten schob. Ihr Körper sandte ihr eine Notwarnung: Aufrechtstehen war nicht einfach, sie sollte das vermeiden. Sie schaute sich nach einer Sitzgelegenheit um, hoffte, noch kurz durchzuhalten, doch dann überkam sie Schwindel und sie stürzte nach vorn. Sie fühlte noch, wie Metalldosen um sie herum zu Boden schepperten, und den harten Kachelboden, auf den sie fiel.

Evie nahm erst Dunkelheit war, dann grelles Weiß. Da waren Wände, ein kleines Fenster und eine Decke über ihr, die sie einzwängte und in die Matratze drückte. Sie war in einem Krankenhausbett. Langsam schaute sie sich um. Man hatte ihr einen Zugang gelegt, sie hing am Tropf, und ihr Kopf tat weh. Leise stöhnend lehnte sie sich zurück in die Kissen und schloss die Augen.

Als sie sie erneut öffnete, stand eine Krankenschwester vor ihr und sagte ihren Namen. Sie trug einen makellosen Kittel und beugte sich vor, um Evies Hand zu berühren. Evie wollte sich aufrichten. Die Krankenschwester bedeutete ihr, vorsichtig zu sein, und kündigte an, dass jemand kommen würde, um mit ihr auf Englisch über die Details zu reden. Behutsam half sie Evie auf und stopfte ihr Kissen in den Rücken.

Evie sah sich den Raum genauer an. Klein war er, die Wände weiß, aber schmutzig. Es gab ein Fenster, von dem man auf einen Hof schaute. Dahinter, etwas weiter weg, erkannte sie eine Stadt. Die Helligkeit schmerzte in ihren Augen.

Eine andere Frau betrat das Zimmer. Sie war dünn und hochgewachsen und hatte graues Haar, das früher einmal schwarz gewesen sein musste. Sie trug winzige Perlenohrringe und wirkte sehr ernst. Evie bemühte sich um ein Lächeln, doch die Frau erwiderte die Geste nicht, sondern stellte sich als Doktor Masson vor.

Evie sah ihr in die Augen. »Geht es mir jetzt wieder gut? Wie bin ich hierhergekommen?«

»Sie waren in einem Geschäft und wurden dort ohnmächtig.«

»Aber bin ich jetzt wieder okay? Ich glaube, ich habe schlechte Meeresfrüchte gegessen …«

»Evelyn, Sie waren dehydriert. Sie haben sich den Kopf angeschlagen, als Sie gefallen sind. Über den Tropf versorgen wir Sie nun mit Flüssigkeit. Sie sind keinesfalls schwer verletzt, aber Sie brauchen Ruhe.«

Evie schaute einen Augenblick lang auf die gerunzelte Stirn der Ärztin und versuchte zu begreifen. Die andere Frau half ihr auf die Sprünge: »In Ihrer Tasche haben wir einen Pass gefunden, daher haben wir Ihren Namen und weitere Angaben. Die Tasche ist hier sicher im Schrank verwahrt, zusammen mit Ihrer Geldbörse und den anderen Sachen, die Sie bei sich hatten. Jemand in dem Laden hat den Krankenwagen gerufen. Ich hoffe, Sie haben eine Auslandsversicherung für Reisen in Europa? Machen Sie hier Urlaub?«

Beklommen nickte Evie und dankte Gott dafür, dass sie das mit der Versicherung geklärt hatte, als sie das Ticket in Liverpool gekauft hatte. Alles würde gut werden. »Kann ich jetzt gehen? Mein Wohnmobil steht noch auf dem Parkplatz.«

»Mit wem reisen Sie denn?«

»Oh, ich reise allein. So was wie ein Roadtrip, verstehen Sie? Ich habe ein Wohnmobil und …«

Die Ärztin wiederholte: »Allein? Bestimmt nicht, Evelyn. Haben Sie jemanden, dem wir Bescheid geben können? Einen Ehemann? Kinder?«

Als sie den Kopf schüttelte, schmerzte es ein wenig. »Nein, niemanden. Ich habe niemanden, dem Sie Bescheid geben könnten.«

»Aber Sie sind fünfundsiebzig.« Die Ärztin war sichtlich empört.

Evie hingegen war verdutzt. Sie wusste, wie alt sie war. Sie seufzte schwer.

Die Ärztin fuhr fort: »Sie sind nicht mehr jung. Sie sollten nicht allein reisen. Sondern Ihren Körper respektieren. Dieser Körper ist nicht der einer jungen Frau, deshalb sollten Sie nicht ohne Hilfe reisen.«

Evie biss die Zähne aufeinander. »Ich bin nicht dement«, entgegnete sie. Dann fiel ihr ein besseres Wort ein. »Auch nicht klapprig.«

»Aber wirklich …«

»Nein, keine Widerrede«, beharrte Evie. »Ich habe ein Wohnmobil. Ich mache ein bisschen Urlaub. Und zwar allein.«

Die Ärztin wirkte entsetzt. »Sie haben wirklich niemanden an Ihrer Seite? Keinen Freund? Niemanden, der Ihnen hilft?«

Wieder schüttelte Evie den Kopf, mehr ungläubig als zur Antwort.

Doktor Masson schrieb etwas auf ein Klemmbrett und hängte es zurück an das Bettgestell. »Haben Sie Hunger, Evelyn?«

Überraschenderweise verspürte sie jetzt tatsächlich großen Appetit, deshalb bejahte sie die Frage.

Auch jetzt lächelte die Ärztin nicht. »Wir lassen Sie über Nacht hier und überlegen morgen, ob wir Sie entlassen können. Doch ich rate Ihnen dringend, zurück nach Irland zu fahren, wo sich jemand anständig um Sie kümmern kann. Sie müssen es langsamer angehen, in Ihrem Alter.«

Als sich die Ärztin zum Gehen wandte, rief Evie ihr hinterher: »Das würden Sie mir nicht sagen, wenn ich ein Mann wäre. Das alles ist vollkommen falsch, wenn Sie mich fragen.« Doch die Ärztin war schon aus der Tür.

Fest entschlossen schob Evie ihren schmerzenden Körper bis an den Bettrand und richtete sich auf. Sie fühlte sich gut. Sie öffnete den Schrank neben dem Bett und nahm ihre Sachen heraus: Pass, Geldbörse, Telefon, Bankkarte, Autoschlüssel – alles war noch da.

»Verdammte Ärztin.« Sie lächelte finster. »Vollkommener Blödsinn. Der werd ich's zeigen.«

Nachdem sie eine Landkarte hervorgezogen hatte, breitete sie sie auf dem Bett aus. Sie sah sich die dünnen Linien an, die sie mit Bleistift eingezeichnet hatte, und legte den Finger auf die Orte, an denen sie schon gewesen war. Mit demselben Finger fuhr sie anschließend immer weiter nach rechts und flüsterte die Ortsnamen vor sich hin. Schließlich verharrte sie auf einem der eingezeichneten Punkte.

»Also, wohin wollte ich? Wir sind jetzt hier ... Carcassonne«, las sie laut vor. »Eine von einer Mauer umgebene Stadt. Viel Geschichte. Nahe Limoux. Das wird mir gefallen. Dahin fahre ich. Schluss mit diesem sexistischen, seniorenfeindlichen Unsinn. Simone de Beauvoir würde sie damit nicht davonkommen lassen, da bin ich mir sicher. Denen zeig ich's.«

21. KAPITEL

»Du kannst mich anrufen, wenn der Panda repariert ist, Brendan. Clémence und ich sind jetzt eine Weile unterwegs. Wir lassen uns diesen Nachmittag verwöhnen.«

Maura klang vergnügt, als sie mit Brendan durch das heruntergelassene Fenster von Clémence' Auto sprach. Sie hatten ihn vor der Werkstatt abgesetzt und fuhren nun zum Bummeln nach Angers. In den letzten zwei Tagen war Clémence Mauras neue beste Freundin geworden. Abends schauten sie in Clémence' Wohnzimmer gemeinsam fern, während ihr Mann nach den Tieren sah. Bis in die frühen Morgenstunden hatten sie zusammen eine Flasche Weißwein getrunken. Brendan hatte sie noch kichern und lachen hören, als er schon im Bett gelegen hatte. Ihrem Getratsche und Geflüster lauschend, war er langsam weggedämmert. Und die ganze Nacht über hatte er schlecht geträumt. Im Morgengrauen war er aufgewacht, hatte die Vögel zwitschern gehört und Mauras kalte Schulter gespürt, die ihm zugewandt war. Sie hatte beinahe quer im Bett gelegen und leise geschnarcht.

Und jetzt wollten die beiden Frauen die Geschäfte von Angers unsicher machen und dort zu Mittag essen. Brendan sollte nach dem Auto schauen und sicherstellen, dass sie am nächsten Morgen in aller Frühe aufbrechen konnten. Er sah, wie Clémence' Wagen um die Ecke bog. Maura wäre für die nächsten Stunden fort.

Die Hände in den Hosentaschen, betrat er den Innenhof der Werkstatt. Der gelbe Panda stand noch an derselben Stelle wie beim letzten Mal. Olivier kam aus dem Büro. Als er Brendan sah, lächelte er und streckte die Hand aus.

Brendan fragte nach dem Wagen und vor allem nach dem neuen Kühler. Olivier strahlte Optimismus aus, als er erklärte, der Kühler sei schon am Nachmittag des Vortages geliefert worden, doch als er ihn einbauen wollte, musste er feststellen, dass es der falsche war, und ihn zurückschicken. »Vielleicht morgen oder übermorgen, dann können Sie wieder weiterreisen. Fühlen Sie sich bei Tante Clémence wohl?«

Brendan antwortete, Clémence sei die perfekte Gastgeberin und ja, er würde liebend gern noch ein oder zwei Tage bleiben. Er holte schon sein Handy hervor, um Maura anzurufen. Aber nach kurzem Überlegen steckte er es wieder ein. Das konnte warten.

Gemächlich ging er zum Fluss und lehnte sich an die Backsteinmauer einer Brücke. Die Wasseroberfläche war grün und glatt. Er fragte sich, ob Maura Spaß daran hätte, ein Kanu zu mieten und ein paar Stunden auf dem Fluss zu verbringen. Vielleicht konnten sie hier in der Nähe ein Floß leihen oder einfach nur schwimmen gehen. Brendan liebte Wasser, auch wenn seine Erfahrungen als Schwimmlehrer diese Begeisterung etwas getrübt hatten. Damals hatte er hilflos am Beckenrand gestanden und sich unendlich viele Ausreden anhören müssen, warum einer seiner Schüler nicht ins Wasser gehen könne, aber keine Entschuldigung von den Eltern dafür habe. Im Kontrast dazu hatte er planschende und sich schubsende starke Jungs gehabt, die im Wasser laut gebrüllt, geflucht und geschimpft hatten, was er mit Nachsitzen bestraft hatte.

Brendan überlegte, ob Maura ihm eine neue Badehose aus Angers mitbringen würde. Er hatte seine alte in dem bretonischen Hotel auf dem Bett liegen gelassen, das wusste sie.

Wieder schaute er auf das Handy: keine neuen Nachrichten. Also steckte er es zurück. Er stellte sich vor, wie sein Körper vom Wasser getragen und bewegt wurde, wie seine Arme die Wassermassen beim Schwimmen verdrängten, wie er sich Zug um Zug vorwärtsbewegte. Er dachte an das Wasser, das ihm gegen die Ohren schlug, wie kalt es sich an seiner Brust anfühlte, die Tropfen, die in seine Augen spritzten. Kurz fragte er sich, ob Maura mit ihm zusammen schwimmen gehen würde. Sie war keine gute Schwimmerin, aber er könnte es ihr beibringen. Er malte sich aus, wie sie zusammen in einen See stiegen und das kühle, klare Wasser sie trug. In seiner Vorstellung war Mauras Haar nass, einzelne Strähnen hingen ihr ins Gesicht, sie warf den Kopf in den Nacken und lachte. Er umarmte sie, sie lehnte sich an, vertraute ihm, schloss die Augen, und das Wasser trug sie. Er fragte sich, ob sie sich küssen würden. Er würde ihr nasses Gesicht ansehen, mit den Händen über den glatten Stoff ihres Badeanzugs und ihren straffen Körper darunter fahren. Tief atmete er aus, und ihm ging durch den Sinn, ob Penny Wray jetzt in Mexiko schnorchelte. Sein Tagtraum veränderte sich, sodass Brendan sich mit Tauchermaske und Schwimmflossen neben einer jungen Frau mit blondem Haar sah. Sie waren umgeben von strahlendem Sonnenlicht und bunten Fischschwärmen. Brendan öffnete wieder die Augen.

Er fand einen Platz, wo das Gras trocken und strohig war, und streckte die Beine aus. Die Oberfläche des Flusses war glatt und spiegelte Bäume, Büsche und ein kleines Haus. Brendan spürte, wie sein Herzschlag ruhiger wurde.

Von der Straße näherten sich zwei Kinder und ein Mann. Sie fuhren Fahrrad. Das Mädchen war ein Teenager, der Junge einige Jahre jünger, vielleicht neun oder zehn. Der Mann hatte einen dunklen Bart und trug eine kurze Radlerhose sowie ein T-Shirt mit Werbung für Soja-Joghurt. Auf der Brücke hielten sie an und schoben die Räder ans Flussufer. Sie sprachen Französisch. Dann legten sie die Räder ins Gras, und der Mann zeigte den Kindern etwas im Fluss. Das Mädchen antwortete leise und setzte sich. Der Junge holte einen Ball aus einem Rucksack – es war ein kleiner Fußball, den Vater und Sohn nun hin und her spielten. Das Mädchen stand auf, spielte mit, und alle drei rannten wild umher und lachten. Der Mann rief seinen Sohn beim Namen. Alexandre konnte definitiv gut schießen. Brendan sah ihnen mit dem Blick eines Sportlehrers zu, beurteilte das potenzielle Talent. Beide Kinder waren begabt und ehrgeizig, das Mädchen verstand es hervorragend, den Ball zu köpfen.

Ihr Vater feuerte sie ab und zu an, sanft und heiter; er zeigte sich nicht enttäuscht, wenn ein Schuss danebenging. Brendan dachte daran, wie schön es wäre, auch eines Tages so eine Partie zu spielen, am Fluss vor solch atemberaubender Kulisse. Wie herrlich wäre es, danach Eis zu essen und dann mit den Rädern zurück nach Hause zu fahren, während die Kinder munter plauderten und lachten.

Wo wohl ihre Mutter war? Vielleicht arbeitete sie; vielleicht waren die Eltern geschieden, aber auf jeden Fall hatte der Mann zwei liebe Kinder, die die Zeit mit ihm sichtlich genossen. Vielleicht war die Mutter wie Maura und mochte Radfahren nicht. Dafür würde sie die Kinder zu Hause mit einem Lächeln empfangen, vielleicht auch mit Kinokarten oder Eis. Vielleicht war der Vater aber auch Witwer und der Mutter war etwas Tragisches zugestoßen. Andererseits trugen die Kinder saubere Kleidung und wirkten sorglos.

Alexandre kickte den Ball hoch in die Luft. Mit einem lauten Knall landete er auf dem Boden, kullerte in Brendans Richtung und blieb letztendlich in seiner unmittelbaren Nähe liegen. Er stand auf und kickte den Ball mit dem rechten Fuß zurück. Es war ein sicherer, aber nicht zu starker Schuss. Voller Anerkennung rief der Junge ihm ein *»Merci, Monsieur«* zu. Der Vater blickte zu Brendan und lächelte dankbar. Brendan hob grüßend die Hand und hoffte insgeheim, sie würden ihn mitspielen lassen oder zumindest fragen, ob er den Torwart mimen könne.

Aber die Familie spielte zu Ende und packte dann zusammen. Der Vater schnallte sich den Rucksack um, schon schoben sie die Räder zurück zur Straße, stiegen auf und radelten los. Zuerst das Mädchen, dann Alexandre, der sich noch einmal umdrehte und winkte, bevor der Vater sie sicher auf den Weg schickte und hinter ihnen herfuhr. Brendan sah ihnen traurig nach. Seine Hand verharrte in der Luft, auch noch, als sie außer Sichtweite waren. Langsam ließ er sie sinken und fragte sich, wann es angefangen hatte, dass alles schieflief.

Eine Stunde später saß er in einer kleinen Bar, wo auf einem großen Fernseher Pferderennen gezeigt wurden. Die Pferde wurden aus den Boxen gelassen und vorgeführt, ihre Namen liefen unten über den Bildschirm. Brendan trank den letzten Schluck seines *bière blonde*, bestellte ein zweites und eine Portion *côte d'agneau*. Eine hübsche Frau in einem blauen Kleid bediente ihn, ihr dunkles Haar trug sie als Bob, die Lippen waren rot geschminkt. Sie machte ihm ein Kompliment für sein Französisch und fragte, ob er Belgier sei. Er verneinte, erklärte, dass er Ire war, woraufhin sie sich die Hand vor den Mund hielt und sagte, sie liebe Irland und sei vor vielen Jahren einmal in County Kerry gewesen. Sie fragte, ob er dort in der Nähe wohne.

Zwei Männer in der Bar sahen ihn an. Einer saß auf einem Hocker an der Theke, den Rücken zu Brendan, las Zeitung und blickte ab und zu skeptisch zu ihm herüber. Brendan fragte sich, ob er mit der Kellnerin verheiratet war, aber er sah deutlich älter aus als sie.

Das Stück Lammfleisch war köstlich und die Bratensoße sehr mächtig, also beschloss Brendan, noch etwas zu bleiben. Er wusste sowieso nicht, wohin er gehen sollte. Schließlich bestellte er das dritte Bier und eine *crème brûlée lavande*, die laut Kellnerin eine Spezialität des Hauses war. Der Nachtisch wurde in einer violetten Glasschüssel serviert, sah sehr professionell aus mit dem Spiegel aus Karamellsoße und der knusprigen Zuckerschicht, unter der sich die köstliche Lavendelcreme verbarg. Brendan wünschte, die Portion wäre größer ausgefallen.

Als er einen Kaffee bestellte, fragte die Kellnerin ihn, wo er übernachtete und wie lange er im Ort blieb. Er beantwortete ihre Fragen, woraufhin sie begeistert erklärte, dass Clémence eine Freundin ihrer Cousine Jeanne sei und es bei ihr wirklich nett sei. Beim Zahlen wurde sie auf Brendans Ehering aufmerksam und nahm ihm das Versprechen ab, zum Mittagessen wiederzukommen, vielleicht zusammen mit seiner Frau. Brendan gab einen zustimmenden Laut von sich, bedankte sich für das wunderbare Essen und trat kurz darauf hinaus in den Sonnenschein. Vom Bier brummte ihm der Schädel, und er sah leicht verschwommen, doch seine Laune wurde besser.

Er nahm das Handy in die Hand. Keine neuen Nachrichten. Und Maura würde er bestimmt nicht anrufen. Stur presste er die Lippen aufeinander. Er suchte die Nummer seiner Mutter heraus und schrieb ihr. *Wohin im Süden fährst du? Schick mir eine Adresse, Mom.* Lächelnd steckte er das Handy wieder ein. Jetzt waren Taten gefragt. Und als er zurück zu Clémence' Pension schlenderte, war er ein Mann der Taten, ein Macher, entscheidungsfreudig und kompetent. Morgen würde er sich selbst eine neue, schöne Badehose kaufen. Vergnügt pfiff er vor sich hin.

22. KAPITEL

Am nächsten Tag schwirrten Evie die Kommentare der Ärztin noch immer durch den Kopf. Sie nahm ihre Handtasche, als die Ärztin sie mit den ernsten Worten entließ: »Denken Sie an meinen Rat, Madame. Sie sind keine junge Frau mehr.«

Noch im Krankenhaus schimpfte Evie mehrmals leise vor sich hin und auch, als sie den einen Kilometer zum Parkplatz zurücklegte. »Drecksmist« zu sagen vertrieb ihr für ein paar Augenblicke die schlechte Stimmung, bevor der Ärger wieder die Oberhand gewann und sie das Schimpfwort wiederholen musste – ein Mantra gegen die Kapitulation. Der Verband um ihren Kopf war entfernt worden, aber die Beule war noch deutlich zu sehen, auch wenn sie nicht so wehtat wie die Knie, die permanent schmerzten. Sie mussten beim Sturz in Mitleidenschaft gezogen worden sein.

Als sie schließlich am Wohnmobil ankam, war sie völlig erschöpft. Evie kontrollierte, ob noch alles an seinem Platz und in Ordnung war. Sie öffnete alle Fenster, strich die Seiten der Straßenkarte glatt, und dann war sie bereit loszufahren. Die Fahrt würde den ganzen Tag dauern. Bei Gelegenheit würde sie an einem *supermarché* halten – zum Glück hieß es im Englischen fast genauso – und sich dort mit Proviant eindecken. Gerade wollte sie den Motor anlassen, da hörte sie ihr Telefon in den Tiefen der Handtasche brummen.

Amüsiert las sie Brendans Nachricht. Er wollte wissen, wo sie hinfuhr. Sie lächelte. Als guter Sohn zeigte er sich interessiert an ihrem Trip. Evie stellte sich vor, wie er zu Hause saß, eine Landkarte von Frankreich vor sich auf dem Kaffeetisch oder am Laptop, auf der er stolz ihre Route verfolgte. Brendan würde sicher beeindrucken, was für eine geschichtsträchtige Stadt sie sich als nächstes Reiseziel ausgesucht hatte. Schnell tippte Evie mit dem Daumen *Carcassonne* ein und drückte auf *Senden*, dann steckte sie ihr Handy zurück in die Tasche und schaute nicht mehr darauf. Als sie die Pedale durchtrat, schmerzten ihre Knie, vor allem das linke, wenn sie die Kupplung bediente. Hoch konzentriert fuhr sie vom Parkplatz, fädelte sich in den Verkehr ein und hielt Ausschau nach einem Wegweiser.

Evie musste gähnen. Sie fuhr schon seit einigen Stunden. Die Sonne knallte auf die Windschutzscheibe und erhitzte das Innere des Wohnmobils. Ihr Kopf schmerzte, über dem Auge, dort, wo die Beule war, pochte es heftig. Zum Glück herrschte in der Stadt wenig Verkehr, daher konzentrierte Evie sich auf die Wegweiser und schaute immer wieder von ihrer Karte auf dem Beifahrersitz zu den Schildern, suchte nach Carcassonne, fuhr um einen Kreisverkehr, über mehrere Ampeln, bis sie auf eine Hauptstraße bog – eine gerade Allee mit Bäumen links und rechts von der Fahrbahn. Evies Mund war trocken, die Zunge fühlte sich dick an, also beschloss sie, bei der nächsten Parkbucht zu halten, etwas Orangensaft zu trinken und vielleicht ein bisschen Obst zu essen. Außerdem spielte sie mit dem Gedanken, ein Schläfchen einzulegen, damit ihre Knie sich erholten.

Dicht an dem Wohnmobil raste ein Auto vorbei, der Fahrer hatte es offenbar sehr eilig. Evie fragte sich, ob es ihn wohl störte, dass sie nur vierzig Stundenkilometer fuhr. Fest umklammerte sie das Lenkrad und stierte über die Armatur auf die Straße. Wegen der Hitze schimmerte der Asphalt silbern, zu ihrer Linken zeichneten sich am Horizont Hügel ab.

Ein Polizeiauto mit Blaulicht fuhr an Evie vorbei. Der Gendarm auf dem Beifahrersitz bedeutete ihr, rechts ranzufahren. Evie bewunderte den kleinen Helm, den er trug, lächelte und winkte zurück. Nachdem das Auto sie überholt hatte, streckte der Polizist einen Arm aus dem Fenster und wies sie mit ausgestrecktem Finger entschieden an, an den Straßenrand zu fahren. Evie seufzte, folgte der Aufforderung, bremste ab und kam schließlich mit etwas Abstand zum Polizeiwagen zum Stehen.

Mit gerunzelter Stirn stiefelte ein kleiner Herr in blauem Hemd auf Evie zu. Bewundernd betrachtete sie seine schicke Uniform. Fast hätte sie ihn angegrinst, doch dann kurbelte sie das Fenster herunter und bemühte sich um einen angemessenen Gesichtsausdruck. Er sagte etwas auf Französisch, wovon sie kein Wort verstand, aber seine Miene war ernst. Vielleicht lief in der Gegend gerade ein Mörder frei herum. Hilflos zuckte Evie die Achseln, als er etwas wiederholte, was sie immer noch nicht verstand. Schließlich lehnte sie sich etwas aus dem Fenster und wandte sich mit lauter Stimme an den Beamten, um den vorbeifahrenden Verkehr zu übertönen.

»Guten Tag. Ich weiß nicht, was Sie da reden. Ich spreche kaum Französisch. Ich mache hier Urlaub.«

Der Polizist gestikulierte wild in Richtung seines Autos, dann kam der andere Polizist zu ihnen herüber. Hektisch wechselten sie ein paar Worte. Der andere Beamte war sicher nicht älter als Mitte zwanzig. Er war eindeutig der jüngere von beiden.

»Wie kann ich Ihnen helfen?«, fragte Evie ihn und lächelte so breit sie konnte.

»Englisch?«, fragte der junge Beamte mit finsterer Miene.

»Irisch«, antwortete sie. »Ich mache hier Urlaub.«

»Wohin fahren Sie?«

»Carcassonne.«

»Kann ich Ihren Führerschein sehen? Und den Pass?«

Evie holte die Papiere aus der Tasche und reichte sie ihm. Der Beamte sah sie sich eine Weile an, verzog erstaunt das Gesicht, dann gab er sie zurück.

»Sie sind Evelyn Gall-agg-her?«

»Evie. « Sie lächelte. »Officer«, fügte sie hinzu.

»Dieses Fahrzeug ist französisch.«

»Gut erkannt«, sagte sie und gratulierte dem jungen Herrn

zu seiner Leistung. »Ich habe es in Frankreich gekauft.«

»Das Fahrzeug gehört Ihnen?«

»O ja«, beteuerte sie. »Ich habe es bestimmt nicht geklaut. Ich habe es von meinem Gewinn bezahlt. Denn ich habe auf ein Pferd gesetzt, das das Rennen gewonnen hat, mit einer Quote von hundert zu eins. Ich hatte eine Glückssträhne. Vier ist meine Glückszahl.«

Der junge Gendarm verstand offenbar nicht. Er sprach kurz mit seinem mürrischen Kollegen, der leise etwas antwortete, dann wandte sich der jüngere erneut an Evie. »Im letzten Ort, da sind Sie über eine rote Ampel gefahren.«

Evie konnte sich nicht daran erinnern.

»Sind Sie allein? Reist niemand mit Ihnen?«

»Meine Güte! Kann eine Dame denn nicht allein reisen?« Da ihr auffiel, dass ihr Tonfall etwas rau war, schenkte sie dem jungen Beamten ein beruhigendes Lächeln. »Ja, das bin ich, ich reise allein.« Sie dachte kurz nach. »Aber wenn ich in Carcassonne bin, sind wir eine ganze Gruppe. Zwanzig alte Leute, alle aus Irland. Ein Bucket List Club – wir alle machen zusammen Urlaub. Unseren letzten. Den allerletzten. Sie müssen wissen, dass wir alle sehr krank sind und nur noch etwa sechs Wochen zu leben haben. Deshalb ist dieser Urlaub so wichtig. Es ist eben unser letzter. Bevor wir einen sehr schmerzhaften, grausamen Tod erleiden.« Sie schniefte leicht, um glaubhafter zu sein, und wischte sich mit dem Finger eine imaginäre Träne aus dem Augenwinkel.

Die Gendarmen berieten sich. Evie hörte aufmerksam zu, verstand jedoch kein Wort. Der jüngere der beiden streckte schließlich die Hand aus und legte sie Evie auf den Arm, der auf dem heruntergekurbelten Fenster ruhte. Er tätschelte sie zweimal, nickte aufmunternd, dann setzte er zum Sprechen an.

»Ich sehe, dass Sie eine Kopfverletzung haben. Nun verstehe ich. Sie sind eine sehr mutige Frau, wir wünschen Ihnen einen schönen Urlaub mit Ihren Freunden.«

Im ersten Moment wollte sie schon fragen, welche Freunde er meinte. Dann erinnerte sie sich und sagte nur zweimal: »*Oui, Monsieur.*« Mit der Hand fasste sie sich an den Kopf, so als hätte sie dort eine schlimme, schmerzende Wunde, bevor sie den Polizisten ein heroisches Lächeln zuwarf – so stellte sie sich Jeanne d'Arcs Lächeln vor, bevor sie auf dem Scheiterhaufen verbrannt worden war. Zum Abschluss machte sie eine demütige Miene. »*Merci*, officer.«

»Fahren Sie vorsichtig, Madame. Achten Sie beim nächsten Mal auf die roten Ampeln.«

»O ja, das werde ich. Da können Sie sich sicher sein. Sofern es ein nächstes Mal gibt natürlich. Das Leben ist so kurz. Aber ja, das werde ich tun. Vielen Dank.«

Der jüngere Beamte wirkte tief erschüttert. »Ich wünsche Ihnen alles Gute.«

Der andere Gendarm, der ältere, griesgrämige, streckte die Hand aus, umfasste ihre, und sagte etwas auf Französisch, es klang wie ein Segen. Jetzt fand Evie beide Polizisten irgendwie reizend.

»Auf Wiedersehen, Sie beide. Sie leisten hervorragende Arbeit.« Kurz dachte sie nach, dann winkte sie beiden zum Abschied zu. »Einen schönen Tag noch.«

Die Polizisten erwiderten den Gruß freundlich, dann gingen sie zurück zu ihrem Auto und fuhren davon.

Evie atmete aus: »So ein Scheiß.«

Sie kramte in ihrer Tasche nach der kleinen Flasche Orangensaft, die sie im Supermarkt erstanden hatte. Er war warm, und der Verschluss klebte, aber sie trank einige Schlucke. Als sie danach gedankenverloren ins Innere des Wohnmobils blickte, beschloss sie, dass ein Nachmittagsschläfchen durchaus drin war.

23. KAPITEL

Evie schlief bis spätnachmittags. Weil die warme Sonne durch die Fenster auf ihren Rücken schien, rollte sie sich zur Seite und umarmte das Kissen. Ihr Magen rumorte, die Muskeln in Armen und Rücken fühlten sich schwer an. Still sehnte Evie sich jetzt doch nach einer warmen Dusche, einem weichen Bett und nach etwas Zeit, um sich von dem Sturz zu erholen. Katzenwäsche auf öffentlichen Toiletten, Zähne putzen über rissigen Waschbecken, das fühlte sich die ersten paar Male vielleicht wie ein Abenteuer an, aber sie konnte sich den Luxus eines Hotels durchaus leisten, und ihr Körper hatte etwas Ruhe und Komfort mehr als verdient. Sie würde einen netten, kleinen Ort suchen, sich frisch machen und in ein hübsches Café gehen. Ein bitterer Kaffee und etwas Warmes, Sättigendes würden ihr guttun. Dann würde sie sich nach einer Bleibe in der Nähe von Carcassonne umschauen.

Nachdem sie mehrere Stunden gefahren war, brach allmählich der Abend herein. Da sah sie es. Zuerst blinzelte sie und fragte sich, ob sie die Schilder falsch las, aber es stand ganz deutlich vor ihr, und ein Pfeil zeigte den Weg an. *O'Driscoll's Irish Bar: 1 kilometre*. Evie folgte dem Wegweiser und beugte sich weit über das Steuerrad, um das nächste Schild ja nicht zu verpassen. Ein Wagen hinter ihr hupte laut. Ob sie zu langsam fuhr oder ob sich der Fahrer nur ärgerte, weil sie die Spur gewechselt hatte, ohne zu blinken?

Der Pub lag rechts von der Straße. *À droite* stand auf einem weiteren Pfeil. Und schließlich fand sie es – ein schäbiges Gebäude mit dunkler Tür. Die Farbe blätterte in Streifen ab und brachte ein abgenutztes Rosa zum Vorschein. Darüber hing ein rot-schwarzes Schild mit der Aufschrift *O'Driscoll's Irish Bar*. Neben der Tür versprach eine grün-goldene Plakette, dass es hier verschiedene irische Biersorten gebe. Vor dem Gebäude waren mehrere Parkplätze, also fuhr Evie rückwärts in einen hinein, zweimal rangierte sie vorsichtig, dann stand das Wohnmobil dicht neben einem ramponierten roten Sportwagen. Sie schnappte sich ihre Handtasche, schloss das Fahrzeug ab und steuerte auf die Pubtür zu.

Zuerst dachte sie, der Pub hätte geschlossen. Der wackelige Türknauf ließ sich zwar drehen. Aber auch als sie ihr ganzes Gewicht gegen das Holz drückte, um die Tür aufzustemmen, bewegte diese sich kein Stück. Es war schon fast sieben Uhr, vielleicht hatte der Wirt heute seinen Ruhetag. Sie wandte sich ab.

In dem Moment ging die Tür auf. Ein junger Mann mit einem riesigen Schnurrbart und Koteletten stolperte gegen Evie und nuschelte dabei irgendetwas auf Französisch. Er blinzelte Evie an, nahm dann ihre Hand, tätschelte sie zweimal und murmelte: *»Pardon, Madame«*, bevor er zur Straße lief. Evie hielt die Tür fest, bevor sie wieder zufallen konnte, und trat ein.

Das O'Driscoll's wurde von trüben gelben Lampen beleuchtet; es war ein langer, schmaler Raum mit großen, hölzernen Säulen, die eine rissige, graue, tiefe Decke trugen. Es roch schal, nach Bier und Schweiß. Rechts waren Holztische aufgereiht, größtenteils unbesetzt, darüber hing ein Bildschirm, auf dem lautlos ein Fußballspiel lief. An einem Tisch saßen ein Mann und eine Frau, vor ihnen standen halbe Pints, sie hatten die Köpfe zusammengesteckt. Die Theke war in der linken Ecke, als Dekoration hingen Gläser von der Decke, Zapfhähne ragten aus der roten Oberfläche der Theke.

An der Bar saßen drei Männer, Evie sah jedoch nur deren Rücken. Zwei von ihnen waren klein. Ihre Körper waren nach vorn gebeugt, und sie tranken gemeinsam. Einer von ihnen trug eine Art Baskenmütze, die schräg auf seinem Kopf hing. Evie dachte an ihre eigene rote Baskenmütze, die nun unter all ihrem Gepäck lag, zusammen mit dem neuen Mantel, den sie in Dublin gekauft hatte. Dublin und Sheldon Lodge, selbst Jim schienen ihr hier so weit weg zu sein.

Die zwei kleinen Männer gluckten leise und leerten ihre Gläser, dann hielten sie sie in Richtung des Barkeepers, damit er Nachschub brachte. Sie wandten sich Evie zu; einer von ihnen winkte ihr zu, worauf sie selbstzufrieden antwortete: *»Bonjour.«*

Der dritte Mann war wahrscheinlich in den Siebzigern. Er stand etwas abseits, für sich, ebenfalls mit dem Rücken zu Evie. Er trug eine schwarze Lederjacke, und als er sich leicht umdrehte, um den Neuankömmling zu mustern, erkannte sie, dass er ein Bob-Dylan-T-Shirt trug. Er war sehr groß. Schnell drehte er sich zurück zur Theke. Die hochgezogenen Schultern sollten wohl davor warnen, ihn zu stören. Unter der Schirmmütze lugte lockiges Haar hervor, er trug einen kleinen, silbrig grauen Pferdeschwanz. Evie näherte sich der Theke, während der Barkeeper Bier für die beiden Freunde zapfte. Er sprach sie auf Französisch an, und sie nickte. Sicher hatte er ihr versprochen, gleich bei ihr zu sein.

Rund um die Bar waren die Wände mit verblassten Bildern von Irland in seiner idyllischen Pracht und mit zwei Fotos in dunklen Holzrahmen geschmückt, die nah beieinander angebracht waren. Das eine zeigte zwei Männer mit Schirmmützen und Spaten bei der Arbeit auf dem Feld sowie eine Frau mit Haube, die einer Familie in einem schäbig wirkenden Haus Essen servierte. Dann gab es noch ein größeres Bild von zwei Männern, die Fäuste in die Höhe gereckt, sodass die Knöchel weiß und glänzend hervortraten, die Gesichter zum Spaß kämpferisch und wutverzerrt. Kleine weiße Glühbirnen erhellten den Barbereich. Evie sah auch ein Bild in Sepia von einem Dampfschiff, Menschen in altmodischer Kleidung gingen an Bord. Sie nahm auf einem der hohen Stühle Platz, sodass ihre Knie etwas ruhten. Das Getränkeangebot erinnerte sie an Jahrmärkte, und sie wollte gerade einen Orangensaft bestellen, da sie ja fahren musste, als sie einen Zapfhahn mit der Aufschrift Guinness sah – Guinness hatte sie zuletzt vor Jahren in einer Kneipe in Dublin zusammen mit Jim getrunken. Ein halbes Pint würde ihr jetzt sicher nicht schaden. Schließlich steckten wichtige Vitamine und Eisen darin, oder nicht?

Der Barkeeper hatte dunkles Haar und buschige Augenbrauen, einen Dreitagebart, strahlend blaue Augen und muskulöse Arme. Auf seinem T-Shirt war ein Zeichentrickbild einer Dubliner Bar gedruckt. Darunter stand der Spruch: *Ausgewogene Ernährung bedeutet für mich ein Bier in jeder Hand.*

Evie musste lächeln. »Ich nehme ein halbes Pint Guinness, bitte.«

Der Barkeeper lachte laut. Als er redete, erkannte Evie seinen nordenglischen Akzent, ihr gefielen die lang gezogene Vokale und der ausgeprägte Enthusiasmus. »Sie sind eine irische Lady. Da bin ich aber platt! Sie sind weit weg von zu Hause, meine Liebe.«

»Im Urlaub.« Evie streckte die Hand aus. »Evie Gallagher. Aus Dublin.«

»Ray Deakin. Aus Salford, Manchester. Meine Eltern stammen aus Ennis, Country Clare.« Er wies auf die gerahmten Bilder. »Das da gehörte alles ihnen. Gott segne sie. Als sie starben, habe ich alles verkauft und bin hierhergekommen. Wollte gern etwas mehr Sonne haben, also eröffnete ich das *O'Driscoll's*. Meine Mutter hieß Doreen O'Driscoll.«

»Freut mich sehr, Ray. Einen großartigen Pub haben Sie da.«

»Ich versuche nicht den ganzen Gewinn zu versaufen.« Ray reichte Evie ihr dunkles Bier mit cremigem Schaum. »Das geht aufs Haus, immerhin sind Sie mein erster irischer Gast seit sehr langer Zeit.«

Evie nahm einen großen Schluck, schlürfte ihn von oben ab, sodass etwas Schaum an ihrer Oberlippe haftete wie ein kleiner Schnurrbart. Sie wartete kurz, dann leckte sie den Schaum ab. »Mhmm. Das ist gut.«

»Freut mich jedenfalls, Evie.« Ray schaute zu den Männern an der Theke, deutete auf Evie und sagte etwas auf Französisch. Sie erkannte lediglich das Wort *Irlandaise* – das hatte sie schon auf dem Postamt in Pentrez gehört.

Höflich prostete sie erst den beiden Herren zu, die sich miteinander unterhielten, dann dem großen Mann. Die zwei Freunde hoben ebenfalls ihre Gläser, der andere Mann jedoch drehte sich kühl und abweisend von Evie weg. Er kippte den letzten Schluck Brandy herunter und knallte das Glas wortlos auf den Tresen. Ray schenkte ihm sogleich nach. Währenddessen kratzte sich der große Mann unter der Schirmmütze und sah Evie direkt an. Seine Augen waren kastanienbraun, sein Blick intensiv.

Evie fand ihn unfreundlich, ignorierte ihn, nahm einen weiteren Schluck Bier und plauderte weiter mit Ray. »Wie lange sind Sie denn schon hier?«

»Zwölf Jahre. Hab eine nette Französin aus Foix geheiratet, Paulette. Sie ist oben mit den Kindern. Manchmal hilft sie hier aus, wenn viel los ist, was meistens zu dieser Jahreszeit der Fall ist. Ich zeige nämlich alle britischen Fußballspiele und die wichtigsten Boxkämpfe. Die Franzosen lieben Boxen. Und am St. Patrick's Day machen wir eine große Party. Die geht bis zum nächsten Morgen. Sogar der Bürgermeister kommt dann her. Manchmal gibt es auch ein, zwei Schlägereien, viel Tanz und Gesang, 'ne Riesensache.«

Evie bestellte noch ein Bier und beschloss, doch eine weitere Nacht im Wohnmobil zu übernachten. Erst würde sie Ray fragen, aber es wirkte wie ein netter, entspannter Typ. Am nächsten Morgen würde sie sich ein Hotel suchen und nach dem Besuch von Carcassonne die Weiterfahrt planen.

Sie stellte sich Postkarten mit Fotos der historischen Stadt vor und dachte, wie nett es wäre, welche an Brendan und Sheldon Lodge zu schicken, und auch einen netten Gruß an Maddie und Kat, vielleicht würde sie sogar Odile eine Karte nach Angers schicken, wo sie so gut gegessen hatte. Auf ihrem Rückweg würde sie sie auf jeden Fall alle anrufen und bei ihnen vorbeischauen.

»Ray, gibt es hier auch etwas zu essen?«

»Ich könnte Ihnen etwas Schönes zaubern, meine Liebe ... Vielleicht einen Teller Irish Stew und ein Stück Apfelkuchen?«

Evie strahlte. »Das wäre wunderbar.«

24. KAPITEL

Vier Stunden später war Evie erholt und zufrieden. Sie hatte einen gehaltvollen Eintopf gegessen, einen Apfelkuchen, der auf der Zunge zerging, und sich vier weitere Biere sowie zwei Cognacs gegönnt. Auch wenn sie sie nicht wirklich verstand, begann sie ein Gespräch mit den zwei befreundeten Herren. Immerhin hatten die Männer auf die verschiedenen Spirituosen hinter der Bar gedeutet und Evie hatte *»Non … Non … Non …«* gemurmelt, bis sie bei einer großen Glaskaraffe mit Cognac angelangt waren. Dann hatte sie *»Oui, s'il vous plaît«* gesagt, und die Männer hatten ihr jeder einen Brandy spendiert. Ihre Knie taten inzwischen nicht mehr weh.

Evie merkte, wie der große Herr, der Siebzigjährige mit den dunklen Augen und dem Pferdeschwanz, sie über sein Glas hinweg beobachtete. Sie fragte sich, was es anzustarren gab, streckte ihm die Zunge heraus und schaute weg. Als sie wieder zu ihm schaute, beobachtete er sie noch immer. Doch sein Blick verriet nichts. Sie bot an, den beiden Herren ebenfalls einen auszugeben, und deutete auf den Ausgießer des Brandys, aber sie lachten nur und bestellten bei Ray jeder noch ein Bier. Evie sah erneut zu dem verstimmten Eigenbrötler an der Theke, der sein Glas wieder einmal in einem Zug leerte.

»Kann ich Ihnen einen Drink spendieren, Mister Griesgram?«, bot sie an und lachte dabei. In Rays Blick las sie einen gewissen Missmut. Der schlechtgelaunte Gast schüttelte den Kopf, sagte etwas zu Ray, der ihm sofort nachschenkte.

Ray ging zu Evie. »Jean-Luc ist lieber für sich. Beachten Sie ihn am besten nicht, lassen Sie ihn einfach in Ruhe.«

Sie zuckte mit den Schultern und fragte Ray nach seiner Familie und ob er Manchester vermisse. Und schließlich erzählte sie ihm von Dublin und wie schön die Stadt zu dieser Jahreszeit war. »Es ist prächtig, wenn alles blüht und die Vögel singen. Die Leute sind dann so fröhlich, Ray.«

Ray stimmte ihr gerade zu, als von der linken Seite der Theke ein Knall ertönte. Mister Griesgram hatte sein Glas mit Wucht auf den Holztresen gestellt. Nachdem Ray ihn gefragt hatte, ob er noch einen wolle, brachte er eine ganze Flasche. Der große Mann mit dem Zopf hatte offenbar wirklich schlechte Laune, er leerte das nächste Glas wieder in einem Zug. Evie bemerkte, wie die zwei anderen etwas von ihm abrückten, das Paar am Tisch erhob sich nun und ging.

Evie rümpfte die Nase und sah aus dem Augenwinkel zu ihm. »Der ist aber mies drauf, was?«

Wieder warf Ray ihr einen warnenden Blick zu, aber Evie ignorierte ihn. Durch den Cognac und das Bier, das leckere Essen in dieser freundlichen irischen Bar fühlte sie sich über allem erhaben. »Man geht doch raus, um etwas zu trinken, sich zu entspannen und um Spaß zu haben. Und nicht, um allen anderen den Tag zu vermiesen, nicht wahr?«

Der gereizte Mann goss den restlichen Flascheninhalt in sein Glas und stellte die Flasche danach lautstark auf die Theke. Er griff in die Tasche, holte mehrere Euroscheine hervor, strich sie glatt und legte sie vor sich auf das Holz. Dann wandte er sich Evie zu, seine Augen funkelten wütend. Er sprach Englisch, sehr gut sogar, zu dem französischen Akzent gesellte sich ein amerikanischer, und seine Stimme klang schwer und dumpf vor Wut: »Manche kommen eben gern hierher, um mit ihrer schlechten Laune allein zu sein, Madame. Falls ich Sie damit verletzt habe, ist mir das offen gesagt egal.«

Dann drehte er sich um und fügte für die Allgemeinheit hinzu: »Ich wünsche eine gute Nacht.« Er sagte noch etwas auf Französisch zu Ray, dann ging er hinaus, ohne sich umzuschauen.

Einen Augenblick lang war es nun still, dann bestellten die anderen beiden Gäste noch eine Runde für sich und Evie. Sie lehnte jedoch ab, sie habe genug getrunken, *merci*. Zerknirscht entschuldigte sie sich bei Ray dafür, dass sie seinem Gast offensichtlich zu nahe getreten war. »Ich hoffe, ich habe Ihnen nicht den Abend ruiniert, Ray. Mir hat es hier ausgesprochen gut gefallen.«

Einer der Herren, der mit der Baskenmütze, wandte sich Evie zu und sagte etwas. Er nannte sie *Madame* und winkte ihr freundlich zu.

»Maurice hat recht«, stimmte Ray ihm zu. »Es hat uns gefreut, Sie bei uns zu haben. Und machen Sie sich keine Sorgen wegen Jean-Luc. Der ist die meiste Zeit so schlecht drauf. Das Geld, das er hat, gibt er hier aus. Er scheint halbwegs zufrieden damit zu sein, solange ihn niemand anspricht. Der behält seine Sorgen lieber für sich.«

Evie versuchte, Jean-Luc und seine üble Laune zu vergessen, doch der Anblick, wie er sich über die Theke gebeugt hatte, die Schultern verspannt, ein Glas in der Hand, verließ sie nicht. Er hätte eine Figur aus *Sturmhöhe* sein können. »Ich nehme doch noch einen Drink«, sagte sie schließlich. »Ach, und Ray, ich würde gern ein, zwei Tage hierbleiben, bevor ich nach Carcassonne weiterfahre. Können Sie mir eine Unterkunft empfehlen?«

Ray grinste. »Ich kann Ihnen ein schönes Bed and Breakfast anbieten, hundert Prozent irisch, mit Hefebrot und dem besten Kaffee der Stadt. Auch Abendessen, wenn Sie möchten, meine Liebe.«

»Klingt gut, abgemacht«, erwiderte Evie dankbar lächelnd. »Und von dem Kaffee nehme ich gleich einen zu meinem Cognac, bitte.«

»Kommt sofort.« Ray hantierte an der Kaffeemaschine, suchte Tasse und Untertasse zusammen. »Haben Sie in der Nähe geparkt? Dann helfe ich Ihnen mit dem Gepäck. Anschließend stelle ich Ihnen meine Frau Paulette vor.«

Am nächsten Tag lief Evie über den Markt im nahe gelegenen Städtchen Saint-Girons. Sie war vierzig Minuten dorthin gefahren, hatte eine halbe Stunde gebraucht, um einen Parkplatz zu finden, und musste noch zehn Minuten bergab bis zum Markt laufen. Ray hatte ihr beim Frühstück erzählt, dass Carcassonne keine Stunde entfernt war, und so hatte sie beschlossen, ein paar Tage zu bleiben, wo sie war, bis die Beule an ihrem Kopf verschwunden sein und ihre Knie und Muskeln weniger schmerzen würden.

Saint-Girons war reizend, eine Kleinstadt voller Hippies und interessanter Leute, der Markt war bunt und belebt. Überall hörte man Musik. Afrikanische Trommeln ertönten, und ein Mann in langem Kaftan spielte eine Art Harfe. Der Hals des Instruments ragte vor ihm auf und verbarg sein Gesicht. Ansonsten gab es noch eine kleine Band, die aus drei Franzosen mit Baskenmützen bestand. Die Männer spielten Gitarre und Akkordeon und schmetterten voller Leidenschaft traditionelle, französische Lieder.

Evie stieg der Duft von köstlichem Essen in die Nase: würziger Couscous, Brathähnchen, pikante Bhajis, aromatischer Käse. Die Leute lächelten sie an, plauderten kurz mit ihr, viele sprachen Englisch. An den Ständen hingen reihenweise Kleidungsstücke, so farbenfroh und bunt gemustert wie Flaggen. Eine englische Frau, groß und schlank, vermutlich in den Fünfzigern, mit gewelltem kastanienbraunen Haar, verkaufte selbst gemachte Marmeladen und Chutneys. Evie nahm ein Chutney aus gelben Bohnen und sprach kurz mit ihr über ihr Leben in Frankreich. Sie hieß Caroline und trug zu einem langen, gemusterten Kleid Ledersandalen. Zusammen mit ihrem Partner Nige lebte sie etwas außerhalb der Stadt an einem Hügel. Dort hatten sie eine Pension eröffnet; die Marmelade kochte und verkaufte sie nur nebenbei.

Caroline erzählte Evie, wie herrlich das Leben in dieser Gegend sei; die Sommer seien wunderbar, die Winter oft verschneit, weshalb man die Region sowohl aufregend als auch gemütlich nennen könne. Bevor Evie ging, steckte sie Carolines Karte mit Handynummer darauf ein. Sie solle gern auf einen Kaffee bei ihr zu Hause vorbeikommen, wann immer ihr danach war. Evie versprach, sich zu melden. Dann hob sie etwas Geld an einem Automaten ab und kaufte sich extravaganten Schmuck: zwei lederne Armbänder mit Perlen, eine Brosche in Form einer Eule, eine Chakra-Kette und zwei Zehenringe. Ihre Stimmung wurde immer besser, während sie über den Markt schlenderte, vorbei an selbst gemachtem Honig, Ledergürteln, frischen Erdbeeren, Sandalen, Schuhen und Hüten. Sie kaufte sich ein paar blaue Ledersandalen, in denen die Zehenringe zur Geltung kommen würden, ein afrikanisches, bedrucktes Kleid mit einem leuchtenden Schal und als Mittagessen ein paar pikante Okraschoten mit Bioreis.

Vor einem Stand, der folienartigen Stoff auf breiten Rollen feilbot, blieb sie stehen. Sie fuhr mit den Fingern über die weichen, gummiartigen Gewebe und trat einen Schritt zurück. Es gab einen Stoff mit Motiven aus Paris: ein Café, der Eiffelturm und eine elegante Dame, die einen kleinen Hund an der Leine hielt. Außerdem einen mit bunten Luftballons und einen sonnengelben Stoff mit blauen Kornblumen. Langsam strich Evie über ein Motiv aus Zitronen und grünen Blättern; ein anderes war mit Traubenreben bedruckt. Aber das schönste war ein Muster aus kunterbunten Macarons, sie sahen wie jene in dem Laden in der Bretagne aus. Im Gespräch mit der Verkäuferin erfuhr sie, dass es sich dabei um Tischdecken handelte, die meterweise verkauft wurden. Die fröhlichen Stoffe gefielen ihr, und sie überlegte, ob sie nicht welche kaufen und mit nach Hause nehmen sollte. Doch dann hielt sie inne. Sheldon Lodge war nicht ihr Zuhause, nicht mehr. Ihr Zuhause könnte jetzt woanders sein. In Dublin? Sie konnte sich, wo immer sie wollte, niederlassen. Dieser Gedanke fühlte sich gut an. Tief atmete sie die Atmosphäre des geschäftigen Marktes ein und lächelte.

Evie kam an einen Stand, an dem Wein verkauft wurde. Weißwein, dessen Flaschen das Sonnenlicht spiegelten, das sie golden erstrahlen ließ, außerdem Rotwein in smaragdgrünen Flaschen und ungewöhnliche Schnäpse in verzierten Glasbehältern. Alle waren mit einem Etikett versehen, auf dem *Cave Bonheur* stand und das einen lächelnden Bauern mit violetten Trauben in der Hand zeigte. Evie sprach mit einem jungen Mann, den sie auf achtzehn bis zwanzig schätzte und der ein breites Lächeln aufgelegt hatte. Sein Haar war auffallend blond, aus seinem T-Shirt und weiten Shorts ragten dünne Arme und Beine hervor. Nachdem sie ihn in holprigem Französisch angesprochen hatte, fragte sie, ob er Englisch spreche. Er nickte, blickte nervös über ihre Schulter und rieb sich mit der flachen Hand die Augenbrauen. »Ein bisschen, Madame. Ich kann's versuchen. Wie kann ich Ihnen helfen?«

»Ich hätte gern eine schöne Flasche Rotwein, etwas wirklich Besonderes. Der Wein soll ein Geschenk für meine Gastgeberin Paulette sein. Also brauche ich einen, den man zum Abendessen serviert. Was können Sie mir da empfehlen?«

Der blonde Junge sah sich um und überlegte. Er redete mit sich selbst auf Französisch, vermutlich sagte er die Namen der Weine auf. Schließlich bot er ihr eine Flasche an. »Mögen Sie einen schönen Bordeaux?«

Evie zeigte auf eine andere Flasche. Sie fasste einen Liter und hatte ein simples Etikett. »Was ist das für einer?«

»Languedoc-Roussillon. Der kommt aus diesem *pays*.«

Sie runzelte die Stirn. »Woher kommt der?«

»Aus dem *pays*, Madame. *Pays*. *Pays*.«

Weil sie immer noch nicht verstand und die Situation so absurd fand, musste Evie lachen.

Der Junge blickte ernst drein und runzelte besorgt die Stirn. Er gestikulierte mit der Hand vor dem Gesicht und massierte sich dann mit der anderen Hand den Nacken. »Der wurde im *pays* hergestellt. In der Region. Hier. Der kommt von unseren Weinbergen, von *Cave Bonheur*.«

Sie strahlte ihn an. »Oh. Ist das denn ein guter Wein?«

Er nickte, sein Kinn bewegte sich dabei auf und ab. »Etwas ganz Besonderes. Sechs Euro, Madame. Aber wenn Sie zehn Flaschen kaufen, zahlen Sie pro Flasche nur vier Euro fünfzig.«

Evie griff in ihre Tasche. »Ich nehme zwei Flaschen vom Long Dog, bitte. Wenn er mir schmeckt, kann ich immer noch wiederkommen und mehr davon kaufen. Für mich ist es schwer, so viele Flaschen allein den Berg hinauf zu meinem Wohnmobil zu tragen.«

Der Junge grinste und entspannte sich sichtlich. Wenn er lächelte, bekam er kleine Pausbäckchen. »Kein Problem, Madame. Hier ist unsere Karte. Kommen Sie uns gern besuchen, wir bieten auch kostenlos *dégustations* an.«

Evie verzog das Gesicht. Sie war sich nicht sicher, was er damit meinte – es klang irgendwie anrüchig …

Der junge Mann rieb sich erneut den Nacken mit der Faust, bevor er es noch einmal versuchte. »Sie probieren den Wein, bevor Sie ihn kaufen. Das Probieren ist gratis. Sie kaufen nur, wenn er Ihnen schmeckt.«

»Gratis trinken?« Evie gluckste bei dem Gedanken. »Klingt klasse. Ist das weit von hier?«

»Zwei Kilometer von Saint-Girons an der Straße nach Foix. Adresse und Nummer stehen auf der Karte. Kommen Sie vorbei.«

»Das mache ich gern.« Sie bezahlte die beiden Flaschen und wuchtete sie in ihre Tasche, sodass nur noch die Flaschenhälse herausschauten. »Hat mich gefreut, Sie kennenzulernen.«

Als sie davonging, rief der Junge ihr hinterher, winkte und streckte sich. Er war sichtlich erfreut. »Mein Name ist Benji. Denken Sie daran. Ich stelle den Wein bereit, wenn Sie vorbeikommen.«

Evie hievte ihre Tasche über die Schulter, trug die restlichen Einkäufe mit der anderen Hand und machte sich auf, die kurvige Straße zurück zu ihrem Wohnmobil hochzulaufen. Der Markt von Saint-Girons hatte ihr gut gefallen. Nun freute sie sich auf eine Siesta und einen weiteren Abend im O'Driscoll's.

25. KAPITEL

»Caucasians, Brendan? Was um Himmels willen soll das heißen?«

Brendan kam aus dem Badezimmer, ein Handtuch um die Taille geschlungen. Fast den ganzen Tag hatte er allein verbracht; müde setzte er sich aufs Bett, wo Maura ihre Einkaufstüten aus Angers abgestellt hatte. »Das hat sie mir geschrieben. Ich habe gefragt, wo sie ist, und sie hat *Caucasians* geantwortet. Aber das steht auf keiner Karte.«

»Das kann nicht sein.«

Brendan sah Maura an, betrachtete ihre ernste Miene und fragte sich, wann sie sich das letzte Mal angelächelt hatten. Sie waren jetzt seit mehr als zwei Wochen in Frankreich. Er erinnerte sich an den Abend im Hotel in der Bretagne, wo sie zumindest für eine Weile glücklich gewesen waren, dann zuckte er mit den Schultern. »Ich kann sie noch mal fragen. Aber sie schrieb, sie würde nach Süden fahren und in Caucasians bleiben. Vielleicht ist das ein Gebirge. Die Caucasians?«

Maura zog die Augenbrauen hoch. »Und der Panda?«

»Sollte morgen Nachmittag abholbereit sein. Gegen zwei.«

»Was machen wir zwei denn dann heute Abend, Brendan?«

Erwartungsvoll blickte sie ihn an, und er dachte kurz nach. »Ich kenne ein hübsches kleines Café, wo es wirklich gutes Essen gibt.«

Es war später Nachmittag, das Fenster war weit geöffnet, und die Sonne schien ins Zimmer: ein dunkelgelber warmer Streifen. Staubpartikel tanzten in der Luft, schwebten fröhlich durcheinander. Maura schritt durch den Lichtkegel zum Schrank, den Rücken Brendan zugewandt. »Alles klar. Wenn wir ausgehen, ziehe ich lieber etwas Schickes an.«

Sie schien ihn gar nicht wahrzunehmen, als sie anfing, Kleidungsstücke aus dem Schrank zu holen. Unentschlossen verzog sie das Gesicht und legte die Sachen wieder zurück.

»Ich hoffe, wir müssen nicht so weit laufen. Diese ländlichen Straßen setzen meinen Füßen ordentlich zu.«

Still beobachtete er, wie sie sich aus Jeans und T-Shirt pellte. Kurz blickte Maura ihn an, dann drehte sie ihm den Rücken zu. Sie zog ein hübsches, smaragdgrünes Kleid über den Kopf, streifte es über die Hüften. Ihm fiel auf, dass sie sich hastig anzog und sich bemühte, dabei mit einem Arm ihren nackten Körper zu bedecken.

Er wandte sich ab und betrachtete seine Fingernägel. Dann schaute er noch einmal zu ihr und versuchte, nicht zu starren. Nachdem Maura den Stoff des Kleides glatt gestrichen hatte, musterte sie sich im Spiegel. Sie kämmte ihr Haar, beugte sich vor, um Lippenstift aufzutragen, und ihre Blicke trafen sich. Als sie ihn jetzt anlächelte, sah Brendan das süße, quirlige Mädchen wieder vor sich, das er vor Jahren kennengelernt hatte. Er ging zu ihr hinüber, stellte sich hinter sie und legte ihr eine Hand auf die Schulter. Im Spiegel sah er, wie ihr Blick zu ihm wanderte, und sie streckte einen Arm nach hinten, griff seine Hand und legte sie um ihre Taille. Brendan betrachtete sein Spiegelbild: ein unglücklicher Mann, dessen Wangen schlaff herunterhingen und ihn wie einen traurigen Schweißhund aussehen ließen. Ein Gefühl von Sinnlosigkeit und Schuld überkam ihn. Sie beide sahen sich ihrem Spiegelbild gegenüber: ein hoffnungsvolles Paar, das einst glücklich gewesen war, das vielleicht wieder glücklich sein könnte. Aber er hatte keine Ahnung, wie sie das schaffen sollten.

Eine Weile später aßen sie schweigend. Die Frau in dem blauen Kleid war nicht da. Der Kellner war ein dunkler Typ mit dünnem Haar und düsterer Miene. Er trug eine dicke Brille. Sie bestellten das Rind und teilten sich eine Flasche Rotwein. Nach dem Essen schlug Brendan vor, am Fluss spazieren zu gehen. Maura fragte ihn im Scherz, ob er sie reinwerfen würde, und er antwortete nicht darauf. Sie liefen bis zu der Brücke, wo er den Vater mit seinen Kindern Fußball hatte spielen sehen. Brendan lehnte sich gegen die Steinmauer. Maura blieb ebenfalls stehen, beide starrten auf den Fluss unter ihnen. Die Luft war kühl und Maura zitterte. Sie hatte eine Gänsehaut und drückte sich den dünnen Stoff eng an den Körper. Ohne nachzudenken, zog Brendan seine Jacke aus und legte sie ihr über die Schultern. Sie blickte weiter nach unten auf das Wasser. Er nahm Mauras Hand, umschloss die schlaffen Finger und drehte sich in Richtung der Straße, die nach Angers führte. Er musste Evie noch einmal anschreiben, um herauszufinden, wo genau sie sich aufhielt.

Eine Reihe Radfahrer in bunten Trikots und Hosen fuhr an ihnen vorbei, und sofort träumte Brendan von einer Radreise. Für seine Muskelspannung würde so etwas Wunder bewirken, und er sah sich vor seinem inneren Auge schon mit braun gebrannten Beinen in Lycra-Shorts, die Radtaschen schwer beladen mit einem Zelt und der Campingausrüstung. Die Wiesen wären voller Wildblumen, überall würde es nach Heckenkirschen duften, Bienensummen wäre zu hören, und vor ihm läge eine breite Straße, gesäumt von Feldern voller Sonnenblumen, deren gelbe Köpfe in den Himmel ragten. Er stellte sich vor, wie er mit einer Frau zusammen Rad fuhr, sie trat kräftig in die Pedale, um ihn einzuholen, fuhr direkt neben ihm, trug einen Helm und lächelte ihn an. Der lange Pferdeschwanz flatterte in der Sommerbrise. Es war Penny Wray. Abrupt riss Brendan sich von dem Tagtraum los und konzentrierte sich wieder auf Maura. Er ließ ihre Hand los. »Wollen wir uns hier kurz hinsetzen, ans Flussufer? Das Gras müsste trocken sein. Wir könnten uns den Sonnenuntergang ansehen.«

»Findest du nicht, dass es etwas spät ist für romantische Gesten, Brendan?«

»Ich dachte nur, es wäre nett, wenn wir …«

»Nett? Nichts hier ist nett.« Ihre Augen waren feucht. »Wir haben gerade ein tolles Gericht gegessen, und du bringst währenddessen kaum ein Wort hervor. Ich dachte, wenn wir Zeit zusammen verbringen, werden wir wieder glücklich miteinander.« Tränen stiegen ihr in die Augen. »Aber das klappt nicht. Stimmt's?«

»Ich gebe mein Bestes.«

»Aber du sagst mir nicht, was das Problem ist.«

»Ich weiß einfach nicht mehr, wie ich mich fühle.« Sie schwiegen, dann flüsterte er. »Wie fühlst du dich, Maura?«

Sie schüttelte den Kopf. »Manchmal habe ich Angst, dich zu verlieren. Manchmal will ich einfach nur weinen. Es fühlt sich an, als wäre all unsere Liebe verronnen und als würden wir wie Roboter zusammenleben. Ich empfinde noch etwas für dich, Brendan. Aber ich weiß zurzeit nicht mehr, wer du bist oder was du willst. Irgendetwas wirst du wollen, aber vielleicht bin das nicht ich. Deshalb bin ich wütend, und dann weiß ich auch nicht mehr, was ich will. Zwischen uns stimmt gerade etwas nicht, oder was meinst du?«

Brendan zuckte die Achseln. »Was sollen wir tun?«

Sie schien in sich zusammenzusinken. Kurz dachte er daran, ihr den Arm um die Schultern zu legen, aber irgendwie waren seine Gliedmaßen ganz starr. Die Stille hing schwer in der Luft, sie war wie eine dicke Steinmauer zwischen ihnen. Allmählich begann sie aber zu bröckeln. Einige Minuten verstrichen.

»Maura«, setzte Brendan an. Als er ihr tränenüberströmtes Gesicht sah, vergaß er, was er sagen wollte.

»Liebst du mich noch?«

»Ja«, antwortete er und wollte noch etwas hinzufügen, aber er brachte kein weiteres Wort hervor. Sie sah weg, und ihre Schultern bebten. Brendan legte ihr eine Hand auf den Arm, und er wusste, dass dies aus purem Mitleid geschah. Er wartete darauf, dass andere, tiefere Gefühle folgten: Liebe, Zuneigung, eine Art familiäre Sorge – Gefühle, die vielleicht noch da waren und die sie beide früher zusammengehalten hatten. Doch Brendan spürte nur den kühlen Wind, der durch sein Hemd blies.

Seufzend stand sie auf, wischte sich die Tränen von den Wangen und zog seine Jacke dicht an sich. Ihr Gesicht verzog sich, als sie ein Schluchzen unterdrückte. Sie hob das Kinn, aber ihre traurige Miene zeugte eindeutig von Bedauern. »Ich gehe zurück zur Pension. Ich werde wohl früh schlafen gehen, Brendan. Wir beide müssen nachdenken.«

»Ich bleibe noch ein wenig hier.«

»Gute Idee.« Maura wandte sich zum Gehen. »Ich denke, wir beide wissen, dass es gerade nicht gut läuft. Wir müssen entscheiden, ob diese Ehe uns noch etwas bedeutet. Oder eben nicht.«

Er biss sich auf die Lippe.

Einen Augenblick lang wartete sie noch darauf, dass er etwas erwiderte. Als er aber schwieg, flüsterte sie: »Ich sehe dich dann also in der Pension?«

Er nickte nur. Wieder zögerte sie, dann beugte sie sich vor, berührte mit den Lippen ganz leicht seine Wange. Er fröstelte.

Ihr Blick verharrte noch kurz auf seinem Gesicht, sie war gedankenversunken. »Du bedeutest mir sehr viel, Brendan. Ich weiß, ich zeige das nicht genug, aber du bedeutest mir wirklich viel. Mehr, als du denkst.«

In ihrem engen Kleid und seiner Jacke lief sie auf den blöden Absatzschuhen davon, und er sah ihr traurig hinterher. In der Ferne wurde sie immer kleiner, wirkte zerbrechlicher. Kurz dachte er darüber nach, ihr nachzulaufen, sie in den Arm zu nehmen und ihr zu sagen, dass er versuchen würde, sie glücklich zu machen, dass er sich noch mehr anstrengen würde. Stattdessen zog er die Knie an den Oberkörper und lehnte sich nach vorn. Er musste tief schluchzen, und dann ließ er einfach alles heraus und weinte wie ein kleines Kind.

Die Sonne war schon fast verschwunden; am Horizont sah er nur noch rote Spuren, ansonsten war der Himmel dunkelblau bis violett gefärbt und von orangefarbenen Streifen durchzogen. Brendans Hände wurden allmählich taub. In der

Ferne schlugen die Glocken eines Kirchturms. Er erinnerte sich an seine Kindheit, daran, Angst davor gehabt zu haben, nach Hause zu gehen, als er ein Fenster kaputt gemacht hatte. In einem seiner seltenen pubertären Anfälle hatte er eine Tür mit voller Wucht zugeworfen, sodass die Glasscheibe herausgefallen war. Evie hatte die Scherben aufgefegt und ihm erklärt, dass es in seiner Verantwortung lag, die Sache mit Jim zu klären, sobald dieser nach Hause käme. Sie sagte: »Dein Vater wird toben.« Brendan lief weg. Er nahm den Fußball mit in den Park, blieb dort und grübelte, bis die Kälte schlimmer wurde, als jede Abreibung von seinem Vater hätte sein können. Schließlich schlenderte er zurück nach Hause, und Jim regelte die Angelegenheit gutmütig und vernünftig. Gemeinsam setzten sie eine neue Scheibe ein, und Jim zeigte seinem Sohn, wie man die Dichtung im Rahmen glatt streicht.

Brendan hatte eine gute Kindheit erlebt. Seine Eltern liebten und förderten ihn immer. Jim hatte jede Woche bei Brendans Fußballspielen zugeschaut, und Evie hatte lächelnd applaudiert, als er den Poesie-Preis der Schule gewonnen hatte. Beide waren froh, als er Sportlehrer wurde, und machten ihm ein beachtliches Hochzeitsgeschenk: Geld als Anzahlung für das Haus. Sie waren pragmatische Eltern gewesen, aber Brendan brauchte jetzt etwas mehr Sensibilität. Er wünschte, er könnte Evie anrufen und ihr von Maura erzählen, aber es fühlte sich seltsam an, sie um Hilfe zu bitten. Er beneidete seine Mutter um ihre lockere, lustige Art; er und sein Vater waren eher ruhig, während sie jederzeit für ein Lied, einen Tanz oder einen Witz zu haben war. Sein Vater und er hatten ihr gern zugehört, wenn sie drauflosquasselte, und sie voller Liebe und Bewunderung angeschaut.

Brendan und sein Vater waren aus demselben Holz geschnitzt: Worte dachten sie eher, als dass sie sie aussprachen. Und jetzt war sein Vater tot, seine Mutter weit weg, und seine Ehe zerfiel wahrscheinlich zu Staub. Er hatte niemanden, mit dem er reden konnte.

Seufzend zog er das Handy hervor und rief Evies Nummer auf. Er könnte ihr schreiben und sie fragen, wo sie steckte. Oder sie anrufen, aber sie würde sofort hören, dass etwas mit ihm nicht stimmte. Er fuhr sich durchs Haar. Was war denn Liebe? Leidenschaft oder einfach nur Romantik, oder nur eine Gewohnheit, um nicht einsam zu sein? Er würde zurück in die Pension gehen, sich neben die schlafende Maura legen, und morgen wäre alles geklärt: der Panda, Evie, ihre Ehe. Brendan stand auf, steckte die Hände in die Hosentaschen und ging zurück in den Ort.

Am nächsten Morgen wachte er entspannt in dem warmen, weichen Bett auf, doch auf einmal erinnerte er sich an die Sorgen vom vergangenen Abend. Der Platz neben ihm war jetzt leer.

Als er nach unten ging, saß Maura bereits an dem Holztisch, aß Croissants und trank Kaffee. Das Haar hatte sie sich mit einer Spange hochgesteckt, sie trug ein helles, gelbes Oberteil und rote Ohrringe. Ihr Gesicht schimmerte leicht rötlich, aber es hatte eine gesunde Farbe.

Während sie ihn anlächelte, registrierte er, dass sie rosa Lipgloss trug. »Ich habe dich nicht geweckt. Du hast so tief geschlafen.«

Er nahm Platz und verschränkte die Finger, während sie ihm Kaffee aus einer Blechkanne einschenkte und dazu ein *pain au chocolat* reichte. Dann rührte sie seinen Kaffee um. »Ich habe beschlossen, dass wir einen Plan für heute brauchen. Wann holen wir den Wagen ab?«

Er räusperte sich. »Um zwei.«

»Okay. Wir packen, dann besorge ich uns ein bisschen Proviant für die Reise und ein kleines Dankeschön für Clémence. Anschließend können wir noch einmal in dem netten, kleinen Café zu Mittag essen und uns um halb zwei auf den Weg machen.«

»Was soll ich machen?« Brendan ärgerte sich über sich selbst, weil er sie alle Entscheidungen treffen ließ. Das müsste sich ändern, wenn er allein durchs Leben gehen würde.

»Such eine Karte und plane unsere Route«, erwiderte sie. »Bloß Richtung Süden zu fahren reicht nicht – wer weiß, wo die Caucasians sind. Rede mit deiner Mutter, und frag sie einfach direkt, wo sie ist.«

»Okay.« Er schob den Teller und das Brot von sich. »Mir ist nicht nach Essen.«

Maura wirkte überrascht. Sie griff über den Tisch hinweg und streichelte seine Hand. »Wir haben einen langen Tag vor uns. Du solltest etwas frühstücken, wenn wir durch halb Frankreich fahren wollen.«

Brendan stand auf. »Ich bin kein Kind«, sagte er und ging zur Treppe, wobei er sehr wohl gesehen hatte, wie verletzt Maura war.

Kaum im Schlafzimmer, fasste er klare Gedanken. Er würde seine Mutter anrufen, herausfinden, wo sie steckte, und ein Treffen für den nächsten Tag vereinbaren. Er nahm sein Handy und rief sie an. Es klingelte eine Weile, dann hörte er ihre Stimme und spürte, wie sich ihm die Kehle zusammenschnürte.

»Mom, hier ist …«

»Brendan. Ach, wie schön, dich zu hören. Wie geht es dir? Mir geht es prächtig.«

»Das ist schön. Wo …?«

»Ich habe ein kleines Wohnmobil, aber gerade bin ich in einer niedlichen, kleinen Stadt, in einer irischen Bar. Ach, es ist hier in Frankreich so schön, die Leute sind so freundlich.«

Brendan witterte seine Chance. »Eine irische Bar? Das klingt toll, Mom. Wo denn?«

»Zwischen zwei Städten, Saint-Girons und Foix.« Sie sprach den zweiten Namen *Foykse* aus, und Brendan griff nach einem Stift, um die Namen aufzuschreiben. »Dir würde es hier gefallen. Und der Markt erst, der ist herrlich, Brendan, das Essen ist so köstlich. Und weißt du was? Hier gibt es sogar kostenlose Weinproben und …«

»Klingt super.«

»O ja, das ist es. Ich schicke dir morgen oder übermorgen eine Karte. Vielleicht schaffe ich es auch, ein Foto mit meinem Smartphone zu machen und es dir zu schicken.«

»Das wäre schön.«

»Brendan, ich muss los. Paulette macht Frühstück, und ich zeige ihr, wie man irisches Kartoffelbrot macht, also muss ich Schluss machen. Läuft bei dir alles gut?«

Brendan zögerte. Kurz dachte er daran, ihr zu sagen, wo er war. Er hatte eigentlich vorgehabt, sie am nächsten Tag zu treffen. Er dachte an Maura, die unten saß, an ihr fröhliches Gesicht und das rosa Lächeln und an seine Mutter, der es so wunderbar ging in ihrem Urlaub, dass sie seine Hilfe überhaupt nicht brauchte. Seine Entschiedenheit schmolz dahin, und er zuckte die Achseln. Er würde ihr beim nächsten Gespräch die Wahrheit sagen und dann ein Treffen vorschlagen. Sie hatten noch viel Zeit. Vielleicht würde er auch erst versuchen, seine Beziehung zu Maura zu retten. Dann wäre alles beim Alten, wenn er sich bei seiner Mutter meldete. Bei dem Gedanken daran lächelte er. »Alles gut, Mom. Genieß du mal deinen Urlaub.«

»Oh, das werde ich, Brendan. Mir geht es wirklich prima. Pass auf dich auf.«

»Tschüs, Mom.«

»Und liebe Grüße an Maura.«

»Richte ich aus. Alles Liebe …«

Sie hatte schon aufgelegt, und Brendan fühlte sich ganz schlecht, weil er gelogen und einen Rückzieher gemacht hatte. Er setzte sich aufs Bett und legte den Kopf in die Hände. Er wusste nicht, was er wegen Maura tun sollte. Hatten sie überhaupt noch eine gemeinsame Zukunft? Oder hatten sie sich schon zu weit auseinandergelebt? Er wusste nicht, was er wegen seiner Mutter unternehmen sollte, die so unbeschwert und ihm fremd klang. Er traute sich nicht, ihr zu sagen, dass er sie nach Hause holen wollte.

Brendan sah sich im Raum um, kratzte sich am Kopf und kam sich wie ein Idiot vor. Er beschloss, dass es an der Zeit war, aktiv zu werden. Also stand er auf, atmete tief ein und nahm den Zettel in die Hand. Er las die zwei Städtenamen und öffnete die Karte. Mit dem Stift in der Hand und zusammengepressten Lippen zog er hoch konzentriert eine Linie von Angers nach Foix.

26. KAPITEL

Evie steckte das Telefon in die Tasche und lächelte. »Das war mein Sohn Brendan. Er ist Sportlehrer, weißt du?« Ihre Hände sanken zurück in den Teig, wobei Mehlwolken in die Luft stiegen, als sie ihn hochnahm, das Kartoffelbrot formte und in die Pfanne gab.

Paulette schaute sie aus braunen, runden Augen freundlich an, während sie das Kinn aufstützte. »Ray meinte, du bist ganz allein in dem Wohnmobil hergefahren?«

Evie nickte, ihre Hände waren voller Mehl. Die Pfanne zischte.

Paulette richtete sich auf, schüttelte ihre dunklen Locken, band sie zusammen und deckte den Tisch, während Alice und Sophie mit den Gabeln in der Luft vor leeren Tellern saßen und auf ein echtes irisches Frühstück warteten. »Ich finde es sehr mutig, Evie, dass du so eine Reise allein machst.«

Evie betrachtete die schmale Frau in dem Baumwollkleid, ihre nackten Füße und das Haar, das sie mit einem blauen Band zusammengebunden hatte. »Manchmal muss man sich einfach aufmachen und etwas unternehmen, Paulette.«

Paulette verdrehte die Augen. »Das ist schwierig für mich. Die Mädchen sind noch klein. Fünf und sieben. Vielleicht später, wenn sie älter sind, dann mache ich auch etwas Mutiges, nur für mich.«

Als die kleinen Kartoffelfladen zischten, wendete Evie sie. Kurz darauf stapelte sie sie auf Teller und gab noch mehr Kartoffelmasse in die Pfanne. »Wenn du Kinder hast, widmest du ihnen all deine Zeit. Dein ganzes Leben, deine Liebe, deine Energie. Aber sie wachsen und finden ihren eigenen Weg. Jetzt habe ich Zeit für mich, und diese Zeit will ich nicht länger vergeuden.«

Paulette reichte ihren Kindern die dampfenden Teller, und die Augen der Mädchen wurden ganz groß.

»Die schmecken gut mit Butter. *Beurre*«, erklärte Evie, woraufhin die Kindern nickten und mit ihren Messern in die goldene Butter stachen. Bald schon glänzten ihre Gesichter von dem Fett.

Paulette band ihnen die Haare zurück und summte zufrieden vor sich hin. »Wie war das so, in einem Altersheim zu leben?«

Evie gab mehr Fladen auf einen Teller. »Um ehrlich zu sein, das Altersheim hat mir mein Leben ausgesaugt, Paulette. Ich wurde alt. Hier bin ich einfach nur ein Mensch, ohne Alter. Das Alter ist nur eine Zahl. Wir müssen leben, Abenteuer erleben, wenn wir die Menschen sein wollen, die wir sind. Ergibt das Sinn?«

Paulette presste die Lippen aufeinander und hielt ein Kartoffelbrot zwischen zwei Fingern. Dann knabberte sie nachdenklich an der einen Seite. »Ich bin vierunddreißig. Für mich gibt es noch viel zu tun im Leben. Aber im Moment bin ich einfach nur Mama oder Rays Frau oder die Kellnerin. Manchmal bin ich auch die Köchin. Aber ich will noch viel mehr sein als das.«

Nachdem sie sich an den Tisch gesetzt hatte, nahm Evie sich Butter. »Was willst du denn mit deiner Zukunft noch anfangen, für dich selbst, meine ich?«

Die junge Frau zuckte die Achseln. »Ich weiß es nicht. Eine gute Ehefrau sein. Eine gute Mutter. Das ist doch genug, oder nicht?«

»Für eine Weile.« Evie kaute nachdenklich. »Ja, all das ist wunderbar, und es ist auch wichtig, das gut zu machen. Aber was würdest du sonst noch gern tun, Paulette? Später, nur für dich?«

Paulette öffnete ihren Zopf, schüttelte die Locken und band sie dann wieder zusammen. »Keine Ahnung. Ich habe keine besonderen Begabungen. Vielleicht könnte ich wie du sein, Evie. Stark, unabhängig und mutig.«

Evie lachte. »Du wärst überrascht, welche Begabungen du hast, Paulette. Manchmal warten sie nur darauf, sich zu zeigen, sobald man bereit dafür ist. Jetzt konzentrierst du dich vielleicht einfach auf die Kinder, danach hast du noch so viel Zeit. Aber ich könnte dir in der Zwischenzeit ein gutes Buch leihen, etwas, das dich zum Nachdenken anregt. Hast du Simone de Beauvoir gelesen?«

Kurze Zeit später, als die Kinder sich die Butter vom Mund wischten, erklärte Paulette, dass am Abend in der Bar eine Feier stattfinden würde, da Ray Geburtstag hatte. Sie fragte Evie, ob sie ihr helfen und ein paar Ideen für irische Speisen beisteuern würde. Eigentlich hatte Evie geplant, zu Benjis Gratis-Weinprobe zu gehen, doch das würde auch bis zum nächsten Tag warten können, wenn sie die Gelegenheit bekam, Hefebrot und Dubliner Coddle zuzubereiten, außerdem Colcannon, Eintopf und Teigtaschen, Würstchen und als Nachtisch Karamell-Reispudding. Sie schrieb eine auf Liste, was sie alles einkaufen mussten: Käse, Sahne, frisches Obst und Gemüse.

Evie freute sich, Essen für ihre neuen Freunde kochen zu dürfen; Billy the Banjo würde in der Bar Livemusik spielen, sie würde neue Leute kennenlernen. Paulette stellte vor der Bar ein Schild auf Englisch und Französisch auf, das die Geburtstagsparty ankündigte; dann erneuerte sie ihren Haarzopf und band den Mädchen kleine Schürzen um, damit sie alle bei den Vorbereitungen für das Festmahl helfen konnten. Alice und Sophie standen auf Stühlen und tauchten ihre kleinen Finger in das Mehl, während Evie ihnen erklärte, wie man Hefebrot backt. Paulette redete Französisch mit ihren Kindern, kicherte dabei oder sprach hier und da eine Warnung aus und plauderte auf Englisch mit Evie, bat sie um Hilfe oder Rat. Evie wusch sich die Hände und stellte die Zutaten bereit. Bis zum Abend gab es einiges zu tun.

Auf den Tischen des Irish Pub standen kleine Kerzen in Marmeladengläsern, auf der anderen Seite des Raumes, gegenüber der Theke, wurde eine Bühne errichtet. Tische wurden zusammengeschoben, um das Buffet aufzubauen, die Gäste konnten sich einfach bedienen. Paulettes Augen strahlten voller Freude, als sie erklärte, dass die Getränkeeinnahmen die Ausgaben für das Essen locker decken würden. Evie und die Kinder halfen beim Herrichten des Lokals, während das Essen im Ofen schmorte. Ray war tagsüber unterwegs, Golf spielen mit Freunden, und obwohl er wusste, dass sie eine Party vorbereiteten, durfte er erst abends die Bar betreten. Paulette hatte Plakate vorbereitet, auf denen *Alles Gute zum 40. Geburtstag, Ray!* stand. Unter der Aufschrift sah man einen comicartig gezeichneten, breit grinsenden Ray in Golfkleidung – Sophie und Alice malten die Poster nun schweigend mit bunten Farben aus. Bei der Theke hängten sie verschiedenen Fotos auf: Ray als Teenager, schlaksig in engen Jeans, mit herunterhängendem Haar, Bilder von Paulettes und Rays Hochzeit sowie neuere von ihm hinter der Theke, wie er Bier zapfte und in die Kamera lächelte.

Aus der Küche duftete es herrlich: erst nach heißem, fettigem Grillfleisch, dann nach gebratenem und gedünstetem Gemüse, nach Hefebrot, das aufging, und nach herrlich süßem, karamellisiertem Zucker. Billy traf ein, sein Banjo und seine Frau Marion im Schlepptau. Er war Ire aus Waterford und lebte seit fast fünfundzwanzig Jahren in der Nähe von Foix, inzwischen war er über sechzig. Marion sprach zwar nur wenig Englisch, aber sie umarmte Evie, Paulette und die Kinder und krempelte sofort die Ärmel hoch, um beim Heraustragen des Essens zu helfen, während Billy sich ein Pint Guinness genehmigte.

Evie rümpfte die Nase und wandte sich zu Paulette. »Simone de Beauvoir wäre jetzt nicht gerade begeistert. Wir bereiten das Essen vor, und die Männer sitzen faul rum und trinken.«

Paulette nickte und lächelte freundlich, aber Evie war sich fast sicher, dass sie keine Ahnung von Simone de Beauvoir und ihren Ansichten zu Frauenfeindlichkeit hatte – dabei war Paulette doch Französin. Evie beschloss, ihr unbedingt das Buch zu leihen.

Sie dachte an ihr Leben in Dublin, mit Brendan und Jim, dann an Sheldon Lodge und beschloss, noch viel zu lernen und über so vieles nachzudenken, etwa über die – wie hieß es doch gleich – Schwesternschaft? Frauen kommen zusammen, kochen manchmal, aber meistens reden sie miteinander, unterstützen sich gegenseitig, teilen ihre Ideen. Vielleicht passierte das hier gerade. Echte Freundinnen hatte Evie nie gehabt. Sie und Jim waren zwar mit anderen Paaren ausgegangen, aber sie hatten nie tiefgründige Gespräche geführt, sondern nur gemeinsam getrunken, geplaudert und gelacht. Und Maura kam für Evie nicht als Freundin infrage. Evie verzog das Gesicht. Maura kam für sie im Grunde nicht einmal als Schwiegertochter infrage. Anfangs hatte sie sich quirlig und lebhaft gezeigt, aber Evie hatte sofort erkannt, dass es ihr nur darum ging, Brendan an sich zu fesseln. Traurig hatte Evie mit angesehen, wie ihr herzensguter Sohn Maura mit großer Aufmerksamkeit und Hilfsbereitschaft bedacht hatte. Wenn Maura kicherte und schmollte, war Brendan sofort mit einem lieben Wort zur Stelle. Stets hielt er ihr seinen Mantel hin, damit sie es warm und trocken hatte. Hätten sie Kinder, dann hätten sie vielleicht etwas Gemeinsames. Aber Maura ist nur daran interessiert, Brendan unter ihrer Fuchtel zu haben, dachte Evie und presste die Lippen aufeinander. Sie lächelte. Brendan war wie Jim – gutmütig, unentschlossen und freundlich. Aber er war auch ihr Sohn und hatte ihre Sturheit geerbt. Das Blatt würde sich noch wenden. Das hatte sie bei ihrem letzten Besuch in Sheldon Lodge gespürt. Er war stärker, als er dachte. Dessen war sich Evie sicher.

Sie blickte zur Bar. Die Gäste kamen in Grüppchen zur

Feier. Billy the Banjo war schon beim zweiten Glas und aß Grieben dazu. Evie verschwand kurz aus dem Pub und ging auf den Hinterhof, um Caroline anzurufen, die freundliche Engländerin, bei der sie auf dem Markt Eingemachtes gekauft hatte, und sie zu fragen, ob sie und ihr Partner nicht Lust auf eine typisch irische Feier hätten. Caroline war sofort hellauf begeistert. Sie und Nige würden gern kommen. Sie betonte, wie freundlich es doch von Evie war, an sie zu denken.

Als Evie sich kurz an die Wand lehnte, dachte sie wieder an ihr Leben in Sheldon Lodge. Eingesperrt, öde und trist – diese Worte fielen ihr ein, wenn sie sich an die Yogastunde mit den alten Tanten und die schlecht gelaunte Mrs. Lofthouse und Barry, den Koch, und den freundlichen Ukrainer Alex erinnerte. Doch hier war sie nun, in Frankreich, und plante eine Geburtstagsfeier, zu der sie sogar Freunde einlud. Das war ihr Leben.

Laute Stimmen rissen sie aus den Gedanken – Paulette und die Kinder zerrten Ray die Treppen hoch, damit er sich duschte und umzog, ohne vorher mitzubekommen, was im Pub alles vor sich ging. Ray tat so, als würde er sich weigern, und die Kinder lachten laut, als Paulette ihn hinaufschickte und auf Französisch ermahnte, wovon Evie kein einziges Wort verstand.

Das Lächeln, das Rays Gesicht erhellte, als er schließlich das Pub betrat, hielt den ganzen Abend an. Als er seinen Platz hinter den Zapfhähnen einnahm, stimmten alle *Happy Birthday* an und klatschten, begleitet von Billy. Ray strahlte, als er die ersten Biere zapfte. Er bedankte sich und freute sich sichtlich über das köstlich duftende Essen. Billy the Banjo trat auf die Bühne, stimmte *The Irish Rover* an, und Ray lächelte immer noch, als Paulette um halb neun in einem Cocktailkleid zu ihm hinter die Theke trat, nachdem sie die Kinder zu Bett gebracht hatte, und ihm einen dicken Kuss gab.

Caroline erschien in einem langen geblümten Kleid, in Begleitung von Nige, der kurze graue Haare hatte und eine runde Brille trug. Sie und Evie sprachen über Simone de Beauvoir, während Nige in fließendem Französisch mit einem Mann plauderte, der eine Kappe trug. Er lebte anscheinend in der Nähe des Paares und brachte zweimal im Jahr Kaminholz. Evie erkannte außerdem die beiden kleinen Männer unter den Gästen, mit denen sie an ihrem ersten Abend gemeinsam getrunken hatte. Einer von ihnen hieß Maurice. Er erinnerte sich an Evie und begrüßte sie erfreut winkend. Den großen, übel gelaunten Mann mit dem kleinen Pferdeschwanz sah sie nicht, und sie war froh, dass er nicht hier war und in irgendeiner Ecke mit düsterem Blick vor sich hin brütete.

Das Essen kam unglaublich gut an, und Evie genoss die Aufmerksamkeit, die ihr zuteilwurde. Sie trank zwei Gläser Rotwein und unterhielt sich mit Leuten, die sie nicht kannte. Eine Frau fragte sie nach ihrem Rezept für den irischen Eintopf, und stolz versprach Evie, es mit Paulettes Hilfe auf Französisch aufzuschreiben. Nachdem Caroline zwei Portionen Reispudding gegessen hatte, lobte sie ihn als den besten, den sie je zu sich genommen habe. An der Bar war eine Menge los. Paulette hatte recht: Die Leute kamen zuhauf, standen in großen Gruppen beisammen, prosteten einander zu und stellten ihre Gläser zum Nachfüllen auf die Theke, sodass Paulette und Ray ohne Unterlass hin und her eilten, Flaschen holten, Gläser füllten und abkassierten.

Nige reichte Caroline und Evie je ein neues Glas Wein, auch wenn keine der beiden es bestellt hatte. Er aß Colcannon und Brot und nippte an seinem Orangensaft. Billy the Banjo spielte *Whisky in the Jar*, und da fiel Evie etwas ein.

»Caroline, glaubst du, dass du und Nige irgendwann wieder zurück nach England geht?«

Caroline schüttelte ihr kastanienbraunes Haar und antwortete entschlossen: »Bestimmt nicht.« Sie erklärte, dass sie nun seit über zwanzig Jahren in dem umgebauten Gästehaus lebten, keine Kinder oder sonstige Verpflichtungen hatten, also keinen Grund sahen, warum sie nach England zurückgehen sollten.

»Aber was ist mit den Menschen dort? Vermisst ihr eure Freunde und eure Familien nicht?«

Caroline lachte. »Hier haben wir alles, was wir brauchen. Ich würde wirklich nie zurückgehen, Evie. Wir waren einmal für ein paar Wochen in England, als Niges Mutter krank geworden ist. Wir sind bis zur Beerdigung geblieben, aber jetzt fahren wir nicht mehr so oft hin. Mein Bruder lebt in Südafrika, Niges Schwester kommt Weihnachten mit ihren drei Kindern und den Hunden her, aber all unsere Freunde sind hier. Und wir finden immer wieder neue Freunde.« Sie fasste Evies Arm und umarmte sie. »Warum hast du gefragt?«

»Ich weiß nicht recht. Ich habe mich nur gefragt, wie es wohl ist, hier längere Zeit zu bleiben. Mit gefällt es hier im Urlaub so gut, aber ich weiß nicht, wie lange ich bleiben werde. Ich habe ein Wohnmobil, kann also hinfahren, wohin ich will.«

»Du reist allein? In einem Wohnmobil?«

»Jetzt fang du nicht auch noch an.« Evie lachte laut. »Ich habe mich schon mit einer Ärztin im Krankenhaus angelegt. Sie meinte, ich wäre zu alt, um allein zu reisen …«

»Ich finde dich einfach wundervoll!«, unterbrach Caroline sie.

Evie hatte sich selbst nie als Vorbild gesehen. Auf einmal packte jemand sie am Arm, und jemand näherte sich ihr von hinten. Sie erkannte den strengen Atem und den Akzent. Es war Billy the Banjo.

»Evie, kennst du *Danny Boy*?«

Sie nickte. »Jeder kennt *Danny Boy*.«

Schon scheuchte er sie zur Bühne. »Sing mit mir ein Duett. *Danny Boy*.«

Evie trank einen Schluck Wein. »Ähm, aber ich kann nicht wirklich singen.«

Billy the Banjo deutete in den Raum. »Die sind eh alle hackedicht. Das merkt keiner.«

Und schon standen sie auf der Bühne, Billy schob das Mikrofon zu Evie hinüber. Dann wandte er sich mit warmer Stimme an die Gäste: *»Mesdames et Messieurs*, Ladies and Gentlemen. *Voici la chanteuse la plus célèbre d'Irlande, Evie, et la chanson la plus célèbre de mon pays. Danny Boy.«*

»Was hast du ihnen erzählt?«, flüsterte Evie.

»Ach, nur dass du zum ersten Mal auf der Bühne stehst und sie ordentlich applaudieren sollen.«

Auf jeden Fall jubelte die Menge, als Billy the Banjo die ersten Noten spielte. Evie trank noch einen Schluck, schloss die Augen und fing dann an zu singen. Sie und Billy meisterten die erste Strophe recht ordentlich, und Evie fand ihre Stimme bei der Zeile *But come ye back when summer's in the meadow*, und bei dem Finale *I'll simply sleep in peace until you come to me* stritten Billy und sie sich beinahe um das Mikro. Evies Stimme zitterte bei den hohen Tönen ein wenig, aber sie hatte Spaß. Die Menge jubelte und forderte eine Zugabe. Sie beschloss, eine Oktave tiefer zu singen, als Billy und sie noch einmal gemeinsam die letzte Strophe anstimmten. Evie öffnete die Augen und freute sich, als sie die lächelnden und klatschenden Gäste sah. Der Mann mit der Baskenmütze, Maurice, wischte sich Tränen aus den Augen, Caroline und Nige zeigten ihr die Siegerfaust. Evie schaute zu Ray, der ihr einen Handkuss zuwarf, und Paulette winkte.

Das Lied war fast zu Ende, Billy spielte noch ein paar improvisierte Noten auf den Saiten, und dann brach im O'Driscoll's schallender Applaus aus. Evie formte mit den Lippen gerade ein paar Dankesworte, als sie ihn erblickte. Er lehnte an der Bar, ein Glas in der Hand, und klatschte nicht. Der kleine Pferdeschwanz lugte unter der Schirmmütze hervor, seine Augen funkelten. Sie fühlte den Schalk in sich und warf ihm einen Handkuss zu. Er starrte sie einfach weiter an.

Evie schnappte sich das Mikro und schob ihren blonden Pony zur Seite. »Ich freue mich so sehr, dass ihr alle einen tollen Abend habt und gemeinsam mit uns Rays Geburtstag feiert.« Dann klimperte sie mit den Wimpern, schaute direkt zu dem grüblerischen Mann, bevor sie mit honigsüßer Stimme hinzufügte: »Außerdem möchte ich euch sagen, wie wunderbar es ist, in Frankreich auf so liebe, freundliche und offene Menschen zu treffen.« Der Applaus wurde noch lauter, und Evie machte einen Knicks.

Inzwischen fühlte sie sich in ihrem kleinen schwarzen Kleid wie Edith Piaf und wollte Billy the Banjo schon fragen, ob er *Je ne regrette rien* spielen konnte, als ihr einfiel, dass sie den Text gar nicht kannte. Sie lächelte dem Publikum herzlich zu. Da sie den Drang verspürte, etwas auf Französisch zu ihnen zu sagen, hob sie dankend die Hände und verbeugte sich. *»Merci.«* Sie überlegte kurz und fügte hinzu: *»Je t'aime.«*

Der Beifall brauste auf.

Sie zerbrach sich den Kopf, welche französischen Sätze sie noch kannte, entschied jedoch, dass *Voulez vous coucher avec moi ce soir* nicht gerade passend war. Wieder verbeugte sie sich, dann half Billy ihr von der Bühne und spielte ein neues Lied. Evie ging zu Caroline und Nige, die ihr Komplimente machten. Sie entschuldigte sich kurz, sagte, sie müsse zur Toilette, und ging zur Bar. Sie drückte sich an den Trinkenden vorbei, bis sie hinter dem übel gelaunten Griesgram stand, der an der Bar saß und ihr seinen breiten, nach vorn gebeugten Rücken zuwandte. Sie würde nicht zulassen, dass ein schlecht gelaunter Mann ihren Auftritt ignorierte. »Er will also nicht klatschen?«, murmelte sie mehr zu sich selbst. »Dem zeige ich's.«

Evie schlängelte sich zwischen ihm und einem Mann vorbei, der ein leeres Glas in Rays Richtung hielt, während Ray fleißig Bier zapfte. Dann rief sie: »Wie fandest du meine Nummer, Ray? Das war für dich, zum Geburtstag.«

Ray zwinkerte ihr zu. »Traumhaft, Evie, meine Liebe. Ganz großes Kino.«

Sie hörte, wie der große, mürrische Mann verächtlich schnaubte. Darauf hatte sie gewartet. Sie sah ihm direkt in die kastanienbraunen Augen. »Was ist eigentlich Ihr Problem?« Lächelnd schenkte sie ihm einen Augenaufschlag. »Haben Sie etwa ein Problem mit emanzipierten Frauen, die Spaß haben?«

Zuerst war der Mann etwas perplex, aber er fing sich schnell wieder. »Ich habe kein Problem, Madame. Aber Sie anscheinend. Sie singen wie ein Frosch.«

Ihr Herz pochte. Sie fing seinen Blick auf, düster und grüblerisch. Eigentlich war es sogar ein gequälter Blick, wie sie ihn sich bei Heathcliff vorstellte. Aber Evie wich ihm nicht aus. Soeben hatte er ihren Gesang beleidigt. »Und Sie sehen aus wie eine olle Kröte.« Sie machte sich so groß wie möglich, reichte ihm jedoch kaum bis zur Schulter. »Eine große, lächerliche, gemeine Kröte. Kein Wunder, dass Sie immer allein sind und keine Freunde haben. Sie sind einfach nur erbärmlich. Sie müssen mal klarkommen und aufhören, so ein jämmerliches Arschloch zu sein.«

Sie kniff die Augen zusammen und beobachtete, was er als Nächstes tun würde.

Er zuckte nur übertrieben mit den Schultern und gab sich zerknirscht. »Wer weiß? Vielleicht haben Sie recht.« Für einen kurzen Moment wirkte er traurig.

Evie verspürte den Drang, ihm eine tröstende Hand auf die Schulter zu legen. Während sie ihre Hand ansah, beschwor sie sich, sich ja nicht zu rühren. Sie hatte einfach schon wieder zu viel Wein getrunken. Das gehört in Frankreich wohl einfach dazu, dachte sie.

Als sich ihre Blicke erneut begegneten, konnte Evie einfach nicht wegschauen. Der große Mann atmete geräuschvoll aus, es war ein Seufzer wie ein Vulkan, dann sagte er zu ihr: »Aber der Song war grausam, da ging es nur um den Tod. Ich kann dieses morbide Gedenken an den Tod, wovon ihr Leute singt, nicht ausstehen. Und Sie, Madame, quaken auf jeden Fall wie ein Frosch.« Er trank noch einen Schluck.

Evie stemmte die Hände in die Hüften und starrte ihn an. »Und warum sind Sie so unverschämt? Meine Güte, ist Ihnen eine Laus über die Leber gelaufen, oder was?«

Er schüttelte den Kopf. Sie betrachtete seine breiten Schultern, die tief liegenden Augen und spürte, wie ihr das Herz bis zum Hals schlug. Früher war er sicher ein gut aussehender Mann gewesen, doch jetzt wirkte er traurig, mitgenommen, tiefe Falten umspielten seinen Mund. Wahrscheinlich rührten sie von seiner permanent schlechten Laune. Seine Stimme klang tief und kratzig, als er antwortete: »Ihr Engländer mit euren Redewendungen, Laus über die Leber gelaufen ... Ich schlage vor, Sie gehen dahin, wo Sie hergekommen sind, Madame, nehmen Ihre schrecklichen Lieder mit und lassen mich in Ruhe.«

»Ich bin keine Engländerin, sondern Irin.« Sie stöhnte und starrte ihn einige Augenblicke an, betrachtete dabei die ledrige Haut, das stahlgraue Haar, die abgewetzte Jacke und das Bob-Dylan-T-Shirt. »Ich würde Ihnen ja eine gute Nacht wünschen, aber ich denke nicht, dass Sie eine solche haben werden, so griesgrämig, wie Sie sind.« Mit diesen Worten wandte sie sich um und ging mit klopfendem Herzen und geballten Fäusten davon.

Zehn Minuten später unterhielt sie sich mit Caroline und Nige demonstrativ über *Danny Boy* und versuchte, Mister Griesgram aus ihren Gedanken zu verbannen. Nige hielt es für ein schottisches Lied. Fröhlich bot er jedem, der an ihm vorbeikam, Cashewnüsse aus einer Schüssel an.

»Warum muss immer alles schottisch sein?«, fragte Evie und erinnerte sich an das Paar von dem Nachtmarkt in Marmande. »Oder englisch?« Flüchtig sah sie hinüber zu Mister Griesgram, der immer noch an der Theke lehnte und ihr den Rücken zukehrte. Sie verfolgte das Spiel seiner Schultermuskeln, das die Lederjacke nicht verbergen konnte.

»Es kommen Dudelsäcke und Täler darin vor. Ist das nicht typisch schottisch?« Nige hatte drei Orangensäfte getrunken, wirkte jedoch ausgelassener als alle anderen und gestikulierte wild umher, wie um die Berge und Täler nachzuzeichnen.

Caroline legte ihm zärtlich eine Hand auf den Arm. »Das Lied wurde von einem englischen Juristen geschrieben und basiert auf einer Melodie, die Londonderry Air heißt.«

»Also ist es irisch«, mischte sich Evie ein.

Nige schaute Caroline mit großen Augen an. »Woher weißt du so etwas?«

»Pubquiz-Gewinnerin 1985.«

Sie lachten, und Nige erzählte ihnen von seinen Plänen für den Keller, in dem er Wein lagern wollte. Caroline meinte, sie könnten dort auch einen Fitnessraum oder eine Sauna einrichten, sogar einen Whirlpool. Sie lud Evie ein, in den nächsten Tagen zum Abendessen zu ihnen zu kommen. Evie sah zwischen sie hindurch und bemerkte, dass Mister Griesgram noch immer an der Theke stand. Sie hörte den beiden aufmerksam beim Diskutieren zu, hatte den Mund voller Nüsse und wollte das Abendessen mit Caroline und die kostenlose Weinprobe planen, die sie unbedingt noch machen wollte, als sie hörte, wie an der Theke Gläser zu Bruch gingen.

Sie schaute über die Schulter und sah, wie zwei Männer sich prügelten, die Fäuste erhoben, traten sie einander. Mit besorgter Miene führte Ray Paulette in den Raum hinter der Theke. Dann brüllte jemand laut, was eher wie ein Fluchen klang. Ein Mann griff nach einem zerschlagenen Glas und attackierte damit das Gesicht eines anderen. Bier spritzte durch die Luft, man hörte Schläge, und ein Holzstuhl ging zu Bruch, als jemand zu Boden stürzte und dabei einen alten Herrn traf. Wieder Geschrei und Fausthiebe. Ray versuchte, sich zwischen die Kampfhähne zu stellen, aber sie waren wie tollwütig – er konnte sie nicht auseinanderbringen. Die Leute traten zur Seite, als sich die beiden Männer im Kampf weiter zurückbewegten. Einer von ihnen schubste Evie nach vorn, Caroline fing sie rechtzeitig auf. Die Männer kämpften inzwischen auf dem Boden, sie knurrten wie geifernde Hunde. Sie rollten sich über den Boden, Fäuste tauchten aus dem Bündel aus und verschwanden wieder.

Schließlich endete der Kampf, es wurde still, als die beiden Männer einander nur noch anknurrten. Der hochgewachsene Griesgram hielt sie fest, einen in jeder Hand. Sie hingen fest, so wie Mäntel an Kleiderbügeln. Leise und langsam redete er mit ihnen. Dann ließ er sie vorsichtig runter, in sicherem Abstand voneinander. Einer der Männer hatte Blutflecken auf seinem Shirt, und Ray eilte mit einem Erste-Hilfe-Kasten zu ihm. Der Verletzte war noch immer wütend und schrie laut auf, als er die Hand vom Bauch nahm.

Der andere Mann blutete an der Stirn und drückte ein Taschentuch auf die Wunde. Ray und Paulette kümmerten sich um den anderen, der sich wieder den Bauch hielt und sich zusammenkrümmte. Neben ihm hockte eine Frau und drückte seine Hand. Ray scherzte, dass es nur eine kleine Fleischwunde sei, ein Pflaster wohl ausreiche und er am nächsten Morgen wieder ganz der Alte sei. Sein Kontrahent zog sich zurück.

Evie hielt nach dem mürrischen großen Mann Ausschau und entdeckte ihn an seinem alten Platz an der Bar. Er lehnte leicht nach vorn gebeugt, rang nach Luft und leerte sein Glas. Als er ihren Blick auffing, nickte er kurz und ging dann hinaus. Mit seinen breiten Schultern und der schwarzen Kappe glitt er rasch durch die Menge, bevor er ganz aus ihrem Sichtfeld verschwand. Evie sah ihn weggehen und fragte sich, was ihn so grantig hatte werden lassen. Ob er ein schwieriges Leben führte, ob eine nette Frau zu Hause auf ihn wartete, die ihn aufheitern könnte? Offensichtlich nicht. Dafür war er zu unglücklich. Wer würde schon mit so einem Mann zusammenleben wollen? Billy the Banjo stimmte seine Saiten und begann, *Dirty Old Town* zu singen.

»Worum ging es dabei?«, fragte sie Caroline.

»Das ging alles so schnell.«

Nige zuckte mit den Schultern. »Ohne eine gute Schlägerei ist eine Party keine Party.« Er leerte seinen Orangensaft in einem Zug. »Die sind morgen wieder beste Freunde.«

Es war beinahe Mitternacht. Evie ging zum Buffet, um sich ein Würstchen und etwas kalten Colcannon aufzufüllen. Die Reste des Dublin Coddle blubberten in einem Schongarer, auch davon nahm sie sich einen Löffel. Während sie aß, beobachtete sie, wie Ray Stühle verschob und Paulette Gläser spülte. Billy the Banjo packte zusammen und legte einen Arm um Marion, die ihn anhimmelte. Caroline und Nige halfen einander in die Mäntel, und der Mann mit den Blutflecken auf dem T-Shirt schien wieder fröhlich genug zu sein, um seinem vorigen Gegner, der jetzt ein Pflaster auf der Stirn trug, einen Arm auf die Schulter zu legen. Evie aß auf und betrachtete gähnend die Menschenpaare – es war ein langer Tag, und sie war bereit fürs Bett.

Sie wandte sich um und wollte nach oben auf ihr Zimmer gehen, doch dann hielt sie inne und erinnerte sich an das Gespräch mit dem mürrischen Mann. Er sprach gut Englisch, mit einem leichten amerikanischen Einschlag. Sie fragte sich, wo er gelebt hatte, dass er so fließend die Sprache beherrschte. Stirnrunzelnd erinnerte sie sich an Rays Worte. Er hatte so ehrfürchtig über den Mann gesprochen … Jean-Luc, so hieß er. Ihr fiel wieder ein, wie schnell und gekonnt er den Streit beendet hatte, er wurde von den Menschen respektiert.

Wieder dachte sie an die glimmenden Augen, die tiefe Stimme und daran, wie traurig er gewirkt hatte. Wie er an der Bar gelehnt hatte, die breiten Schultern hatten gewirkt, als würden sie die Last der ganzen Welt tragen. Er hatte ihren

Gesang kritisiert und noch mehr, sie auch beleidigt. Aber ich habe die Dinge gleich klargestellt, überlegte sie zufrieden. Mit diesem Gedanken stieg Evie die Treppe hinauf und dachte immer noch an den Griesgram, als sie in ihr Bett schlüpfte und die Augen schloss.

27. KAPITEL

Der Panda stand vollgetankt und mit neuem Kühler vor Clémence' Pension. Die Sonne brannte. Brendan saß bereits hinter dem Steuer, als sie sich verabschiedeten. Maura stand neben ihren neuen Freunden, küsste Clémence und deren Mann Olivier auf beide Wangen und überreichte Clémence Blumen, während sie schwärmte, was für eine wunderbare Zeit sie bei ihnen verbracht hatte. Brendan spürte, wie sich sein Magen zusammenzog. Er schaute aus dem Fenster auf die Straße vor sich. Dann auf seine Hände am Lenkrad, auf den Ehering und wieder hoch zu Maura, die immer noch mit dem Rücken zu ihm in der Einfahrt stand.

»Wir sollten los, Maura. Es ist schon nach drei.«

»Wir haben doch eine Karte, Brendan.« Sie drehte sich nicht um.

Als könnte eine Karte all ihre Probleme lösen. In Gedanken ging er die Entfernungen durch. Nach Foix dauerte es sieben Stunden, das konnten sie in zwei Tagen schaffen, wenn sie einmal unterwegs übernachteten. Bordeaux lag auf halbem Weg, dort gäbe es vielleicht ein schönes Hotel, auch wenn er die gemeinsamen Stunden mit Maura im Auto fürchtete, ebenso wie die Minuten, die sie gemeinsam am Tisch sitzen würden. Schweigend wartete er, bis Maura auf dem Beifahrersitz Platz nahm. Dann fuhr er los, während sie noch aus dem Fenster winkte. Und kaum wandte Maura sich ihm zu, war ihr Lächeln verschwunden.

Brendan suchte verzweifelt nach einer netten Bemerkung, entschied dann aber, dass es für ihn an der Zeit war, klarer und bestimmter aufzutreten. »Bordeaux«, sagte er nur. Er hielt die knappe Information für das Schlauste.

»Wie viele Stunden sind es bis nach Bordeaux?«

»Drei, vier. Wir könnten morgen in Foix sein.«

»Gott sei Dank.« Sie wühlte in ihrer Tasche, nahm eine Sonnenbrille heraus und setzte sie auf. Dann fand sie eine CD, die ihr gefiel, legte sie ein und lehnte sich zurück. Brendan steuerte den Panda auf eine viel befahrene Straße und ordnete sich zwischen zwei Fahrzeugen ein.

Als sie in den Vororten von Bordeaux ankamen, war es halb neun. Maura wollte ein Hotel mit Restaurant, und Brendan stimmte ihr gern zu. Es war das einzige Gespräch auf der gesamten Autofahrt. Wenig später brachten sie ihre Koffer aufs Zimmer, zogen sich um und aßen dann bald schweigend zu Abend. Brendan gähnte und wollte schon nach oben gehen. Doch Maura legte ihm eine Hand auf den Arm. Die unerwartete Berührung ließ ihn hochschrecken.

»Wollen wir nicht draußen noch etwas spazieren gehen und frische Luft schnappen, bevor wir ins Bett gehen, Brendan? Nur um einmal durchzuatmen und Bordeaux bei Nacht zu sehen? Morgen fahren wir doch sicher gleich nach dem Frühstück weiter nach Foix, nicht wahr? Um deine Mutter zu finden.«

Sie gab ihr Bestes. Bei der Aussicht auf den gemeinsamen Spaziergang zog sich Brendans Magen zusammen. Er ließ Maura im Foyer stehen, um ihre Jacken vom Zimmer zu holen.

Als sie nach draußen traten, nahm Maura seinen Arm. Brendan fragte sich, ob sie sich nur zum eigenen Schutz an ihn klammerte. Er atmete den Duft ihres kräftigen Parfüms ein. Schweigend gingen sie die Straße entlang und schauten hier und da in ein Schaufenster. Eine Kirchturmuhr schlug elf; Brendan hoffte, das Hotel würde nicht zusperren, und schlug vor zurückzugehen. Maura zögerte; zweifellos überlegte sie, wie sie ihm etwas beibringen sollte. Er half ihr nicht dabei, denn die Stille war ihm lieber als das Gespräch.

Hörbar holte sie Luft. »Brendan …«

Er wartete.

»Meinst du … Du weißt schon, wenn wir deine Mutter finden und nach Dublin zurückfahren … Meinst du …?«

Er konnte hören, wie sie nach Worten rang.

»Besteht die Chance, dass wir …?«

Eine Weile schwieg er. Er wusste, was sie meinte, aber die Erinnerungen daran, wie sie sich mit zwanzig liebevoll an ihn geschmiegt hatte, seine Hand gehalten und den Kopf an seine Schulter gelegt hatte, ließen ihn kalt. »Ein Neuanfang? Das hoffe ich. Ich weiß es nicht, Maura.«

Sie gingen weiter. Wieder atmete sie laut ein. »Ich fände es schön, wenn wir beide das versuchen würden.«

Er spürte, wie sie sich immer mehr verspannte, denn der Arm, der bei ihm untergehakt war, wurde ganz steif.

»Kann ich dich etwas fragen?«

»Klar, alles.« Er fragte sich, ob sie wissen wollte, ob er Gefühle für eine andere Frau hatte. Oder ob er überhaupt noch irgendwelche Gefühle hatte.

Sie schluckte schwer. Vielleicht waren es ihr Stolz oder die süßen Erinnerungen an früher, jedenfalls hielt etwas sie zurück. »In einer perfekten Welt … Du weißt schon, Brendan, wenn alles vollkommen wäre … Was für eine Ehefrau wäre ich dann?«

Als er nicht antwortete, fuhr sie fort. »Ich meine, was könnte besser laufen? Wie könnte ich dich zurückgewinnen?«

Er zuckte zusammen. Das Wort *gewinnen* implizierte, dass Maura bereit war, sich anzustrengen, um ihre Ehe wieder aufleben zu lassen. Er suchte nach einer Antwort, fand jedoch keine, dann brachte er aus purer Verzweiflung einen Satz zustande. »Wir könnten mehr gemeinsam unternehmen.«

»Was denn?«

»Aktivitäten.«

»Ach, du meinst Sex?«

Seine Bauchmuskeln zogen sich zusammen, als er an ihre kalte Schulter dachte, die sie ihm in den letzten Nächten so oft gezeigt hatte. Ihre Fingernägel drückten in seinen Arm. Brendan zwang sich, zu lächeln. »Nein, nicht unbedingt. Ich meine auch andere Sachen.«

»Welche anderen Sachen denn?«

Kurz dachte er nach, dann fiel es ihm ein. »Wildwasser-Rafting zum Beispiel.« Er versuchte es noch einmal. »Oder vielleicht Rad fahren.«

Ihre fröhliche Stimmung kippte auf einmal, ihre Augen wurden zu schmalen Schlitzen. »Du willst, dass ich Rafting mache, Brendan? Bist du übergeschnappt?«

Er zog seinen Arm weg. Lieber nichts mehr sagen.

Maura redete weiter, noch eindringlicher. »Du willst, dass ich Fahrrad fahre?« Sie rümpfte die Nase und schnaubte verächtlich. »Ich auf einem Fahrrad?«

Brendan versuchte, neutral zu klingen. »Nein, Maura, ich will nicht, dass du Rad fährst. Ich will auch nicht, dass du raften gehst. Da hast du recht. Das würde nicht funktionieren. Offenbar können wir gar nichts zusammen machen.«

Er ließ den Kopf hängen, drehte sich um, und so gingen sie beide zum Hotel zurück. Als sie im Foyer ankamen, wollte er nur noch schlafen gehen, aber Maura zögerte. Sie war still und nachdenklich; irgendetwas beschäftigte sie noch. Schließlich wandte sie sich von Brendan ab und sagte, sie würde noch in die Hotelbar gehen. Sie bräuchte einen Kaffee und Zeit nachzudenken.

Während er hinaufging, fühlte er sich schrecklich. Im Schlafzimmer zog er sich um und rollte sich auf dem kalten Bett zusammen. Sein Kopf war voller Bilder. Er erinnerte sich an ein paar Fotos von sich und Maura von vor fünf Jahren, auf denen sie einander umarmten und lachten. Er hatte einen Wanderurlaub in England vorgeschlagen, gemeinsam hatten sie den Lake District besucht. Er hatte ihr Wanderstiefel gekauft, sie hatten Lunchpakete und Rucksäcke mitgenommen und waren losmarschiert, um den Great Gable zu besteigen. Bald schon fand er seinen Laufrhythmus, spielte in seinem Kopf immer wieder denselben Popsong ab, der ihn immer weiter vorantrieb und seine Schritte akzentuierte. Schnell fiel Maura zurück. Und als er sich nach ihr umdrehte, sah er ihr rotes, müdes Gesicht und ihre Hand, die sie nach ihm ausstreckte. Er zog sie mit, half ihr beim Klettern über das Geröll, was ihr auf Händen und Knien gelang. Er war beeindruckt von ihrer Stimmung und auch von ihrem zähen Durchhaltevermögen. Als sie auf dem Gipfel standen, schlug ihnen der Wind ins Gesicht, und sie bestaunten die Grau- und Grüntöne der anderen Berge. Brendan war begeistert, und Maura freute sich wahnsinnig, es bis nach oben geschafft zu haben. Sie umarmte Brendan und sagte zu ihm, sie fühle sich wie auf dem Dach der Welt. Er versprach ihr für den Abend im Hotel den Schokopudding mit extra viel Sahne; sie war so willensstark gewesen. Sie hatten sogar einen anderen Wanderer gebeten, ein Foto von ihnen zu machen, die Seen im Hintergrund. Er erinnerte sich daran, dass er das Gefühl hatte, sein Herz würde vor Freude singen und dass er nie glücklicher sein könnte als mit dieser spontanen, liebevollen und zärtlichen Frau an seiner Seite – seiner Frau.

Brendan gab sich selbst die Schuld, und er spürte, wie dieses Schuldgefühl auf ihn herabprasselte wie ein Stapel Bücher, der zusammenbrach. Ihm fiel ein Grund nach dem anderen ein, warum er der Schuldige war. Er kommunizierte nicht gut. Er konnte keine Entscheidung treffen. Er war kritisch, negativ und unaufmerksam geworden. Seine Mutter hatte Maura nie gemocht, sie nie als ebenbürtige Partnerin für ihren lieben Sohn gesehen. Und Brendan machte sich Sorgen, dass er sich von seiner Mutter hatte beeinflussen lassen, dass ihre abgöttische Liebe ihn hatte arrogant werden lassen. Er hatte sich von Maura entfernt, war egoistisch geworden, und das war allein seine Schuld.

Als er sich im Bett umdrehte, wurde ihm bewusst, dass niemand neben ihm lag. Er nahm Mauras Kissen, faltete es einmal und umarmte es. Mit den Lippen berührte er den Stoff des Bezuges, atmete den Duft ihres schweren Parfüms ein und fragte sich, wie es klingen würde, wenn er ihren Namen flüsterte.

Er probierte aus, wie es sich anfühlte, ihre Lippen zu küssen, lang und innig. In diesem Moment wurde Brendan klar, dass er jene Zeiten vermisste, in denen alles zwischen ihm und seiner Frau so einfach gewesen war. Tage, an denen sie von denselben Dingen geträumt und auf dieselbe Zukunft gehofft hatten. Es hätte alles anders laufen können. Gespräche, Lachen, Liebe, Kinder. Er runzelte die Stirn, legte eine Hand an sein Gesicht. Seine Wange war nass.

Erneut drehte er sich um, blickte in die Dunkelheit. Was würde passieren, wenn sie nach Dublin zurückkehrten? Hätten sie dann überhaupt noch eine Ehe? Wie sollten sie die Scherben dieser Ehe, die früher vollkommen, warm und gut gewesen war, zusammenkleben? Brendan dachte an seine Mutter. Sie war nicht weit weg. Er könnte sie anrufen, ihr sagen, wo er war, und sie um Rat fragen. Stirnrunzelnd verwarf er den Gedanken. Sie war jetzt eine alte Frau. Er selbst war fast vierzig und nicht Manns genug, um die eigene Ehe zu retten, seine Mutter zu finden und sie wieder nach Haus zu bringen? Er kratzte sich am Kopf. Er war nicht einmal sicher, ob sich seine Mutter freuen würde, ihn zu sehen. Wieder fragte er sich, was er eigentlich in Frankreich machte, warum er ihren Urlaub störte. Und auf einmal wusste er überhaupt nicht mehr, was er als Nächstes tun sollte. Er fühlte sich einsam, so als würde er an einem Seil hängen und weder sehen, was sich über ihm noch was sich unter ihm befand. Er kniff die Augen fest zu und fiel schließlich in einen unruhigen Schlaf.

Am nächsten Morgen gab es um halb neun Frühstück, und Maura summte fröhlich vor sich hin. Sie trug eine Jogginghose und eines von Brendans T-Shirts, dazu rosa Turnschuhe und hatte offensichtlich Hunger. Mit ihren knallroten Fingernägeln kratzte sie über das weiche Baguette, was Brendan an einen Dinosaurier denken ließ, der seine Jagdbeute verspeiste. Als Maura die Stücke Brot in ihren Mund steckte, klebte die

Marmelade an ihren Lippen. Er trank Kaffee und blickte besorgt aus dem Fenster. Sie hingegen summte zufrieden weiter, wischte sich den Mund ab und kommentierte das Wetter.

Brendan fiel auf, wie kokett sie ihn anblickte und dann wieder wegsah, er sah das Lächeln, das ihre Lippen umspielte, bis sie es neckisch hinter vorgehaltener Hand verbarg. Nervös schenkte er sich Kaffee nach. Er war fest entschlossen, sich heute mehr anzustrengen und ihr mehr Aufmerksamkeit zu schenken. Vielleicht war das hier ein guter Beginn.

»Wann brechen wir auf?« Maura lächelte breit.

»Nach dem Frühstück. Dann können wir in Foix spät zu Mittag essen und diese irische Bar suchen. Allzu viele dürfte es hier nicht geben.« Brendan war mit seiner letzten Bemerkung zufrieden und hoffte, Maura fände sie genauso geistreich. Er lächelte und war überzeugt, dass ihr sein Plan gefiel: gemeinsames Essen, wertvolle Zeit zusammen.

Er stand auf, doch sie rührte sich nicht. Maura blickte auf ihre Nägel wie eine Katze, die ihre Pfoten einzog. Aus ihrer Kehle drang ein leises Geräusch. Provokativ zog sie eine Augenbraue hoch.

Er merkte, wie sein Puls sich beschleunigte. »Was ist los, Maura?«

»Ach, ich dachte bloß, wir könnten …« Mit der Hand machte sie eine Bewegung, wie um ihn aus der Ferne zu bezirzen. Er runzelte die Stirn. »Wir könnten eigentlich auch morgen statt heute nach Foix fahren, oder nicht?«

»Was hast du denn vor?«

»Nun ja, ich habe uns eine kleine Überraschung gebucht.« Sie lehnte sich zurück und leckte sich ein paar Krümel von der Lippe.

Brendan blinzelte, als er merkte, dass ihm alles aus dem Ruder lief. »Was für eine Überraschung?«

»Ich will sie doch nicht verraten …«

»Was für eine Überraschung, Maura?«

»Schon gut. Okay, eine Stunde oder so von hier liegt ein großer See, in einem Ort namens Soustons. Das ist zwar eine Stadt, aber es gibt da so einiges. Und einen Strand. Ich habe uns etwas Besonderes gebucht, eine Überraschung, für uns beide. Etwas, das wir zusammen machen.«

Brendan bewegte sich nicht. Skeptisch sah er sie an. »Was machen wir da, an diesem See?«

»Ach, ich habe uns eben … eine Aktivität gebucht, für uns zusammen.« Sie streichelte seine Hand.

Unwillkürlich zog er die Schultern hoch. Als er jetzt auf Mauras Jogginghose und das T-Shirt schaute, verstand er plötzlich.

»Ich habe das gestern Abend gebucht, als du schon im Bett warst. Es ist alles schon vorbereitet. Das wird super.« Maura verschränkte die Finger und beugte sich vor, ihre Augen glänzten hoffnungsvoll.

Brendan presste die Lippen zusammen. Maura lächelte noch immer. Er zuckte die Achseln, riss sich zusammen und gab sein Bestes. »Na dann, machen wir uns mal lieber fertig. Mom wird sicher auch bis morgen warten können. Ich rufe sie heute Abend an und sage ihr, dass wir kommen.«

Maura schob ihren Stuhl zurück und fiel Brendan um den Hals. »Dann los, Brendan. Ach, ich freue mich schon darauf!«

Er folgte ihr, ohne sein Frühstück angerührt zu haben, und steckte die Hände tief in die Hosentaschen. Wie könnte er diesen Tag zu einem solchen Erfolg machen wie die Besteigung des Great Gable damals im Urlaub? Er fühlte sich wie am Fuße eines Berges, den er hinaufklettern wollte, sah hoch und spürte, wie seine Beine schwach wurden.

28. KAPITEL

Ihr Lächeln war so breit wie eine Stück Melone. Voller Staunen betrachtete Maura den Ausblick von Soustons auf den See: das dicht bewaldete Ufer und die grün gefleckte, mit Seerosen verzierte Oberfläche. Schwäne glitten über das Wasser, zogen sanfte Wellen. Ein Holzsteg ragte ins Wasser, auf dem ein paar Holzhütten standen. Weiter rechts bewegten sich weiße und blaue Katamarane in Schräglage über den See. Soustons war der ideale Ort für Wassersport. Während Maura begeistert in die Hände klatschte, überlegte Brendan, welche Sportarten er hier ausprobieren könnte. Zuerst fuhren sie an den Strand, wo sie sich mit ihrem Bodyboarding-Lehrer treffen wollten. Maura trug eine Tasche, an der noch immer das Preisschild baumelte und in der ihre neuen Sportklamotten verstaut waren.

Beim *Accueil*, dem Empfangsbereich, der eher wie eine Hütte aussah, wartete Mathieu auf sie. Er trug Shorts, ein helles T-Shirt und eine orangefarbene Sonnenbrille, die er auf seine dunklen Locken geschoben hatte. Er fragte, ob sie Französisch sprächen, worauf Brendan antwortete, nur er beherrsche die Sprache. Mathieu versprach, alles auf Englisch zu erklären, da die Anweisungen recht komplex seien. Maura hatte zwei Aktivitäten für sie gebucht: Am frühen Nachmittag würden sie das Bodyboarden ausprobieren und anschließend Radfahren. Mathieu war ihr Surflehrer. Nach der kurzen Begrüßung schlug er vor, dass sie sich alle ihre Neoprenanzüge anzogen und danach unten am Wasser trafen.

Mauras Lächeln wurde deutlich schmaler, als sie in dem Neoprenanzug steckte. Sie bewegte sich unbeholfen, ihr Körper schien bei jedem Schritt von links nach rechts zu wanken, als sie barfuß zum Ufer ging. Sie wirkte wie ein Seehund, glatt und glänzend und an Land irgendwie deplatziert. Brendan dagegen war schon einmal Surfen gewesen und bereit für die Stunde. Nach Mathieus Einführung würde dieser sich sicher auf Maura konzentrieren, die Anfängerin, die ihr Unwohlsein mit einem Lächeln und mit dem Klimpern ihrer getuschten Wimpern überspielte. Mathieu war muskulös und sprach perfektes Englisch, Maura tätschelte ihm kichernd den Arm.

Missmutig überlegte Brendan, dass er gleich vielleicht doch nicht allein surfen gehen konnte. Er biss sich auf die Lippe, während in ihm die eigenen Worten widerhallten. Es war sein Vorschlag gewesen, gemeinsam etwas zu unternehmen. Deshalb sollte er bei Maura bleiben.

Nachdem Mathieu ihnen je ein Surfbrett gereicht hatte, gingen sie im Gänsemarsch zum Surfbereich. Maura hielt ihr Brett zuerst vor sich wie ein Tablett. Sie hatte Schwierigkeiten beim Tragen und musste schließlich hinter ihnen herjoggen, um nicht zurückzubleiben.

Mathieu gab ihnen eine kurze Einweisung. Maura lächelte erst und lachte laut auf, als sie vom Brett rutschte und ins Wasser plumpste – ihr Gesicht nass und gerötet. Brendan kletterte gekonnt aufs Brett. Für ihn war es einfach, er planschte etwas herum und beobachtete Maura.

Sie sah zu ihm herüber. »Ich weiß nicht, ob ich den Dreh so schnell raus habe. Geh ruhig surfen, Brendan. Genieß es. Es dauert bestimmt etwas, bis ich das kann.«

»Bist du sicher?« Hoffnungsvoll lächelte er sie an.

»Ich bin eine blutige Anfängerin. Bei Mathieu bin ich in guten Händen. Du hast viel mehr Erfahrung. Also mach dein Ding. Ich will schließlich, dass du den Tag genießt.«

Dankbar küsste er sie auf die Wange, bevor er weiter raus ins tiefe Wasser schwamm, um dort allein zu surfen. Er hielt sein Brett fest umklammert und schnitt die Brandung. Er spürte die Kraft in seinen Beinen, als er gegen die Strömung schwamm, drückte sich nach vorn und schob sich auf das Surfbrett. Plötzlich musste er an Yeats denken, und er fragte sich, was der Dichter über das Surfen geschrieben hätte, wenn er je die Gelegenheit dazu gehabt hätte.

Er ließ sich kurz treiben, wandte sich um und winkte Maura. Sie winkte zurück. Sie versuchte immer noch, bloß auf dem Brett zu liegen, das ihr jedoch ständig aus den Händen glitt. Er würde jetzt eine Weile allein surfen und dann zurückschwimmen, um ihr zu helfen. Und dann würde sie sich gut anstellen, genauso wie damals, als sie den Green Gable erklommen hatten. Er würde Maura die Hand reichen, sie anfeuern, und sie würde sich darüber freuen.

Brendan wagte sich weiter vor, balancierte das Brett auf der Wellenkrone, ließ sich hochdrücken und von der Welle tragen, bevor er sich nach vorn lehnte und ins Wasser tauchte. Die Strömung trug ihn wieder weiter hinaus, und er wartete auf die nächste Welle, begeistert von der Vorstellung, dass diese noch größer, noch stärker als die vorige sein, ihn hochwerfen, herunterziehen und unter Wasser halten könnte. Brendan konnte sich nicht erinnern, wann er sein Glück das letzte Mal derart herausgefordert hatte, wann das Leben so unvorhersehbar gewesen wäre, so aufregend und gefährlich. Er fühlte sich wie ein Wassertier, wie ein Delfin, der sich frei und unbeschwert im Meer tummelte. Eine Welle baute sich auf, hob ihn mit an, und sein Herz pochte wie wild, als er das Brett umklammerte und sich nach vorn schob. Die Wellenkrone war stark und sprühte ihn nass. Er schrie laut, als er es auf seine Haut prasselte. Das Wasser zu spüren verlieh ihm neue Kraft. Er blinzelte und sah zum Ufer.

Maura war noch immer an derselben Stelle, der schwarze Neoprenanzug tauchte im Wasser auf, sie planschte, dann war sie wieder verschwunden. Ihr Kopf tauchte erneut auf, die Arme wedelten in der Luft und schlugen dann hart auf der Wasseroberfläche auf. Brendan wandte sich um, weil er zurück in Richtung Ufer paddeln wollte, als sich eine neue Welle hinter ihm aufbaute. Mit kräftigen Beinschlägen und klopfendem Herzen schwamm er zurück ans Ufer und konnte nicht aufhören zu grinsen. Maura spuckte Wasser und hustete. Mathieu hielt ihr Brett, sie sah zu Brendan.

Er hatte Bilder des Rocksängers Alice Cooper aus den Siebzigerjahren gesehen, mit schwarzer Schminke, die ihm das Gesicht herunterlief: Alice Cooper hatte *School's Out* gesungen, und die Lehrer hatte das Lied immer am Ende eines Schuljahres im Lehrerzimmer gespielt, laut mitgesungen und Wein getrunken. Maura sah dem Sänger jetzt ziemlich ähnlich mit den verwischten Mascaraspuren, die beinahe symmetrisch auf beiden Gesichtshälften vom Auge bis zum Mundwinkel liefen. Als sie seinen Blick bemerkte, wurde sie auf einmal hektisch. Schnell schöpfte sie mehrmals mit den Händen Wasser und wusch sich das Gesicht. Brendan streckte die Hand aus, um Maura einen kleinen Rest Wimperntusche von der Wange zu wischen.

Liebevoll blickte sie zu ihm auf und strahlte. Etwas regte sich in ihm, ein Gefühl wie Zärtlichkeit stieg in ihm auf, als Maura ihm ihr schönstes Lächeln schenkte. »Hattest du Spaß, Brendan?«

»Ja, das war wirklich toll, danke.« Er dachte kurz nach. »Hat dir das Bodyboarding gefallen?«

Sie zuckte die Achseln und grinste. »Ich fürchte, ich kann damit nicht viel anfangen. Und dieser Anzug schmeichelt mir nicht wirklich.«

Er nickte. »Neoprenanzüge schmeicheln niemandem.« Als er die Veränderung ihrer Miene bemerkte, wurde ihm klar, dass seine Bemerkung sie verletzt hatte. Er bedauerte es sofort und spürte, wie seine Wangen brannten. Die Äußerung war grob und gemein gewesen. Warum sagte er bei Maura eigentlich immer das Falsche? Sie sah süß aus in dem Anzug, hatte im Wasser fröhlich gewirkt und gelächelt. Er wollte es mit einer netten Geste wieder gutmachen und setzte neu an: »Kann ich dir zeigen, wie du es am besten anstellst? Das Surfen, meine ich. Ich fand es da draußen richtig toll. Wir könnten es zusammen versuchen. Ich bin sicher, ich kann dir helfen, es zu lernen.«

Sie schüttelte den Kopf. »Mir wäre eine Pause lieber, ein Kaffee, vielleicht auch ein Sandwich. Und für später habe ich uns Räder gemietet. Nach dem Mittagessen.«

Brendan wandte sich an Mathieu und bedankte sich bei ihm, dass er seiner Frau geholfen hatte. Dann nahm er Mauras Hand, und sie gingen zusammen aus dem Wasser. Brendan dachte an James Bond und Ursula Andress in ihrem weißen Bikini in *007 jagt Dr. No*. Maura sah zu ihm auf, und er lächelte sie an.

»Das war eine tolle Idee, Maura. Ich bin so froh, dass du das organisiert hast. Danke.« Er beugte sich vor und küsste sie auf die Wange, die sich nass und kalt anfühlte. »Lass uns was essen, ja? Ich verhungere fast. Ich brauche nur vorher schnell eine Dusche.«

Wenig später setzten sie sich in ein Café, aßen Schinkensandwiches, teilten sich eine Portion Pommes und tranken Kaffee. Brendan überredete Maura zu einem Donut, schließlich bräuchten sie Energie fürs Radfahren, und kaufte gleich zwei mit Sahne und Marmeladenfüllung. Maura plauderte fröhlich mit ihm, leckte sich den Zuckerguss von den Fingern und erzählte, dass sie für die Nacht ein Hotel gebucht hatte, wo sie ein besonderes Abendessen zu zweit genießen konnten.

Sie sah frisch aus, ihr Gesicht war sauber, die Haut schimmerte gesund. Ihr Haar war noch nass, und ihm fielen die kleinen Grübchen auf ihren Wangen auf. Instinktiv griff Brendan nach ihrer Hand und überlegte, ob er sie an seine Lippen führen sollte, tat es aber nicht. Er lehnte sich zurück, fühlte sich gut in seinen neuen Radlershorts und dem hellen Trikot, das sie unterwegs gekauft hatten. Maura wirkte auch zufrieden und fröhlich in ihrem Sportshirt und der Jogginghose, sie freute sich offenbar sehr.

»Tja, Brendan, ich habe zwar gesagt, du würdest mich nie auf ein Fahrrad bekommen, aber ich muss gestehen, ich freue mich wirklich auf diesen Teil des Tages.«

Er lächelte und dachte bei sich, dass sich die Dinge nun wirklich zum Guten wendeten. Der gemeinsame Tag würde sie einander näherbringen. Das war ein Neuanfang.

Die Räder holten sie bei einem einfachen *Accueil* ab, einem großen Schuppen voller Fahrräder mitten im Wald. Nachdem Brendan seinen Namen genannt hatte, nickte der Mann vom Verleih, wandte sich ab und kam kurz darauf mit einem leuchtend roten Tandem zurück. Brendan starrte darauf. Er hatte sich ausgemalt, wie er Rad fuhr und Maura hinter ihm auf einem eigenen Fahrrad. Der Franzose erklärte, dass die Tour zwei Stunden dauern würde und sie auf den ausgeschilderten Wegen bleiben sollten. Er reichte ihnen Helme. Maura schlug vor, dass Brendan vorn saß und sie hinten.

Brendan stieg auf und sah, wie sie unbeholfen ein Bein über den Rahmen hob. Prompt geriet sie ins Straucheln, schwang aber das Bein auf die andere Seite und fand mit dem Fuß Halt. Dann waren sie bereit. Brendan schaute über die Schulter. »Pass dich einfach meinem Rhythmus an! Ich übernehme den Start. Das ist der schwierige Teil.«

Tatsächlich war das Losfahren nicht leicht. Maura jammerte und wackelte ängstlich, kreischte aufgeregt, setzte ihre Füße wieder auf den Boden und bat darum, es noch einmal zu versuchen. Sie fuhren an, rollten ein Stück, wackelten und hielten wieder. Maura lachte, während Brendan die Anstrengung spürte und versuchte, sich zu konzentrieren. Beim sechsten Versuch gelang es. Sie fuhren los, traten vorsichtig in die Pedale, wobei Brendan das Lenken und den Großteil des Tretens übernahm. Maura saß nervös im Sattel hinter ihm.

Der Weg führte durch den Wald. Jetzt trat Maura auch heftig in die Pedale, offenbar wollte sie mit Brendan mithalten. Hin und wieder sagte er über die Schulter etwas zu ihr, um zu überprüfen, ob sie sich sicher fühlte. Er merkte, dass es ihr immer noch schwerfiel, auf dem hinteren Sattel das Gleichgewicht zu halten, und rief ihr kleine Ermunterungen zu. Er steuerte auf eine leichte Anhöhe zu und fuhr im Stehen weiter. Kurz darauf spürte er einen leichten Ruck, offenbar hatte Maura sich ebenfalls aus dem Sattel gestemmt. Im gleichen Atemrhythmus traten sie fest in die Pedale und fuhren den Hügel hinauf. Einen Augenblick lang legte sie ihren Kopf an seinen Rücken, dann schlang sie einen Arm um seine Taille und hielt ihn kurz fest, bevor sie wieder ihren Lenker umfasste.

Im Wald roch es nach jungen, würzigen Kiefern. Die Sonne schien hier und da durch die Blätter, sodass der Wald wie verzaubert wirkte, als sie abwechselnd durch Licht und Schatten fuhren. Maura wurde spürbar sicherer, sprach aber nur wenig. Außer Atem, fragte sie hin und wieder, ob sie nicht bald eine Pause machen könnten. Brendan schnaubte, lenkte das Tandem um Kurven, trat angestrengt in die Pedale, und stemmte sich gegen den Lenker, um mehr Schwung zu erlangen. Denn je schneller sie fuhren, desto weniger Arbeit musste Maura leisten.

Kurz hörte sie auf, in die Pedale zu treten; Brendan vernahm ein Stöhnen, dann machte sie weiter, erst langsam, dann schneller. »Du machst das gut, Maura.«

Er hörte nur ein Stöhnen, dann pausierte sie wieder, bevor sie von Neuem in die Pedale trat. Er beschloss, dass sie wirklich eine Pause brauchte. Daher verließen sie den Weg und hielten neben einem großen Baum mit dicker, knorriger Rinde, der schon Blätter verlor. Bei dem Anblick erinnerte Brendan sich daran, wie er als junger Mann ihre Initialen in so einen Baum geritzt hatte, kurz nachdem sie sich das erste Mal begegnet waren. MF + BG. Maura Flanagan und Brendan Gallagher. Er hob ein Bein über die Stange und hielt das Tandem weiter für Maura fest. Sie bekam zwar beide Füße auf die Erde, die Stange war aber zwischen ihren Beinen.

»Wie komme ich hier herunter?«

Er stabilisierte das Tandem mit der einen Hand, mit der anderen hielt er Maura.

Sobald sie sicher stand, rieb sie sich die Hinterseite. »Ich werde morgen sicher Schmerzen haben. Der Sattel ist wirklich unbequem.«

Brendan lehnte das Rad an den Baum und reichte ihr eine Hand. »Aber es macht dir Spaß, oder nicht?«

»O ja, ich verbringe ja gern mit dir Zeit. Das fühlt sich wie ein richtiger Urlaub an.« Ihre Augen strahlten.

Sie setzten sich auf den Waldboden. Maura ging vorsichtig in die Knie und suchte eine bequeme Position zum Sitzen, während Brendan seine blassen behaarten Beine ausstreckte. Lächelnd nahm er Mauras Hand. »Ich bin so froh, dass du das hier geplant hast. Das macht wirklich großen Spaß.«

Sie kuschelte sich an ihn und legte den Kopf an seine Schulter. »Brendan, ich bin nicht gerade sportlich. Ich meine, in der Schule war ich ein hoffnungsloser Fall. Ich wurde immer als Letzte ausgewählt, wenn wir Teams bilden mussten. Ich wünschte, ich wäre besser darin.«

Ermutigend schlang er einen Arm um sie. »Wir sind hier zusammen und haben Spaß. Das ist die Hauptsache. Wir machen etwas zusammen. Jeder kann Rad fahren, und die Natur hier ist einfach herrlich.«

Sie atmete aus, biss sich auf die Unterlippe. »Das stimmte nicht mit uns, hm? Wir müssen einfach mehr zusammen unternehmen.«

Er nickte. »Vielleicht können wir noch einmal von vorn anfangen. Ich mache Dinge mit, die du gut findest, und du tust dasselbe für mich. Dann wird es zwischen uns auch wieder entspannter sein.«

Nachdenklich schwieg sie kurz. »Wenn … Ich meine, wenn wir eine Familie hätten, Brendan.« Er hob die Hand und wollte ihr schon einen Finger auf die Lippen legen. Ihr stiegen Tränen in die Augen, als sie fortfuhr: »Wenn wir Kinder hätten, dann würden wir all das hier automatisch zusammen machen, oder?«

Er zuckte die Achseln. »Es geht uns gut, Maura. Denk nicht darüber nach. Es wird schon werden.«

»Ich dachte nur …«

»Das wird schon werden.«

Als sie sich enger an ihn kuschelte, beugte er sich zu ihr und küsste sie aufs Haar. Da ihre Locken ihn kitzelten, musste er lächeln und gab ihr einen Kuss auf die Stirn. Sie erwiderte sein Lächeln. »Ach, du hast ja recht, Brendan. Es wird sich schon alles fügen.«

Er stand auf und nahm ihre Hand. »Komm, mein Schatz. Zurück in den Sattel?«

Maura ließ sich von Brendan hochziehen, stieg aufs Tandem und runzelte die Stirn, als sie wieder im unbequemen Sattel saß. Trotzdem lächelte sie Brendan an. »Ich bin bereit für Runde zwei.«

Sie fuhren los, und das Rad holperte über den Waldweg. Maura kicherte, und nach ein paar Minuten spürte er wieder ihren Kopf an seinem Rücken.

Schließlich gelangten sie auf eine offene Straße. Es ging steil bergab, und Brendan sah darin eine Möglichkeit, Geschwindigkeit aufzubauen, sich einfach herunterrollen zu lassen, den Wind im Gesicht, knirschende Kiesel unter den Reifen. Maura kreischte hinter ihm, vergnügt und aufgeregt zugleich, während sie immer schneller wurden. Er trat noch fester in die Pedale, dann lenkte er das Tandem in Richtung Hang. Sie wurden schneller, stürzten förmlich den Hügel herunter, die Räder drehten sich, seine Füße traten in die Pedale, und seine Haare wurden vom Fahrtwind platt gedrückt. Brendan hob den Kopf, atmete tief ein. Das Gefühl von Freiheit erfüllte ihn, als das Rad den Hügel hinabsauste, und er jubelte laut. Maura stimmte mit ein, und sie beide schrien vor Freude.

Er musste ein Schlagloch übersehen haben. Denn auf einmal schlug etwas gegen Brendan, traf ihn am Rücken, und er fühlte, wie ihm die Kontrolle über das Rad entglitt. Mauras volles Gewicht fiel gegen ihn, er hörte noch ihre Schreie, als er spürte, wie das Rad ausscherte. Er reagierte instinktiv. Sanft bremste er, merkte, wie das Hinterrad in die Luft stieg und er nach vorn katapultiert wurde. Schützend streckte er die Hände aus, knallte auf das harte Metall und den Kiesel, als Maura mit einem heulenden Laut auf seinem Rücken landete. Brendan spürte den Aufprall, hörte ein grausames Knacken und rollte über den Boden. Schotter klebte an seinem Gesicht. Er rührte sich nicht, hörte sich nur selbst laut stöhnen.

Maura richtete sich langsam auf. Als er versuchte, sich aufzusetzen, sah er, wie sie auf ihr Bein starrte. Die Jogginghose war aufgerissen, Blut tropfte aus kleinen Wunden. Ihm wurde schwindelig, er sank zurück und bekam dumpf mit, wie sie mehrmals seinen Namen rief.

Brendan öffnete die Augen und versuchte noch einmal, sich aufzusetzen. Sein Arm schmerzte, er konnte ihn nicht anheben. Maura hielt ihr Telefon am Ohr und redete. Er versuchte, sie zu fokussieren. Sie kniete neben ihm.

»Brendan, wie fühlst du dich? Ich glaube, du bist ohnmächtig geworden. Du bist ganz blass.«

»Was ist passiert?«

»Wir sind gestürzt. Wir waren zu schnell. Wir sind gegen irgendwas gefahren, ein Loch oder so. Ich habe Hilfe gerufen. Du hast mehrere Schürfwunden an den Beinen, ich auch, und oje, was ist nur mit deinem Handgelenk?«

»Ist das Tandem heil?«

»Scheiß aufs Tandem.« Ihre Stimme war voller Empörung. »Brendan, dein Handgelenk schwillt an, sieht ganz so aus, als wäre es verstaucht oder sogar gebrochen.«

Übelkeit stieg in ihm auf, er saß schief auf dem Kies, das Metallgestell des Rades unter sich. Er hievte sich ein Stück hoch, aber alles um ihn herum drehte sich, also setzte er sich wieder.

Maura stützte ihn sanft, ihre Stimme klang süß wie Honig. »Du bleibst jetzt schön still sitzen. Gleich kommt jemand. Versuch, dich nicht zu bewegen.«

Der Arzt bestand darauf, Englisch zu sprechen. Maura ging es bis auf ein paar Abschürfungen und blaue Flecken gut. Brendan hatte Schürfwunden am Ellenbogen und den Beinen, sein Handgelenk war eindeutig gebrochen. Sie würden die Reiseversicherung in Dublin informieren und sich in ein Hotel bringen lassen. Der Arzt wollte sie am nächsten Morgen anrufen, wenn Brendan sich etwas besser konzentrieren konnte.

Er schlief unruhig auf dem Rücken und konnte sich nicht auf den Bauch drehen. Seine Hand und der Unterarm waren eingegipst und pochten, trotz der Schmerzmittel. Die Haut an seinen Beinen war aufgeschürft, spannte und schmerzte. Die Schürfwunde am Ellenbogen pochte ebenfalls unter dem engen Verband. Maura dagegen schlief tief und fest neben ihm. Besorgt dachte Brendan an den nächsten Tag und fragte sich, wie sie es zu seiner Mutter schaffen sollten.

Am nächsten Tag war Maura früh auf, sie trug einen fließenden Wickelrock, der ihre Beine zeigte. Überall klebten kleine Pflaster auf ihrer Haut. Sie hatte dazu ihre Pumps und ein dünnes, pinkes T-Shirt an und klagte über ihr Aussehen mit all den Schnitten und Wunden an den Beinen.

Nach dem Frühstück gingen sie zurück aufs Zimmer. Maura rief den Arzt an, hörte aufmerksam zu, unterbrach ihn nur selten und sagte dann: »Natürlich, Herr Doktor, ich verstehe.«

Nachdem sie das Gespräch beendet hatte, drehte sie sich mit nüchterner Miene zu Brendan um. Sie schien fast wieder hinter dem Tresen einer Arztpraxis in Dublin zu stehen und einem Patienten gegenüber zu sein. Hier hatte sie das Kommando. »Der Arzt sagt, du kannst wahrscheinlich bis zu vier Wochen lang kein Auto fahren.«

»Das kann nicht sein.«

»Doch, Brendan, Doktor Poussin hat sich klar ausgedrückt. Vier Wochen ist Minimum, hat er gesagt.«

Er stöhnte. »Ich wünschte, du hättest deine Fahrprüfung damals in Dublin abgelegt.«

»Da kann man nichts machen. Ich kann nicht fahren, also sitzen wir hier fest.«

»Dann werde ich wohl oder übel fahren müssen.«

»Das geht nicht, das ist zu gefährlich. Außerdem könnte das den Heilungsprozess gefährden. Das hat der Arzt gesagt.«

»Und was machen wir dann?« Brendan nahm noch eine Schmerztablette. Vorsichtig legte er den eingegipsten Arm auf sein Knie.

»Wir fahren nach Saint-Jean-de-Luz und suchen uns dort ein Hotel. Jemand aus dem Sportzentrum in Soustons hat angeboten, uns in unserem Auto dorthin zu fahren. Die waren alle so freundlich dort. Und Saint-Jean-de-Luz scheint wirklich hübsch zu sein, das ist ein kleiner Küstenort. Dort bleiben wir eine Weile und machen richtig Urlaub.«

»Aber was ist mit Mom? Sie nach Hause holen?«

»Deine Mutter wird warten müssen, Brendan. Es ist ja nicht so, dass sie mit uns rechnet. Nein. Wir bleiben jetzt vier Wochen oder so hier, und dann, nur wenn es deinem Handgelenk besser geht, fahren wir zu ihr.«

»Wer weiß denn, wo sie dann ist, Maura?«

»Es ist beschlossene Sache, Brendan. Der Arzt ist meiner Meinung, und die Reiseversicherung wird einspringen, solange du verletzt bist. Wir haben Glück, dass wir die Versicherung haben. Denn deshalb können wir die Ausgaben wieder zurückfordern, sobald wir wieder in Irland sind, alle Arztkosten und Spesen. Wir sehen das hier jetzt einfach als Urlaub. Als Zeit für uns. Ist doch toll, dass die Sommerferien in Irland so lang sind. Wir sind schon über drei Wochen weg und haben noch vier vor uns, bis wir zum Schulbeginn zurück sein müssen. Jedenfalls legst du dich jetzt erst einmal hin. Ich hole dir Wasser und ein Aspirin, dann werde ich packen. Du ruhst dich aus und überlässt alles andere mir.«

Stöhnend ließ er sich aufs Bett zurücksinken. Sein Kopf tat weh, auch sein Handgelenk schmerzte. Er schloss die Augen, hinter seinen Lidern pochte es, und er hörte, wie Maura vor sich hin sang, während sie zufrieden ihre Sachen packte. Die Bilder vom Sturz waren ihm noch präsent, das Knacken seines Handgelenks, der dumpfe Knall, als ihr Körper gegen seinen Rücken geschlagen war, der Aufprall auf der Straße. Er schloss die Augen noch fester. Sie summte weiter, während sie im Zimmer umherwuselte, und die Melodie kroch wie ein Wurm in seinen Gedanken umher, bevor er irgendwann erschöpft einschlief.

29. KAPITEL

Durch die Windschutzscheibe drangen die warmen Sonnenstrahlen ins Wohnmobil. Evie fuhr seitlich ran, um auf die Karte zu schauen. Sie war fast da; vielleicht war sie sogar schon vorbeigefahren, sie war sich nicht sicher. Auf der Visitenkarte stand, das Weingut hieß *Cave Bonheur* – es musste an dieser Straße liegen. Nachdem sie einen Schluck Wasser aus der Flasche getrunken hatte, startete sie den Motor erneut und fädelte sich wieder in den Verkehr ein, fuhr jedoch langsam, um nach dem Weingut Ausschau zu halten. Mehrere Autos überholten sie, die aufheulenden Motoren ließen sie hochschrecken, wenn die anderen Fahrer beschleunigten. Doch dann, endlich, sah sie es. Fast wäre sie vorbeigefahren, aber die abartig große, bestimmt sechs Meter hohe Holzflasche war ein eindeutiges Zeichen.

Evie hielt neben der Riesenflasche, stieg aus und betrachtete sie. Es war eine zweidimensionale Rotweinflasche mit dem Etikett von *Cave Bonheur*, aus Sperrholz. Das Sonnenlicht hatte die Farben ausgeblichen, das Holz war trocken und rissig. Auf der Flasche stand: *Dégustation gratuite: vente des vins en vrac*. Evie hatte keine Ahnung, was das bedeutete, aber sie musste lachen. Die Flasche neigte sich zu einer Seite, so als würde sie jeden Moment umkippen. »Muss ziemlich gut sein, die Weinprobe hier. Die Flasche ist jedenfalls schon betrunken.« Wieder kicherte sie.

Das Gebäude bestand aus einem großen Haus mit ehemals weißer Fassade, vor dem sich ein großer Hof mit Kopfsteinpflaster erstreckte. An den Seiten spendeten Bäume Schatten, das Sonnenlicht zauberte gesprenkelte Muster auf den Boden. In der Ferne erkannte sie Weinstöcke, in Reih und Glied wuchsen sie wie kleine Bäume auf den Hügeln. Auf der einen Seite standen zwei umgebaute Scheunen, an einer der Türen stand *Accueil, degustation et vente* und an der anderen *Privé*. Evie drückte die erste Tür auf und spähte hinein. Ein kräftiger, süßlicher Geruch stieg ihr in die Nase, und sie sah riesengroße, glänzende Tankbehälter aus Stahl.

Auf der anderen Seite der Scheune stand ein großer Traktor. Außerdem gab es ein kleines Büro mit der Aufschrift *Accueil/ Reception*. Die Tür stand zwar offen, aber es war niemand da. Evie steckte den Kopf hinein, es roch modrig und feucht. Ihre Augen hatten sich noch nicht an die Dunkelheit gewöhnt, aber sie konnte Tische ausmachen und Regale voller Flaschen. An der Decke zwischen den Dachbalken flatterte etwas, ein Vogel oder eine Fledermaus. Evie ging wieder hinaus in die Sonne und schlenderte unter Arkaden entlang zum Hauptgebäude. Das Mauerwerk bröckelte immer mehr ab: Früher war es eindeutig einmal weiß gestrichen gewesen, jetzt sah man nur noch schmutziges Grau, staubigen Beton und Sand. *Cave Bonheur* stand leer. Ein Windstoß wirbelte Staub über den Pflastersteinen auf.

Evie lief weiter zu den kleinen Weinstöcken, die sich erstreckten, so weit das Auge reichte. Sie entdeckte zahlreiche Weintrauben und pflückte sich eine. Sie schmeckte so sauer, dass Evie sie sofort auf den Boden spuckte. Die Erde war trocken, braune Klumpen und Kiesel umgaben das Grün und Violett der Weinstöcke, die dicht an dicht in schmalen Furchen wuchsen.

Sie ging einen staubigen Weg entlang und war überrascht, niemanden bei der Arbeit anzutreffen. Die Sonne stand hoch am Himmel, also hatten die Arbeiter vielleicht gerade Mittagspause. Da machte sie jemanden aus, der sich zwischen den Weinstöcken bewegte. Ein Junge, vom Sonnenlicht beschienen, der sich manchmal bückte und dann wieder aufrichtete. Ein schmaler Schatten, eine sich im Wind bewegende Kornähre. Evie kramte ihre Sonnenbrille hervor und setzte sie auf. Kurz darauf erkannte sie Benji, der ihr zuwinkte und näher kam. Evie winkte zurück.

Er grinste begeistert, rieb sich mit der Handfläche über die

Stirn und freute sich sichtlich, sie zu sehen. »Ich wusste, Sie würden kommen.« Mit beiden Händen nahm er ihre Hand und schüttelte sie energisch.

»Hallo Benji. Wie schön, Sie wiederzusehen.«

Benji strahlte. »Kommen Sie. Ich kann Ihnen unsere Weinberge zeigen.«

Er hatte ein offenes Gesicht und wirkte freundlich und gutmütig. Seine Miene änderte sich aber mit einem Mal, er wirkte verunsichert. Eine Falte erschien zwischen seinen Brauen. »Ich habe vergessen, Sie nach Ihrem Namen zu fragen.«

Sie grinste. »Evie.«

»Ich mache jetzt mit Ihnen eine kleine Trauben-Tour.«

Benji nahm sie an die Hand und führte sie durch die Weinstöcke. In seinem recht guten Englisch nannte er ihr die Namen der verschiedenen Weine, die er produzierte, und drängte sie weiterzugehen, wobei er auf die vielen mit Trauben bewachsenen Reben zeigte. Er bestand darauf, ihr die Fakten zu jeder Traubensorte zu erzählen, welche Sorte Wein er daraus machte und wie lange es dauerte, sie gären zu lassen. Es klang fast, als würde er aus einem Lexikon vorlesen oder als hätte er das alles auswendig gelernt. Es ermüdete Evie. Außerdem war sie wegen etwas anderem gekommen.

Sie blieb stehen. »Das ist alles sehr schön, Benji, aber meinen Sie, wir könnten jetzt zur Weinprobe übergehen? Es ist so heiß, meine Beine können nicht mehr.«

Benji sah sie voller Bedauern an, offenbar hatte er sie nicht ganz verstanden. Aber er wandte sich um zum alten Gebäude.

Evie hakte noch einmal nach. »Könnte ich bitte ein schönes Glas Rotwein probieren? Ich meine, eigentlich bin ich zum Verkosten hergekommen. Aber nur ein kleines Glas. Ich muss noch nach Foix zurückfahren.«

Benji schien nun wieder erfreut und hakte sich bei ihr unter. »Wir fangen sofort an. Und wenn er Ihnen schmeckt, können Sie die Flasche kaufen.«

Evie lächelte. »Wunderbar.« Sie liefen zurück zum Hof. »Nach all dem bin ich ziemlich durstig.« Sie hielt kurz inne, weil sie plötzlich Gitarrenklänge hörte, begleitet von traurigem Gesang. »Läuft da eine CD? Ich kenne das Lied.« Sie hielt die Luft an und hörte genauer hin. »Das ist David Bowie, das Lied über Major Tom.« Sie blieb stehen, lauschte der melancholischen Melodie, dem Gesang und der betörenden Gitarre. »Aber das ist nicht David Bowie, der da singt, nicht wahr?«

»Das ist der *patron*, Monsieur Bonheur. Er spielt recht gut Gitarre.«

Evie nickte zustimmend. »Ich dachte, der Laden gehört Ihnen, Benji.«

Er lachte. »O nein, ich bin nur der Assistent. Monsieur bringt mir Englisch bei, und er ist so freundlich, mir Arbeit zu geben. Niemand sonst kann mir so einen guten Job geben. Ich mache den Wein und verkaufe ihn.«

»Und was macht dann der Monsieur?«, fragte Evie. »Sitzt auf seinem faulen Hinterteil, kassiert das Geld und spielt Gitarre. Das kann ich mir zumindest gut vorstellen.«

Einen Augenblick lang sah Benji traurig aus. »Dieses Jahr nehmen wir nicht viel Geld ein«, erklärte er ihr. »Wir haben viele Leute, die herkommen und die Trauben ernten. Wenn Monsieur sie bezahlt hat, ist nichts mehr übrig.« Plötzlich hellte sich seine Miene aber wieder auf, und er fuhr sich mit der Hand durch das seidig blonde Haar, das wegen der Hitze an seinem Kopf klebte. »Kommen Sie, Madame, nun ist es Zeit, ein paar gute Weine zu kosten.«

In dem kleinen Büro herrschte Chaos. Überall lagen Papiere herum, die Fenster waren mit einer dicken Schmutzschicht überzogen. Aber in der Scheune war es angenehm kühl. Benji betätigte einen Schalter, woraufhin Leuchtröhren summten und hell aufflackerten. Zwischen den hohen Dachbalken zogen sich Spinnweben entlang, die Wände bestanden aus dunklem Backstein; drei Tische mit Bänken standen auf einem kalten Fliesenboden. Die Tische waren aus Holz und übersäht mit dunklen, rötlichen Spuren verschütteten Weins und etwas anderem, etwas Weißem und Schmierigem, das wie Kerzenwachs aussah, auch wenn dort keine einzige Kerze zu sehen war. Der Kontrast der kalten Scheune zum grellen Sonnenlicht und der Hitze draußen war extrem.

Evie bekam bald eine Gänsehaut und sehnte sich nach ihrer grünen Lederjacke. Benji trug nur ein Trägerhemd, Shorts und Flipflops an den Füßen. Ihm schien der Temperaturunterschied nichts auszumachen. In einer Hand hielt er eine Flasche Rotwein und machte sich daran, den Wein zu entkorken. Er begann wieder, wie ein Lexikon zu reden, und quälte sie mit Fakten über Weintemperatur und den Gärprozess, bis Evie ihn unterbrach: »Ist das ein guter Wein, Benji?«

»Sie mögen doch kräftigen, vollmundigen Wein?«, fragte er.

Evie antwortete: »Wie meine Männer«, auch wenn sie den Spruch gleich darauf dumm fand. Benji wischte ein Glas mit einem Lappen sauber und schenkte den Wein ein, bis der Kelch fast halb voll war. Evie nahm an einem der Tische Platz, hielt das Glas ins Licht und schwenkte den Wein ein wenig. Er war tiefrot und hatte eine beinahe sirupartige Konsistenz.

»Das ist unser Cabernet«, erklärte Benji ihr ernst, während sie daran nippte.

Sie fragte sich, ob sie etwas zum Geranienaroma sagen sollte – sie erinnerte sich an Peggy und Geoff aus Marmande und hätte den Wein beinahe ausgespuckt, weil sie so lachen musste.

Der Cabernet war warm und kräftig. Sie leerte das Glas schließlich mit einem großen Schluck. »Verdammt guter Tropfen. Davon nehme ich eine Flasche. Was kommt als Nächstes?«

»Vielleicht möchten Sie von diesem Rotwein kosten? Unser bester Wein, eine Sorte Grenache.«

Evie war verwirrt. »Ist der eher fruchtig, oder ist das ein säurebetonter, würziger Wein? Mir persönlich sind die fruchtigen lieber.«

»Vielleicht möchte die Dame lieber einige unserer Schaumweine probieren?«

Als Evie sich umwandte, sah sie plötzlich den *patron* vor sich stehen, in einem Rolling-Stones-T-Shirt, das Haar zu einem Pferdeschwanz zusammengebunden. Sie starrte ihn an und wusste nicht, was sie sagen sollte. Da platzte es einfach aus ihr heraus: »Mister Griesgram!«

Er machte sich noch größer, und Evie merkte, wie schwer es ihm fiel, sie anzulächeln. »Sie sind hier Gast. Sie sind auf *Cave Bonheur* willkommen. Darf ich Ihnen die *pétillants* empfehlen? Verschiedene Sektsorten? Die sind sehr erfrischend. Und bereits gekühlt.«

Evie ärgerte sich, weil sie ihn mit so einem blöden Namen angesprochen hatte. Sie wischte sich den blonden Pony zur Seite und dachte kurz daran, wieder in die Rolle der Pornodarstellerin zu schlüpfen, entschied dann jedoch, dass unter den gegebenen Umständen Eartha Windass nicht die beste Option war. Sie würde sich um ein charmantes und sympathisches Auftreten bemühen – und ihm zeigen, dass sie nicht nachtragend war. Langsam faltete sie die Hände im Schoß und klimperte mit den Wimpern. »Haben Sie vielen Dank, das ist überaus freundlich von Ihnen.« Dann fügte sie noch ein *»Monsieur«* hinzu und schenkte ihm ein schiefes Grinsen.

Er sagte nichts dazu. Evie konnte nur sein breites Kreuz betrachten, als er sich zu einem Kühlschrank umdrehte, der früher einmal weiß gewesen sein musste, nun aber grau und schmuddelig aussah. Ein Korken knallte, und sogleich reichte Benji seinem Chef ein hastig poliertes Weinglas, der es ohne einen Dank entgegennahm. Evie lächelte Benji an und formte mit den Lippen ein Dankeschön. Der *patron* schenkte ihr einen Schluck Wein ein, dann gab Benji ihm noch ein Glas, das er zur Hälfte für sich selbst füllte.

»Trinken Sie einen Schluck mit, Benji?«, fragte Evie und bemühte sich um gute Stimmung.

Benji sah zu Monsieur Bonheur und ließ den Blick dann durch die Scheune schweifen. »Nein, ich muss draußen noch einiges tun.« Der *patron* grummelte zustimmend, es war ein langes, tiefes Brummen in seiner Kehle. Benji rieb sich nervös den Nacken und lächelte zum Abschied. »Bis zum nächsten Mal, Madame. Auf Wiedersehen.«

Evie winkte und verabschiedete sich. Monsieur Bonheur setzte sich schwerfällig auf die Bank ihr gegenüber, ein Glas in jeder Hand.

»Warum stößt Benji denn nicht mit uns an, Monsieur?«

Der große Mann schüttelte den Kopf. »Der hat noch viel Arbeit zu erledigen. Jede Menge zu tun.«

»Er ist wirklich gut«, sagte Evie schnell. »Er weiß alles über Wein. Lauter interessante Dinge.«

Monsieur Bonheur nickte barsch. »Benji ist Autist. Er ist sehr intelligent.«

»Oh. Er ist jedenfalls ein sehr netter, junger Mann. Ich habe ihn auf dem Markt getroffen. Äußerst charmant.«

»Eine exzellente Arbeitskraft, verlässlich, fähig.«

Abwartend starrte Evie ihn an, er sollte den ersten Schritt machen.

Schließlich schob er ihr ein Glas über den Tisch zu und sprach einen Toast aus: »Auf das Leben.«

Sie sah ihm direkt in die Augen. »Auf gute Gesundheit und gute Zeiten.« Mit einem Mal fühlte sie Panik in sich aufsteigen, weil sie nun mit einem Mann allein war, dessen Stimmung sich offenbar rasch änderte und der sie finster anblickte.

Schweigend tranken sie einen Schluck Wein. Evie überlegte, ob sie etwas sagen sollte wie: »Schön haben Sie es hier.« Aber die Scheune war heruntergekommen und brach beinahe zusammen, also begnügte sie sich mit: »Können Sie von dem Weinanbau gut leben, Monsieur?«

Er blickte sie nur an, bevor er einen weiteren Schluck trank. »Sie wollen wissen, wie meine Umsätze aussehen?« Wieder fiel ihr sein auffallend gutes Englisch auf; sein Akzent wirkte amerikanisch.

Aber Evie wurde gereizter, obwohl sie sich um Fassung bemühte. »Jetzt seien Sie doch nicht so überheblich. Ich war lediglich daran interessiert, wie Sie es schaffen, von all dem hier zu leben. Ihr Weingut ist eine einzige Bruchbude.«

Sein Gesicht wirkte für einen Moment todernst. Dann lächelte er auf einmal und brach in lautes Gelächter aus. »Sie sind einfach zu ehrlich, Madame. Man trifft nur selten auf Menschen, die so direkt sagen, was sie denken. So etwas habe ich bei Engländern nicht oft erlebt, vor allem nicht bei Frauen.«

»Nun gut.« Evie war eingeschnappt und ließ ihr Glas laut auf die Holzplatte knallen. »Erstens bin ich Irin und mich kümmert es einen feuchten Dreck, was Sie von Engländern halten. Aber Sie sollten nicht so sexistisch sein. Ihre Simone de Beauvoir würde sich im Grabe umdrehen.«

Er trank seinen Sekt, bevor er ihr einen amüsierten Blick zuwarf. »Sie erstaunen mich mit dem, was Sie sagen, Madame. Aber ich muss Ihnen zustimmen.«

»Na, immerhin«, sagte sie und dachte kurz nach. »Ich heiße Evie Gallagher.«

Er streckte die Hand aus. »Jean-Luc Bonheur.«

Sie schüttelte ihm die Hand und fragte sich, ob er ihre küssen würde, schließlich war er ein französischer Gentleman, aber er drückte sie nur kurz und zog seine große Hand zurück, um ihnen nachzuschenken. Evie trank erneut einen großen Schluck. »Dieser Sekt ist wunderbar. Davon kaufe ich eine Flasche. Vielleicht zwei.«

»Sie machen Urlaub hier.« Es war eine Feststellung, keine Frage.

Nach einem weiteren Schluck antwortete sie: »Ich wohne im O'Driscoll's, aber das wissen Sie ja. Ich habe ein Wohnmobil«, fügte sie stolz hinzu. »Ich kann fahren, wohin ich will, und so lange bleiben, wie ich will.«

Sie musterte sein Gesicht und wartete darauf, dass er ihr fortgeschrittenes Alter kommentierte und betonte, wie unverantwortlich es sei, allein zu reisen.

Nach kurzem Schweigen erwiderte er jedoch: »Reisen ist gut für die Seele, eine gute Therapie. Es tut gut, neue Leute kennenzulernen, neue Orte zu sehen. So etwas bereichert einen immens. Ich gratuliere Ihnen dazu.«

Evie schloss den Mund und trank weiter. »Sind Sie viel gereist, Jean-Luc?«

»Ich wurde mit Fernweh geboren.«

Sie runzelte die Stirn. »Wie meinen Sie das?«

»Mein Vater war ein algerischer Seemann. Ich habe ihn nie getroffen, dafür aber seinen Drang geerbt, die Welt zu sehen, die Natur zu genießen und das wahre Leben kennenzulernen.«

»Wie kann es sein, dass Sie Ihren Vater nie gesehen haben?«

Jean-Luc wurde nachdenklich. »Meine Mutter selbst hatte ihn nur einmal gesehen. Ich bin in Marseille zur Welt gekommen. 1941. Mit vierzehn bin ich von zu Hause aufgebrochen, um zu reisen, und mit dreiundzwanzig lebte ich in Kalifornien.«

Evie lehnte sich nach vorne. »Warum sind Sie nach Frankreich zurückgekommen?«

Er zuckte die Achseln. »Warum machen wir überhaupt etwas in unserem Leben? Aus Liebe. Oder aus Mangel an Liebe.« Sobald er sein Glas geleert hatte, schenkte er Evie und sich wieder ein.

»Sie müssen ein aufregendes Leben gehabt haben«, sagte sie und schluckte den Sekt herunter, der ihr auf der Zunge prickelte. Er war kühl und erfrischend, und allmählich hüllte eine wohlige Wärme sie ein. »Meins war langweilig.«

»Das bezweifle ich.« Er hob sein Glas. »Sie sind alles andere als eine gewöhnliche Frau. Erzählen Sie mir von Ihrem Leben in Irland.«

»Da gibt's nicht viel zu erzählen.« Evie hielt kurz inne, dann erzählte sie ihm von Jim und Brendan, von Sheldon Lodge, dem Anakonda-Mann und dem Wettbüro, von Liverpool und der Bretagne. Sie redete über das sprichwörtliche Glück der Iren, ihre Glückszahl Vier. Und darüber, wie zwei nette Frauen in Roscoff sie mitgenommen hatten, als ihr Koffer kaputtgegangen war, und wie sie zusammen mit einem deutschen Studenten Brandy getrunken hatte, um sich von der fröstelnden Atmosphäre in Oradour-sur-Glane zu erholen.

Aufmerksam hörte er zu und sah sie aus seinen dunklen Augen an. Er schenkte ihr nach, nippte am Wein, um sich die Lippen zu befeuchten, und hob die Flasche erneut, um ihre Gläser zu füllen. Evie entspannte sich, tatsächlich fühlte sie sich wohl in seiner Gesellschaft. Sie trank weiter, und der Sekt kribbelte in ihrer Kehle. Für einen Moment schloss sie die Augen. Der Sekt war süß, Mister Griesgram erzählte mit seiner weichen, tiefen Stimme, gestikulierte dabei mit den Händen und ließ sie an seiner Leidenschaft für Musik teilhaben.

30. KAPITEL

Evie blinzelte und öffnete die Augen. Es fiel ihr schwer, sich daran zu erinnern, wo sie war, aber der schale Geschmack in ihrem Mund half ihr. Ihr fielen die unzähligen Gläser Sekt wieder ein und wie unglaublich müde sie geworden war. Kurz legte sie ihren Kopf auf die Arme, schloss noch einmal die Augen und lauschte dem Murmeln einer männlichen Stimme.

Sie bemerkte die blaue Bettdecke, die über ihr lag, und die harte Matratze unter sich. Evie befand sich in einem dunklen Zimmer mit Bildern an den Wänden. Die schwere Tapete zierten laternenförmige Muster in Burgunderrot auf gelblichem Hintergrund. Die Vorhänge waren zugezogen und sperrten das Tageslicht aus, aber Vogelgezwitscher war zu hören. Die roten Digitalziffern auf dem kleinen Wecker zeigten sieben Uhr dreißig an. Es war also früher Morgen. Staub wirbelte auf, als Evie aus dem Bett stieg und die Vorhänge aufzog. Sie blickte auf den Hof hinaus.

Zweifellos befand sie sich in seinem Schlafzimmer und hatte hier allein geschlafen. Sie fragte sich, wo Jean-Luc seine Nacht verbracht hatte und wo er jetzt war. Ihre Lider waren noch schwer. Ihre Jeans hatte sich an den Waden verdreht, das Oberteil fühlte sich klamm und schwitzig an. Zusammen mit Jean-Luc musste sie etwa drei Flaschen Sekt geleert haben.

Seufzend stützte sie die Arme auf. Nach und nach fiel ihr alles wieder ein. Sie muss weggedöst sein, und er hatte sie offenbar hierher getragen, damit sie schlafen konnte.

Dann sah sie sich genauer um. Ihre Schuhe hatte sie noch immer an, und die Handtasche stand auf dem Fliesenboden. Neben dem dunklen Doppelbett aus Holz mit der dünnen Bettdecke standen ein altmodischer Schrank mit einem großen Spiegel und eine passende Kommode mit Messinggriffen. In einer Ecke lehnte eine Akustikgitarre an der Wand, daneben ein Verstärker. Es gab jede Menge Bücher, manche waren in

Regalen aufgereiht, andere stapelten sich auf dem Boden. Evie nahm eins in die Hand, dann noch eins. Sie waren auf Französisch. Sie sah sich die Regale an und entdeckte ein paar Bücher auf Englisch und eins in einer Sprache, die sie aus ihrer Schulzeit kannte: Latein.

Die Oberfläche der Kommode war zerkratzt und hatte tiefe Abdrücke von Weingläsern oder Kaffeetassen. Dort stand ein Glasfläschchen mit Pillen, eine stylische Flasche Brandy und leere Gläser, einige gerahmte Polaroids von Jean-Luc als junger Mann mit langen Haaren, ernstem Gesicht und dem für ihn typischen grübelnden Blick. Eines davon zeigte ihn Gitarre spielend, in einem T-Shirt mit dem Logo eines Musikfestivals in Kalifornien. Auf einem anderen Foto blickte er ebenfalls ernst drein, stand allerdings neben einer lachenden Blondine und einem kleinen Mädchen. Ein späteres Bild zeigte ihn mit Pferdeschwanz an der Seite einer dunkelhäutigen Frau mit kurzen Haaren und markanten Gesichtszügen. Dann gab es noch ein Bild in einem silbernen Rahmen, das deutlich älter war und eine Frau in einem braunen Kleid zeigte – vermutlich Jean-Lucs Mutter. Evie erkannte die Sepia-Färbung. Sie selbst hatte so ein Bild von ihren Geschwistern und ihren Eltern, das in den späten Vierzigerjahren aufgenommen worden war.

Auf einem Bild schaute eine vierte Frau direkt in die Kamera, sie wirkte lebhaft, um die fünfzig oder sechzig. Dieses Bild schien aktueller zu sein und war auf dem Hof des Weinguts aufgenommen worden. Jemand hatte unten links darauf geschrieben: *Toujours, Hélène*. Evie kicherte. Jean-Luc schien viele Frauen gehabt zu haben.

Sie ging den Treppenabsatz vor dem Schlafzimmer hinunter und öffnete mehrere Türen. Es gab drei weitere Schlafzimmer, eins mit einem breiten Doppelbett mit Matratze und alten Kissen, die Vorhänge waren zugezogen. Die anderen beiden Räume waren mit lauter Kram vollgestellt: Kartons, Tapetenrollen, Zeitschriftenstapel und Bücher. In einem dunklen Koffer lagen haufenweise Vinylplatten. Sie öffnete die Tür zu einem Badezimmer mit einer großen weißen Badewanne und einer Dusche mit kaputtem Duschkopf. Die Fliesen an den Wänden hatten Risse, der Boden bestand aus kahlen Brettern. Ein einsames, dünnes Handtuch hing auf einer Stange. Über einen anderen Treppenabsatz gelangte Evie in eine Küche mit einem großen Ofen und einem Holztisch. Durch ein offenes Fenster wehte Wind herein und spielte mit den dünnen Vorhängen.

Anschließend gelangte Evie in ein großes Wohnzimmer mit einem offenen Kamin, dessen Boden noch mit Resten von Asche und Kohle besprenkelt war. Auch hier gab es viele Bücher, mehrere Gitarren, einer von Jean-Lucs Pullovern lag auf der Lehne eines Stuhls, die Ärmel hingen schlaff herunter. Die Tür nach draußen knarzte, als Evie sie aufdrückte.

Die Sonne stand noch nicht hoch, es war angenehm frisch. *Cave Bonheur* lag ruhig vor ihr, bis auf ein paar Schwalben, die über dem Hof auf und ab segelten. Evie betrat das kleine Büro und lief durch die Scheune, wo sie den Sekt getrunken hatte. Das Licht war ausgeschaltet. Sie fragte sich, ob sie einfach ein paar Flaschen mitnehmen und Geld dalassen sollte. Ihr war es unangenehm, dass sie so viel getrunken hatte. Am Ende entschied sie deshalb, ein anderes Mal wiederzukommen, nur um Wein zu kaufen.

Das kleine Wohnmobil stand noch dort, wo sie es geparkt hatte. Die Türen waren abgeschlossen. Evie kramte die Schlüssel aus ihrer Tasche hervor. Als sie auf dem Fahrersitz Platz nahm, bemerkte sie, dass zwei Flaschen Sekt mit dem *Cave Bonheur*-Etikett auf dem Beifahrersitz lagen. Sie kratzte sich am Kopf und startete den Motor. Als sie aus der Einfahrt herausfuhr, achtete sie darauf, nicht die riesige Weinflasche aus Holz umzufahren, die sich wie der Turm von Pisa zur Seite neigte. Sie bog auf die Straße und schaute auf die Uhr. Für das Frühstück, das Paulette um halb acht zubereitete, würde sie wieder im O'Driscoll's sein.

Erst zwei Tage später konnte Evie wieder Alkohol trinken, und auch dann nur ein Glas Rotwein zum Mittagessen mit Caroline und Nige. Das Essen schmeckte köstlich, Evie fühlte sich in deren Heim sehr wohl. Ihr Haus war geschickt umgebaut und renoviert worden und schmiegte sich förmlich an den Vorsprung eines kleinen Berges.

»Wie heißt das hier noch mal?«

»Baba Ganoush.« Caroline reichte Evie noch mehr von dem Auberginendip, dazu ein paar Gemüsesticks. »Das ist Niges Spezialität – also eine von vielen jedenfalls. Er kocht gern libanesisch. Er hatte nämlich eine libanesische Freundin, bevor ich ihn kennengelernt habe. Oder war sie Türkin?«

Nige räumte die Teller ab. »Israelin«, murmelte er und verschwand in der Küche, aus der er kurze Zeit später mit starkem Kaffee und einigen kleinen Kuchen wiederkehrte, die wie kleine, in Zuckersirup getränkte Teigwürfel aussahen. Evie kostete eins.

»Das ist wunderbar«, sagte sie. »So süß und nussig.«

»Da sind Pistazien drin«, erklärte Nige und schüttete dickflüssigen Kaffee in verschnörkelte Tassen.

Evie kaute eine Weile, bevor sie ihre Freunde fragte: »Kennt ihr eigentlich den Mann, der neulich im O'Driscoll's die Prügelei beendet hat?«

Überrascht sah Caroline sie an. »Jean-Luc Bonheur?«

»Ich habe mich nur gerade gefragt, warum er so mürrisch war. Kennt ihr ihn gut?«

Caroline schüttelte den Kopf. »Nein, das tut keiner. Ich meine, wir leben hier jetzt seit – wie lange? – zwanzig Jahren. Und er war schon immer etwas eigenbrötlerisch.«

Nige schenkte Kaffee nach. »Mit der Zeit wurde es schlimmer. Ich meine, sein Weingut warf nicht immer so wenig ab wie jetzt. Ich habe keine Ahnung, ob er überhaupt was verkauft.«

»Der Junge aus dem Dorf«, Caroline schürzte die Lippen und nahm einen Schluck Kaffee. »Der ist auch ein Einzelgänger, lebt bei seiner verwitweten Mutter. Er geht da jeden Tag hoch und hält den Laden am Laufen, fürchte ich.«

Evie wollte schon seinen Namen sagen, Benji, überlegte es sich aber anders und fragte stattdessen: »Warum läuft das Geschäft so schlecht?«

»Ist dir das Weingut nicht schon von der Straße aus aufgefallen?«, wollte Caroline wissen. »Das ist total baufällig.«

»Nein, das habe ich nicht gesehen.« Evie fragte sich, ob ihre Lüge überzeugend wirkte.

Nige schenkte sich Kaffee ein. »Seit seine Freundin tot ist, kümmert er sich nicht mehr wirklich um das Anwesen.«

Evie horchte auf. »Was ist denn passiert?«

»Das war wirklich traurig«, erzählte Caroline. »Sie war sehr lange krank. Er hat sich bis zum Ende um sie gekümmert. Das war vor fünf Jahren.«

»Kein Wunder, dass er so mürrisch ist.« Evie nahm sich noch ein Küchlein.

Caroline betrachtete sie scharfsinnig. »Warum all diese Fragen, Evie?«

Ihre Wangen wurden warm, aber sie zuckte schnell die Achseln. »Ich bin nur neugierig. Kann man dort guten Wein kaufen?«

Nige schlug ihr vor, bei *Cave Bonheur* vorbeizufahren und es selbst herauszufinden. Der Wein sei gut, der Service allerdings schrecklich.

Caroline fiel ihm ins Wort. »Wahrscheinlich bekommst du aus dem Alten kein Wort heraus. Er mag keine Gesellschaft. Ich kenne niemanden, der auch nur ein gutes Haar an ihm lässt.«

Ihrem ersten Impuls folgend, wollte Evie Jean-Luc verteidigen. Denn sie hatte ihn als lustigen, großzügigen, gutmütigen, intelligenten Mann erlebt. Davor aber, in der irischen Bar, war er natürlich sehr launisch und unsympathisch gewesen. Vielleicht war das seine übliche Tagesform. Andererseits täuschte der erste Eindruck ja manchmal. Und bei ihrem letzten Treffen war er durchaus charmant gewesen. Charmant und schwer greifbar. Sie beschloss, nichts zu sagen. Stattdessen aß sie noch mehr Kuchen.

Es war sechs Uhr abends. Ray füllte hinter der Bar Flaschen nach, die er aus dem Keller hinaufgeholt hatte, und richtete sich auf einen geschäftigen Abend ein. Paulette war mit den Kindern unterwegs, also blieb Evie noch etwas Zeit, um mit Ray zu plaudern. Aus der Jukebox kam Musik von Rays Lieblingsband: Dropkick Murphys.

»Hi Ray. Gute Musik.«

Er lächelte. »Möchtest du was trinken, bevor wir aufmachen, Evie?«

»O ja, gern, ein Mineralwasser bitte. Ich versuche, mir den Wein abzugewöhnen.«

»Warum das denn?«

Evie dachte an die Weinprobe von *Cave Bonheur* und das Aufwachen in einem fremden Bett. Sie musste lächeln. »Ich fürchte, er bekommt mir nicht. Dachte, ich versuche es eine Weile mal ohne.«

Lachend reichte er Evie ein Glas und eine offene Flasche. »Das glaub ich nicht.«

Sie trank einen Schluck Wasser, dann noch einen. Sie fühlte sich schon besser.

Ray fiel auf einmal etwas ein. »Ach, heute kam Besuch für dich. Habe ich fast vergessen.«

Irritiert schüttelte sie den Kopf und sah ihn fragend an.

Ray polierte die Holzplatte auf der Theke. »Jean-Luc Bonheur ist hier gewesen und hat nach dir gefragt.«

Evie bemühte sich, entspannt zu klingen. »Ach ja? Was wollte er?«

»Er meinte, er würde dich heute Abend um halb acht abholen.«

Evie fiel fast die Kinnlade herunter. »Wozu?«

»Ich dachte, du wüsstest das. Zum Abendessen anscheinend.«

Sie wollte es abstreiten, ihn für verrückt erklären. Caroline hatte erzählt, dass niemand hier auch nur ein gutes Haar an dem Mann ließ. Doch dann dachte sie an die zwei Flaschen Sekt, die er ihr auf den Beifahrersitz gelegt hatte. »Oh, wunderbar. Dann gehe ich lieber hoch und mache mich fertig.«

Ray grinste. »Heißes Date, was?«

Evie lächelte zurück und fuhr sich mit der Hand durchs Haar. »Eher ein Geschäftsessen, denke ich.« Und weg war sie.

31. KAPITEL

In ihrem Zimmer zog Evie das lange Kleid mit dem afrikanischen Muster an, das sie auf dem Markt erstanden hatte, und lächelte ihr Spiegelbild an. In Sheldon Lodge hätte sie nie im Leben so ein Kleid getragen. Während sie an Mrs. Lofthouse und den Lippenstift in Paradise Pink dachte, trug sie grinsend ein wenig Gloss auf und kämmte sich das Haar. Sie hatte Farbe bekommen, und ihr Haar war etwas gewachsen, durch das Blond schien hier und da das Silber hindurch. Sie hatte tiefe Falten in den Augenwinkeln und helle Stellen, die die Sonne nicht erreicht hatte. Wenn sie blinzelte oder lachte, sah man es, weiß gegen braun. Ihr eigenes Spiegelbild strahlte sie an. Lachen war die beste Medizin. Evie fragte sich, ob Mister Griesgram an diesem Abend auch lachen würde. Sie musste los.

Jean-Luc wartete draußen in einem verbeulten roten Sportwagen. Das Auto hatte Evie schon einmal gesehen – als sie das erste Mal ins O'Driscoll's gekommen war. Sie hatte neben ihm geparkt. Das Verdeck war heruntergeklappt, und Jean-Luc trug seine grauen Locken dieses Mal offen. Der Kragen der Jeansjacke war hochgeschlagen, und er trug eine Sonnenbrille mit runden Gläsern. Als Evie auf dem Beifahrersitz Platz nahm, fragte Jean-Luc, ob sie fror oder es okay sei, wenn das Dach offen bliebe. Evie antwortete, sie fände das wunderbar. Laut ließ Jean-Luc den Motor aufheulen, und sie fuhren los.

Sie hatte mit einem einfachen Essen bei ihm zu Hause gerechnet, doch nun saßen sie sich in einem sehr eleganten Restaurant gegenüber. Während Evie die Preise las, beschloss sie, die Rechnung zu übernehmen oder es zumindest anzubieten. Jean-Luc erklärte ihr die Speisekarte und legte ihr mürrisch nahe, doch Französisch zu lernen.

»Ich denke, das werde ich tun«, sagte Evie. »Ich frage vielleicht Ray oder Paulette, ob sie mich unterrichten können. Ich bin sicher, sie werden das toll machen.«

Er wirkte gereizt, als er für sie bestellte. Dann nippte er grüblerisch an dem Wasser, das der Kellner gebracht hatte. Als die Vorspeise kam, begann Jean-Luc schweigend zu essen, er sah Evie kaum an.

Schließlich bat sie den Kellner auf Französisch um eine Flasche roten Hauswein und erntete dafür einen bösen Blick von ihrer Begleitung.

»Ist das nicht in Ordnung?«, fragte sie.

»Ich hätte einen besseren Wein ausgewählt. Der, den du ausgesucht hast, ist schlecht – überteuerter Essig.« Er atmete laut aus und tauchte ein Stück Brot in die Knoblauchsoße auf seinem Teller.

Das Hauptgericht wurde aufgetragen: Rind im Blätterteigmantel, mit einer anderen Soße, wahrscheinlich Pilzrahmsoße. Der Kellner schenkte ihnen Wein ein, und Evie trank betont begeistert. »Ganz köstlich«, rief sie. Dabei war es wirklich überteuerter Essig.

Schweigend kauten sie wieder. Schließlich lächelte sie Jean-Luc an. »Es war sehr nett von dir, mich zum Abendessen einzuladen.«

Er schien überrascht. »Das war doch deine Idee.«

Sie legte das Besteck hin. »Meine Idee?«

Er kaute einige Augenblicke, dann erklärte er: »Nachdem wir drei Flaschen Sekt getrunken hatten, meintest du zu mir, ich solle dich zum Essen einladen. Danach bist du ohnmächtig geworden.«

Evie wurde rot. »Und du machst immer das, was fremde Frauen dir sagen, oder wie?«

Gleichgültig zuckte er die Achseln und aß weiter. Dann sagte er: »Du hast gesagt, mein Geschäft sei … wie hast du das ausgedrückt … eine Bruchbude. Da frage ich mich, ob du mich nicht beraten könntest, wenn du doch so eine erfahrene Geschäftsfrau bist.«

Evie beschloss, dass er ein unglaublich gemeiner Mensch

war. Sie überlegte noch, was sie sagen sollte, als Jean-Luc plötzlich zu essen aufhörte und sie mit dunklen, glühenden Augen ansah. »Das war, bevor du mir erzählt hast, dass du in einem Porno mitspielst.«

Peinlich berührt schlug sie die Hände vors Gesicht. »Das habe ich gesagt?«

Er nickte.

»Und deshalb hast du mich zum Essen eingeladen? Weil ich darum gebeten und dir erzählt habe, ich sei Pornodarstellerin?«

Kurz aß er weiter, dann trank er offenbar ihr zuliebe einen Schluck von dem sauren Wein und wischte sich den Mund mit der Serviette ab. »Nein, ich habe dich eingeladen, weil ich dich mag. Du bringst mich zum Lachen. Und es ist lange her, seit ich das letzte Mal so gelacht habe.«

Evie schob ihr Essen auf dem Teller hin und her. »Gut, Jean-Luc, wenn du wirklich einen Rat willst, dann habe ich sogar mehrere für dich. Dein Weingut braucht eine Generalsanierung. Es ist ranzig, völlig verkommen. Die Spinnenweben müssen verschwinden, die Wände frisch gestrichen werden. Auf den Tischen sollten Kerzen stehen und etwas Deko, damit man sich dort wohlfühlt, und – o ja – das Schild an der Straße ist grausam. Kein Wunder, dass niemand spontan vorbeikommt. Das Anwesen sieht aus wie ein leer stehender Kuhstall und riecht auch so. Dein Wein ist gut, aber du vermarktest ihn nicht anständig. Stattdessen sitzt du herum, spielst Gitarre und singst Songs von David Bowie. Du musst an deinem Image arbeiten, dich raustrauen und selbst Werbung machen. Du solltest das Geschäft führen und nicht alles auf den armen Jungen abwälzen, den du herumkommandierst und wie Dreck behandelst, während du bloß rumhängst und alles versäufst.«

Er starrte sie an und trank einen Schluck Wein. Seine Lippen zuckten leicht. Evie verstand das nicht. Er wirkte weder wütend noch verstimmt. Er sah sie einfach an. Langsam legte sie die Hände auf den Tisch und hob den Blick. »So sieht es nun mal aus. Da hast du deinen Ratschlag, Jean-Luc.«

Er streckte eine Hand aus und legte sie auf ihre, seine breite Handfläche bedeckte ihre Hand vollkommen. Evie fragte sich, ob er sie platt drücken würde. Seine Miene war ernst.

»Evie«, setzte er an.

Sie trank noch einen Schluck Wein. »Ich weiß. Jetzt geht es wieder los. Du wirst wütend und mürrisch und schickst mich weg.«

»Nein«, widersprach er und sah sie aufrichtig an. »Ich mache dir ein Jobangebot.«

32. KAPITEL

»Willst du den ganzen Tag so herumsitzen, Brendan, auf den Laptop starren und vor dich hin murmeln?«

Maura stand im Türrahmen, die Hände in den Hosentaschen, die Jacke angezogen. Sie war bereit aufzubrechen.

»Was passiert denn jetzt?« Sein Handgelenk war steif. Zwei Wochen lang hatte er versucht, es jeden Tag zu bewegen, es angehoben, vorsichtig wieder auf die Armlehne eines Stuhls gelegt, aber der Schmerz war noch immer da. Ihm war langweilig. Hinauszugehen ermüdete ihn, aber in den vier Wänden des kleinen Hotelzimmers erstickte er geradezu. Maura hatte die Rolle der Krankenschwester übernommen, und ihre Stimme war in seinem Kopf wie ein konstantes Hämmern. Allmählich ging ihnen auch das Geld aus. Er balancierte den Laptop auf seinem Knie und schrieb mit der gesunden Hand seine E-Mail weiter.

Das laute, abgehackte Tippen schien auch bei Maura Kopfweh hervorzurufen. Sie hielt sich eine Hand an die Stirn. »Wir waren uns doch einig, dass wir zu dem kleinen Nachtmarkt gehen. Der öffnet um sieben. Wir wollten da hin.« Sie klang abgespannt.

Brendan wandte sich wieder der Tastatur zu, beendete die E-Mail und klickte auf *Senden*. »Geh du ruhig.«

»Allein, Brendan? Komm schon. Du hast schließlich kein gebrochenes Bein.«

Er wollte auch einen blöden Spruch machen, hielt sich jedoch zurück und lächelte sie stattdessen an. Dann blickte er wieder auf den Laptop. Penny Wray hatte ihm ein tolles Foto von einem Ort in Mexiko geschickt, an dem sie gewesen war: Xek Há, eine riesige archäologische Stätte, wo man Wassersportarten machen konnte, etwa Schnorcheln, Tauchen und mit Delfinen schwimmen. Er fragte sich, wer Penny fotografiert hatte und mit ihr zusammen Urlaub machte. Penny war im kristallklaren blauen Wasser zu sehen, sie trug eine Schnorchelmaske, ihr Haar war ganz nass, das Gesicht braun gebrannt und fröhlich.

Wütend schnaubte Maura und presste die knallroten Lippen aufeinander, die Stirn lag in Falten. »Lass uns zu dem Markt gehen, Brendan. Wir waren heute kaum draußen.«

Er sah sich die anderen Bilder an: Penny auf einem Katamaran, ihr Haar wehte im Wind; wie sie auf eine alte Pyramide namens Chichén Itzá kletterte, in hellen Shorts; ein Papagei auf ihrer Schulter, blaue und rote Federn und ihr breites Lächeln füllten den Laptopbildschirm aus. Brendan speicherte das Bild und beendete das Programm.

»Okay, Maura. Gehen wir zu diesem Markt.« Schwerfällig stand er auf, sie hielt seine Jacke für ihn, sodass er den verletzten Arm, der immer noch in dem steifen Gips steckte, in den Ärmel schieben konnte.

Als sie ihm die Jacke zuknöpfte, sagte sie: »Später können wir noch was trinken gehen. Vielleicht finden wir eine nette Bar, dann trinken wir Wein und gehen noch etwas spazieren.«

Er zog die Schultern hoch. Er wollte schon sagen: »Was immer du willst.« Aber selbst zu so einer kurzen Äußerung konnte er sich nicht aufraffen. Stattdessen ging er zur Tür, dachte an Penny Wray, die in Mexiko schnorchelte, an seine Mutter, die in Südfrankreich die Sonne genoss, und fragte sich, warum er sich sogar außerhalb des Hotelzimmers so fühlte, als bekäme er keine Luft. Natürlich lag das auch an dem pochenden Schmerz in seinem Handgelenk und den Wochen, die er in dem stickigen Hotelzimmer verbracht hatte. Aber da war noch etwas anderes, nicht Maura; dafür konnte er ihr keine Schuld geben. Traurig fragte er sich, ob er schlichtweg unfähig war, glücklich zu sein.

Am folgenden Tag verkündete Maura beim Frühstück, dass sie nach Spanien fahren wollte. Brendan hob mit der gesunden Hand eine Tasse Kaffee und lehnte sich zurück.

»Ach, komm schon, Brendan. Wir haben Urlaub. Wir sind vielleicht nie wieder hier unten.« Sie verstummte kurz. Als sie wieder redete, klang ihre Stimme weicher. »Ich habe einen Artikel in einer Lokalzeitschrift über die *Picos* gelesen, das ist ein Gebirge. Es gibt eine geführte Tour, bei der man die Grenze nach Spanien überquert und in den Bergen übernachtet. Spanien, Brendan, stell dir das einmal vor. Wir könnten Paella essen und mit so einem Sessellift die Berge hochfahren. Da oben liegt Schnee, selbst jetzt im Sommer. Und wir könnten spanischen Wein probieren, lecker essen gehen, ein paar Orte besichtigen, vielleicht auch dort übernachten. Das wäre auch nicht zu teuer. Das schaffen wir schon. Wir brauchen ohnehin einen Ausflug. Ich halte es in diesen vier Wänden nicht länger aus. Was meinst du? Das wäre bestimmt schön.«

Brendan staunte über ihre Begeisterung. Er fühlte sich antriebslos. Der Kaffee war schon kalt und schmeckte bitter auf seiner Zunge. Er schluckte ihn herunter und stellte die Tasse vorsichtig wieder auf den Tisch. »Ich nehme mal an, du hast das sowieso schon mit der Kreditkarte gebucht?« Er klang jämmerlich.

Maura gab sich überrascht. »Nicht ohne das erst mit dir zu besprechen.« Sie lehnte sich zu ihm und griff auffordernd nach seiner bandagierten Hand. »Was sagst du? Lass uns das machen.« Dann zog sie ihre Hand zurück.

Der Kellner räumte Brendans halb volle Tasse ab.

»In Ordnung. Du planst das, Maura, und dann fahren wir.«

Sie lächelte aufgeregt wie ein Kind, das seinen Willen durchsetzen konnte. Brendan biss sich auf die Lippe. Er erinnerte sich, wie er sich gefühlt hatte, als sie in Soustons geradelt waren. Dort hatte er eine Chance gesehen, dass sich die Vertrautheit zwischen ihnen wieder einstellen, dass der Funke überspringen würde. Es müsste nicht gleich Liebe oder Leidenschaft sein, aber eine Erinnerung daran, was sie einmal gehabt hatten, ein gegenseitiges Achten und Schätzen. Doch seit dem Unfall fühlte er sich taub, als wäre er nicht wirklich da. Mauras unablässiger Eifer nervte ihn und führte fast dazu, dass sein Handgelenk noch mehr wehtat. Jetzt kümmerte sie sich um alles, so als könnte er wegen des gebrochenen Handgelenks keine Entscheidung mehr selbst treffen.

Eines Abends hatte sie sogar versucht, ihn mit Suppe und Brotstücken zu füttern, als wäre er ein kleines Kind. Es fühlte sich an, als wäre zusammen mit seinem Handgelenk noch etwas zerbrochen; jede Hoffnung, das wiederzufinden, was sie einmal gehabt hatten, schien jetzt ferner und unwahrscheinlicher denn je. Brendan fragte sich, ob er und Maura überhaupt zurückgehen konnten. Ob sie, wenn sie nach Irland zurückkehrten, ihr altes Leben einfach weiterleben konnten. Er spürte, wie sein Handgelenk schmerzhaft pochte, und bezweifelte es.

33. KAPITEL

Drei Wochen waren seit dem Unfall vergangen. Brendans Handgelenk schmerzte noch immer. Er saß in einem klimatisierten Bus, las ein Buch über den Pilgerweg von Santiago de Compostela und ein anderes über die Bombardierung von Guernica 1937. Maura blätterte durch ein Hochglanzmagazin und ein teures Buch über Picassos Gemälde. Die Stimmung war friedlich; beide waren vertieft in ihre Lektüre, schauten hin und wieder aus dem Fenster auf die sich ändernde Landschaft, die Berge, die gen Himmel ragten, und den glitzernden Schnee, der sich vor einem blauen Himmel absetzte.

Pünktlich trafen sie in Bilbao ein, spazierten kurz durch die Stadt und aßen *bacalao al pil*, eine Art Kabeljau-Eintopf, der mit einer Flasche Rioja aus der Region einfach herrlich schmeckte. Im Hotel schlief Brendan tief und fest, trotz des schmerzenden Handgelenks. Am nächsten Morgen wachte er auf, stellte sich in Boxershorts ans Fenster und schaute auf die Berge. Maura schlief noch. Er beschloss, ein paar Fotos mit dem Handy zu machen und sie Penny zu schicken.

Nach einer Tortilla und Landbrot zum Frühstück nahmen sie den Bus nach Fuente Dé. Schweigend stellten sie sich am Ticketschalter an, lasen ihre Bücher weiter und nahmen die Seilbahn, um auf den Gipfel der Picos zu gelangen.

Als die Seilbahn losfuhr, steckte Brendan seine Bücher in den Rucksack – schnell flogen sie an schroffen Felsen vorbei. Maura umklammerte ihre Handtasche und starrte nach draußen. Es war warm in der Kabine, sie schien die zerklüfteten Felsen beinahe zu berühren. Die Grüntöne der Landschaft unter ihnen verschwanden, wurden von Grautönen abgelöst, und schon bald sah man spitze Felsen, die teils mit Schnee bedeckt waren, bis schließlich eine dichte, strahlend weiße Schneedecke in ihr Sichtfeld kam und Brendan blinzeln musste, weil das Weiß ihn blendete. Er genoss das Gefühl, im Schatten der gigantischen

Bergkämme völlig unbedeutend zu sein. Ihm war, als würden all seine Probleme im glitzernden Sonnenlicht dahinschmelzen.

Die Seilbahn wurde langsam, und die Passagiere stiegen vorsichtig aus. Die Berggipfel waren schneebedeckt, umhüllt von einigen tief hängenden Wolken, die sich wie ein Mantel aus Nebel über sie legten. Brendan legte Maura einen Arm um die Schulter und fragte sich sofort, warum er das getan hatte. Einen Augenblick ließ er den Arm aber liegen, dann zog er ihn zurück und nahm sein Telefon, um ein Selfie mit der Berglandschaft im Hintergrund zu machen, dann eins von ihnen beiden. Danach wandte Maura sich sofort ab und ließ die Schultern hängen. Wieder legte er einen Arm um sie und machte ein Bild von ihnen vor den zerklüfteten Felsen. Mauras Miene war ernst. Sie wich zurück von ihm und wirkte grimmig.

»Ist es hier oben nicht herrlich?«, fragte Brendan, als sie ganz oben angekommen waren. Er fragte sich, warum Maura so unglücklich aussah. Herzukommen war schließlich ihre Idee gewesen. Mit gesenktem Kopf stand sie jetzt ein Stück entfernt von ihm.

Brendan schlug einen kleinen Spaziergang vor, und sie trottete lustlos hinter ihm her, den Blick auf ihre Schuhe gerichtet.

Sie kamen an ein kleines Café, und Brendan wollte schon zwei Kaffee bestellen, aber Maura schüttelte den Kopf und bat um ein Mineralwasser. Als sie am Tisch saßen, blickten sie ins Tal und auf die Kabinen der Seilbahn, die durch den Nebel nach oben stiegen. Maura trank ihr Wasser in kleinen Schlucken. Brendan legte das verletzte Handgelenk auf den Tisch.

»Es war eine großartige Idee, hierher zu fahren.« Mit der gesunden Hand deutete er auf den Ausblick. »Einfach unglaublich. Ich wünschte, ich hätte die Zeit, hier einen längeren Wanderurlaub zu machen, vielleicht eine Woche, um alle Touren auszuprobieren, oder auch, um Ski zu fahren.« Er schloss die Augen, sah sich mit zwei Stöcken in Händen, einer roten Pudelmütze auf dem Kopf und Skibrille auf der Nase, die hohen Berge hinter sich. In seiner Fantasie fühlte er sich glücklich und frei, er genoss das Leben.

Maura nahm noch einen Schluck, da fiel Brendan auf, wie blass sie war. »Gefallen dir die Berge?«, wollte er wissen.

»Ja, sie sind wunderschön.«

Er nahm Geld aus dem Portemonnaie, um zu zahlen.

Maura hob den Kopf. »Muss an der Tortilla heute früh liegen«, flüsterte sie. »Mir ist etwas schlecht.«

»Ist vielleicht auch die Höhe und die Bergluft.« Brendan legte Geld auf den Tisch und erhob sich. »Komm, wir laufen noch etwas. Wir haben noch eine Stunde, bevor der Bus abfährt. Die frische Luft tut dir sicher gut.«

Er schob seinen Stuhl zurück und war schon fast bei der Tür, als er hörte, wie sie ihren Stuhl abrupt wegschob. Hastig winkte sie ihm, zeigte in Richtung Damentoiletten und lief hinein. Er wartete fünfzehn Minuten. Als Maura wieder herauskam, wirkte ihr Gesicht blass und käsig.

Am nächsten Tag waren sie wieder zurück im Hotelzimmer in Saint-Jean-de-Luz. Maura lag auf dem Bett und las Brendans Buch über Guernica, obwohl er damit noch gar nicht durch war.

»Ein interessantes Buch, Brendan.« Sie blätterte. »All das wusste ich gar nicht über Picasso. Er hatte so ein spannendes Leben. Und er war schon sehr speziell als Mensch.«

»Ja, mein Schatz.« Brendan saß auf dem Boden, ans Bett gelehnt, den Laptop auf dem Schoß, und schickte Penny Wray gerade eine E-Mail mit Bildern von den Picos. Er wandte den Blick vom Bildschirm ab. »Wie geht es dir?«

»Etwas besser, wenn ich mich nicht bewege. Ich habe einen ekligen Geschmack im Mund, so metallisch. Ich schätze, ich werde ein, zwei Tage auf Wein verzichten.«

Brendan summte leise.

Sie hob den Kopf und sah zu ihm. »Was machst du?«

»Ein paar E-Mails verschicken. An Kollegen.«

»Du kannst doch jetzt unmöglich an Arbeit denken, Brendan. Es ist fast Mitte August. Du bist doch in wenigen Wochen zurück. Du musst dich erholen.«

Er blickte nicht einmal auf, sondern stöhnte nur leise. Penny war mit einem Speedboot gefahren und hatte einen Tornado gesehen. Sie hatte ihm ein Bild geschickt von einer schwarzen trichterähnlichen Form, die wie eine Art Monster über dem stürmischen Meer schwebte. Dann eins, wie sie die Flossen von einem Delfin festhielt, leicht nach vorn gebeugt, und durchs Wasser gezogen wurde. Ihren Mund hatte sie in einem Freudenschrei weit aufgerissen. Ihr Haar war nass, klebte in ihrem Gesicht. Sie trug einen roten Bikini, und ihr Körper war braun gebrannt. Die Delfine schauten aus dem Wasser und sahen aus, als lächelten sie. Auch Brendan lächelte.

»Was zur Hölle schaust du dir denn da an, Brendan?« Maura schob sich über das Bett. Sie war nun direkt hinter ihm und beugte sich über seine Schulter.

»Maura.« Er drehte sich, so gut es ging, und versuchte, mit dem Oberkörper den Bildschirm zu verdecken.

»Siehst du dir jetzt Pornos an, oder was?« Er hörte ein dumpfes Geräusch. Sie hatte das Buch über Guernica auf den Boden fallen lassen.

»Das ist eine private E-Mail.«

»Soso, eine private E-Mail? Für mich sieht das aus wie eine Frau in einem knappen Bikini.«

Ihm war bewusst, dass er reuevoll klang. »Wenn du es genau wissen willst, sie ist eine Kollegin aus der Schule.«

Maura stemmte die Hände in die Hüften, ihr Gesicht wurde rot. »Oh, natürlich ist sie das.«

»Sie macht gerade Urlaub in Mexiko. Sie unterrichtet auch Sport. Wir sind gute Freunde.«

»Gute Freunde also?«

»Ja, genau.« Er wünschte, er hätte nicht »genau« gesagt. Er wünschte, er hätte überhaupt nichts gesagt. Er wollte nicht streiten. Also wandte er sich wieder dem Laptop zu und speicherte das Bild in einem Ordner, den er PW genannt hatte.

»Ich warte, Brendan.«

»Dann wirst du lange warten müssen.« Er ärgerte sich über sich selbst, weil er sich auf das Spiel einließ und solch schnippische Bemerkungen machte. Lieber wollte er etwas über die Geschichte von Guernica nachlesen und tippte mit einer Hand. Picassos Gemälde erschien – Schwarz und Grautöne, ein Wirrwarr aus eckigen Formen und verzerrten Gesichtern.

»Hast du eine Affäre mit ihr?«

»Nein.«

»Aber du würdest gerne, nicht wahr?«

»Nein.«

Er hatte zu schnell geantwortet. Außerdem klang er schrill, zog das »ei« in die Länge und schien damit zu verraten, dass er etwas verheimlichte.

»Komm schon, sag es ruhig.«

»Ich werde gar nichts sagen.«

»Weil du eindeutig schuldig bist. Du hast eine Affäre. Sie schickt dir sexy Bilder von sich, während du Urlaub machst, um uns auseinanderzubringen, unsere Ehe zu zerstören.«

»Sei nicht albern.«

Maura schnaufte. »Oh, jetzt verstehe ich auch, warum du in den letzten Wochen kein Interesse an mir gezeigt hast, warum wir einander so fremd geworden sind. Und du meinst, du wüsstest nicht, was du fühlst. Das liegt an ihr, nicht wahr? Sie hat sich zwischen uns gedrängt, uns auseinandergebracht.«

Brendan fiel die Kinnlade herunter. »Du liegst vollkommen falsch, Maura. Penny und ich …«

»Ah, Penny heißt sie also?«

»Ja, sie hat einen Namen.« Wieder klang er wie der schuldige Ehemann, der fremdging. Er hörte sich reden und dachte an eine Seifenoper. Abrupt schloss er den Mund.

»Wie lange geht das schon mit euch, mit dir und dieser Penny?«

»Wie lange das geht?« Er hätte ihre Worte nicht wiederholen sollen. Für sie war das wie ein Schuldeingeständnis.

»Du und sie ... Du und diese Penny, wie lange ...« Sie suchte nach dem richtigen Wort. Schließlich spuckte sie es wütend aus: »... bumst du sie schon?«

Brendan lachte angesichts ihrer Wortwahl und wusste sofort, dass er damit einen Fehler gemacht hatte.

»Du Drecksack, du lachst mich aus und hast hinter meinem Rücken Sex mit deiner heißen Tussi im roten Bikini.«

Er spürte, wie sein Herz schneller schlug. »Maura, um Himmels willen, du regst dich ganz umsonst auf.«

»Umsonst? Du und diese Frau, ihr schickt euch schmutzige kleine Bilder ... Ihr beide habt euch sicher über mich lustig gemacht.« Jetzt war sie blass und zitterte leicht. »Tja, Brendan, deine Bikinitussi kannst du schön behalten.« Sie streckte die Hand aus und umfasste ihre Haarbürste. »Du bist ein Arschloch, ganz genau, ein verlogenes, hinterhältiges A...«

Das Wort ging unter, als sie die Haarbürste nach ihm warf. Instinktiv hob er den Arm und die Bürste traf ihn direkt am bandagierten Handgelenk. Laut schrie er auf. Doch Maura kümmerte es nicht. Als Nächstes schleuderte sie einen kleinen Spiegel in seine Richtung. Brendan hörte nur, wie er auf dem Boden zersprang. Sie griff zum Guernica-Buch, zielte auf seinen Kopf. Der dicke Band flog gegen den Laptop, der über den Boden schlidderte und verkehrt herum landete. Maura stürzte sich auf Brendan, zog an seinem Haar, grub die Finger in seinen Nacken, und als er schon glaubte, sie würde ihm die Augen auskratzen, machte sie einen Schritt zurück – das Gesicht verzerrt, Tränen in den Augen. Sie holte Luft. Brendan sammelte sich und bereitete sich mental auf die Tirade vor. Einige Augenblicke vergingen.

»Ich hasse dich, Brendan. Du bist ein Lügner und Betrüger, ich werde dir nie verzeihen.«

Er schreckte zurück, der Mund stand ihm noch immer offen, er war erschüttert darüber, wie schlimm es in dem Zimmer aussah. Jemand im Nachbarzimmer schlug gegen die Wand und schimpfte empört.

Fest entschlossen zog Maura sich die Jacke an und schnappte sich die Handtasche.

»Maura …«

»Ich hasse dich, Brendan. Wenn wir zurück in Dublin sind, will ich die Scheidung. Und du kannst dich einfach … einfach … einfach verpissen.«

Das Wort hatte er noch nie aus ihrem Mund gehört. Sie knallte die Tür, und Brendan spürte in jeder Faser, wie der Raum bebte. Um ihn herum herrschte Chaos: Glasscherben lagen auf dem Boden, das Buch mit den aufgeblätterten Seiten wirkte wie ein toter Vogel, sein Laptop lag auf dem Kopf, der Bildschirm leer.

34. KAPITEL

Während der ersten Woche auf dem Weingut verhielt Evie sich eher vorsichtig. Sie war sich nicht sicher gewesen, wie er reagieren würde, als sie ihm ihre ersten Ideen für die Umgestaltung von *Cave Bonheur* vorgestellt hatte. Beim Anblick der schlichten Tische und weiß getünchten Wände – wie in einem französischen Bistro – hatte Jean-Luc aber nur die Augenbrauen hochgezogen und schließlich gesagt: »Okay. Wie du meinst.« Die Farbe hatte sie heimlich gekauft, im Wohnmobil aufbewahrt, in die Scheune geschmuggelt und ihm erzählt, sie hätte im Pub einen Mann kennengelernt und die Farbe von ihm geschenkt bekommen.

Sie besorgten Leitern, reinigten das Mauerwerk und brachten eine glattere Oberfläche zum Vorschein. Ihr fiel auf, dass Jean-Luc sich offenbar nicht sorgte, als sie auf die Leiter stieg – was Jim sicherlich getan hätte –, sondern lediglich in der Nähe blieb und aufpasste, ihr den Pinsel anreichte und den Farbeimer hielt.

Jean-Luc kam bis an die Decke der Scheune, wenn er sich auf die hohe Leiter stellte. Evie bewunderte seine Stärke und Entschlossenheit, während sie mit einem Besen Spinnennetze wegfegte.

Am dritten Tag war sie erschöpft. Gegen Mittag nahm Jean-Luc ihre Hand, zog sie von der Lunchbox mit Sandwiches weg, die sie am Morgen rasch vorbereitet hatte, und führte Evie ins dunkle Haus, wo er den Küchentisch reichlich gedeckt hatte.

»Heute habe ich dir Mittagessen gemacht.« Er lächelte während des gemeinsamen Essens. Es gab kaltes Fleisch, knuspriges Brot, Oliven und frische Tomaten. Über den Tisch beobachtete er sie, brach ein Stück Brot für sich ab und bestrich es mit Butter.

Stirnrunzelnd riet sie ihm: »Du solltest weniger Butter essen, Jean-Luc. Cholesterin ist nicht gesund.«

Er lachte trocken. »Jetzt machst du dir also Sorgen um meine Gesundheit?«

Sie lehnte sich zurück. »Ich will nur, dass du noch erlebst, wie die Scheune fertig aussieht. Das ist alles.«

Er schmunzelte, öffnete eine Flasche Rotwein und schlug vor, sie solle sich eine Weile in den Schatten setzen und ausruhen.

In der zweiten Woche hatten sie die Wände zweimal weiß gestrichen, die Scheune wirkte schon viel heller. Evie wies Jean-Luc an, den Kühlschrank zu putzen, wobei er zuerst alle Weinflaschen herausnehmen und vorsichtig beiseitestellen sollte. Er musste lächeln, und um seine Augen bildeten sich Falten. »Bist du jetzt mein Boss, Evie? Okay, dann muss ich mir wohl Mühe geben.«

Er war überhaupt nicht mehr grimmig oder griesgrämig.

Einige Tage später hatten Evie, Jean-Luc und Benji den ganzen Vormittag über gearbeitet; sie hatten Kisten gestapelt und die Vorräte überprüft. Evie lächelte, als sie sah, wie stolz Jean-Luc auf Benji war; wie er ihm über das blonde Haar strich und ihn nach seiner Mutter fragte, danach, wie sie seit dem Tod von Benjis Vater zurechtkam. Er sagte Benji, er solle ruhig Hühnchen aus dem Kühlschrank für sie mit nach Hause nehmen.

Immer wieder kam der Junge zu Evie, erklärte ihr die Rebsorten und die verschiedenen Weine. Er schien ihr zu vertrauen, fragte sie nach Dublin und ihrer irischen Heimat. Er selbst war nie weiter als bis nach Carcassonne gereist. Evie wollte mehr über ihn erfahren, und schließlich ließ sie die Arbeit ruhen, um ihm zuzuhören. Eifrig gestikulierte Benji mit den Händen, als er ihr erzählte, wie er die Schule gehasst hatte, dass sein Vater gestorben war, als er zehn Jahre alt gewesen war, und wie er die Bücher gelesen hatte, die seine Mutter ihm gegeben hatte, damit er etwas über Mechanik, Geografie und Naturwissenschaft lernte.

Später am Nachmittag schickte Jean-Luc Benji früher als sonst nach Hause, mit einer Flasche Wein für seine *maman* und ein paar Stücken gegartem Fleisch. Evie schrubbte die Tische. Als sie aufsah, stand Jean-Luc neben ihr. »Ich finde, es ist Zeit für eine Pause.«

Er führte sie in den Garten hinter seinem Haus, seine Gitarre hatte er mitgebracht. Überall wuchsen wilde Blumen, Bienen summten in der Luft. Nachdem sie sich ins Gras gesetzt hatten, stimmte Jean-Luc schweigend die Gitarre nach. Evie fiel auf, wie entspannt er das Instrument hielt, wie seine langen Finger spinnengleich über die Saiten huschten. Er sang ein französisches Lied, und auch wenn sie den Text nicht verstand, wusste sie, dass es ein Liebeslied war. Als er fertig war, klatschte sie. »Das war sehr gut, Jean-Luc. Spielst du schon lange?«

Er nickte. »Seit ich sechs Jahre alt war. Die Gitarre war immer dabei, wohin ich auch gereist bin.«

Sie lächelte. »Und du bist viel gereist. Ich weiß, wie wichtig das für dich war.«

Seine dunklen Augen blickten Evie direkt an. »Und was ist mit dir, Evie? Was ist dir wichtig?«

Kurz dachte sie nach. »Vor einem oder zwei Monaten hätte ich Familie geantwortet, aber ich glaube nur, weil es sonst nichts gab. Familie ist gut. Mein Sohn ist ein Sportlehrer. Er genießt jetzt sicher die Sommerferien in Dublin. Er macht das ganz wunderbar. Nein, heute würde ich antworten: ein gutes Buch, Reisen, Unabhängigkeit, Freunde. In der Lage zu sein, mein Leben jeden Tag genau so zu leben, wie ich will.«

Jean-Luc beugte sich vor und drückte ihre Hand. »Das gefällt mir. Ich bin sehr dankbar, dass du mir mit dem Weingut hilfst.«

Am Ende der zweiten Woche hatte Evie fast den gesamten Refrain des französischen Lieds auswendig gelernt. Es hieß *Ne me quitte pas*. Sie hatte zwar keine Ahnung, was das bedeutete, aber sie sang einfach mit, wenn sie zusammen den Boden wischten, die Tische und Bänke putzten und die großen Fenster aufrissen. Immer häufiger fiel Evie auf, dass Jean-Luc überhaupt kein Griesgram war, sondern eine sehr angenehme Gesellschaft.

Abends hatte er ihr Geld angeboten, was sie ablehnte, da die Arbeit schließlich noch nicht getan war. Er hatte ihr eine Flasche Rotwein in die Hände gedrückt, sie umarmt, auf beide Wangen geküsst und »*Merci*, Evie« geflüstert. Sie hatte seine warmen Lippen auf ihrer Haut noch auf der Fahrt zum O'Driscoll's gespürt. Rays Bemerkungen bezüglich ihrer Abwesenheit tat sie mit einem Lächeln ab. Und nachts schlief sie trotz der schmerzenden Knochen tief und fest, ein Lächeln auf dem Gesicht.

Sie war hochzufrieden. Auf den Tapetentischen lagen nun Plastiktischdecken, die sie als Meterware auf dem Markt erstanden hatte. Evie hatte sich für ein fröhliches Muster mit Weintrauben und Weinflaschen entschieden und die Tische mit Kerzen in Marmeladengläsern dekoriert.

Paulette und Ray berieten sie in Sachen Essen – eine Auswahl an Brot und Käse, Salaten, Obst und Nüssen stand nun bereit. Benji lief den ganzen Tag über mit einem breiten Grinsen umher, stellte saubere Gläser und eine beeindruckende Auswahl an Weinflaschen bereit. Evie ermahnte Jean-Luc, mehr Interesse zu zeigen und mehr Verantwortung zu übernehmen, und nahm ihm schlichtweg die Gitarre aus der Hand, als er *You've got a friend* spielte. Sie forderte ihn auf, den Boden zu fegen, die Spinnenweben wegzuwischen, den Kühlschrank zu schrubben, den Sekt kalt zu stellen und einige CDs herauszusuchen.

Allerdings hatte Evie ihren wahren Trumpf noch nicht ausgespielt. Sie hatte beschlossen, das alte, schiefe Schild an der Einfahrt zu *Cave Bonheur* auszuwechseln. Mit einem französischen Sprachführer, den Jean-Luc ihr gegeben hatte, und einem Foto, das sie aus seinem Schlafzimmer entwendet hatte, war sie auf dem Markt zu einem Tischler gegangen, damit dieser ein neues Schild anfertigte. Enttäuscht hatte sie von ihm erfahren, dass er für die Anfertigung Wochen brauchen würde, vor allem war sie ernüchtert, weil sie ja bereit war, viel dafür zu zahlen. Der Tischler hatte entschuldigend erklärt, dass so ein besonderer Auftrag eben viel Zeit bräuchte. Und weil Evie sich so sehr auf das Schild freute, hatte sie es trotzdem in Auftrag gegeben. Sie stellte sich Jean-Lucs Lächeln vor, wenn er das neue Schild sah, und dachte, es sei jeden Penny wert. Bis dahin musste das alte genügen.

Die Gäste kamen in Scharen: Markthändler, Cafébesitzer, Freunde von Ray und Paulette und Caroline und Nige sowie einige andere, die sie mithilfe von Flyern und Postern angelockt hatte. Draußen auf der Straße war eine Werbetafel aufgestellt, sodass Dutzende vorbeifahrender Einheimischer und Touristen spontan einkehrten, ihre Autos auf dem Rasen parkten und neugierig in die Scheune linsten. Männer aus dem Dorf, die sonst auch hin und wieder auf dem Weingut arbeiteten, halfen Benji, Kisten mit Wein hereinzutragen.

Mehr als zweihundert Leute kamen zum Tag der Weinverkostung nach *Cave Bonheur*, und Evie schüttelte unzählige Hände, versprach Lieferungen, während Jean-Luc neben ihr stand, Zahlen aufschrieb und für sie übersetzte. Wenn Touristen eintrafen, kümmerte Evie sich allein um die Engländer und Niederländer. Außerdem lernte sie ein freundliches Paar aus Deutschland kennen, das auf ihre Empfehlung hin zwanzig Kisten Sekt kaufte, für die Hochzeit ihres Sohnes.

Erschöpft lehnte Evie sich an den Tisch, als die letzten Gäste ihre Weinkisten bezahlten. Benji und ein Mann namens Gaston, der sich seine Kappe über die Ohren gezogen hatte und dessen Schnurrbart beim Sprechen zuckte, trugen die Kisten nach draußen zu den Autos und Lieferwagen. Auf den Tischen standen unzählige leere Weingläser, die Plastikdecken waren voller roter Weinränder. Sie müssten aufräumen, bevor Evie wieder zu Ray fuhr. Das hier war ihr Job, für den sie sogar bezahlt wurde – nur widerwillig hatte sie zugestimmt, eine einmalige Summe für ihre Arbeit anzunehmen, weil Jean-Luc darauf bestanden hatte. Also würde sie bis zum Ende bleiben und darauf achten, dass alles in Ordnung war. Sie schaute hinüber zu Jean-Luc, der ein Beatles-T-Shirt und saubere Jeans trug und gerade ein Baguette mit Käse belegte.

Evie lächelte. So wäre es in dem Geschäft, in dem sie als junge Frau Brot und Kuchen verkauft hatte, nie gelaufen. Der alte Pat Dixon hätte ihr nie im Leben irgendwelche Verantwortung übertragen. Für ihn war sie lediglich da, um die Kunden anzulächeln, während er sich an ihr vorbeischob, um die Donuts zu holen. Jim hatte sie nie von Pats Anspielungen erzählt. Sie hatte einfach nur gelächelt und freundlich mit den Kunden geplaudert. Jetzt war Evie jedoch kein junges Mädchen mehr, heute würde sie dem alten Dixon gehörig die Meinung sagen.

Sie seufzte. Wenn sie noch einmal von vorn beginnen könnte, würde sie so viel mehr machen können. Sie hätte zum Beispiel Veranstaltungen organisieren können, für eine Charity-Organisation oder vielleicht sogar für ein großes Unternehmen. Sie hätte Managerin werden, studieren und ihr eigenes Geschäft leiten können. Was wäre passiert, wenn sie mit einundzwanzig hier gewesen wäre, eine Weinprobe auf dem Gut *Cave Bonheur* organisiert, Französisch gelernt und das Geschäft geleitet hätte? Sie hatte das Gefühl, ihr Leben als junge Frau, Ehefrau und Mutter war so schnell vergangen, dass sie unzählige Chancen verpasst hatte.

Zwischen ihren Augen breitete sich dumpfer Kopfschmerz aus: Sie hätte so viel mehr aus ihrem Leben machen können, anstatt nur in der Küche zu stehen, Kartoffelbrot zu backen und Hemden zu bügeln. Während sie die Weinreste in den

Gläsern betrachtete, fragte sie sich, worauf sie sich in ihrem Leben noch freuen konnte. Sie nahm eine leere Flasche, dann noch eine und warf beide in den Mülleimer zum Recyceln.

»Was geht dir durch den Kopf, Evie?« Jean-Luc hörte auf zu kauen. Sie zuckte nur die Achseln und warf eine weitere Flasche in den Müll. »Du hast hier heute Großes geleistet. Du hast *Cave Bonheur* wieder zurückgeholt. Ich habe heute mehr verdient als im gesamten restlichen Jahr. Ich werde dein Honorar verdoppeln.«

»Das ist sehr großzügig.« Sie wandte sich ab.

»Was ist los, Evie?«

Sie war sich nicht sicher. Auf ihren Schultern lastete Melancholie, sie schüttelte den Kopf.

Er schlang die starken Arme um sie. »Komm her. Setz dich. Ich hol dir etwas zu trinken. Und zu essen. Du warst den ganzen Tag auf den Beinen, ohne Pause.«

Abwesend nahm sie das Glas Wein aus seiner Hand und blickte auf den Teller voller Essen, den Jean-Luc vor sie stellte. Sie nahm einen kleinen Schluck und stellte das Glas ab. »Jean-Luc, wir müssen noch sauber machen, bevor ich zurück zum O'Driscoll's fahre. Es ist schon nach zehn. Wo ist Benji?«

»Ich hab ihn nach Hause geschickt. Er war todmüde, und seiner Mutter geht es nicht gut.«

»Aber es ist schon spät, und wir haben noch so viel zu tun.« Sie stand schon wieder auf, eilte durch die Scheune, sammelte leere Flaschen und Gläser ein.

Er ging zu ihr. »Evie?«

»Hier sieht es schlimm aus. Und ich komme morgen bestimmt nicht wieder, um das aufzuräumen. Überall stehen noch Flaschen und Gläser herum.«

»Du bist erschöpft.«

»Ich will das erledigt haben, Jean-Luc.«

»Das ist doch nicht wichtig. Komm, setz dich und ruh dich ein wenig aus.«

Evie drehte sich zu ihm und ließ sich, je eine Flasche in der Hand, in seine Arme sinken. Ihr Kopf lehnte an seiner Brust, und sie spürte, wie die Tränen über ihre Wangen liefen. Jean-Luc nahm ihr die Flaschen ab und stellte sie auf den Tisch.

»Du bist erledigt.«

Sie nickte.

»Und du hast über irgendetwas nachgedacht, das hab ich in deinen Augen gesehen.«

Etwas schien ihr den Hals zuzuschnüren, ihre Beine wurden schwer, sie wollte sich jetzt doch hinsetzen. Jean-Luc war so einfühlsam. Evie spürte, wie ihr eng in der Brust wurde. Auf einmal brach sich etwas in ihr Bahn; sie sprach abgehackt und musste immer wieder schluchzen. »Ich dachte nur gerade … Ach, ich darf das gar nicht sagen … dass das alles umsonst war … So lange habe ich gebraucht, um … um herauszufinden … Ach, ich weiß auch nicht, Jean-Luc.«

Er nahm sie in den Arm. Sie legte ihren Kopf an seine Brust, schniefte heftig, und ihre Tränen liefen auf sein T-Shirt. So verharrte sie eine Weile, hörte seinen Atem und spürte seine Hand auf ihrem Hinterkopf, während er über ihr Haar strich.

»Du bist ein wunderbarer Mensch, Evie.« Seine Stimme klang dumpf, ganz nah an ihrer Wange. »Was du heute hier geleistet hast, war ein Wunder. Und was du sagst, stimmt vielleicht, vielleicht auch nicht, aber heute sage ich mir: Jean-Luc, diese Frau ist vorbeigekommen, um dein armseliges Leben zu verbessern, wie ein Engel.« Er musste lachen. »Und das den ganzen weiten Weg von Irland aus in einem kleinen Wohnmobil.«

Auch Evie musste lachen, dabei schluchzte sie weiter. »Ich bin also ein irischer Engel mit Wohnmobil. Das ist toll. Jetzt kann mich nichts mehr erschüttern.«

Seine Miene war ernst. »Aber was du da sagst, Evie, stimmt. Wir müssen etwas aus unserem Leben machen. Du und ich, wir sollten etwas mit der Zeit machen, die uns noch bleibt.

Wir sollten dafür sorgen, dass jeder Moment zählt, so wie jeder Herzschlag.«

Sie wischte sich die Tränen aus dem Gesicht. »Wovon redest du da, Jean-Luc?«

»Wir sollten Liebe finden.« Er umschloss ihr Gesicht mit den Händen und küsste sie auf den Mund. Sie blinzelte und schaute ihn noch einmal an, um sicherzugehen, dass er nicht durchdrehte. Sein Blick ging ihr unter die Haut. Und nach kurzem Zögern zog Evie ihn an sich und erwiderte den Kuss.

»Wo zum Teufel hast du gesteckt, Evie? Wir dachten schon, Außerirdische hätten dich entführt. Paulette war kurz davor, die Polizei zu rufen.«

Evie stellte ihre Handtasche auf die Theke. »Ich war beschäftigt«, antwortete sie kokett. »Und es waren ja nur ein paar Tage. Darf ein altes Mädchen nicht ein bisschen unterwegs sein und Spaß haben? Ich hatte eine tolle Zeit. Und ich habe einen Entschluss gefasst. Die Zeit wartet nicht auf uns Frauen. Jedenfalls bin ich gekommen, um zu bezahlen, meine Sachen zu packen und zu fahren.«

»Du verlässt uns, Evie?«

»Man ist nur einmal jung«, sagte sie entschuldigend. »Außerdem wartet draußen ein Wagen auf mich.«

»Du bist nicht mit dem Wohnmobil gekommen?«

»Nein.« Evie bemühte sich, ihr Lächeln zu unterdrücken. »Das Wohnmobil steht schon bei meinem neuen Zuhause. Ich ziehe um.«

»Bei deinem neuen Zuhause?«

»Ist eine lange Geschichte«, erwiderte Evie knapp. »Wie gesagt: Man ist nur einmal jung, und ich will meinen Liebsten nicht warten lassen, also hole ich lieber meine Sachen, bezahle und sehe zu, dass ich bei ihm einziehe.«

»Ein neuer Mann also?«

Evie zwinkerte ihm zu. »O ja. Ich meine, wie lange braucht man, um zu wissen, ob es der Richtige ist? Bei mir ein paar Wochen. Da habe ich jetzt keine Zeit zu verlieren, also ziehe ich zu ihm. So einfach ist das. Mach also bitte meine Rechnung fertig, Ray, dann bezahle ich und bin weg. Du kannst mir aber mit dem Gepäck helfen. Er wartet nämlich draußen im Auto auf mich.«

Ray starrte ihr hinterher, als sie zur Treppe ging.

»Ich brauche keine Minute zum Packen. Aber wenn ich mich eingerichtet habe, müsst ihr beide, du und Paulette, unbedingt zum Abendessen vorbeikommen.«

35. KAPITEL

Das Bett hatte eine neue, extragroße Bettdecke bekommen, und sie lagen unter dem schimmernden, violetten Seidenbezug, den Evie in Foix gekauft hatte. Auf ihrem Schoß balancierte sie ein Tablett mit kleinen halb vollen Kaffeetassen und Teller voller Krümel sowie Butter- und Marmeladenreste. Neben ihr lagen die Sonntagszeitung und Bücher, darunter ein Werk von Émile Zola, das er ihr auf Englisch geschenkt hatte, außerdem eins von Emily Brontë, das sie ihm auf Französisch gekauft hatte. Wenn er ihr Französisch beibrachte, sprach sie ihm nach und versuchte, seine Ausdrucksweise und die Lippenbewegungen nachzuahmen.

»Versuch es noch einmal.«

»Warum lachst du so, Jean-Luc?«

»Sag es noch mal. Vielleicht. *Peut-être*.«

Sie formte mit den Lippen einen schmalen Tunnel, so wie er es getan hatte. *»Pute être.«*

Wieder lachte er, Tränen stiegen ihm in die Augen.

»Was habe ich gesagt?«

Er bekam kein Wort heraus. Sie setzte sich aufrecht hin.

»*Pute être. Pute être*. Das hast du gesagt.« Er legte ihr einen Arm auf die Schultern. »*Peut-être* heißt vielleicht. Du hast *pute* gesagt. *Pute* bedeutet … Das heißt …«

»Was hab ich denn gesagt?«

»*Pute* … ist eine … Frau … eine Frau, die gewisse Dienste anbietet.« Er lachte noch immer, als sie seine Schulter packte.

»Oje, das sollte ich lieber nicht verwechseln, wenn man mich fragt, was ich essen möchte.« Sie schenkte sich Kaffee nach und bot ihm auch welchen an. *»Plus de café? Oui, pute être.«*

Wieder lachte er laut.

»Jean-Luc, ich habe dich noch nie so viel lachen gesehen.«

Er nahm seinen Kaffee. »Diese Woche mit dir war wunderbar, Evie. Ich hoffe auf viele weitere. Es war eine gute Entscheidung, nicht zu warten, sondern einfach zusammen zu sein. Oder meinst du, wir sind verrückt?«

Sie kuschelte sich an ihn. »Nein, überhaupt nicht. Das war herrlich. Was fandest du diese Woche am besten?«

Kurz dachte er nach. »Mein ganzes Leben hat jetzt eine Bedeutung.«

»So ein Quatsch!«, protestierte sie. »Jedes Leben hat eine Bedeutung, egal, ob man allein ist oder nicht.«

»Du hast recht«, stimmte er ihr zu. »Aber diese Woche lag ich nicht jeden Tag im Bett oder saß herum, habe Gitarre gespielt und mich gefragt, was ich als Nächstes tun soll. Ich bin aufgestanden, bin mit dem Traktor zum Arbeiten in die Weinberge gefahren und wusste dabei, dass du abends etwas Leckeres kochst und hier auf mich wartest …«

»Ich bin also die Köchin und Spülhilfe, die dich aus dem Sessel zerrt und zum Arbeiten bringt?«

Er küsste sie auf die Stirn. »Evie, es ist schön, dich hier zu haben. Du steckst so voller Leben. Du hauchst einem alten, siebenundsiebzigjährigen Mann wieder Leben ein – und seinem müden, leeren Haus ebenso.«

»In dieser Woche steckte auf jeden Fall viel Leben in dir, dessen bin ich mir sicher.«

Auf einmal sah er traurig aus. Deshalb nahm sie ein Buch in die Hand. »Dann erklär mir mal, was so toll an *Germinal* und diesem Émile Zola ist.«

»Es geht um die Arbeiterklasse in Frankreich und darum, wie hart ihr Leben war. Der Roman spielt im späten neunzehnten Jahrhundert, im Bergbaumilieu. Die Minenarbeiter litten unter den schlechten Arbeitsbedingungen, weshalb sie schließlich streikten. André Gide hat gesagt, es sei einer der besten französischen Romane aller Zeiten. Ich finde ihn sehr traurig.«

Auf dem Cover war ein Sepiadruck abgebildet. Menschen trugen schwere Lasten und gingen stark gebeugt. »Das wird mir sicher gefallen. Ich finde es interessant, zu erfahren, wie arme Menschen früher gelebt haben. Das regt mich zum Nachdenken an. Hast du dein Buch schon angefangen?«

»Ich habe es schon fast durch. Deine Emily Brontë ist ziemlich gut. Aber was bedeutet *Wuthering* überhaupt?«

»So heißt das Haus.«

»Ja, aber was bedeutet das englische Wort *wuthering*?«

Evie dachte nach. »Nun ja, das Haus liegt ziemlich weit oben, in der Nähe des Moors, daher denke ich, das hat etwas mit dem schlechten Wetter zu tun. Weil es dort immer stürmisch und wechselhaft ist. So wie die Figuren, die sich vollkommen von der Leidenschaft mitreißen lassen.«

Er lächelte. »Sie ist wie du, diese Cathy. Sie ist voller Sehnsucht und *têtue* …« Er dachte kurz über das französische Wort nach. »Dickköpfig. Willensstark und leidenschaftlich.«

Evie grinste. Er war ihr Heathcliff, grüblerisch, düster, ein geheimnisvoller Mann voller Nostalgie und Sorge. Das spürte sie ganz deutlich, und sie fragte sich, ob er in der Vergangenheit sehr lange so unglücklich gewesen war.

»Du denkst schon wieder nach, Evie.« Er zog sie näher an sich heran, sodass ihr Kopf auf seiner Brust ruhte. »Teile deine Gedanken mit mir.«

Sie überlegte, wie sie es am besten ausdrücken sollte. »Ich dachte gerade an deine Fotos, Jean-Luc. Du hattest viele Frauen. Und ist das kleine Mädchen deine Tochter? Wo ist sie jetzt?«

Er zuckte die Achseln – eine Geste, an die sie sich schon gewöhnt hatte. Darunter versteckten sich tiefergehende Gefühle.

»Sie wurde in Kalifornien geboren. Jetzt müsste sie bald fünfzig sein. Ihre Mutter Cindy und ich nannten sie Soleil, wie die Sonne. Ich war damals sechsundzwanzig, vielleicht siebenundzwanzig. Soleil kam – wie soll ich sagen – ungeplant. Eines Tages, als sie fünf Jahre alt war, kam ich von meiner Arbeit auf dem Bau nach Hause und erwischte Cindy mit einem anderen

Mann. Ich packte meine Sachen und ging. Das war's.«

»Und seitdem hattest du keinen Kontakt mit ihr, mit deinem Kind?«

»Nein. Ich denke oft an sie, aber … Na ja, ich selbst habe meinen Vater nie kennengelernt, und ich denke, vielleicht vermisst sie mich gar nicht.«

»Du hast sonst keine Kinder?«

Wieder Achselzucken. »Vielleicht, vielleicht nicht. Wer weiß?«

»Was geschah dann? Wer ist die dunkelhaarige Frau?«

»Sylvie. Pariserin. Sie und ich lebten zehn Jahre zusammen. Sie kannte meinen Körper unglaublich gut, aber nicht meine Gedanken. Nach einer Weile gab es nichts mehr, was uns zusammenhielt, und ich zog weg.«

»Dann war sie also die Beste? Die Frau auf dem letzten Foto?«

»Hélène. Wir haben das Haus hier zusammen gekauft. Sie war der Grund, warum ich hier sesshaft wurde. Sie hatte das Geld verdient, sodass ich jetzt noch davon leben kann. Sie war gut organisiert, sehr praktisch veranlagt.«

Evie dachte, dass sie das auch sein musste. »Wie lange wart ihr zusammen?«

»Dreißig Jahre, nein, länger. Das Weinkeltern war ihre Idee gewesen. Sie war eine tolle Frau. Ich fuhr bloß Traktor, machte den Wein und …«

»Spielte Gitarre?«

Jean-Luc grinste halb. »Ich bin eben ein Mann, der zu nichts zu gebrauchen ist. Da siehst du mal, wen du dir angelacht hast.«

»Ich glaube, deine Hélène hatte großes Glück mit dir. Du musst sie sehr vermissen.«

»Zuerst schmerzt alles, und ein Teil des Herzens stirbt. Aber du hast meins wieder zum Schlagen gebracht, Evie.« Er küsste sie auf die Stirn.

»Du musst meinen Sohn Brendan kennenlernen. Er ist ein liebenswerter junger Mann.«

»Das würde ich sehr gern. Hast du Enkelkinder?«

Evie lachte leise. »Seine Frau muss immer alles blitzsauber haben. Ich denke nicht, dass da Platz für Kinder ist.«

»Vielleicht eines Tages?«

Mit einer Grimasse tat sie das Thema ab. »Du würdest bestimmt gut mit Brendan klarkommen, Jean-Luc. Ich schreibe ihm, lade ihn ein, dass er noch dieses Jahr zu Besuch kommt. Wie wäre es mit Weihnachten? Wäre das okay?«

»Das hier ist auch dein Zuhause, Evie. Du kannst einladen, wen du möchtest.«

Sie strahlte ihn an. »Brendan ähnelt seinem Vater sehr. Gleicher Teint, gleiche Haare. Manchmal bekommt man einfach kein Wort aus ihm heraus. Genau wie sein Vater. Zum Verwechseln ähnlich.«

Jean-Luc runzelte die Stirn. »Und vermisst du ihn, deinen Mann James?«

»Er hieß Jim, obwohl er eigentlich Seamus hieß. Aber ich habe ihn immer Jim genannt.«

»Hattet ihr eine gute Ehe?«

»Oh, damals dachte ich das, Jean-Luc. Er war ein netter junger Mann. Sehr freundlich, sehr zuverlässig. Aber so etwas wie das hier – Sonntag im Bett bleiben, Bücher lesen, über unsere Gefühle reden –, das haben wir nie gemacht. Und wenn ich sage, dass ich ihn nicht mehr allzu sehr vermisse, zumindest jetzt nicht mehr, macht mich das schon etwas traurig. Am Anfang waren es das leere Haus und die kleinen, praktischen Fragen. Wie bringe ich allein den Müll raus, wer bezahlt die Rechnungen? Und dann verwirrte es mich, so allein und einsam zu sein. Ich rannte davon, gab das Leben irgendwie auf, versteckte mich. Aber nur kurz. Dann stellte ich fest, dass ich einfach nur feststeckte. Förmlich im Schlamm feststeckte. Und ich bin abgehauen. Ich meine, ich wusste nicht, wohin ich sollte oder was ich tun würde, aber ich bin einfach abgehauen. Weißt du, Jean-Luc, man kann niemand anderen lieben, wenn man nicht weiß, wer man selbst ist und was man vom Leben will.«

»Und weißt du das jetzt, Evie? Weißt du, was du vom Leben willst? Jetzt, wo du in deinem kleinen Wohnmobil durch ganz Frankreich getuckert bist?«

»Ja, ich denke schon.« Sie fing seinen sorgenvollen Blick auf, betrachtete die Falten um seinen Mund. »Das hier will ich.«

Er küsste sie, und sie gab sich seiner Umarmung hin.

»Also, was fangen wir mit dem Tag an, Jean-Luc?«

»Was willst du denn gern machen?«

»Heute ist Sonntag, vielleicht ein Picknick, einen Ausflug irgendwohin? Du kannst deine Gitarre mitnehmen. Wir suchen uns auf dem Land ein schönes Plätzchen, und du spielst für mich.«

Seine Hände streichelten ihre Wange. »Vielleicht. Oder wir bleiben einfach nur den ganzen Tag hier im Bett und reden.«

Evie umarmte ihn und zog ihn enger an sich. *»Pute-être.«*

Evie stand an ihrem Weinstand auf dem Markt, das Stimmengewirr dröhnte in ihren Ohren. Das hier war nun ihre Welt, ihr Abenteuer, den Stand zusammen mit Benji zu betreuen, während Jean-Luc mit dem Traktor in den Weinbergen von *Cave Bonheur* arbeitete, die Trauben kontrollierte und Unkraut bekämpfte. Das Geschäft lief immer besser – was an Benjis Fachwissen lag, mit dem er die Kunden beeindruckte, und auch an Evies gesprächiger Art, mit der sie sie dazu brachte, mehr Wein zu kaufen, als sie brauchten. Benji war immer an ihrer Seite, sprang hin und her, sprach über die Weinlese, wie sie den Wein in großen Fässern reifen ließen und welche Temperatur dafür nötig war, wie die Blasen sich bildeten und kurze Zeit später der dunkle Bordeaux durch die Schläuche floss.

Sie dachte an Jean-Lucs Umarmung, an seine langen, starken Arme, die sie einhüllten, wie sie ihr Gesicht an seine Brust schmiegte und das stete Schlagen seines Herzens hörte. Sie dachte an die Wärme eines anderen Körpers, daran, wie warm sie sich dadurch in ihrem Inneren fühlte, daran, nicht mehr allein zu sein. Sie war stark; jetzt konnte sie tun, was sie wollte. Sie könnte bei der Traubenernte helfen, den Wein fermentieren und in Flaschen abfüllen. Sie könnte auch Käse herstellen; sie würde im Herbst einen Schrank voller Marmeladen und Chutneys haben, nächstes Frühjahr ein paar Gemüsesorten anpflanzen, vielleicht einen Stall bauen und ein paar Hühner halten. Die leeren Zimmer müssten eingerichtet und dekoriert werden, ihr Schlafzimmer ebenso. Sie könnten sogar nächsten Sommer ein Bed and Breakfast für Urlauber eröffnen. Evie dachte an Jean-Lucs Gesicht, die vom Wetter gegerbte Haut, sein kratziges Haar, das an ihren Fingern pikste, an die eingefallenen Wangen. Sie hörte, wie Benji mit einem Kunden plauderte, der Wein kaufte, und dachte an Jean-Luc auf dem Weingut, wie er auf den kleinen Weinbergen, die nun voller Trauben waren, Traktor fuhr. Sie musste lächeln.

»Nun, du hast uns alle gehörig überrascht, Evie. Ich schätze, stille Wasser sind tief, trifft es ganz gut.«

Überrascht wandte sie sich Caroline zu. Die Hände in die Hüften gestemmt, stand sie vor ihr, das gebräunte Gesicht spiegelte Skepsis, dann lächelte sie auf einmal.

Evie grinste zurück: »Caroline! Schön, dich zu sehen.«

»Wer hätte das gedacht, Evie? Du und Jean-Luc!«

Evie war so verblüfft, dass ihr die Worte fehlten. Es war noch nicht lange her, seit sie ihn Mister Griesgram genannt hatte.

Caroline ließ nicht locker. »Gib's zu, Evie. Das geht jetzt schon vier Wochen, oder fünf? Alle reden darüber. Du hast ihm sein Geschäft gerettet. Wahrscheinlich auch sein Leben.«

Evie nahm den Becher Tee, den Caroline ihr hinhielt. Nachdem sie einen Schluck getrunken hatte, reichte sie den Becher weiter an Benji, der ihn mit offenem Mund beäugte. »Er ist ein wunderbarer Mann«, erwiderte Evie. »Ihr müsst ihn nur besser kennenlernen. Kommt doch nächste Woche zum Abendessen vorbei.«

Caroline strahlte. »Sehr gern. Und wie wäre es, wenn du und ich jetzt Pause machen? Ich bin sicher, Benji kann den Stand eine Weile allein betreuen, während wir uns was zum Mittagessen besorgen? Ich will alles wissen. Du bist so gemein, dass du mir nicht von Anfang an alles erzählt hast! Jean-Luc ...«

Evie seufzte. »Gib mir zehn Minuten, Caroline. Ich mache hier kurz etwas fertig und übergebe an Benji. Ich muss noch etwas erledigen, dann komme ich zu deinem Stand. Du kommst hier klar für eine Stunde, nicht wahr, Benji?«

»Natürlich.« Benji grinste breit, trank den Tee aus und reichte Caroline den Becher.

»Ich kann's kaum erwarten«, rief sie noch, als sie davonging.

Evie würde ihr gleich folgen, vorher wollte sie noch schnell beim Stand des Tischlers vorbeigehen und fragen, wie weit er mit dem neuen Schild für *Cave Bonheur* war. Ihr wurde warm bei der Vorstellung, wie Jean-Lucs Gesicht erstrahlen würde, wenn er das neue Schild zum ersten Mal sah.

Evie nahm ihr Handy heraus. Am Stand war ein Kunde, dem Benji gerade eine Flasche Wein anbot. Aufgeregt redete er auf den Kunden ein, doch Evie verstand nur zwei Wörter: *vin* und *plaisir*. Sie hatte eine Nachricht von Jean-Luc bekommen, auf Französisch. *Tu me manques, mon ange Irlandaise.* Bei diesen Worten musste sie lächeln, auch wenn sie nur den zweiten Teil verstand. Es war schön, sein irischer Engel zu sein.

Immer noch lächelnd suchte sie Brendans Nummer und tippte langsam eine Nachricht. Sie wollte die richtigen Worte finden. *brendan, hoffentlich geht es dir gut & du & maura ge-*

nießt den sommer. Sie hielt inne, als ihr bewusst wurde, dass sie schon lange nicht mehr an Maura gedacht hatte, dann tippte sie weiter: *ich bleibe hier in foix, lebe jetzt hier*. Sie hörte auf nachzudenken und fuhr mit dem Daumen über die Buchstaben auf dem Display.

36. KAPITEL

Brendan genoss die ländliche Gegend und die Klippen. Er spürte, wie frische, saubere Luft seine Lungen füllte. Sein Gesicht war inzwischen gebräunt, sein Nacken wurde warm von der Sonne. Maura war wieder im Bett geblieben, sie hatte behauptet, er würde sie krank machen. Also war er allein in den Bus gestiegen und hatte sich eine neue Wanderroute auf der Karte herausgesucht. Ihm tat es gut, allein unterwegs zu sein – der Rucksack auf seinem Rücken schaukelte leicht bei jedem Schritt, und der Seewind blies ihm ins Gesicht, als er Kilometer um Kilometer wanderte. Sein Kopf war voller Gedanken, als er losging, und wurde mit der Zeit leerer und ruhig.

Nach fast vier Wochen war sein Handgelenk noch immer nicht ausgeheilt, aber die Schmerzen waren verschwunden. Er fühlte sich frei, als er an der Küste entlangging. Brendan lief drei Stunden lang zügig voran. Laut Karte müsste er noch eine halbe Stunde weiterlaufen, bis er an einen Strand gelangte, wo er zu Mittag essen und in den Bus zurück zum Hotel steigen könnte. Er blieb stehen, um Fotos zu machen. Der Ausblick von der Wanderroute aus war umwerfend, und er fragte sich kurz, ob er nicht malen oder skizzieren lernen sollte, ob er in der Lage wäre, den sichelförmigen Strand und die glatte Oberfläche des Meeres in Öl einzufangen. Dann dachte er, dass er die Fünfundzwanzig-Kilometer-Wanderroute von Bidart nach Hendaye gern ausprobieren würde; dafür müsste er früh aufstehen und würde einen ganzen Tag brauchen.

Ihm fiel auf, wie sehr er das Wandern genoss, nicht nur das Gefühl, etwas erreicht zu haben, sondern auch die Muskelkraft, die er in seinen Beinen spürte, die Kontrolle, die er über sie hatte, wenn er von einem Pfad auf ein Kap gelangte, vom Strand aus auf Klippen kletterte, von Sand über Gras zu Felsen. Man hatte von hier aus einen weiten Ausblick in die Ferne, in alle Richtungen, und er übertrug es auf sein Leben – er hatte eine Bandbreite an neuen Möglichkeiten, an Wegen, die ihm offenstanden, die er gern einschlagen würde, um unabhängig zu sein. Kurz dachte er an Maura und stellte sich vor, wie es wäre, wenn sie neben ihm liefe. Sie würde diese albernen Absatzschuhe oder pinke Turnschuhe tragen, jammern, wie erschöpft sie sei, und fragen, wie lange es noch dauerte. Er stellte sie sich in Wanderstiefeln und Regenjacke vor, wie sie sich mit ihm über die Landschaft unterhielt und ihn zur Geologie befragte. Als er an den Great Gable dachte, musste er seufzen. Das schien Ewigkeiten her zu sein.

Brendan holte seine Wasserflasche aus dem Rucksack. Er hatte Durst. Das Wasser war lauwarm, aber er trank es in großen Schlucken. Möwen kreischten und segelten über ihm hin und her – wie Taschentücher, die durch die Luft wirbelten. In der Ferne konnte er die gezackten, braunen Schwingen eines Bussards ausmachen. Unter ihm stieg die Flut allmählich an, Gischt schlug gegen die Felsnasen. Der ausgedehnte Sandstrand war menschenleer, bis auf einen einzelnen Fischer und sein Netz. Brendans Gedanken waren wieder bei Maura und dem Hotelzimmer. Sie würde jetzt schlafen oder eine Zeitschrift lesen, die Arme um das Kissen geschlungen.

Seit Wochen hatte Brendan sie nicht mehr in den Arm genommen, im Bett lagen sie Rücken an Rücken und zeigten einander die kalte Schulter. Sie sahen sich kaum an. Im Hotelzimmer hielt er sich nicht gern auf. Jetzt, da sein Handgelenk nicht mehr wehtat, wollte er draußen an der frischen Luft sein, und er dachte, ihr würde es genauso gehen. Aber es war genau umgekehrt: Meist wollte Maura nicht rausgehen. Morgens nach dem Aufwachen war sie blass und lethargisch, kam aber abends trotzdem zum Essen herunter. Normalerweise ging es ihr dann etwas besser. Beim Essen selbst ging es ruhig zu. Sie wechselten nur wenige Worte, und wenn ihnen nichts mehr einfiel, hörten sie zu, wie ihr Besteck über das Porzellan schabte.

Eine dunkle Wolke trieb in seine Richtung. Der Wind wurde kühler, und Brendan griff in den Rucksack, um die Regenjacke herauszuholen. Er zog sie über, setzte die Kapuze auf und knöpfte sie gut zu. Zehn Minuten später begann der Schauer, und Brendan musste die Augen fast komplett schließen, so heftig regnete es. Er spürte, wie sein Gesicht erst kühler und schließlich eiskalt wurde. Er lief schneller. Tiefer gelegen sah er eine Bank mit einem Holzüberdach, womöglich war es ein Café.

Es regnete noch immer, als er ein Sandwich und französisches Bier bestellte. In dem Bistro war nur ein weiterer Gast, ein alter Mann, der gerade sein Bier austrank. Brendan lächelte ihm kurz zu und sah dann wieder weg. Er hörte, wie der alte Mann seinen Stuhl bewegte. Kurz darauf setzte er sich mit seinem dicken Bauch Brendan gegenüber, aber sie schwiegen einvernehmlich.

Als Brendan zu seinem Hotel in Saint-Jean-de-Luz zurückkehrte, dämmerte es bereits. Er freute sich auf eine warme Dusche und ein leckeres Abendessen. Im Hotelzimmer lag Maura auf dem Bett und schlief. Er nahm seinen Laptop und checkte seine E-Mails: nichts von Penny Wray. Er hoffte, sie würde ihm mehr Bilder schicken. Dass sie schon wieder zurück in Dublin war, glaubte er nicht, denn bis die Schule wieder losging, waren es noch drei Wochen. Vielleicht hatte sie aber ein Bewerbungsgespräch für die neue Stelle. Noch einmal sah er in seinen Posteingang. Er hatte keine Antwort von der St. Cillian's erhalten – das hieß wohl, dass er schon wieder eine Chance verpasst hatte.

Maura atmete leise und regelmäßig. Brendan ging duschen.

Als er aus dem Bad kam, saß sie auf dem Bett und las.

»Wie geht es dir?«, fragte er.

Sie zuckte die Achseln. Brendan hatte Mitleid mit ihr, wie sie so zusammengesackt auf dem Bett saß. »Maura, der Gips kommt nächste Woche runter. Dann können wir nach Foix fahren, Mom treffen und alle drei zurück nach Dublin fahren. Das dauert vielleicht zwei, maximal drei Tage.«

»Und was dann?«

Brendan holte tief Luft. »Das alles ist so verworren.« Er musste schlucken.

»Willst du etwas essen, Maura?«

»Ja, vielleicht.«

»Hast du heute überhaupt schon etwas gegessen?«

Sie verzog das Gesicht, ein klares Nein. Er sah die bläulichen Schatten unter ihren Augen, die graue, fahle Haut. Ihr Haar war ungebürstet und auf einer Seite ganz platt. Sie trug noch ihren Schlafanzug. Als er den Arm nach Maura ausstreckte, wich sie zurück. »Komm, lass uns runtergehen und essen. Vielleicht geht es dir dann besser. Du musst am Verhungern sein, wenn du den ganzen Tag noch nichts gegessen hast.«

»Ich habe keinen Appetit.« Sie atmete tief ein. »Wie war deine Wanderung?«

»Gut«, sagte er und dachte daran, ihr von dem Mann zu erzählen, der sich im Café zu ihm gesetzt hatte. Er ließ es.

Maura stolperte aus dem Bett und suchte etwas zum Anziehen heraus. Sie entschied sich für ein Kleid, kämmte sich, wusch ihr Gesicht und sagte, sie sei fertig. Brendan fiel auf, wie locker das Kleid an ihren Schultern saß. Sie war dünner geworden, und ihre Bräune verblasste zunehmend. Ihr Blick war leer und traurig, sie ging leicht nach vorn gebeugt, die Arme über dem Bauch verschränkt. Für einen Augenblick verspürte er den Wunsch, sie in den Arm zu nehmen. Doch dann hörte er sein Handy. Es war Evie. Maura hatte ihm den Rücken zugewandt. Schnell las er die Nachricht: *brendan, hoffentlich geht es dir gut & du & maura genießt den sommer, ich bleibe hier in foix, ich lebe jetzt hier …*

»In einer *Cave*? Einer Höhle?«, stöhnte er laut.

Maura sah ihn an, den Kamm noch in der Hand. »Was?«

»Mom. Sie schreibt, sie lebt in einer Höhle. Mit einem neuen Mann.«

Eine Woche später kam der Gips ab. Brendan betrachtete seine Hand eingehend, wie einen alten, verloren geglaubten Freund. Das Handgelenk war nach den viereinhalb Wochen blass und etwas dünner als der gebräunte Unterarm. Er beugte es, das ging problemlos. Er versuchte, den Koffer anzuheben, aber das schmerzte zu sehr, also nahm er die andere Hand, um die Taschen eine nach der anderen herunterzutragen, und starrte seine Frau wütend an, als sie an ihm vorbeiging. Maura war keine große Hilfe. Sie lehnte sich ans Auto und blinzelte, fast als hätte sie Schmerzen. Brendan bezahlte die Hotelrechnung und hoffte, dass er einen Teil der Kosten von der Reiseversicherung zurückbekommen würde, denn sein Konto war beinahe leer. Dennoch beschloss er, Maura erst einmal nichts davon zu sagen. Als er den Motor anließ, schloss sie die Augen und lehnte sich im Beifahrersitz zurück.

Sein Handgelenk tat zwar noch weh, aber er genoss die Fahrt. Die Landschaft änderte sich, als sie die Küste hinter sich ließen und in Richtung Hügel und dichte Wälder fuhren. Brendan summte leise vor sich hin. In drei bis vier Stunden würden sie in Foix sein und die irische Bar finden. Dort konnte es nur eine geben, und jemand wüsste sicher, wo seine Mutter sich aufhielt. Die Sache mit der vermeintlichen Höhle bereitete ihm Sorgen, aber er vermutete, dass sie sich bloß vertippt hatte. Vielleicht ging es dabei um den Namen eines Hotels.

Bei der Vorstellung, bald in einer irischen Bar zu sein, musste er an Dublin denken, und ihm fiel auf, dass er seine Heimat vermisste. Im Pub würde er sich ein Pint irisches Bier bestellen, seine Mutter anrufen, und in ein paar Tagen wären sie alle wieder zu Hause. Bis dahin würde er versuchen, die Eheprobleme zu ignorieren. Er summte weiter.

»Bitte, Brendan, nicht.« Maura legte eine Hand an die Stirn.

»Stört dich mein Gesang?«

»Das ist es nicht …« Sie sah aus dem Fenster. Er wartete. »Ich muss dir etwas sagen. Ich habe etwas wirklich Dummes getan.« Sie konnte ihm nicht in die Augen sehen.

Brendan überlegte sofort, was das Schlimmste sein könnte. »Was hast du getan?«

»Ich hätte nicht … Ich habe etwas Schreckliches getan. Als du wandern warst, bin ich an deinen Laptop gegangen. Da waren einige E-Mails. Ich habe sie gelesen und dann … gelöscht.«

Brendans Mund wurde zu einer schmalen Linie. »Was für E-Mails?«

»Von diesem Mädchen, Penny. Diese Sportlehrerin aus deiner Schule. Sie hat dir noch mehr Bilder und ein paar Nachrichten geschickt.«

Er blickte auf die Straße vor sich.

»Ich muss mich bei dir entschuldigen. Du hattest recht. Ich weiß jetzt, dass du keine Affäre mit ihr hast.«

Er war verwirrt, neugierig und wütend zugleich. »Woher weißt du das, Maura?«

»Ihre E-Mails. Sie schrieb, dass sie nächste Woche nach Dublin zurückkommt und dass sie und Sam jetzt noch Mexiko genießen und ihnen das Tauchen Riesenspaß macht. Außerdem hat Penny geschrieben, dass Sam ihr einen Antrag gemacht hat. Also ist es unwahrscheinlich, dass sie ihn betrügt und mit dir etwas am Laufen hat. Ich habe all ihre Nachrichten gelesen. Die Art und Weise, wie sie über ihn schreibt, zeigt ganz deutlich, dass Sam ihre große Liebe ist und sie keine romantischen Gefühle oder so für dich hat. Sie schrieb sogar, dass du und ich zu ihrer Trauung an Weihnachten kommen sollen. Ich habe alles falsch verstanden. Sie und du, ihr seid nicht …«

Brendan räusperte sich. Penny und Sam? Sam? Er dachte daran, wie Penny ihn im Lehrerzimmer massiert hatte. An ihren roten Bikini, in dem sie mit den Delfinen schwamm. Also war sie mit Sam zusammen. Sie hatte doch einen Freund. Er atmete aus und spürte, wie tief in ihm Traurigkeit aufstieg.

»Das ist noch etwas.«

Er sah zu ihr, dann wieder auf die Straße.

»Du hast ein Bewerbungsgespräch in zwei Wochen. Anfang September. An der St. Cillian's. Für eine Stelle dort.«

Erneut stieg Wut in ihm auf. »Die E-Mail hast du auch gelöscht?«

»Sie ist noch im Papierkorb. Du musst Bescheid geben, ob du das Gespräch wahrnimmst. Bis Ende der Woche.«

Brendan rieb sich mit dem schmerzenden Handgelenk die Stirn. »Gut. Das mache ich. Noch habe ich Zeit.«

Maura sah ihn an, vor Scham traten ihr die Tränen in die Augen. »Ich war wirklich dumm, nicht wahr?«

»Ja, das warst du.«

Sie schürzte die Lippen. »Da ist noch etwas ...«

»Was hast du denn noch getan, Maura?«

»Meine Stelle in der Praxis ... Nun ja, ich hatte viel zu viel Urlaub. Fünf Wochen mehr als geplant ... Ich hatte ihnen gesagt, ich wäre nur zwei Wochen weg ...«

»Aber sie können dich nicht feuern.«

»Nein, aber ich hatte gestern eine Nachricht. Sie haben jemanden gefunden, eine Dame, die für mich einspringt. Und sie sind sehr zufrieden mit ihr. Wenn ich zurück bin, werden sie die Stelle vielleicht splitten. Ich soll mir bis dahin überlegen, ob ich weniger arbeiten möchte.«

Brendan blickte starr auf die Straße.

»Es tut mir so leid, Brendan.«

Er konnte sich nicht daran erinnern, wann sie sich zuletzt bei ihm für etwas entschuldigt hatte. Aber er dachte an das Gespräch an der St. Cillian's und daran, dass dies ein Neuanfang sein könnte. Er dachte an Penny, wie sie mit Sam zusammen tauchen ging, wie er ihr einen Antrag machte, wie

Penny Ja sagte, an ihre Weihnachtshochzeit. Auf beiden Seiten der Straße ragten die Hügel immer höher, er fühlte sich eingesperrt. Wütend biss er die Zähne zusammen. Seine Augen schmerzten.

Eine Stunde fuhren sie, ohne zu reden. Maura sah auf ihre Hände oder kramte in ihrer Tasche, Brendan starrte gedankenverloren auf die Fahrbahn. Maura nahm irgendwann den Straßenatlas hervor und blätterte. Dann sah sie sich eine Seite genauer an, nahm die Sonnenbrille ab und starrte auf die Karte.

»Brendan?« Auf einmal war ihre Stimme scharf und voller Neugier.

Er murrte.

»Meintest du nicht, deine Mutter lebe jetzt in einer Höhle?«

Wieder murrte er nur.

»Es ist nämlich so, dass hier auf der Karte mehrere Höhlen eingezeichnet sind. Vielleicht lebt sie da irgendwo. Was genau hat sie geschrieben?«

Er seufzte. »Dass sie in einer Höhle, also *Cave* lebt.«

»Sieh mal …«

»Maura, ich fahre.«

»*Caves*, in der Nähe von Foix. *Rivière Souterraine de … La-bou-iche*. Ein unterirdischer Fluss. *Caves*.«

Brendan schaute auf die Karte. »Und wo sind diese *Caves*?«

»Kurz vor Foix. Wir fahren direkt vorbei. Was meinst du?«

»Vielleicht ist da in der Nähe ein Haus. Einen Versuch ist es wert«, stimmte Brendan ihr zu. »Wenn das auf dem Weg liegt, halten wir an und fragen nach. Vielleicht wohnt sie wirklich dort in der Nähe. Wir haben noch viel Zeit. Aber sie wird so überrascht sein, uns zu sehen. Ich kann mir nur zu gut vorstellen, wie sehr sie sich freuen wird, wenn sie uns die Tür aufmacht.«

Maura nahm eine CD und legte sie ein. Sie wirkte zufrieden, als sie sich zurücklehnte und in ihrer Tasche nach Minzbonbons suchte. Sie packte zwei aus, nahm eins in den Mund und gab Brendan das andere. Dann lächelte sie ihn fröhlich an, setzte die Sonnenbrille wieder auf und rutschte tiefer in ihren Sitz.

Die Temperatur war deutlich gesunken, und seine Haut prickelte vor Kälte. Brendan war von Dunkelheit umgeben. In der Ferne hörte er ein regelmäßiges Tropfen. Maura stand neben ihm. Auf beiden Seiten ragten Felsen in die Höhe, knorriger Granat, eingeritzte Bilder von Bisons in Schwarz und Rot auf den glatteren Flächen. Die Ecken wurden von Lampen beleuchtet, die die Höhlenmalereien hervorhoben, und Brendan stellte sich vor, wie unkompliziert und angenehm das Leben vor Jahrhunderten gewesen sein musste. Seine Hände waren eiskalt, er fröstelte. Beinahe hatte er damit gerechnet, Evie am Schalter sitzen zu sehen, wie sie Tickets verkaufte. Aber niemand hier hatte eine Irin gesehen.

Sie folgten dem Führer und gingen vorbei an weißen Tropfsteinen, die wie Dolche über ihnen hingen, bis zu einer Brücke. Auf beiden Seiten plätscherten Wasserfälle. Dort, wo sie auf die Wasseroberfläche trafen, war die Gischt schäumend weiß, weiter weg, wo das Wasser sich beruhigte, dunkelgrau und dunkelblau. Im Gänsemarsch überquerten sie die Brücke, erst Maura, dann Brendan, dann die anderen Touristen, und gelangten so in eine weitere Höhle. Es wurde finster, Tropfsteine, seltsame Felsformationen, teils schimmernd und vor Feuchtigkeit glänzend hingen an einer kuppelartigen Decke – die Szenerie glich einem gigantischen Rachen. Es roch modrig und feucht, Brendan musste keuchen. Dann lichtete sich das Dunkel, er hörte plätscherndes Wasser, und sie waren umgeben von einem magischen blauen Schein. Ein kleines Boot wartete auf sie, und sie kletterten hinein, saßen dicht an dicht, während der Führer ihnen erklärte, dass sie sich nun auf dem längsten befahrbaren Unterwasserfluss Europas befanden. Das Wasser schimmerte türkisgrün und azurblau, die Felsen waren smaragdgrün. Als das Boot leise den Fluss entlangglitt, erleuchtete der bläuliche Schein auch Mauras Gesicht. Ihre Augen strahlten. Das Boot brachte die Gruppe in eine Schlucht. Sie schillerte golden und war im Laufe der Zeit vom Fluss tief in den Stein gekerbt worden. Aus den dunklen Schatten rechts und links von ihnen ragten hohe Felsen auf, an denen sich das Licht brach und sie ebenfalls bläulich glänzten.

»Wie die Menschen wohl früher hier gelebt haben.« Maura hielt den Prospekt fest in den Händen und zerknitterte beinahe die Seiten, als sie die englische Übersetzung las. »Wir nehmen heute so vieles für selbstverständlich hin, findest du nicht? Die Schönheit dieser Höhlen … Wie hart es damals gewesen sein muss, nur zu überleben.«

Nach einem Augenblick sprach auch Brendan. »Ich bin froh, dass wir hier angehalten haben. Es wäre schrecklich schade gewesen, das hier verpasst zu haben.«

Eine halbe Stunde später startete er den Motor. Niemand von ihnen sprach ein Wort, bis sie in Foix ankamen. Eine Weile fuhren sie durch den Ort, entdeckten aber keine irische Bar. Brendan fragte einen Passanten, der nur den Kopf schüttelte und weiterging.

Auf Mauras Vorschlag hin hielten sie bei einem Restaurant, um zu essen, und fragten den Kellner dort, der auch nichts von einem Pub wusste. Als sie fast aufgegessen hatten, kam der *patron* mit einer Karte zu ihnen und erklärte Brendan den Weg zu einer irischen Bar, die auf dem Weg lag, den sie gekommen waren. Er sagte, der Pub heiße O'Driscoll's und liege in der Nähe von Saint-Girons. Brendans Herz machte einen Satz, und Mauras Blick schoss von der Karte zu seinem Gesicht.

Zwei Stunden später fuhren sie noch immer in Saint-Girons umher. Endlich parkte Brendan den Panda aber vorm O'Driscoll's und ging auf das heruntergekommen wirkende

Gebäude mit der dunklen Tür zu. Die Farbe blätterte schon ab. Er drückte gegen die Tür, doch sie ging nicht auf. Maura stand hinter ihm. Er drückte noch einmal, versuchte es dann mit Ziehen, aber keine Chance. Maura zeigte auf ein Schild, auf dem zu lesen stand: *Fermé. Deux jours de congé*.

Das O'Driscoll's war geschlossen und würde erst in zwei Tagen wieder aufmachen.

37. KAPITEL

Evie konnte nicht schlafen. Die Nacht war warm, und sie schob die Decke weg. Auf dem Land war es so dunkel, dass der Raum stockfinster war, obwohl die Vorhänge nicht zugezogen waren. Jean-Luc schlief, sie lauschte seinem Atem und schmiegte sich an seinen breiten Rücken. Seine Haut war kühl. Evie deckte ihn zu.

Doch sie fand keinen Schlaf. Fast fieberhaft suchte sie nach einer Verbindung zu ihrer Glückszahl Vier. Er war nicht an einem Vierten geboren, auch nicht im April. Sein Geburtstag war am 7. November. 1941, sein Geburtsjahr, hatte zwar eine Vier, aber das zählte nicht. Sein Name bestand aus sieben Buchstaben. Keine Chance. Ihre Glückszahl traf auf Jean-Luc nicht zu. Dennoch waren sie glücklich zusammen. Ihr Glück hatte sich verändert, ihre Glückszahl ebenso. Vielleicht war jetzt sieben ihre Glückszahl.

Die kleinen roten Ziffern auf dem Wecker zeigten fast fünf Uhr an. Langsam dämmerte es, violette und rote Streifen durchzogen den dunklen Himmel über den Bergen. Evie überlegte, wie sie die anderen Schlafzimmer einrichten würde: die Wände in abgetöntem Weiß, dazu lange Vorhänge, die sich im Wind aufblähen würden.

Sie dachte daran, wie *Cave Bonheur* im Winter wäre. Das alte Haus mit seinen massiven Lehmwänden, ein großes Kaminfeuer im Wohnzimmer, Jean-Luc, der sang und Gitarre spielte, ein Eintopf, der auf dem Herd vor sich hin köchelte. Sie streckte die Hand aus, spürte seine warme Wange und folgte sanft dem Schwung seiner Lippen. Er murmelte etwas und drehte sich auf den Rücken. Dann legte er einen Arm um sie, und Evie kuschelte sich an seine Schulter. Draußen am Fenster flatterte etwas vorbei, Evie schaute genauer hin. Sie erkannte runde Augen, die starr geradeaus blickten, ohne zu blinzeln. Dann wieder ein Flattern. Und Federn. Die Eule breitete ihre

Flügel aus, blieb aber sitzen. Evie kuschelte sich näher an Jean-Luc heran, schloss die Augen und lächelte.

Als sie aufwachte, war das Bett neben ihr leer. Er war weg, und es war schon nach zehn. Sie streckte sich, spürte die Brise, die durch das offene Fenster kam, hievte sich über das Bett und zog sich etwas an.

Jean-Luc war auch nicht unten, aber auf dem Herd stand heißer Kaffee. Außerdem hatte er ihr Brot, Obst und ihren Lieblingsjoghurt als Frühstück bereitgestellt.

Evie trat hinaus in den Sonnenschein; der Traktor stand noch in der Scheune, der rote Sportwagen war jedoch weg. Stirnrunzelnd ging sie zurück ins Haus.

Nach dem Frühstück ging sie ins Büro, heftete ein paar Dokumente ab und lief dann in die Scheune. Nächstes Jahr würden sie einen neuen Kühlschrank brauchen, einen größeren für den Sekt und vielleicht ein paar elegante Weingläser. Evie stellte sich ein schweres Kristallglas in ihrer Hand vor, in dem sie einem Kunden den Bordeaux anbot. Er würde daran nippen und anerkennend nicken. Sie sah Jean-Lucs stolzes Gesicht vor sich, nachdem der Kunde kistenweise Wein gekauft hatte, und in ihrem Tagtraum war die Scheune lichtdurchflutet und luftig, die Tische bestanden aus schwerem Eichenholz und hatten knorrige, geschwungene Beine.

Sie ging hinaus zu der offenen Scheune und kletterte auf den Traktor. Im nächsten Frühjahr würde sie lernen, damit zu fahren. Sie fasste das Steuer und wackelte daran. »Warum sollte ich das nicht können?«

Sie könnte bei der Ernte helfen und die Geräte wie alle anderen nutzen. Den Ertrag einfahren und die Trauben in den Stahlbehälter pressen, dabei zusehen, wie der Wein herauslief. Mit einem Arm fuhr sie durch die Luft, stellte sich vor, wie sie mit einem riesigen Schwert eine Rebe abhackte, dabei lehnte sie sich aus dem Traktor.

»Pass auf, Evie. Fall nicht raus!«

Jean-Luc reichte ihr eine Hand und half ihr hinunter. Sie hätte es auch allein geschafft, aber er wollte zweifellos galant sein. Er küsste sie, und sie schmeckte Brandy auf seinen Lippen. Evie tat so, als wäre sie verärgert. »Wo warst du denn den ganzen Morgen, du grausamer, betrunkener Mann? Im Pub?«

Er lächelte und legte ihr einen Arm um die Schulter. »Ich war geschäftlich in der Stadt. Und danach habe ich deinen Freund Ray in seiner Kneipe besucht.«

»Ach ja? Und was für Unsinn habt ihr beide da getrieben?«

»Ich habe ein Glas getrunken mit ihm, dann fiel mir etwas ein, und wir haben über die Idee gesprochen. Und jetzt machen wir Unsinn mit unseren Frauen zu Hause.«

Sie runzelte die Stirn. »Wovon redest du?«

»Nach dem Geschäftskram habe ich …«

»Welche Geschäfte?«

»Ach, nur Erledigungen in der Stadt.« Er hielt eine kleine Flasche fest umklammert in der Hand. Evie nahm sie ihm ab.

»Was ist das, Jean-Luc?«

»Na ja, zuerst war ich beim Arzt. Er hat mir Vitamine verschrieben.«

Sie gab ihm die Flasche mit den Pillen zurück. »Du brauchst Vitamine?«

»Mein Arzt sagt, die sind gut für mich. Dann habe ich meinen Buchhalter getroffen. Das Geschäft läuft gut. Ich dachte, dass ich das alles meiner lieben Evie zu verdanken habe, also kam mir eine Idee. Ich fuhr zu Ray auf einen Drink, erzählte ihm, ich fände, du und ich sollten uns eine kleine Auszeit nehmen und wegfahren, und er wurde neidisch. Er findet die Idee so gut, dass er heute mit Paulette und den Kindern für zwei Tage ans Meer fährt. Und wir zwei Hübschen fahren jetzt auch weg, an einen besonderen Ort.«

Evie war verwirrt. »Jetzt?«

»Wir packen unsere Sachen ins Auto und fahren noch heute los. Alles ist arrangiert. Benji kümmert sich um den Wein, und ich rufe Gaston und ein paar Männer aus der Gegend an, die manchmal aushelfen. Ich werde ihnen ihre Überstunden sehr gut bezahlen. Wir verdienen eine Feier.«

Sie nahm seine Hand. »Wo fahren wir hin?«

»An einen Ort, wo wir *txakoli* und *pacharán* trinken können, wo wir *fromage de brebis* essen und über die Grenze nach Spanien fahren können, nach Figueres. Da schauen wir uns Dalís Bilder an, essen *paella* und übernachten in einem kleinen Haus in den Bergen.«

»Jean-Luc, das klingt wundervoll.«

»Dann nichts wie los. Stell dir vor, Evie, wie wir in den Pyrenäen in der Sonne sitzen, direkt neben Schafen und Ziegen, picknicken, Gitarre spielen, nur du und ich und die Natur.«

Lachend umarmte sie ihn. »Vielleicht brauchst du diese Vitamine dann wirklich …«

Er überlegte kurz, war sich offenbar erst nicht sicher, was sie damit meinte, dann lachte er laut.

Zwei Stunden später hielt der gelbe Panda vor *Cave Bonheur*, und Brendan starrte auf das schiefe Schild. »Meinst du, hier sind wir richtig?«

»Der Typ vor dem Irish Pub hat das gemeint. Er hat den Namen gesagt, und da steht *Cave*, Brendan.«

Er stieg aus dem Wagen und schaute zu dem alten Schild. »Dann muss es das sein.«

»Ich fand den Mann übrigens sehr nett. Auch ein Ire. Meinst du, er hat wirklich mit deiner Mutter zusammen auf der Bühne gestanden und Banjo gespielt? Er meinte, sie hätte eine tolle Stimme. Kannst du dir vorstellen, wie die beiden zusammen *Danny Boy* singen? Ich habe deine Mutter nie singen gehört.«

»Das ist es. Ich glaube, wir haben sie gefunden.«

Maura saß noch immer im Auto. »Und er wusste auch nicht, dass die irische Kneipe geschlossen war. Er schien enttäuscht zu sein. Immerhin kennt er deine Mutter. Und ihren neuen, tollen Freund.«

»Sag das nicht so, Maura. Sie leben hier. Er kann uns vielleicht hören.«

»Allem Anschein nach ist er ein seltsamer Mensch. Komisch, dass deine Mutter sich so jemanden ausgesucht hat …«

Brendan ging in Richtung des Gebäudes, wo ein kleines Wohnmobil mit hellen geblümten Vorhängen parkte. Endlich stieg Maura ebenfalls aus und stand einen Augenblick einfach nur so da. Sie schluckte schwer. Brendan wandte sich ihr zu. »Kommst du jetzt oder nicht?« Er klang ein wenig gereizt. Er war nicht sicher, wie seine Mutter reagieren würde. Und wenn sie in diesem Haus mit ihrem neuen Mann war, was würden sie zu ihm sagen? Sein Herz pochte.

Maura wankte förmlich. »Warte mal kurz … Ich bin sicher, irgendetwas in der billigen Pension war nicht ganz in Ordnung. Der Kaffee war grausam, die Milch war …«

Er klopfte schon an die Tür, auf der *Accueil* stand.

Maura folgte ihm, umklammerte ihre Handtasche und lehnte sich gegen den Türrahmen. Sie atmete hörbar ein und aus. Brendan sah sich um, betrachtete die Bäume, den Hof und die Scheune mit dem Traktor sowie das Wohnhaus. Er schaute hinüber zu den Reben, die ihm wie kleine Bonsai-Bäume vorkamen. »Vielleicht steckt sie dort drüben? Sieht wie ein Gutshaus aus.«

»Das alles ist ein bisschen heruntergekommen«, sagte Maura.

Brendan ignorierte sie. Er entdeckte jemanden, der aus den Weinbergen zu ihnen gelaufen kam. Die Person rief etwas und winkte. Ein hagerer Junge in Jeans mit blondem Haarschopf war es, er blieb vor ihnen stehen. Er sah Brendan und Maura an, als hätte er erst geglaubt, sie zu kennen, dann aber festgestellt, dass sie doch jemand anderes waren. Höflich fragte er sie auf Französisch, ob sie gekommen waren, um den besten Wein der Region zu kosten. Brendan erklärte, dass er Evie Gallagher treffen wolle, woraufhin der Junge etwas verwirrt wirkte.

»Evie Gallagher. Wo ist sie? Wir sind weit gefahren, um sie zu besuchen«, wiederholte Brendan seine Frage.

Nervös sah der Junge sich um. Er war sich offenbar nicht sicher, was er von diesem Fremden, der laut auf ihn einredete, halten sollte. Er fragte sich vielleicht, ob sie von der Polizei waren, oder – schlimmer noch – Menschen, denen man lieber nicht vertrauen sollte. Unruhig spielte er mit seinen Fingern. »Evie? Sie ist nicht hier.«

»Wo ist sie?«

»*Monsieur* und *Madame* sind weggefahren. Sie kommen morgen wieder. Oder übermorgen. Ich weiß es nicht.«

Maura fragte Brendan, ob sie nicht bleiben und den Wein probieren sollten, aber er bestand darauf, dass sie sich auf die Suche nach seiner Mutter konzentrierten.

Der Junge war noch immer verwirrt und begann, wild mit den Händen zu gestikulieren. »Evie ist nicht hier. Vielleicht morgen. Heute ist sie mit *Monsieur* unterwegs.«

Brendan kratzte sich am Kopf. »Wohin ist sie gefahren?«

»In die Berge.«

Maura blickte Brendan an. »Wo ist sie hin?«

»Wir müssen sie verpasst haben …«

Der Junge ging weg.

Brendan rief ihm hinterher. »Wir kommen morgen wieder, vielleicht ist sie dann da, ja?«

Langsam ging Brendan zurück zum Auto.

»Na, das lief ja prächtig.« Maura zuckte die Achseln, er ignorierte sie.

Benji rannte zurück zu den Weinstöcken. Er setzte sich auf den Boden, fuhr sich nervös mit den Händen über das Gesicht, sodass er dreckige Spuren hinterließ. Er würde Monsieur Bonheur davon erzählen, sobald dieser zurück war. Er würde sicher wissen, wie man mit solchen Besuchern umgehen musste.

Ihm machte es Sorgen, dass, obwohl sie meinten, mit Evie verwandt zu sein, der Mann so laut gesprochen und die Frau ihn unterbrochen und panisch ausgesehen hatte. Benji war einfach froh, dass er in den ihm vertrauten Weinbergen sitzen und abwarten konnte, was der *patron* zu alldem sagen würde.

Eine Stunde später steckte Brendan sein Handy wieder in die Tasche und runzelte die Stirn.

»Was hat sie gesagt, Brendan?«

»Ich habe hier keinen Empfang.«

»Lass uns ein Hotel für heute Nacht suchen, okay? Ich könnte ein weiches Bett vertragen.«

Brendan fuhr ein halbe Stunde umher und machte eine neue Pension in der Nähe von Foix für sie ausfindig, die besser war als die, in der sie zuvor übernachtet hatten. Das Zimmer war zwar klein, aber sauber und bot genug Platz für ein Doppelbett und ihre Koffer. Maura war müde und nahm ein längeres Bad. Brendan setzte sich mit seinem Laptop aufs Bett und fand im Papierkorb die E-Mail mit der Einladung zu dem Bewerbungsgespräch an der St. Cillian's. Er antwortete, dass er Anfang September, das war in zwölf Tagen, wieder in Dublin wäre. Kurz fragte er sich, was am neuen Job anders wäre; er könnte sich um die seelsorgerische Betreuung kümmern. Er malte sich aus, wie das Gespräch verlaufen würde, formulierte schon seine Antworten. »O ja, ich bin sehr gelassen, kann Kinder mit emotionalen Schwierigkeiten oder Verhaltensauffälligkeiten gut trösten und unterstützen. Als Sportler verstehe ich, wie wichtig es ist, Teil eines Teams zu sein. Ich bin schließlich nicht nur Fußballtrainer, sondern auch Life Coach. Ich glaube, ich kann beeinflussen, wie die jungen Leute im sozialen Netzwerk dieser Schule integriert sind, und ihnen das Gefühl geben, hierher zu gehören.« Er lächelte. Das Leben wäre besser in einer Schule, in der man ihm Verantwortung übertrug und Respekt entgegenbrachte.

Dann dachte er an seine Mutter. Er hatte zwar keine Ahnung, wo sie steckte, aber zumindest wusste er, wo sie wohnte. Spätestens morgen würde er sie sehen. Während er über ihren neuen Partner nachdachte, kam er zu dem Schluss, dass das Ganze lediglich ein Scherz von ihr sein musste. Der Mann war wahrscheinlich nur der Inhaber des Weinguts, und seine Mutter wohnte dort als zahlender Gast. Sie würde bestimmt keine neue Beziehung eingehen, nicht nach seinem Vater. Außerdem war sie fünfundsiebzig. Brendan fragte sich, warum sie überhaupt einen Partner bräuchte, und stellte traurig fest, dass er selbst eigentlich keine Beziehung brauchte.

Ein Pling-Geräusch zeigte an, dass eine neue E-Mail in seinem Postfach eingetroffen war – von Penny. Kurz hielt er den Atem an, überzeugte sich davon, dass Maura noch in der Badewanne lag, dann öffnete er die Nachricht.

Penny schrieb, dass Sam und sie ein Schnellboot gemietet hatten, den ganzen Tag segeln und schnorcheln waren und abends Cocktails getrunken hatten. Sie hatte Fotos angehängt, die Brendan herunterlud und anschaute: Penny von hinten mit einer grünen Schirmmütze am Steuer eines Schnellbootes; wieder Penny, dieses Mal in einem geblümten Sarong mit einem eisblauen Fruchtcocktail in der Hand. Penny neben einem schlanken Mädchen in Shorts und T-Shirt mit dunklen Locken und kaffeebrauner Haut, die sie auf die Wange küsste. Penny grinste breit und hielt ihren glänzenden Ring in die Kamera.

Brendan tippte auf das Touchpad, um die Bilder in dem Ordner mit dem Namen PW zu speichern. Das war also Sam, das dünne, glückliche Mädchen, das Penny auf dem einen Bild umarmt hatte. Brendan dachte an Penny, an ihre freundlichen, hilfreichen Worte im Lehrerzimmer, daran, wie sie ihm mittags ein Sandwich mitbrachte. Sie war ein freundliches, gutmütiges Mädchen, und er war ein Idiot. Er schloss den Laptop. Die Enttäuschung schmeckte bitter. Nebenan floss das Badewasser gurgelnd in den Abfluss.

38. KAPITEL

In Spanien war es ein schwülheißer Tag gewesen, am Gebirgsausläufer war der Boden unter ihren Füßen schon rissig geworden. Als sie auf dem Rückweg die Grenze überquerten, kauften sie in den kleinen Läden noch reichlich Wasser in Flaschen. Oben in den Bergen war es kühler, sie waren umgeben von Nebel und tief hängenden Wolkenschwaden, die bald schon verschwanden. Die Gipfel ragten wie Riesen dicht an dicht aus dem Nebel auf, überragten die Seen und tiefgrünen Täler. Der rote Sportwagen hielt vor einem weißen Haus, das sich an einen mit Heide bewachsenen Bergvorsprung schmiegte. Jean-Luc schloss die Tür auf, und sie gingen hinein, voll bepackt mit Einkaufstüten.

Mit den Fingern fuhr Evie über den Holztisch sowie die weiß verputzten Wände und lugte in die winzige Küche, während Jean-Luc sich vor den Kamin kniete und Äste bewegte, damit sie Feuer fingen, bis schließlich Funken sprühten, die den Schornstein hinaufstiegen. Sie stellte die Tüten auf dem Tisch ab. Er fand eine Flasche mit dunklem Inhalt in einem Glasschränkchen, entkorkte sie und schenkte sich und Evie je ein kleines Glas davon ein.

Evie trank einen Schluck und behielt die Flüssigkeit eine Weile im Mund. Sie war warm, süß und stark. Kurz schloss sie die Augen.

»Pacharán. Ein ehrlicher spanischer Likör. Auf die Gesundheit.« Jean-Luc packte aus, während er sprach, und räumte Brot, Käse und Obst in die Küche. Evie ließ sich in den Sessel sinken und spürte die Wärme des Kaminfeuers, das tänzelnde Schatten auf die weißen Steinwände warf.

»Ich liebe dieses kleine, gemütliche Cottage.« Sie kuschelte sich in die Kissen und schloss die schweren Lider. Für einen Augenblick war sie wieder mit Jean-Luc auf dem Markt in Spanien, wo sie Händchen gehalten, Käse gekostet und Brot gekauft hatten. Sie sah sich mit ihm wieder im klimatisierten Museum stehen und Dalís Mae-West-Raum anschauen, fasziniert von den Farben, den Gemälden als Augen, dem Lippensofa und den Locken als Vorhängen. Evie aß *paella* in einem Straßencafé und kaufte bunte Keramik für ihr gemeinsames Zuhause. Sie war kurz davor einzudösen, so voll war ihr Kopf mit Eindrücken des Tages, als sie spürte, dass Jean-Luc seine Hand auf ihre legte. Sie lächelte und sank tiefer in den Sessel. In der Stube breitete sich der Duft nach frisch gebrühtem Kaffee aus.

Evie döste immer wieder ein. Zwischendurch hörte sie, wie er Gitarre spielte und leise dazu sang. Sie seufzte, stellte sich ihn als jüngeren Mann vor, zusammen mit Hélène in dem Häuschen. Es war ihr Cottage gewesen, nun gehörte es Jean-Luc. Evie hoffte, dass sie eine gute gemeinsame Zeit gehabt hatten, dass sein Leben mit Hélène ebenso erfüllt gewesen war wie ihres jetzt mit ihm. Die Holzstücke im Kamin knackten in der Hitze. Sie dachte an die Berge vor der Haustür, die wie eine breite schützende Mauer waren, an das kleine Cottage, das unter ihrem Schutz stand. Sie gähnte.

»Ich will morgen nicht zurückfahren.«

Jean-Luc trat neben sie. »Dann bleiben wir eben hier, Evie. Nur wir zwei. Solange du willst.«

Stunden vergingen, sie schlief erneut ein, wachte auf, aß etwas Brot mit Käse und trank zwei Tassen Kaffee. Dann war sie hellwach. Jean-Luc zupfte auf seiner Gitarre und summte ein Lied von Simon and Garfunkel. Evie drückte sich vom Sessel ab, stand auf und schnappte seinen Arm. Er legte die Gitarre beiseite.

»Lass uns rausgehen, Jean-Luc.«

Er stellte keine Fragen, sondern griff nach ihren Jacken, und schon fiel die Tür hinter ihnen zu.

Draußen war es finster, nur die Sterne leuchteten. Die Berge zeichneten sich als dunkle Schatten in der Ferne ab, es war so kalt, dass sie fröstelten. Der Mond glich einer Silbermünze, die sich immer wieder hinter einer Wolke versteckte. Jean-Luc legte den Arm um Evie, und für eine Weile sagte keiner von ihnen ein Wort. In der Ferne hörten sie ein Tier, leise rief es nach seinem Partner oder Kind. Jean-Luc legte sein Gesicht an Evies Kopf und flüsterte: *»Mon amour.«*

Seine gefühlvollen Worte hingen schwer in der Luft. Evie versuchte, etwas von dieser Schwere zu nehmen. Sie legte den Finger an seine Lippen. »Ihr Franzosen, ihr seid echt der Gipfel: Ein paar französische Wörter, eine verführerische Stimme, und schon sind wir Frauen wie Wachs in euren Händen.«

Jean-Luc erwiderte nichts, schlang nur die Arme um sie und zog sie dichter an sich. Sie atmete tief ein, spürte seine Wärme, lehnte sich an seine Brust und spürte dann ein leichtes Beben, als er doch sprach.

»Aimons donc, aimons donc! de l'heure fugitive,
Hâtons-nous, jouissons;
L'homme n'a point de port, le temps n'a point de rive;
Il coule, et nous passons!
Temps jaloux, se peut-il que ces moments d'ivresse,
Où l'amour à longs flots nous verse le bonheur,
S'envolent loin de nous de la même vitesse
Que les jours de malheur?«

Evie schloss die Augen. »Das war wunderbar, Jean-Luc. Ist das ein Gedicht? Erklär mir, worum es geht.«

Sie beide schauten nach oben, zu den Sternen. Sie konnte nicht sehen, wie er sich hinter sie stellte, spürte aber, wie er sie fester umarmte. »Alphonse de Lamartine. Er lebte im neunzehnten Jahrhundert. Ein großer französischer Poet. Das Gedicht heißt ›Le Lac‹. Seine Worte sind sehr traurig.«

»Worum geht es in dem Gedicht?«

»Er sagt, wir müssen uns lieben, solange wir noch können, manchmal läuft unsere Liebe über, aber wir lieben nicht allzu lange, denn die Zeit ist eifersüchtig auf unser Glück.«

»Wie deprimierend«, sagte Evie, und kurz fühlte sie sich ganz schlecht. Beide schwiegen. Dann sagte sie: »Dein Lamartine ist doch bescheuert.«

Sie hörte, wie er kicherte. »Warum denn?«

Sie atmete tief ein. »Ich möchte dir etwas erzählen.«

Er wartete.

»Mehr als mein halbes Leben war ich mit Jim verheiratet, und das war auch gut so. Ich bedauere es nicht, aber es ging dabei nur darum, das Richtige für jemand anderen zu tun. Ich kochte ihm Essen, bügelte seine Hemden, aber ich tat das nie aus Liebe, sondern aus einem Pflichtgefühl heraus oder weil es sich eben so gehörte. Ich wollte eine große Familie. Ich hatte so viel Liebe in mir, Jean-Luc, und Brendan war das einzige Kind, das ich zur Welt bringen konnte. Ich gab ihm fast all meine Liebe, vermutlich habe ich ihn damit erstickt, weil ich hoffte, er würde ein gutes Leben haben. Doch als ich dann allein war, merkte ich, dass ich mich selbst gar nicht kannte, keinerlei Liebe für mich selbst hatte. Jetzt, wo ich nach Frankreich gegangen bin und dich getroffen habe, bin ich, wo ich hingehöre. Hier, bei dir. Und es ist mir ganz egal, was dein Alphonse de Lamartine sagt. Jeder Augenblick sollte ein glücklicher sein, voller Freude und Liebe. Wir dürfen uns nicht darum sorgen, was als Nächstes passiert.« Sie hörte, wie er seufzte. »Schon gar nicht in unserem Alter.«

Sie wusste, dass er lächelte. Als sie sich umdrehte, sah es an seinen Mundwinkeln.

»Du hast recht, *chérie*. Ich glaube, du hast mit allem recht.«

Evie sah über seinen Kopf hinweg zu den Sternen am Himmel. »Wir alle sind so klein.«

Auch er blickte hinauf, und sie wusste, dass er ihre Gedanken teilte. Ganz nah an ihrem Ohr hauchte er: »Aber die Liebe ist groß und stark. Vielleicht kann sie unendlich sein, Evie. Vielleicht kann sie für uns ewig leben?«

Sie nickte, und er gab ihr einen Kuss. Dann nahm er ihre

Hand, und ihr fiel auf, wie klein ihre im Vergleich zu seiner war. Er führte ihre Finger an seine Lippen. »In dieser kleinen Hand trägst du mein ganzes Herz.« Sie legte ihre Hand auf seine Brust, er umschloss sie mit seiner.

Ernst sah sie ihm in die Augen. »Ich werde darauf aufpassen.«

Er zog sie näher an sich, und sie lehnte sich an seine Brust. Der Mond verschwand hinter Wolkenschwaden. In der Ferne heulte eine Eule, eine andere antwortete ihr.

Als sie aufwachte, war das Zimmer in gelbes Sonnenlicht getaucht. Sie hatte in einem seiner riesigen T-Shirts geschlafen. Während sie sich aufsetzte und das Logo der Red Hot Chilli Peppers auf ihrer Brust betrachtete, musste sie lächeln. Sie blinzelte und schaute ihn an – sein Haar war noch nass vom Duschen, er hatte ihr den Rücken zugewandt und schaute aus dem Fenster. Er wusste nicht, dass sie wach war, deshalb genoss sie den Augenblick umso mehr und beobachtete ihn, die breiten Schultern, den von der Arbeit in den Weinbergen trainierten Rücken. Ihr Blick wanderte über seinen Hintern zu den langen Beinen, dann wieder zurück zum Hintern.

Leise kroch sie aus dem Bett, trat auf Zehenspitzen hinter ihn, das T-Shirt fiel locker auf ihre Oberschenkel. Sie schloss die Arme um ihn, legte den Kopf zwischen seine Schulterblätter. Evie hörte, wie er tief einatmete und zufrieden seufzte, dann umarmte sie ihn noch fester und berührte seine warme Haut.

39. KAPITEL

Brendan wollte sich rasieren, aber Maura war im Badezimmer und nahm den gesamten Raum vor dem kleinen Waschbecken ein. Er wusste, dass er ihr nicht die Schuld geben sollte, aber irgendwie hätte er sie gern dafür verantwortlich gemacht, dass Evie gestern nicht da gewesen war und der blonde Junge sich geweigert hatte, mit ihnen zu sprechen. Gleich würden sie frühstücken, dann noch einmal nach *Cave Bonheur* fahren und zur Not den gesamten Vormittag dort warten. Eine düstere Stimmung hüllte ihn ein. Maura beugte sich über das Becken, um sich die Zähne zu putzen. Speichel und Zahnpasta hingen ihr wie ein Faden aus dem Mund. Sie schaute in den Spiegel, ihr Gesicht war bleich und sorgenvoll.

»Los, beeil dich. Ich muss mich rasieren. Es ist schon fast halb neun.«

Er konnte nicht glauben, dass er so schroff zu ihr war, also fügte er im Hinausgehen schnell hinzu: »Bitte, Maura, mein Schatz, mach schon.« Kurz darauf hörte er, wie sie ausspuckte und den Wasserhahn zudrehte, dann erst blickte er wieder ins Bad. Mauras Blick ging hin und her, wie der eines geschlagenen Tieres. Brendan wandte sich ab.

Den Vormittag verbrachten sie im Auto. Brendan las ein neues Buch über Küstenwanderwege in Südfrankreich, während Maura durch eine französische Zeitschrift blätterte, wobei sie die Bilder betrachtete und versuchte, ein paar Wörter zu erraten, die dem Englischen ähnelten. Brendan sah sich das Titelblatt an. Eine bekannte Schauspielerin hatte sich offenbar frisch von ihrem Ehemann getrennt und war nun in Therapie. Ein TV-Moderator sprach darüber, wie Gewichtszunahme und Depressionen eine Ehe beeinträchtigen können.

Im Wagen war es heiß, obwohl sie die Fenster geöffnet hatten. Maura nahm eine kleine Wasserflasche aus ihrer Handtasche, trank ein paar Schlucke, drehte den Deckel wieder zu und legte die Flasche zurück. Normalerweise hätte sie Brendan auch etwas angeboten und zuvor sorgfältig die Flaschenöffnung abgewischt. Doch inzwischen lagen die Dinge anders. Seufzend streckte er die Beine aus der offenen Fahrertür, stand auf und ging an dem wackeligen Schild neben dem Büro vorbei, wo er einige Minuten lang auf und ab lief. Das Wohnmobil stand immer noch so da wie am Vortag. Er ging zu den Weinstöcken, sah aber den blonden Jungen nicht. Hier war niemand. Brendan lief zurück zum Auto.

Um halb drei verlangte Maura etwas zu essen, und Brendan ließ den Motor an. Sie würden zu einem Supermarkt fahren, um einen Snack zu kaufen, und vielleicht später wiederkommen, wenn es kühler wurde.

Zurück auf dem Weingut, setzte Evie als Erstes Teewasser auf. Jean-Luc war zwar kein Teetrinker, aber sie bestand darauf, dass Tee das Beste wäre nach einer so langen Reise. Er würde ihnen helfen, sich von der Hitze zu erholen, außerdem machte sie einen grünen Tee, der Jean-Luc sicher guttäte.

Kritisch beäugte er die blasse Flüssigkeit in der Tasse, lehnte sich im Sessel zurück und nahm einen ersten Schluck. Die Koffer würden sie später noch auspacken, den Käse in den Kühlschrank und die Flaschen Pacharán ins Regal stellen können. Evie plante ein einfaches Abendbrot mit Käse und Obst. Jean-Luc hatte beschlossen, später am Abend nach den Weinstöcken zu sehen.

Evie war überrascht. »Wann erntest du denn normalerweise die Trauben und machst den Wein? Ich freue mich schon darauf.«

»Die Weinernte wird dir gefallen, Evie. Das ist eine ganz besondere Zeit. Ein paar Leute aus Saint-Girons kommen her und helfen uns. Benji ist in Sachen Gärung und Filtration inzwischen ein echter Experte geworden. Ich liebe es, wenn die

Trauben in den bauchigen Fässern zu Wein werden. Daran können wir auch arbeiten, du und ich. Das wird magisch sein.«

»Wann fangen wir an, Jean-Luc?«

»Irgendwann nächsten oder übernächsten Monat. Sobald die Trauben reif sind.«

Evie runzelte die Stirn. »Und wann sind sie das?«

»Die Früchte werden dann gelb statt grün. Dann sind sie nicht mehr so bitter.«

»Und das macht die Sonne?«

»Ja, die Sonne und das Wetter.« Er lachte. »Oder Gottes Wille.«

Sie sah ihn ernst an. »Glaubst du an Gott, Jean-Luc?«

»Ich bin ... schätze ich ... Ich bin Pantheist.«

Evie verzog das Gesicht. »Du glaubst an diesen kleinen Kerl mit Hörnern und Flöten?«

»Nein. Für mich ist Gott in der Natur, er ist überall, in den Bergen, im Himmel und im Meer. In der Natur und im Universum. Ich glaube nicht, dass es einen anthropomorphen Gott gibt.«

Einige Augenblicke lang war sie sprachlos. »So habe ich das noch nie gesehen. Ich muss noch so viel lernen.«

»Wie sieht denn dein Gott aus, Evie?«

Sie schob die Unterlippe vor. »Ich war auf einer katholischen Schule, St. Aloysius. Die Nonnen hatten kein Problem damit, uns einen ordentlichen Klaps zu geben. Ich erfuhr, dass ich nicht wirklich zu etwas nutzte, und ich schätze, auch Gott nutzte mir eher wenig, aber ich glaubte trotzdem an ihn, weil uns das so beigebracht wurde.«

»Und jetzt? Woran glaubst du jetzt? Bist du katholisch?«

»Darüber denke ich nicht viel nach.« Sie überlegte. »Und wenn ich es tue, denke ich bloß, dass das alles ein Haufen Stuss ist. Gott wird doch nur gebraucht, wenn es um Hochzeiten oder Beerdigungen geht oder wenn man etwas von ihm will.

Andererseits steckt in den Menschen so viel Gutes, oder nicht? Vielleicht liegt das an Gott? Ich weiß es nicht. Ich glaube, dort draußen gibt es etwas, das uns leitet – Gott, Freude, Glück –, und es ist wichtig, ein gutes Leben zu führen.«

Da sich sein Blick verdüsterte, fragte sie sich, ob sie ihn beleidigt hatte. »Vielleicht werde ich auch ein Pantist oder wie das heißt. Es klingt lustiger, in den Bergen zu leben, zum Meer zu fahren und die Natur einfach so, wie sie ist, zu genießen«, fügte sie hinzu.

Kleine Fältchen bildeten sich um seine Augen. »Ich denke, die Natur hat viele Antworten auf unsere Fragen. Wir kommen von der Erde und gehen auch zu ihr zurück. Ich glaube nicht mehr an die Bibel, mit der ich groß wurde, aber wenn es um Weinstöcke und Weinberge geht, davon verstehe ich etwas. Also nehme ich an, dass meine Religion jetzt in den Trauben zu finden ist, Evie. Jedes Jahr wachsen sie an den Stöcken und schenken uns guten Wein. Und wir können uns darauf verlassen, dass sie im nächsten Jahr wieder für uns da sind.«

Maura lehnte sich zurück und schloss die Augen.

»Geht es dir immer noch nicht wieder gut?« Brendan blickte auf die Straße vor sich. Sie schüttelte den Kopf. »Wir sind fast da. Meinst du, sie wird zu Hause sein?«

Sie seufzte. »Du hättest sie vorher anrufen sollen.«

Brendan umschloss das Lenkrad noch fester. Die Knöchel an seinen Händen traten weiß hervor. »Sie wird sich freuen, uns zu sehen, Maura.«

Leise, aber verächtlich seufzte sie, und Brendan spürte, wie sein Herz pochte. Er war den ganzen, weiten Weg hergereist und hatte keine Ahnung, wie seine Mutter reagieren würde.

Er bog in die Einfahrt zum Weingut, wo das Schild immer noch gefährlich schief stand, und parkte den Panda neben einem alten roten Sportwagen.

Evie trank ihren Tee aus. Sie dachte daran, Jean-Luc einen Kuss zu geben, und stand schon aus ihrem Sessel auf, doch dann flog die Tür auf, und Benji stürmte herein. Abrupt blieb er stehen, starrte Evie und Jean-Luc an. Aufgeregt gestikulierend stotterte er. Jean-Luc sprach leise mit ihm. Evie verstand die Wörter *calme* und *doucement*. Benji atmete ein und begann dann zu sprechen, wobei er zwischen zwei Sätzen immer wieder tief Luft holte: Ein Mann, eine Frau, Evie hörte ihren eigenen Namen fallen. Benji lief zu ihr hinüber und legte schützend die Arme um sie. Intuitiv fuhr Evie mit der Hand durch sein helles Haar und über seine warme Stirn.

Jean-Luc wandte sich zu ihr. »Benji sagt, eine Frau und ein Mann waren hier und haben nach dir gesucht. Er sagt, sie sind jetzt wieder da und warten draußen. Soll ich mit ihnen sprechen?«

Evie runzelte die Stirn.

»Evie, weißt du, wer das sein könnte?«

»Keine Ahnung.« Sie legte einen Arm um Benji. »Ich bin neugierig. Kommt, lasst uns zusammen rausgehen, okay?«

Auf einmal klopfte es an der Tür. Benji riss die Augen auf, doch Evie lachte nur. »Ist schon okay. Die Polizei ist sicher nicht hinter mir her. Außer vielleicht den Verkehrspolizisten, die mich wegen einer roten Ampel angehalten haben, die ich ignoriert hatte. Aber das ist schon Wochen her.«

Nachdem sie die Tür geöffnet hatte, konnte Evie sich erst mal nicht rühren. Brendan starrte sie an, Maura stand direkt hinter ihm. Dann umarmte Evie ihren Sohn und durchlebte die unterschiedlichsten Gefühle. Sie zog auch Maura an sich, die überrascht die Augen aufriss. Anschließend schnappte sie sich Brendan erneut, drückte ihn an sich und küsste ihn auf die Wangen.

»Kommt rein. Kommt rein. Was für eine schöne Überraschung!« Sie gingen allesamt durch den Flur in Richtung Wohnzimmer, wo Evie stehen blieb und sich zu Jean-Luc umdrehte. »Oh, ich glaube es nicht. Jean-Luc, das sind mein Sohn Brendan und seine Frau Maura. Brendan, das ist mein ... Das ist Jean-Luc. Und das hier ist Benji, der hier mit uns arbeitet. Benji, *voici mon fils.*«

Benjis Miene entspannte sich, alle lächelten. Brendan konnte nicht fassen, was er da sah. Seine Mutter war nun blond, gebräunt und sprach Französisch. Und ein hochgewachsener Herr schüttelte ihm die Hand.

Maura fielen fast die Augen aus dem Kopf, als der große Mann sie zur Begrüßung auf beide Wangen küsste. Sie lächelte ihn unsicher an. *»Bonjour, enchanté«*, sagte er, und ihr Gesicht strahlte wie das eines Kindes an Weihnachten.

Evie trat einen Schritt in den Raum. »Das ist unser Wohnzimmer. Hier kann man es sich vorm Kamin gemütlich machen, die Füße hochlegen ... Oh, und die Küche ist hier entlang. Brendan, warum um alles in der Welt hast du mich nicht angerufen und mir erzählt, dass ihr hier seid? Wir haben einen herrlich großen Herd, da lässt es sich wunderbar kochen. Ich führe euch gleich noch ein bisschen herum. Ihr müsst unbedingt auch das Anwesen draußen sehen. Oh, ihr könntet eine Weinprobe machen. Außer ihr wollt lieber eine Tasse Tee. Ach nein, bleibt doch ruhig zum Abendessen. Oder gleich ein paar Tage, hier bei uns. Das wäre doch in Ordnung, oder Jean-Luc?«

Schweigend drückte er ihre Schulter, und sie wusste, dass er sich für sie freute.

Brendan war noch immer sprachlos, Maura eilte ihm zu Hilfe. »Es war wirklich schwer, dich zu finden, Mutter, aber hier sind wir nun.«

Evie wandte sich Maura zu und legte ihr einen Arm auf die Schulter, ihre Augen strahlten. »Lass mich eins klarstellen, Maura. Nenn mich Evie. Wäre das okay?« Maura nickte, bevor sie Brendan einen verwunderten Blick zuwarf. Sie kam Evie kleiner vor, als sie sie in Erinnerung hatte, und ängstlicher.

Außerdem schien sie verunsichert zu sein. Sie verhielt sich fast wie ein Kaninchen, das gleich die Flucht ergreifen würde.

Brendan öffnete den Mund, bekam aber kein Wort heraus. Er dachte an seine Reise, wollte erklären, wie weit sie gefahren waren, aber dann beschloss er, dass sie lieber später darüber sprechen sollten. Stattdessen lächelte er Evie an.

Und sie umarmte ihn noch einmal und lachte. »Ach, wie ich mich freue, euch zu sehen.«

Benji verabschiedete sich und fuhr mit dem Fahrrad nach Hause. Jean-Luc war oben und wühlte in dem freien Zimmer herum, um das Bett für Brendan und Maura herzurichten, während Evie den Tisch deckte. Es gab Oliven, Tomaten, Aprikosen, frische Feigen, Walnüsse, Trauben und Erdbeeren. Dazu richtete sie Baguette und Käse an, platzierte Teller und Messer auf dem Tisch und schenkte Rotwein ein.

Sie aßen zu viert zu Abend. Evie erzählte von ihrer Reise mit dem Wohnmobil. Maura zeigte sich erstaunt über den hohen Wettgewinn, und Brendan schwieg. Nachdenklich kaute er auf seinem Brot herum.

Maura lächelte. »Unser Weg hierher war auch ein ganz schönes Abenteuer. Brendan und ich sind Tand…« Als Brendan ihr einen bösen Blick zuwarf, zuckte sie zusammen und überlegte kurz. Dann erzählte sie von den Höhlen, die sie in der Nähe besucht hatten, und schwärmte von dem beeindruckenden Erlebnis.

Jean-Luc klinkte sich ins Gespräch ein. »*Rivière Souterraine de Labouiche*. Da müssen wir auch mal hin, Evie. Du wirst es lieben.«

Evie dachte kurz nach. »Jean-Luc, warum heißt das Gut hier eigentlich ›cave‹, wenn es gar keine Höhle ist?«

»*Cave* auf Französisch bedeutet Weinkeller, *chérie*.« Sein tiefes Lachen ertönte. »Aber in den unterirdischen Höhlen dort gibt es keinen Wein, nur einen blauen Fluss. Wir können dort hinfahren und die Schönheit der Natur genießen.«

Brendan hielt inne und runzelte die Stirn, das Messer noch in der Hand.

Evie lächelte. »Das hier ist also der Weinkeller Bonheur?«

Fröhlich nickte Jean-Luc. »Und Bonheur bedeutet Freude.«

Begeistert klatschte sie in die Hände. »Wie wunderbar!« Wieder dachte sie kurz nach. »Wer braucht schon Glück, wenn man Freude haben kann? Was für ein herrlicher Name für unser Zuhause.«

Brendan begriff nicht. »Wann kommst du denn zurück, Mom? Nach Dublin?«

Evie wandte sich ihrem Sohn zu. »Gar nicht, Brendan. Nie mehr. Das hier ist jetzt mein Zuhause. Ich meine, ich komme natürlich zu Besuch, aber ich lebe jetzt hier.«

Brendans Miene wurde angespannt. Diesen Ausdruck kannte Evie. Den hatte er schon als Kind kurz vor einem Wutausbruch gehabt. Er presste die Lippen aufeinander und wurde rot. Sie wusste, was er dachte. Er war frustriert, dass es nicht so lief, wie er es sich vorgestellt hatte. Als sie zu Jean-Luc schaute, erkannte sie, dass er es auch verstand. Dafür liebte sie ihn. Er wusste um die Verbundenheit zwischen Mutter und Sohn. Tatsächlich hatte er seine eigene Mutter sehr geliebt und dabei einen Beschützerinstinkt entwickelt, der gleichermaßen entschlossen und besitzergreifend war. Sie hatte niemand anderen gehabt, und er hatte ihr immer beigestanden. Also respektierte er, dass Brendan an Evie hing. Bevor er ging, nickte Jean-Luc ihr aufmunternd zu. Sie und Brendan sollten ungestört miteinander reden können. Maura sah gequält und verwirrt aus, als rechnete sie mit einem Streit.

Evie beschloss, die Dinge beim Namen zu nennen. »Ich lebe jetzt hier, Brendan, Jean-Luc ist mein Lebenspartner. Wir sind seit fast sechs Wochen ein Paar und sehr glücklich miteinander. Wir möchten, dass es so bleibt. So viel dazu. Jetzt räume ich ab und schlage vor, dass wir alle für einen Absacker runter ins O'Driscoll's gehen. Ich tätige kurz einige Anrufe, dann könnt ihr ein paar meiner Freunde kennenlernen. Wäre das in Ordnung? Ich habe hier so viele Freunde, die ihr unbedingt kennenlernen müsst. Ray und Paulette, Caroline und Nige. Oh, es ist so wundervoll, dass ihr hier seid, Brendan. Ich hoffe wirklich, ihr bleibt ein, zwei Tage.«

40. KAPITEL

Brendan drehte sich auf die andere Seite, zog die Decke mit sich und wandte damit Maura den Rücken zu. Den ganzen Abend über war er still gewesen. Mauras Small Talk hatte ihn nicht interessiert. Er kniff die Augen fest zu.

»Ich verstehe schon, warum es ihr hier gefällt. Diese Leute heute Abend waren so herzlich. Paulette und Ray sind toll, mit Nige habe ich mich richtig gut unterhalten. So ein belesener Mann. Stell dir mal vor, wie viel er herumgereist ist, in der ganzen Welt, und trotzdem gefällt es ihm hier am besten. So interessante Menschen.«

Brendan stöhnte laut auf.

»Und Jean-Luc. So ein netter Mann. So sanftmütig, und offensichtlich hält er große Stücke auf deine Mutter.«

Brendan dachte verdrießlich, wie anders seine Beziehung im Vergleich zu der seiner Mutter war. Jean-Luc hatte Evie den ganzen Abend über aufmerksam zugehört, ihre Nähe gesucht, den Arm beschützend über ihre Stuhllehne gelegt und ihr zustimmend zugenickt.

»Sie hat hier mit ihm wirklich den Ort gefunden, wo sie hingehört, Brendan. Sie ist glücklich. Das kannst du nicht abstreiten.«

Kurz dachte er daran, ihr zu sagen, sie solle den Mund halten. Evie und Jean-Luc hatten sich geküsst und angelächelt. In Gegenwart seines Vaters hatte er seine Mutter nie so erlebt. Die ganze Situation war ihm unangenehm; seine Mutter brauchte ihn überhaupt nicht mehr, und das konnte er einfach nicht verstehen. Wieder drehte er sich um und presste das Gesicht ins Kissen, um die Bilder in seinem Kopf loszuwerden.

»Was ist jetzt mit ihrer Einladung? Wir können doch ruhig ein paar Tage bleiben, nicht wahr? Dann hättest du ein bisschen Zeit mit deiner Mutter.«

Stumm rechnete er aus, wie viel Zeit ihnen noch blieb. Sein

Bewerbungsgespräch war in zehn Tagen. Sie hatten noch keine Rückfahrttickets gekauft. Es wäre machbar. Sie könnten eine Woche bleiben. Aber das würde er Maura nicht sagen. Er war gereizt und ihr nicht entgegenkommen.

»Ich würde hier gern eine Weile bleiben«, sagte sie erwartungsvoll.

Ärgerlich erkannte er, was sie offenbar glaubte: dass die junge Liebe seiner Mutter auf ihre Beziehung abfärben würde. Während Maura weiterplauderte, tätschelte sie seinen Arm und genoss es deutlich. Er schloss die Augen.

Nach einer Weile verstummte sie, der Raum war dunkel und still. Maura seufzte und schmiegte sich an ihn. Minuten vergingen. Er konnte nicht schlafen. Er spürte, dass sie nachdachte, und wusste, auch sie war wach, aber er hatte ihr nichts zu sagen.

Evie trug eine silberne Kaffeekanne zum Tisch. Brendan stützte sein Gesicht auf die Hände. Sie schenkte ihm Kaffee ein, gab zwei Stück Zucker hinzu und hielt inne. Sein Kopf ruhte noch immer auf seinen Händen, sodass sich auf den Wangen kleine Röllchen bildeten. Seufzend rührte Evie seinen Kaffee um und goss sich selbst einen ein. Kurze Zeit später kam Maura herunter, nahm gegenüber von Evie Platz, murmelte ein *Guten Morgen* und fuhr sich mit der Hand über das müde Gesicht.

»Habt ihr beide schlecht geschlafen?«, fragte Evie, worauf Maura nur leise stöhnte. Evie sah ihren Sohn eindringlich an. »Warum kommt ihr heute Morgen nicht mit mir mit?«

Brendan zuckte die Achseln und trank einen Schluck Kaffee.

»Kommst du mit, Maura?« Evie schenkte auch ihr eine Tasse ein.

»Wohin denn?«

»Heute ist Markttag in Saint-Girons, und manchmal betreue ich unseren Stand dort, um Wein zu verkaufen. Benji ist schon da und baut alles auf. Direkt nach dem Frühstück fahre ich hin, bringe ihm etwas zu essen und bleibe normalerweise ein paar Stunden. Ach, das ist so ein süßer, kleiner Markt. Meine Freundin Caroline wird auch da sein und ihr Eingemachtes verkaufen, ich habe da immer viel Spaß. Mein Französisch wird langsam besser, und meistens verkaufe ich allen möglichen Leuten eine Menge Flaschen. Viele von ihnen sind Touristen. Es würde euch gefallen.« Sie blickte zu Brendan. »Euch beiden.«

Brendan zwang sich zu einem Lächeln. »Ich gehe vielleicht spazieren, Mom.«

»Ich komme gern mit, Mu… Evie, wenn das okay ist.«

Evie strahlte Maura an. »Das wäre wundervoll.« Sie bemerkte, dass er Maura kurz ansah, diese sich aber sofort abwandte. Evie reichte ihnen einen Teller voll Croissants. »Heute Morgen frisch gebacken. Jean-Luc ist um sieben zur *boulangerie* gefahren, bevor er draußen etwas gearbeitet hat. Du solltest dir das draußen mal ansehen, Brendan. Es ist wirklich interessant, was alles dazugehört, um Wein zu keltern.«

Brendan seufzte leise, nahm ein Croissant und knabberte zögerlich daran. Maura tat es ihm nach. Nachdem Evie ebenfalls nach einem Croissant gegriffen hatte, biss sie ein großes Stück ab und kaute nachdenklich vor sich hin.

Evie hatte Maura noch nie so glücklich gesehen. Sie beobachtete die Menschen, die über den Markt liefen, genauso wie Benji, der Wein an französische Kunden und zögerliche Touristen verkaufte. Sie half Evie, den Stand aufzufüllen, und stand ihr zur Seite, während sie einer Engländerin, die aus Dunstable kam, eine Kiste Sekt verkaufte. Als ein junges Paar zum Stand kam und direkt fragte, ob jemand Englisch sprach, lächelte Maura sie freundlich an und bot ihre Hilfe an. Sie erzählte von den Weinen, die sie am Vorabend selbst getrunken hatte, und pries die Qualität an, während Benji dem Paar zwei

Gläser Wein zur Probe anbot. Die Worte sprudelten nur so aus Maura heraus. Sie machte der jungen Frau ein Kompliment zu ihrem Kleid, fragte, wo sie es gekauft hatte, betonte, wie schön gebräunt beide waren, und wünschte ihnen noch einen schönen Urlaub, nachdem sie eine Kiste Rotwein gekauft hatten.

»Du bist ein Naturtalent, Maura.« Evie legte Maura eine Hand auf die Schulter, und kurz sah sie wieder das freundliche Gesicht der lebhaften jungen Frau vor sich, die Brendan ihr vor so vielen Jahren vorgestellt hatte.

»Sie will mir den Job wegnehmen, Evie«, scherzte Benji, und Maura sah sehr zufrieden aus.

»Es ist toll, dass du uns hier hilfst«, bekräftigte Evie. »Aber du solltest dir eine Stunde freinehmen und dich umschauen. Der Markt gefällt dir sicher. Du hast jetzt eine Stunde, dann nehme ich mir zwanzig Minuten oder so. Ich muss nämlich beim Tischler vorbeischauen, er macht eine Sonderanfertigung für mich.«

Es war Mittag, geschäftiges Treiben herrschte auf dem Markt; die Hitze stieg vom Asphalt auf, und die Menschen flüchteten sich in den Schatten. Der Verkauf lief gut, und Evie merkte kaum, wie die Zeit verging, aber auf einmal war es fast zwei Uhr, als Maura zurückkam, drei Portionen Couscous und Wasserflaschen in der Hand. Unter dem Arm trug sie noch mehr Einkäufe, und um ihr Haar hatte sie ein buntes Tuch gewickelt, das sie am afrikanischen Stand erstanden hatte. Ihr Gesicht strahlte, und sie lächelte.

Evie nahm gerade Geld von einer Französin entgegen, reichte ihr zwei Flaschen Rotwein und verabschiedete sie mit einem *»Merci, Madame. À bientôt.«*

Maura stellte sich wieder an den Stand. »Ich habe mich nett mit deiner Freundin Caroline unterhalten. So eine freundliche Person, so authentisch. Ich habe bei ihr Marmelade gekauft und Whiskey-Konfitüre. Ach, und der Afrikastand ist toll. Sie haben Musik gemacht. Es gab Trommeln, die heißen *Djembe*, sagte mir der Mann dort, und eine Art Saiteninstrument namens *Kora*. Herrlich war das. Ich habe einen Rock und ein Tuch gekauft. Da gab's auch ein paar wirklich schöne Keramiktöpfe und diese großen Schmuckstücke. Ich wünschte, ich hätte mehr Geld dabei. Dann habe ich mir noch ein paar bequeme Sandalen gekauft. Schau mal, die hier, damit kann ich mit dir zusammen am Stand stehen. Ich dachte, die wären perfekt dafür, aus echtem Leder. Und dir habe ich das hier mitgebracht: Es heißt *Zaalouk*, mit Tomaten und Auberginen, da konnte ich einfach nicht dran vorbeigehen, so gut roch das. Ist das in Ordnung?«

Benji schaufelte sich mehrere Gabeln voll in den Mund, und Evie griff nach ihrer Portion. »Das ist ein marokkanisches Gericht. Ich mag Auberginen. Wunderbar.«

Maura war beeindruckt. »Ich kann nicht fassen, wie sehr du dich verändert hast, Evie. Ich meine, du saßt in diesem alten, staubigen Heim, und schau dich jetzt an: Du sprichst Französisch, siehst ganz anders aus, bist so nett …«

»Ich war vorher nicht nett?«

Peinlich berührt schlug Maura die Hand vor den Mund, und Evie las ihr vom Gesicht ab, dass sie an ihr letztes Gespräch in Sheldon Lodge zurückdachte. Dabei wurde sie ganz rot. »Ich … ich meine, nun ja, damals, war es …«

Evie half ihr. »Das war nicht das Richtige für mich. Manchmal ist Veränderung etwas Gutes. Hier führe ich ein besseres Leben. Das Heim war für niemanden von uns das Richtige.« Kurz verzog Evie ihr Gesicht.

Maura schwieg, sie sah nachdenklich aus. Evie dachte an die tiefe Schlucht, die jahrelang zwischen ihnen gelegen hatte. Vielleicht hatte sie Maura nur nicht gemocht, weil sie Brendans Frau war. Vielleicht hatte sie Brendan noch nicht ganz losgelassen, nicht zulassen wollen, dass er der Mann würde, der er sein musste. Sie fragte sich, ob sie der Beziehung ihres Sohnes im Wege gestanden hatte. Vielleicht war sie ein bisschen eifersüchtig gewesen, weil seine Zuneigung von da an seiner Frau gegolten hatte – nicht ihr. Sie blickte zu Maura, die ihr ein reuevolles Lächeln schenkte. Maura war auf dem Stand eine angenehme Gesellschaft und wollte alles lernen. Kurz überlegte Evie, ihr zu sagen, wie schön ihr Lächeln war. Sie hatte es nicht oft gesehen.

»Lasst uns heute alle gemeinsam zu Abend essen.« Evie klatschte in die Hände. »Sekt, ein leckeres Essen. Ich mache zum Nachtisch *clafoutis*.«

»*Clafoutis!*« Benji hüpfte vor Freude und wiederholte das Wort immer wieder. »Das ist meine Leibspeise. *Clafoutis*.«

»Ich mache extra eins mehr, für dich, Benji, *pour ta mère*.«

Maura verstand nicht. »Was ist das, ein Klafuti?«

»Eine Süßspeise, irgendetwas zwischen Kuchen und Auflauf. Ich gebe noch Brandy mit hinein. Nur ein bisschen. Ich muss noch frische Kirschen dafür einkaufen. Ach, das ist so ein leckeres Gericht, Maura, Jean-Luc liebt es. Es hat so eine leichte Konsistenz.« Evie grinste. »Vielleicht heitert das Brendan ein wenig auf. Der sah vorhin total zerknirscht aus.«

Maura zuckte die Achseln. Evie dachte, dass ihr Sohn launisch war, in letzter Zeit stärker als sonst. Er schien ziemlich distanziert mit seiner Frau umzugehen. Ein schönes Abendessen regelt Eheprobleme immer, dachte sie bei sich. Vor allem, wenn es viel zu trinken gibt.

An diesem Abend war der Tisch feierlich gedeckt. Brot, Weingläser und Flaschen waren hübsch arrangiert, eine dampfende Kasserolle stand in der Mitte. Es gab Butterkartoffeln, bunte Teller mit Erbsen und Bohnen in Grün und Gelb. Außerdem Tomaten und Karotten, grüne Blattsalate und Gerichte, die Brendan noch nie zuvor gesehen hatte, zubereitet mit *piments*, Oliven und Knoblauch, in der Mitte Schüsseln mit Balsamicoessig und golden schimmerndem Öl. Brendan sah, wie seine Mutter herumschwirrte und die verschiedenen Gerichte voller

Leichtigkeit und Freude herrichtete. Sie gab Butter und Kräuter zu dem Gemüse, das sie früher einfach aus der Dose serviert hätte. Sie trug einen langen afrikanischen Wickelrock, den sie in der Taille zusammengebunden hatte, dazu ein dunkelgraues T-Shirt, auf dem einige Teigspritzer vom Kuchen prangten. Ihr Haar war frisch gewaschen, hell und weich. Ihre Haut war braun, aber auch straffer, nicht mehr papiern. Ihre Bewegungen erschienen ihm fließender, ihre Augen leuchteten heller. Er konnte einfach nicht fassen, wie sie sich in der Küche bewegte und hantierte, dabei sang, in Jean-Lucs Armen landete und ihn voller Selbstverständlichkeit und Vertrautheit anlächelte. Er bekam sogar mit, dass sie Jean-Luc in den Hintern kniff und dabei kicherte. Brendan schwieg und grübelte.

Seit Maura vom Markt zurückgekehrt war, hatte sie nicht aufgehört zu reden, und seine Stirn schmerzte allmählich. Maura folgte seiner Mutter überallhin, beobachtete, was sie tat, und fuchtelte mit den Händen in der Luft herum, weil sie stets helfen wollte. Jean-Luc wusch einige Teller ab, nahm dann die Gitarre und spielte gedankenversunken ein paar Akkorde. Nach einer Weile setzte er sie wieder ab, ging zum Tisch, schenkte vier Gläser Wein ein und reichte jeder der Frauen eines davon. Dann nahm er die anderen zwei und setzte sich neben Brendan, der in dem Sessel neben dem Kamin, in dem sich das Holz hoch stapelte, Platz genommen hatte. Jean-Luc reichte ihm eines der Gläser. *»Santé.«*

Brendan trank einen Schluck, dann einen zweiten. Als er aufschaute, sah Jean-Luc ihn an, seine dunklen Augen bewegten sich nicht. Er hatte das Gefühl, Jean-Luc verstand ihn. Brendan wollte gerade ein Gespräch anfangen, da rief Evie sie zu Tisch.

41. KAPITEL

Brendan hatte zu viel gegessen und zu viel Wein getrunken. Mauras Gesicht sah im Schein des Kaminfeuers rötlich aus. Sie saß ihm gegenüber und verdaute ihre zweite Portion *clafoutis*, während sie am Brandy nippte. Jean-Luc spielte auf der Gitarre und sang dazu auf Französisch. Evie saß vor seinen Füßen auf dem Boden, lächelte, gestikulierte mit den Händen und sprach von ihren Plänen, eine Pension zu eröffnen und das Haus umzugestalten.

Maura war überschwänglich, sie lachte laut, ihre Haut schimmerte bronzen, und ihr Gesicht erstrahlte, als sie entspannt mit Evie plauderte. Brendan sah zuerst zu seiner Frau, dann zu seiner Mutter. Er beobachtete, wie zärtlich Evie mit Jean-Luc umging, wie sie einander anlächelten und lachten. Dann fing er Mauras Blick auf und grinste verlegen. Sie grinste zurück, wandte sich dann aber wieder Jean-Luc zu. Sie erblühte förmlich, und Brendan wünschte, er könnte einen Arm um sie legen. Er wollte sich auch als Teil eines Paares fühlen, nicht wie der grüblerische Mann, der allein etwas abseits vom Geschehen saß. Aber am meisten wünschte er sich, wieder Teil eines glücklichen Paares zu sein, zusammen mit Maura, mit der lebhaften, redseligen Frau, die so entspannt mit seiner Mutter und deren neuem Partner plauderte und die sich so gut hier einfügte.

Maura war locker und freundlich, er beneidete sie darum. Etwas in seinem Herzen dehnte sich aus, schwoll an vor Stolz, vielleicht sogar vor Liebe, als er beobachtete, wie sie laut über einen Witz lachte. Er saß angespannt in seinem Sessel und sah zu, wie die anderen den Abend genossen. In großen Schlucken trank er den Brandy, der stark war und ihm in der Kehle brannte.

Maura war bester Laune. Als Jean-Luc das Lied zu Ende gespielt hatte, klatschte sie begeistert. »Spielst du schon lange Gitarre, Jean-Luc?«

»Eine Ewigkeit.« Er spielte noch einen Akkord. »Die Gitarre begleitet mich, seit ich ein Junge war. Sie war dabei, als ich zum ersten Mal ein Mädchen küsste, so lernte ich, zu spielen und von Liebe und Einsamkeit zu singen.« Durch die Flammen wirkte sein Blick nachdenklich und für einen Moment lang sogar melancholisch. »Musik und Poesie, das ist eigentlich dasselbe. Beide kommen von einer gebrochenen Seele, aber sie heilen das Herz.«

Evie lachte. »Manchmal redet er nur Quatsch, aber er kann echt gut Gitarre spielen. Ich denke wirklich nie daran, den Fernseher anzumachen. Wir unterhalten uns, und er spielt. Das ist herrlich.«

Jean-Luc stimmte ein schnelleres, jazziges Stück an und traf mit Leichtigkeit jede Note, trotz seiner eher breiten Finger.

Maura war ganz aufgeregt. »Kannst du auch etwas von Oasis spielen?«

Jean-Luc gab einige Akkorde zum Besten, die sie sofort erkannte. *Wonderwall.*

»Oh, ich liebe diesen Song!«

Er sang leise dazu, und Maura stimmte mit ein. Jean-Luc schaute dabei zu Evie. Brendan wandte den Blick ab, als Maura den Kopf in den Nacken warf und aus voller Kehle mitsang. Er wollte, dass sie für ihn sang und ihn anlächelte, aber ihre Augen waren geschlossen – sie sang allein für sich. Er fragte sich, ob Maura ihn überhaupt wahrnahm. Nein, ihr Selbstvertrauen war heute Abend aufgeblüht. Sie war in Frankreich, an einem neuen, aufregenden Ort, an dem sie sich sichtlich wohlfühlte. Sie unterhielt sich angeregt mit seiner Mutter, plauderte herzlich, sogar kokettierend mit Jean-Luc, und Brendan fühlte sich vernachlässigt und ausgeschlossen. Er hoffte, dass niemand sah, wie er sich eine Träne aus dem Augenwinkel wischte. Als Maura erneut in die Hände klatschte, griff er nach der Brandyflasche.

»Das war wunderbar, Jean-Luc. Ich erinnere mich an diesen

Song. Der lief, als Brendan und ich …« Sie wandte sich zu ihm hin, dann wieder zu Jean-Luc, ihre Unterlippe verriet Enttäuschung. »Vor Jahren.«

»Du singst gut«, lobte Jean-Luc sie, woraufhin Maura errötete.

Evie konnte sich eine Stichelei nicht verkneifen: »Nicht wie ein Frosch, *Monsieur*?«

Jean-Luc beugte sich zu ihr und küsste sie auf den Kopf. »Dein Lied hat mich an dem Abend wirklich berührt, Evie. Ein trauriges Lied, *Danny Boy*. Dich so selbstsicher, so glücklich zu sehen, hat mir gezeigt, wie einsam ich war. Ich dachte, wie schön du aussahst, aber das konnte ich irgendwie nicht laut sagen.«

Sie legte ihm einen Arm um die Schulter. »Also hast du stattdessen gesagt, ich sänge wie ein Frosch.«

Er gluckste laut. »Du hast gesagt, ich wäre eine hässliche Kröte.«

»Ich dachte, du sahst umwerfend aus.«

Er brauchte einen Moment, um ihre Äußerung zu verstehen, dann lächelte er. Evie lachte erfreut, und Maura stimmte mit ein. Schließlich hob Evie die Brandyflasche und schenkte nach.

»Das ist eine hinreißende Geschichte, wie ihr zwei euch kennengelernt habt, Jean-Luc.« Maura fasste sich mit einer Hand ans Gesicht. Zweifellos war ihr so nah am Feuer warm. »Ich liebe so romantische Geschichten.« Sie sah Brendan an.

Missmutig rutschte er auf seinem Sessel herum. Maura war eindeutig beeindruckt von Jean-Lucs Herzlichkeit, sie freundete sich mit seiner Mutter an, die beiden steckten die Köpfe zusammen. Er biss sich auf die Zunge und presste hervor: »Ich glaube, ich geh schlafen.«

Evie sah ihn an. »Aber du hast heute doch gar nichts unternommen, Brendan, und es ist erst kurz nach neun. Bleib doch noch etwas. Es ist so schön hier mit euch.«

»Ich bin erledigt.« Er stand auf und streckte sich.

Maura wandte den Blick ab. »Ich denke, ich gehe lieber auch früh ins Bett. Vielen Dank euch beiden für das wunderbare Abendessen. Die Musik und das Singen waren toll. Das hat mich wirklich aufgeheitert.«

»Es ist wirklich schön, euch beide hier zu haben, nicht wahr, Jean-Luc?«

Jean-Luc erwiderte Evies Lächeln. Er nahm die Noten von *Stairway to Heaven* hervor und begann, leise zu singen. Seine Stimme war tief und ergreifend. Evie drehte sich zu ihm und sah nur noch ihn, als Brendan die Treppen hinaufstieg, gefolgt von einer zögerlichen Maura.

Brendan zog sich sein Pyjamaoberteil an, und Maura setzte sich aufs Bett, um die Sandalen auszuziehen. Das Schweigen hing schwer und kalt in der Luft, keiner der beiden wusste es zu brechen.

Schließlich seufzte Maura. »Er ist nett, Jean-Luc, nicht wahr?«

Brendan presste die Lippen aufeinander und brachte nur einen leisen, undeutlichen Ton zustande.

»Was soll das denn heißen, Brendan? Magst du ihn etwa nicht?«

»Du offenbar schon.«

Er zuckte selbst zusammen, als er sich so engstirnig reden hörte. Maura sah ihn unsicher an, natürlich wusste sie nicht, was in ihn gefahren war. Er dachte kurz daran, die Hand nach ihr auszustrecken, aber die üble Laune lastete schwer auf seinen Schultern, sodass er das Gefühl hatte, sich kein Stück rühren zu können.

»Ich hatte heute einen wunderbaren Tag.« Es klang wie ein Flüstern.

»Du scheinst Spaß gehabt zu haben mit meiner Mutter auf dem Markt, mit Jean-Luc kommst du auch gut aus. Dir schien der Abend wirklich zu gefallen. Du hast mich überhaupt nicht gebraucht. Ich war einfach nur ein Klotz am Bein …«

Für einen Augenblick konnte Maura offenbar nichts sagen, dann murmelte sie: »Meinst du nicht, wir könnten gut füreinander sein, Brendan? So wie Evie und Jean-Luc? Können wir mehr wie die beiden sein?«

Er zuckte die Achseln. »Ich weiß es nicht.«

Er machte das Licht aus und kletterte ins Bett. Dann spürte er, wie sie sich auf die andere Seite legte. Kurz war es still, doch bald hörte er sie seufzen. Er atmete aus. »Es tut mir leid, Maura.«

Sie schniefte. »Du warst heute Abend furchtbar mürrisch, Brendan. Ich verstehe einfach nicht, was in dich gefahren ist.«

Eine Weile schwieg er, dann sprach er mit hohler Stimme. »Ich war bloß müde.«

»Du sahst unglücklich aus.« Wieder eine Pause. »Liegt das an mir?«

»Vielleicht liegt es an mir.«

»Kannst du eine Umarmung vertragen? Ich schon.«

Er legte die Arme um sie und drückte sie an sich, flüsterte in ihr Haar. »Ach, Maura, das alles ist so chaotisch. Ich weiß nicht, was ich machen soll …«

Er beendete den Satz nicht. Sie machte sich los und drehte sich auf die Seite. Wieder hörte er sie leise schniefen. Er streckte die Hand aus und berührte ihre Schulter. Er wünschte, sie würde sich wieder zu ihm drehen, ihm sagen, dass er jemand Besonderes war. Er wünschte, sie würde ihm helfen, ihr zu gestehen, dass sie heute Abend sein Herz berührt hatte, dass sie wundervoll war und er sie aufrichtig für ihre Wärme und Herzlichkeit bewunderte – Eigenschaften, die er selbst nicht hatte.

Im Licht des Kaminfeuers hatte sie so schön ausgesehen, und er war eifersüchtig, weil sie sich so locker mit den anderen unterhalten hatte, und wütend auf sich selbst, weil er so ein Idiot gewesen war. Er wollte, dass sie ihn anlächelte, dass sie sich mit ihm so angeregt unterhielt wie mit Jean-Luc. Ihn ansah, wie seine Mutter ihren neuen Partner ansah. Und vor allem wünschte er sich, die Zeit zurückdrehen zu können, die letzten paar Stunden noch einmal zu durchleben, am Kamin zu sitzen, mitzusingen und Maura in den Arm zu nehmen. Aber er hatte diese erste Hürde nicht geschafft und würde auch die nächste nicht schaffen. Eifersucht lähmte ihn, seinen ganzen Körper. Mauras Schluchzen wurde leiser, die Gelegenheit, etwas zu tun oder zu sagen, war vorbei. Brendan wartete auf den Schlaf.

42. KAPITEL

Alle anderen frühstückten, nur Maura war noch im Badezimmer. Evie ließ ihren Kaffeebecher stehen und eilte zur Treppe. Sie hörte Maura keuchen und stöhnen. Während sie nach oben ging, fragte sie sich, warum Brendan noch unten am Frühstückstisch saß und in aller Seelenruhe sein Baguette bestrich.

Sie legte Maura eine Hand auf den Rücken, spürte, wie sie heftig würgte, und streichelte sie sanft. Maura musste sich beinahe übergeben, ihr Gesicht war ganz nass, es ging ihr offensichtlich überhaupt nicht gut. Evie drehte den Wasserhahn auf, als das Würgen weniger wurde. Schluchzend versuchte Maura, sich zu entschuldigen.

»Denk nicht mal dran, Maura. Meinst du, es war der Alkohol gestern Abend? Ich meinte, wir haben schon ordentlich was getrunken …«

Maura drehte sich zu Evie, ihr Gesicht wirkte fahl. Die Augen waren feucht und blickten ins Leere. Sie legte eine Hand auf Evies Schulter. »Das ist schon das vierte Mal diese Woche. Vielleicht bin ich krank. Wahrscheinlich die Nerven. Ich bin nicht ich selbst. Brendan und ich … Nun ja, es läuft gerade nicht so gut bei uns.«

Evie sah Maura an, dachte jedoch an etwas anderes, an eine Erinnerung, eine Ahnung, Bruchstücke aus ihrer Vergangenheit. Sie legte Maura den Arm um die Schultern.

»Komm mit herunter, ich mach dir einen Tee. Wir müssen uns, glaube ich, einmal unterhalten.«

Die beiden sprachen lange miteinander. Sie hatten ihre Köpfe zusammengesteckt und flüsterten. Dann erhielt Jean-Luc Anweisungen, und Brendan stand hilflos herum, bis er Evie schließlich in den Garten folgte und zusah, wie Jean-Luc in den roten Sportwagen stieg. Maura zitterte, als sie auf dem Beifahrersitz Platz nahm und sich anschnallte. Evie zwinkerte ihr verschwörerisch zu, dann sagte sie, sie würde sie in einer

Stunde wiedersehen. Jean-Luc sollte ein paar Eier mitbringen, damit sie ihnen zum Mittag Omeletts machen konnte. Evie winkte, bis sie hinter dem schiefen Holzschild verschwunden waren, dann wandte sie sich Brendan zu, der stillschweigend neben ihr stand.

»Du und ich, wir müssen reden.«

»Hast du die beiden deshalb in den Ort geschickt, Mom? Damit wir uns unterhalten können?«

Evie hakte sich bei ihrem Sohn unter und drehte ihn vom Haus weg. Sie ging mit ihm an der Scheune und dem Traktor vorbei zu den Weinreben. Gemeinsam liefen sie den Weg entlang, und Evie drückte Brendans Arm. »Ich dachte, es wäre doch nett, wenn wir zwei etwas Zeit zusammen haben, oder nicht?« Brendan lächelte leicht, doch Evie sah ihn jetzt ernst an. »Aber es ist offensichtlich, dass du unglücklich bist, und Maura sieht erbärmlich aus. Du hast gestern Abend kaum etwas gesagt. Was deine Launen angeht, bist du wie dein Vater. Und für mich bist du ein offenes Buch. Also, wie kann ich dir helfen?«

Er atmete tief ein. »Das kannst du nicht, Mom. Alles ist so verworren. Als du das Heim in Dublin verlassen hast, habe ich mir wirklich Sorgen gemacht. Du bist einfach abgehauen. Dann fand ich heraus, dass du in Liverpool warst, dann auf einmal in Frankreich. Du hast dich nicht einmal verabschiedet. Deshalb bin ich hergekommen, um dich zurückzuholen. Ich dachte, du bräuchtest mich und ich müsste mich um dich kümmern. Jetzt ist aber alles ganz anders. Du bist ganz anders.«

Kurz war Evie wütend. »Ich habe in Sheldon Lodge dahinvegetiert, Brendan. Wolltest du das? Ich war eine arme, alte Frau, die nur auf den Tod gewartet hat, und das an einem Ort, der mir jede Freude raubt.«

»Natürlich wollte ich das nicht, aber …«

»Und du sagst, ich hätte mich verändert, aber doch zum Guten, oder nicht? Bin ich nicht hierhergekommen und habe herausgefunden, wer ich bin, und mir mein eigenes, neues Leben geschaffen? Mir gefällt es hier viel besser, Brendan. Ich fühle mich stärker, gesünder und glücklicher. Ich bin beschäftigt, habe Freunde und einen liebevollen Mann an meiner Seite, der mich sehr mag. Findest du denn nicht, das ist etwas Gutes?«

Er stimmte zu.

Evie drehte um, und sie gingen schweigend zurück zum Haus. Drinnen ging Evie hinüber zum Herd, setzte Wasser auf, gab Teebeutel in die Kanne und öffnete eine Dose mit Keksen. Brendan stand zögerlich daneben.

»Mom, in meinen Leben hat sich auch so viel geändert. Ich kam her, um dich zu finden, und dann bin ich deinen Nachrichten gefolgt …«

»Warum hast du nicht einfach angerufen?« Evie stemmte die Hände in die Seiten.

Brendan verzog das Gesicht, als sie zu ihm kam. »Ich wollte dich zurückholen. Wollte, dass du mich brauchst, damit ich mich um dich kümmern kann. Ich wollte sehen, wie du dich freust, wenn ich hier auftauche, um dich wieder nach Hause zu bringen. Und ich habe dich vermisst, Mom. Ich wollte wegfahren, aber Maura war immer da. Es läuft so schlecht mit uns beiden, und ich wollte dich unbedingt sehen. Ich dachte, du bist in Gefahr. Ich meine, du bist einfach so ins Ausland gereist. Ich dachte … Irgendwie wollte ich dich retten, aber … aber jetzt bin ich hier, und du brauchst mich nicht, du kommst nicht mehr mit nach Hause. Und mein eigenes Leben ist so chaotisch …«

Evie reichte ihm einen warmen Becher Tee. Ihr Sohn nahm einen Schluck und atmete hörbar aus. Sie schaute ihn direkt an. »Liebst du Maura nicht mehr?«

»Doch, ich denke schon. Aber ich bin nicht sicher, ob ich sie glücklich machen kann.« Brendan zuckte die Achseln und glaubte fast, vor Verzweiflung in Tränen auszubrechen.

»Liebt sie dich?«

Wieder zuckte er die Achseln. Evie seufzte.

»Das ist verdammt verworren, das glaube ich dir gerne, aber diese Dinge regeln sich immer irgendwie von selbst.«

»Ich weiß nicht, wie ich das regeln soll, Mom. Ich weiß nicht, was ich als Nächstes tun soll.«

Sie legte ihm eine Hand auf die Schulter und ihre Wange an seine. Er nahm den warmen Duft ihres Parfüms wahr, es roch süß und holzig, und er atmete tief ein. Evie streichelte seine Locken und wickelte sie um die Finger, wie sie es getan hatte, als er noch ein Kind gewesen war. »Das wird schon werden, Brendan. So etwas braucht Zeit. Bleib doch hier. Kannst du nicht eine Woche bleiben?«

Er schloss die Augen. »Doch, ich denke schon. Ich muss in neun Tagen in Dublin sein für ein Vorstellungsgespräch, aber eigentlich könnten wir noch fünf oder sechs Tage hierbleiben.«

»Dann mach das, genieß es, entspann dich, lerne Jean-Luc kennen.« Evie sah ihn aufrichtig an. »Er wird deinen Vater nicht ersetzen, aber er ist ein so guter Mann. Lerne ihn ein bisschen besser kennen. Gib ihm eine Chance.«

Brendan trank den Tee und starrte nachdenklich in die Tiefe der Tasse. Evie ging zurück zum Herd und wählte verschiedenes Gemüse aus.

Wenig später betrat Jean-Luc die Küche, gefolgt von Maura, die nur meinte, sie müsste zur Toilette, und sofort verschwand, ohne Brendan auch nur anzusehen. Er seufzte. Seine Mutter umarmte Jean-Luc, der irgendwas davon murmelte, die Geräte zu kontrollieren und mit dem Traktor über den Weinberg zu fahren. Er hatte zu arbeiten. Evie küsste ihn, lachte und sagte, er solle in drei Stunden zurück sein, denn dann würde es Mittagessen geben.

»Brendan, geh doch mit Jean-Luc mit. Er kann dir zeigen, was man zum Weinkeltern alles braucht. Wir haben sechs Fünfhundert-Liter-Tanks aus rostfreiem Stahl in der anderen Scheune stehen und jede Menge interessante Geräte fürs Filtrieren, Abfüllen und so weiter.« Zweimal deutete sie mit einer Kopfbewegung nach draußen. »Na, los, geh schon mit. Das wird dir gefallen.«

Jean-Luc setzte sich seine Schirmmütze auf, zog seine Jacke an, und Brendan folgte ihm verlegen, während seine Mutter ihnen hinterherstarrte.

Brendan starrte auf die riesigen Fässer und Regale voller Flaschen. In der Scheune war es dunkel, in den Ecken hingen riesige Spinnenweben, aber die Geräte waren in tadellosem Zustand. Man konnte sogar über eine kleine Leiter zum Hahn klettern, der sich oben an den Fässern befand. Jean-Luc erklärte die Abläufe, und Brendan kratzte sich an der Stirn, während er versuchte zuzuhören.

Abrupt verstummte Jean-Luc und nahm die Mütze ab. »Du brauchst dir wegen deiner Mutter keine Sorgen zu machen, Brendan.«

Er wusste nicht, was er sagen sollte. Jean-Luc legte ihm eine Hand auf die Schulter.

Brendan stammelte. »Bitte … Du sollst nicht denken, dass ich …« Er blickte die große Hand an, dann Jean-Luc, der ihn weiter ansah.

»Sie ist eine wunderbare Frau. Ein besonderer Mensch.«

Er stimmte zu, fragte sich aber, ob er abhauen sollte, einfach weglaufen, oder ob er bleiben und weiterhin einem Mann zuhören sollte, den er kaum kannte und der mit ihm über seine Mutter sprach.

»Evie ist jetzt mein Leben, sie bedeutet mir alles, und ich werde auf sie aufpassen.«

Brendan nickte schnell.

»Da kannst du dich auf mich verlassen, Brendan. Du kannst mir vertrauen, was deine Mutter angeht.«

Wieder nickte er und sah nervös zur Tür. Schließlich stellte Jean-Luc sich vor ihn und griff nach seiner Hand. Brendan wurde ganz blass. »Vielleicht können wir Freunde werden. Ich weiß, du vermisst deinen Vater und, na ja, ich sehe, dass du nicht gerade glücklich bist, aber ich hoffe, dass du zumindest versuchst, mir zu vertrauen.«

Kraftvoll schüttelte Jean-Luc Brendans Hand. Er wiederum blickte auf die eigene Hand, dann wieder zu Jean-Luc und schluckte schwer. »Ähm, ja, Jean-Luc, alles klar … Dann … dann erzähl mir doch was über den Fermentierungsprozess.«

43. KAPITEL

Maura hielt Evie das kleine Plastikrohr vor die Nase. In dem kleinen, ovalen Fenster waren zwei vertikale Linien zu sehen. Sie waren eindeutig rot. Mauras Hand zitterte.

»Ist der Test positiv?«, fragte Evie und Maura nickte. Evie war sich sicher gewesen, schließlich war es ihr vier Mal genauso ergangen. Sie biss sich auf die Lippe und führte Maura zum Sessel. Erschöpft sank Maura in die Kissen und lehnte sich zurück.

»Also, wie viele Wochen? Kannst du das sagen?«

»Etwa sieben. Wenn ich jetzt darüber nachdenke, ergibt das Sinn. Wir waren in der Bretagne. Anfang Juli. Jetzt haben wir Ende August. Ich habe das nicht kapiert, daran habe ich überhaupt nicht gedacht. Wie dumm von mir.«

Evie nahm ihre Hand. »Wie geht es dir damit überhaupt?«

Maura schob die Unterlippe vor und starrte geradeaus. Sie war wie betäubt, stand unter Schock. Evies Gedanken hingegen überschlugen sich beinahe: Brendan, das Kind, ihre gemeinsame Zukunft. Sie berührte Maura am Arm. »Aber du wirst es Brendan doch sagen.«

Maura blinzelte nicht. Ihre Stimme klang hohl, sie wirkte schwach. »Schätze schon. Aber ich bezweifele, dass er sich dafür interessiert. Ich habe keine Ahnung, wie er reagieren wird.« Kurz schwieg sie, bevor sie flüsterte: »Ich habe Angst. Ich weiß nicht, ob er sich freuen oder wütend sein wird. Und ich kann mir nicht vorstellen, dass ihn das glücklich macht. Dann wird das alles meine Schuld sein. Ehrlich gesagt, Evie, habe ich in letzter Zeit das Gefühl, ihn gar nicht mehr zu kennen. Aber ich behalte das Kind, ganz egal, was passiert.«

Am nächsten Tag verließen Evie und Jean-Luc morgens das Haus. Sie arbeiteten in den Fermentierungsräumen, aßen gemeinsam mit Brendan und Maura zu Abend und verkündeten anschließend, dass sie früh ins Bett gehen wollten. Am nächsten Tag hörten sie Maura wieder im Badezimmer.

Verstohlen steckte Evie ihren Kopf hinein und fragte: »Hast du es ihm gesagt?« Als Antwort erhielt sie nur ein trauriges Kopfschütteln.

Am Vormittag fuhren Evie und Jean-Luc zu Nige und Caroline, um ihnen mit einem unerwarteten Problem in ihrem Haus zu helfen. Später strichen Evie und Jean-Luc draußen zusammen eine Hauswand neu an, lehnten Brendans Angebot, ihnen zu helfen, ab, und fuhren abends ins O'Driscoll's, um Ray zu treffen. Evie sagte Brendan, er müsse etwas Zeit allein mit seiner Frau verbringen. Dabei war sie nicht gerade sehr subtil. Aus Mauras gequältem Gesichtsausdruck und ihrem Stirnrunzeln schloss sie, dass Brendan immer noch nichts von der Schwangerschaft wusste. Evie gab sich aber keine Mühe, ihre wahre Intention zu verbergen. Harte Zeiten erforderten nun einmal harte Mittel.

Als sie später am Abend aus dem Pub zurückkamen, ging Brendan ins Bett, um noch zu lesen. Maura saß vor dem Kamin und blätterte in einer Zeitschrift, wobei sie immer wieder ins Feuer starrte. Jean-Luc ging in die Küche, um Kaffee zu kochen.

Evie ging zu Maura. »Und, weiß er es jetzt? Hast du's ihm gesagt?«

»Nein.«

»Aber warum denn nicht?«

Maura ließ den Kopf hängen.

Evie konnte nicht erkennen, ob sie weinte. »Soll ich ihn runterholen? Soll ich es ihm sagen?«

Maura schniefte. »Das ist alles so schwer …«

»Keiner hat gesagt, dass es ein Spaziergang werden würde.« Sie presste die Lippen aufeinander.

»Evie, Brendan spricht kaum mit mir. Er schmollt nur. Wenn ich ihn anlächele, ignoriert er mich. Wenn ich etwas sagte, erwidert er nur, er habe Kopfschmerzen.«

Sie stemmte die Hände in die Hüften. »Du gehst da jetzt

rauf und redest mir ihm, Maura. Bei dieser Sache brauchst du seine Hilfe. Ihr beide müsst mal aus dem Quark kommen und das gemeinsam angehen. Es geht hier verdammt noch mal um ein Kind!«

Nervös blickte Maura um sich. Jean-Luc tat, als habe er nichts gehört, und setzte sich nur seufzend an den Kamin.

Evie wandte sich wieder Maura zu, dieses Mal klang ihre Stimme sanfter. »Natürlich ist das nicht leicht, aber er muss wissen, was los ist. Vielleicht könnt ihr beide euch dann endlich aussprechen.«

Maura lächelte schwach und ging in Richtung Treppe. Evie warf Jean-Luc einen hoffnungsvollen Blick zu.

Als Maura die Tür zu ihrem Zimmer öffnete, lag Brendan auf dem Rücken, die Arme über den Kopf gelegt wie ein Kind, und schnarchte laut.

»Was ist denn los, Mom?« Brendan kam in T-Shirt und Shorts nach unten, seine Haare standen in alle Richtungen ab. Maura saß am Frühstückstisch und aß Toast, während Jean-Luc Flaschen und Sandwiches einpackte. Evie schnitt einen Kuchen in Stücke und gab Obst in eine Dose.

»Ich habe mir etwas überlegt. Wir alle gehen zusammen picknicken. Wir machen heute frei und fahren in die Berge.«

Brendan griff nach dem Kaffee. »Wunderbar.« Sein Tonfall war alles andere als begeistert.

»Wir nehmen den Sportwagen, und ihr könnt im Panda hinter uns herfahren. Okay?«

Brendan war nicht überzeugt. Maura reichte ihm einen Toast, den er misstrauisch annahm.

Vorsichtig lächelte sie ihn an. »Deine Mutter meinte, sie brauchen mal einen Tag Auszeit. Sie haben hart gearbeitet. Gestern hat Jean-Luc mit Nige Holz gehackt, dann haben sie noch den ganzen Nachmittag gestrichen. Ich denke, uns allen täte eine Pause gut.«

Evie bemühte sich sichtlich darum, so auszusehen, als interessiere sie sich sehr für das Tomatenschneiden. Tatsächlich sah Jean-Luc müde aus, seine Haut im Gesicht wirkte schlaffer als sonst. Brendan zuckte resigniert die Schultern und biss in den Toast.

Zur Mittagszeit picknickten sie in den Bergen, auf einer Decke zwischen ihren Autos. Evie sprach über Benjis Mutter, die seit zehn Jahren verwitwet und nun krank war, und sagte, dass ein Kuchen sie vielleicht etwas aufheitern würde. Die Sonne stand im Zenit, und Brendan legte sich auf die Decke, um zu lesen. Maura versuchte, sein Gesicht und seinen Nacken mit Sonnencreme einzureiben, was ihn aber nervte. Ein dünner Wolkenstreifen hing an den Berggipfeln und sah aus wie Schnee. Einige Wanderer mit schweren Rucksäcken und dicken Stiefeln liefen an ihnen vorbei. Brendan sah ihnen nach. In der Ferne konnte man weitere Berge ausmachen, hohe, in der Hitze leicht verschwommene Gipfel, und er hörte ganz leise Ziegenglocken läuten. Maura biss in ihr zweites Schinkenbrötchen, als Jean-Luc seiner Mutter aufhalf.

»Wo gehst du denn hin, Mom?«, fragte Brendan.

»Jean-Luc und ich gehen ein bisschen spazieren. Machen ein paar Bilder mit meinem Smartphone. Wir haben keine Fotos von uns zusammen.«

»Soll ich mitkommen?« Sofort merkte Brendan, wie Maura sich zu ihm umdrehte.

Doch Evie war schon losgelaufen und hielt mit Jean-Luc Händchen. »Keine Sorge, Brendan. Wir sind nicht lange weg. Ich bin sicher, du und Maura, ihr habt viel zu besprechen.«

Brendan blickte ihnen hinterher, dann wandte er sich wieder seinem Buch zu. »Wie Teenager«, murmelte er und bereute es sofort. Er klang weinerlich und kleinlich, selbst in seinen eigenen Ohren.

Maura hielt kurz inne, dann sagte sie: »Ich finde die beiden süß.«

»Das war klar.« Er hatte es ausgesprochen, bevor er darüber nachdenken konnte. Starr blickte er auf die Buchseite, ohne einen Satz zu lesen.

Maura drehte sich auf den Rücken und sprach quasi zu den Wolken. »Wir müssen reden …«

Brendan hatte ihr nichts zu sagen. Er las denselben Satz wieder und wieder.

Hörbar atmete sie aus und setzte erneut an: »Ich muss mit dir über etwas reden.«

Seine Mundwinkel zuckten. »Ich weiß nicht, ob ich das hören will.«

»Brendan, ich bin schwanger.«

Er las die Zeile noch einmal. Die Wörter zerflossen auf der Seite, die Buchstaben wirbelten durcheinander.

»In der achten Woche, glaube ich. Das ist passiert, als wir in der Bretagne angekommen sind. Ich habe einen Test gemacht.«

Er schloss die Augen. In seinen Ohren dröhnte es. Als er sich die Hand an die Stirn legte, spürte er Schweiß. Langsam setzte er sich auf und sah sich um. Die Umgebung war noch genau dieselbe, aber in ihm hatte sich etwas drastisch verändert.

»Also, Brendan?«

Er versuchte, sich auf irgendetwas zu konzentrieren – die Hügel, das Gras, den Himmel. Sein Mund fühlte sich an, als wäre er voller Kleber oder Sand oder Holzspäne, er konnte ihn nicht öffnen. Mauras Blick haftete auf ihm, aber sie gab keinen Ton von sich. Sie wartete, beobachtete ihn, und er spürte, wie Wut in ihm aufstieg, das Atmen fiel ihm schwer.

Sein Blick suchte die Wanderer. In der Ferne machte er einen schmalen Weg aus, der sich wie eine Narbe von der Felswand abzeichnete – sie kletterten ihn entlang und sahen dabei aus wie Ameisen. Er wünschte sich zu ihnen, Hauptsache weg von der

Picknickdecke, weg von Maura, weg von der Nachricht, dass sie schwanger war.

Maura rieb sich mit dem Handrücken über die Stirn. »Du hast also nichts dazu zu sagen? Zu unserem Baby?«

Baby. Das Wort hallte in seinem Kopf wider, dumpf und laut wie die Schüsse aus einem Maschinengewehr. Baby. Baby. Baby. Er schüttelte den Kopf. Über ihm der strahlend blaue Himmel, die weißen Wolken, leichte Nebelschwaden über den Berggipfeln. Er dachte an Täler, sattgrüne Felder, dann sah er herunter zur Picknickdecke: Brotkrümel, ein paar Tomatenkerne, der Abdruck eines Limonadenglases. Neben seinem Oberschenkel blühte eine kleine blaue Blume. Mit den Fingern zog er an den Blättern, berührte die Blüte. Baby.

»Du hast da also gar nichts zu sagen?«

»Ich habe so ein Chaos angerichtet …« Brendan stand auf, fühlte sich wackelig auf den Beinen und blickte um sich auf der Suche nach einem Ausweg. In der Ferne sah er einen großen Mann, der mit einer kleinen blonden Frau Händchen hielt. Sie kamen auf sie zu. Auf einmal wirbelte er hektisch umher, sammelte Teller ein, wischte die Krümel weg, faltete die Decke. Maura beobachtete ihn. Er musterte kurz ihr Gesicht und blickte dann auf seine Hände.

»Ich weiß nicht. Weiß nicht, was ich sagen soll. Und da kommt meine Mutter. Können wir später darüber reden, Maura? Später?«

Schweigend steuerte er den Panda zurück nach *Cave Bonheur*, folgte dem roten Sportwagen, schaltete und fuhr aufmerksam und konzentriert. Maura blickte aus dem Fenster. Brendan spürte einen Schmerz in der Brust, wenn er an sein Kind dachte. Er stellte sich vor, wie er eine Wiege, ein Bettchen, Kleidung und Windeln kaufte. Dann fragte er sich, ob er ein Wochenendvater werden würde. Er malte sich aus, wie Maura jemand anderes kennenlernte, wie sie herzlich, kokettierend und ungezwungen mit einem neuen Mann redete, so wie sie es mit Jean-Luc getan hatte, und wie dieser neue Mann der wahre Vater für sein Kind sein würde. Eifersucht und Selbsthass breiteten sich in ihm aus, sorgten dafür, dass ihm Schweiß auf Stirn und Oberlippe trat. Die Sonne brannte auf die Windschutzscheibe, und sein Kopf tat weh. Jeder einzelne Gedanke pochte hinter seinen Augen, und all diese negativen Gedanken türmten sich auf, lähmten ihn, nahmen ihm die Luft zum Atmen.

44. KAPITEL

»Mom, wusstest du davon?« Brendan blieb vor der Haustür stehen und wandte sich Evie zu.

»Lass uns reingehen und reden.«

Er drehte sich wieder zu ihr um, sein Gesicht war rot vor Wut. »Nein, wir reden jetzt und hier. Wie lange weißt du schon, dass meine Frau schwanger ist?«

Maura legte eine Hand auf seinen Arm. Er hatte sie »meine Frau« genannt.

Ohne es zu merken, schob Brendan ihren Arm weg. »Wie lange habt ihr alle das schon gewusst und es mir verheimlicht?«

Evie sprach leise. »Ich habe es mir einfach gedacht. Schließlich habe ich gesehen, wie übel ihr morgens ist. Das war nicht schwer zu erraten.«

»Und hast du auch davon gewusst, Jean-Luc?«

»Ich habe sie zur *pharmacie* gefahren.«

Wieder versuchte Maura, ihn am Ellbogen zu berühren, er ignorierte sie. Er atmete tief ein und aus, seine Brust hob und senkte sich. Dann fiel ihm auf einmal Maura wieder ein, und er wandte sich ihr zu. »Wie lange weißt du das schon, Maura?«

»Es fiel mir so schwer, dir das zu erzählen …«

»Wie lange?«

Sie atmete tief ein. »Zwei Tage.«

»Zwei Tage. Und du konntest es mir nicht sagen?«

»Lass uns reingehen, Brendan.« Evie öffnete die Haustür.

Brendan ließ sich gegen die Wand fallen und hielt die Hände vor die Augen. Evie und Jean-Luc gingen hinein, sie ließen die Tür hinter sich offen.

Maura wartete, bis sie im Haus verschwunden waren. »Es tut mir so leid, Brendan. Ich habe versucht, es dir zu sagen, aber ich hatte solche Angst vor deiner Reaktion.«

Er starrte sie mit weit aufgerissenen Augen an. »Ich … ich

weiß nicht, was ich sagen soll. Ich meine – passiert das hier wirklich? Was werden wir jetzt tun?«

Maura versuchte erneut, ihm eine Hand auf den Arm zu legen, um ihn zu stützen. Dieses Mal ließ er es zu. Sie kämpfte sichtlich gegen das Zittern ihrer Stimme an. »Ich bekomme ein Kind. Du wirst Vater, Brendan. Ich hatte einige Tage, um darüber nachzudenken, und es ist ganz einfach. Es ist unser Baby. Deins und meins. Wenn du nicht mit mir zusammen sein willst, werde ich es allein großziehen.«

Brendan lehnte sich an den Türpfosten, rieb sich mit zu Fäusten geballten Händen über das Gesicht. »Wenn das vor zehn Jahren passiert wäre, Maura. Meinetwegen auch vor zwei Jahren. Aber ein Baby … Jetzt …«

»Wir haben das nicht geplant, aber es ist nun einmal passiert. Irgendwie freue ich mich darüber. Ich wollte immer ein Kind. Und wenn wir ehrlich sind, haben wir beide gedacht, dass es nie klappen würde. Aber jetzt habe ich keine Wahl. Jetzt ist es da, und ich werde es bekommen. Ich werde es so sehr lieben, wie ich kann.«

Brendan starrte sie an.

»Und du bist der Vater, Brendan. Wenn du nicht mit uns zusammenleben willst, ist das okay. Ich meine, ich will dich zu nichts zwingen, was du nicht selbst möchtest. Wir haben uns in letzter Zeit nicht gut verstanden, und das ist nicht gut für das Baby. Das Kind braucht Eltern, die es lieben, ob wir nun zusammen sind oder nicht.«

Er atmete schwer. »Ich weiß nicht, was ich machen soll.«

Offen kämpfte sie gegen die Tränen und versuchte, sich zusammenzureißen. »Ich will mit dir und dem Baby zusammenleben, aber nur … nur, wenn du uns auch willst. Wenn nicht, ist es besser für uns, wenn …« Ihre Stimme versagte.

Brendan streckte seine Hand aus. Er dachte, er würde sie berühren, aber das konnte er einfach nicht. Er ließ die Hand wieder sinken.

Sie versuchte es noch einmal. »In ein paar Tagen fahren wir zurück, Brendan. Du hast also etwas Zeit zum Nachdenken. Das Letzte, was ich will, ist, dich zu zwingen, also … Wollen wir abwarten, was passiert? Warten, bis wir zurück in Dublin sind? Und dann eine Entscheidung treffen?«

Nachdem er genickt hatte, ging sie hinein. Auf der Stufe vor der Haustür sackte er zusammen und biss sich auf die Lippe. Er fühlte sich schwach, nutzlos und drückte wütend die Fäuste gegen die Schläfen. Er schlug sich einmal gegen den Kopf, Tränen sammelten sich in den Augenwinkeln. Zornig wischte er sie weg und fragte sich, was für ein Mann er bloß war. Er dachte noch einmal über sich und Maura nach. Ein Baby. Erneut wurden seine Augen feucht, und er rieb sich grob über Augen und Nase. Dann ließ er den Kopf hängen und wartete, dass die Wut verging, aber sie hatte ihn fest im Griff, sodass er kaum atmen konnte. Er liebte Maura noch immer, aber sie hatten keine Zukunft, wenn sie nicht miteinander über ihre Gefühle reden und sich auf nichts einigen konnten. Er hasste die Situation, er hasste sich selbst, aber er konnte das Kind nicht hassen. In seiner Brust öffnete sich etwas, da gab es Raum für ein Kind, und er stöhnte, als er erkannte, wie sehr sich sein Leben ändern würde: Nichts wäre mehr wie zuvor.

Auf seiner Schulter spürte Brendan eine Hand und dachte, es sei die sanfte Berührung seiner Mutter. Als er aufsah, setzte sich aber Jean-Luc neben ihn und reichte ihm ein Glas Brandy. Brendan schwieg, und der große Mann wartete ruhig.

Brendan starrte ins Glas, schwenkte die dunkle, ölige Flüssigkeit im Kelch. Er konnte den Alkohol riechen und atmete tief ein. Ein Schaudern durchfuhr seinen Körper, bevor er einen Schluck nahm und sagte: »Danke.« Nachdem er einen zweiten Schluck getrunken hatte, schloss er für einen Moment die Augen.

Als er sie wieder öffnete, sah er in Jean-Lucs sanfte Augen. Er seufzte. »Ich wünschte, ich könnte die Zeit zurückdrehen und alles anders machen. Es besser machen.«

Jean-Luc schwieg einen Augenblick, dann klopfte er Brendan mit seiner breiten Hand auf den Arm. »Es ist vollkommen in Ordnung, diese Gefühle zu haben, Brendan: Wut, Eifersucht, Liebe, das alles gehört zur Leidenschaft. Und Leidenschaft ist nun mal das, was unsere Herzen weiterschlagen lässt. Sie liebt dich, deine Maura.«

Brendan runzelte die Stirn. Solche Gespräche war er nicht gewohnt. Sein Vater hatte mit ihm über Sport und die Schlagzeilen in der Zeitung gesprochen, aber nie über die Liebe. Er brachte nur zwei Wörter hervor: »Das Baby?« Still legte Jean-Luc ihm eine Hand aufs Handgelenk, auf das, das er sich kürzlich gebrochen hatte. Brendan blickte Jean-Luc an und zog eine Augenbraue hoch: »Was soll ich machen?«

Jean-Luc antwortete leise: »Das, was wir alle machen müssen. Aus ganzem Herzen lieben. Deine Frau an erste Stelle stellen. Alles andere kommt von selbst.«

»Meinst du, sie bekommen das hin?« Evie saß im Bett und trug Jean-Lucs Beatles-T-Shirt als Pyjama. Sie sah zu, wie er ein paar Vitaminkapseln schluckte und dann auch unter die Bettdecke schlüpfte. Nachdem sie die Nachttischlampe ausgeschaltet hatte, kuschelte Evie sich an ihn.

»Das wird sich zeigen.« Jean-Luc klang müde. »Aber ein Kind macht sicher vieles aus.«

Sie drückte sich näher an ihn, legte einen Arm um ihn und knabberte an seinem Ohrläppchen. »Wir werden Großeltern.«

Er küsste ihre Wange, und sie seufzte.

»Jean-Luc?« Dann hielt sie kurz inne und überlegte. »Weißt du was? Ich denke, dass vieles von alledem meine Schuld ist.« Er grunzte leise und zufrieden, dann schloss auch Evie die Augen. »Ich hing viel zu sehr an Brendan. Habe ihn zu einem Muttersöhnchen werden lassen. Er ist mein einziges Kind, also wollte ich ihn möglichst nah bei mir haben. Ergibt das Sinn?« Wieder murmelte er träge und atmete gegen ihre

Wange. »Maura habe ich eigentlich nie eine Chance gegeben, weißt du, ich habe mich nie bemüht, sie wirklich kennenzulernen. Ich habe mir einfach schnell eine Meinung über sie gebildet, und die stand dann fest. Ich hielt sie immer für ... na ja ... falsch und hinterhältig, aber das lag an mir, denn ich habe sie als Feindin gesehen, die sich zwischen mich und meinen Sohn drängen wollte. Das war falsch von mir. Ich muss sie beide als Paar sehen und akzeptieren, oder nicht? Vor allem jetzt, wo sie ein Kind erwarten.«

Seine starken Arme umschlangen sie, und kurz fiel ihr das Atmen schwer. Er murmelte: *»Bonne nuit, chérie.«*

Sie kicherte. »Ach, das wird wunderbar, Jean-Luc. Ich weiß, dass ich das hinkriege. Ich werde mit beiden gut auskommen. Das wird sogar Spaß machen. Ich muss Maura nur besser kennenlernen. Sie ist eine nette junge Frau. Und Brendan, nun ja, in ihm steckt viel mehr, als er denkt. Er wird das schon schaffen, sie beide werden das schaffen. Ach, Jean-Luc, ist das nicht herrlich? Es gibt so viel, worauf wir uns freuen können.«

Sie seufzte und legte den Kopf an seine Schulter, starrte in die Dunkelheit und dachte an das kleine Baby, das unterwegs war und sie immer zu Weihnachten mit seinen Eltern besuchen würde. Später würde es draußen spielen können, Rad fahren, mit ihr zum Markt gehen und ihre Freunde kennenlernen. Lauter Bilder entstanden in ihrem Kopf.

»Jean-Luc«, flüsterte Evie in der Dunkelheit. Sie dachte darüber nach, dem Kind eine kleine Gitarre zu kaufen, und fragte sich, ob er ihm beibringen würde, darauf zu spielen, wenn es zu Besuch nach Frankreich käme. In welchem Alter sollte man am besten damit anfangen? Evie hörte das leise Brummen seines Atems, das immer langsamer und regelmäßiger wurde, und hing weiter ihren Gedanken nach.

45. KAPITEL

Jean-Luc aß gerade Würstchen, als Brendan und Maura herunterkamen. Indem Evie ihm den Arm um die Schulter schlang, schlug sie ihm um ein Haar die Gabel aus der Hand. »Ich habe ihm ein anständiges irisches Frühstück gemacht. Auf ihn wartet heute viel Arbeit da draußen.« Sie schenkte Kaffee in Tassen ein und fügte hinzu: »Ich kann euch auch ein paar Würstchen braten, wenn ihr wollt.«

Maura verzog das blasse Gesicht, inzwischen wussten alle, warum sie lieber an trockenem Toast knabberte. Brendan nahm sich eine Tasse Kaffee.

Jean-Luc kaute zu Ende. »Vielleicht können wir heute Nachmittag etwas zusammen unternehmen? Oder heute Abend? Evie, erinnerst du dich an das Restaurant, in dem wir waren, als ich dich das erste Mal ausgeführt habe?«

»Wo sie überteuerten Essig als Wein verkaufen?«

Er lachte. »Das Essen dort ist wirklich gut. Wir können alle zusammen hingehen.«

Brendan sah ihn dankbar an. »Eine schöne Idee.«

»Ja, das wäre wirklich nett.« Maura spielte kurz mit dem Toast und ließ ihn dann auf ihrem Teller liegen.

Brendan hüstelte verlegen. »Mom, Jean-Luc. Ich möchte euch etwas sagen: Es tut mir leid, dass ich in den letzten Tagen so schwierig gewesen bin.« Abwehrend hob Evie die Hände, aber Brendan redete weiter. »Das war schon ein Schock für mich, aber Maura und ich kriegen das hin. Mit der Zeit. Wir wollen nichts überstürzen, allerdings fahren wir morgen nach Hause. Dann beschließen wir, was für uns alle am besten ist. Für uns drei.«

Langsam schob Maura den Teller zurück. »Danke für eure Hilfe, Evie und Jean-Luc. Es tut mir leid, dass wir euch so viel Ärger gemacht haben. Ihr wart beide sehr freundlich zu uns.«

Evie starrte sie an. »Aber nein, keineswegs. Es ist doch so schön, euch hier zu haben. Und das für heute Abend ist abgemacht: Wir gehen alle zusammen aus und haben einen wunderbaren Familienabend. Ich bin sicher, ihr beide bekommt das hin, wenn ihr zurück in Dublin seid. Und ihr wisst hoffentlich, dass wir immer für euch da sind.«

Jean-Luc stand auf und zog seine Jacke an. Evie ging zu ihm hinüber, zupfte einen Faden vom Stoff, stellte sich auf die Zehenspitzen und gab ihm einen Kuss. »Vergiss nicht, dass du versprochen hast, mir nachher eine Stunde Französischunterricht zu geben.« Liebevoll umarmte sie ihn, strich ihm übers Haar und lächelte ihn an.

Er küsste sie noch einmal. »Ich muss los, *chérie*. Benji hat bestimmt schon mit der Arbeit angefangen.«

»Sag ihm, ich hoffe, seiner Mama geht es bald besser. Oh, und ich backe ihr heute einen Kuchen. Bis heute Mittag!«

Nachdem Jean-Luc gegangen war, stand die Tür ein Stück geöffnet. Sonnenlicht beschien die Fliesen – ein heller Streifen, umgeben von Schatten. Allmählich räumte Evie den Tisch ab. »Was habt ihr heute Vormittag vor?«

»Wir lesen ein bisschen, vielleicht können wir dir auch zur Hand gehen.« Maura nahm ihre und Brendans Kaffeetassen.

»Wir könnten heute Vormittag auch einen Ausflug machen«, schlug Brendan vor. »Carcassonne ist anderthalb Stunden Autofahrt entfernt. Um halb zehn könnten wir dort sein. Dann hätten wir dort ein paar Stunden und wären um zwei wieder hier. Würdest du mitkommen, Mom?«

»Ich habe hier jede Menge zu tun. Aber ihr zwei solltet ruhig fahren.« Evie ignorierte Mauras leicht beunruhigten Gesichtsausdruck. »Heute ist schließlich euer letzter Tag, und diese historische Stadt solltet ihr euch nicht entgehen lassen. Na los, fahrt ruhig. Das Mittagsessen bereite ich für zwei Uhr vor, dann haben wir immer noch den Nachmittag zusammen, und heute Abend gehen wir ja alle vier zusammen essen. Carcassonne ist wirklich eine gute Idee.«

Maura zögerte noch, aber Brendan nahm ihr schon die Tassen aus den Händen. »Das machen wir, Maura. Ich verspreche auch, nicht zu schmollen oder schlechte Laune zu verbreiten. So eine kleine Auszeit mit etwas frischer Luft tut dir sicher gut.«

Nachdem Evie Teller und Tassen ins Spülbecken gestellt hatte, suchte sie Mehl, Zucker und eine Schüssel heraus. Brendan nahm ihre Jacken, Maura bedankte sich steif, als er ihr die Tür aufhielt. Evie lächelte. Sie machten Fortschritte.

In der Küche duftete es nach Frischgebackenem. Zwei Obstkuchen kühlten auf einem Backrost aus, und der frische Teig hatte auf Evies T-Shirt und ihren Wangen weiße, schmierige Flecken hinterlassen. Auf dem Tisch standen eine Quiche, Tomaten, Oliven und zwei Salate. Evie platzierte vier Teller und vier Gläser auf dem Tisch, dann stellte sie eine Karaffe Wasser dazu. Sie schaute auf die Uhr: zwanzig nach zwei. Sonnenstrahlen schienen durchs Fenster auf den Tisch und beleuchteten den Mehlstaub, der noch in der Luft hing. Evie schnitt ein Baguette auf und holte Besteck aus der Schublade.

Sie hörte Brendan und Maura, bevor sich ihre Umrisse gegen das grelle Sonnenlicht in der offenen Tür abzeichneten. Maura redete leise. Evie zog die Augenbrauen hoch. Zumindest gingen sie vernünftig miteinander um. Brendan kam herein, er war offensichtlich immer noch begeistert von dem Schloss, der Zitadelle und der Stadtmauer, die sie besichtigt hatten. Lächelnd reichte Maura Evie einen Strauß Blumen. Der Duft von Lilien stieg ihr in die Nase, als sie sie in eine Vase stellte.

Mauras Stimme klang glockenhell. »Carcassonne ist eine wirklich schöne Stadt. Es wäre sicher auch toll, sie bei Nacht zu sehen, wenn alle Lichter an sind.«

»Vielleicht ein anderes Mal?« Unwillkürlich schaute Evie zur Uhr.

Brendan war ihrem Blick gefolgt und betrachtete die Quiche auf dem Tisch. »Entschuldige, dass wir zu spät sind, Mom. Es war einfach so nett in Carcassonne. Ich hätte den ganzen Tag dort verbringen können. Die Geschichte ist faszinierend. Wir wären noch später dran gewesen, wenn Maura mich nicht daran erinnert hätte, dass …«

»Könnt ihr euch schon mal auffüllen, Brendan, Maura?« Evie wischte sich die Hände ab. »Ich schaue nur kurz raus und rufe Jean-Luc. Er muss die Zeit vergessen haben.«

Sie ging durch die Tür und blickte zum Weg, der zu den Weinbergen führte. Ihre Augen hatten sich noch nicht an das grelle Licht gewöhnt, und so konnte sie in der Ferne, wo die Hänge im Schatten lagen, nicht viel erkennen. Lediglich die Weinreben, groß und grün, die reihenweise nebeneinanderstanden. Evie sah noch einmal angestrengt hin, blinzelte gegen das Sonnenlicht. Ihre Brust zog sich zusammen. Dort lag jemand neben dem Traktor, im Gras zwischen zwei Reihen Weinreben. Sie lief los, ihr Atem war nur noch ein Keuchen, sie joggte kurz etwas langsamer, dann rannte sie wieder los.

Jean-Luc lag auf der Seite, zusammengesackt auf dem Boden, ein Arm bedeckte sein Gesicht. Evie fiel auf die Knie, drehte ihn auf den Rücken, sodass Jean-Luc sie direkt ansah. Seine Augen waren weit aufgerissen, aber sie bewegten sich nicht: Er sah sie nicht.

Evie legte eine flache Hand auf seine Brust, zerrte sein T-Shirt hoch und legte die Hand direkt auf seine Haut, auf Höhe seines Herzens und wartete kurz. Nichts. Sie rief seinen Namen, einmal, zweimal, sah ihn an. Seine gebräunte Haut war seltsam fahl. Er rührte sich kein bisschen, und sie dachte, dass man womöglich seine offenen Augen anfassen könnte – sie waren nun dunkle Murmeln ohne Sehkraft –, und er würde gar nichts spüren.

Sie krallte sich an seinem T-Shirt fest, warf sich auf ihn, zog seinen Oberkörper hoch, hoffte, dass sich seine breiten Arme um sie schlingen würden. Doch er bewegte sich nicht. Sein Körper war leer, eine Hülle, ohne jedes Leben. Er war fort, und ihr immer lauter werdendes Schreien erfüllte die Luft.

46. KAPITEL

Caroline und Nige blieben den ganzen Tag. Brendans Französisch reichte nicht aus, um mit all den Leuten zu sprechen, die nach *Cave Bonheur* kamen und wieder gingen, erst der Arzt, dann die Bestattungsunternehmer.

Evie saß an dem Holztisch und schaute zu, wie all diese Menschen in ihrem Zuhause ein und aus gingen. Sie nahm wahr, wie sie redeten, und hörte doch nichts, ab und an nickte sie als Antwort auf eine Frage, dann kehrte sie zu ihren Gedanken zurück. Brendan gab ihr eine heiße Tasse Tee in die Hand und nahm sie ihr später wieder ab, als der Tee abgekühlt war. Maura stellte ihr Essen vor die Nase, aber Evie schaute nicht lange darauf. Sie stand bis spätabends überhaupt nicht vom Tisch auf. Erst als Brendan so müde war, dass er ins Bett musste, setzte sie sich in den Sessel und döste.

Am nächsten Morgen saß sie noch immer da. Im Kamin lag nur noch Asche. Evie war kalt, aber sie merkte kaum, wie jemand ihr eine Decke überlegte und das Feuer wieder anzündete.

Draußen war es an diesem Morgen zwar warm, aber im Haus wirkte alles düster und still. Caroline kam zurück und brachte Frühstück mit.

Evie rührte sich kein Stück aus dem Sessel, und Brendan erinnerte sich traurig an die alte Dame mit dem glasigen Blick in Sheldon Lodge, als Evie eine Hand an den Kopf legte und sich verwirrt umsah. Sie starrte in die Ecke des Raums, und Brendan war beunruhigt, weil ihr Blick so apathisch war. Aber dann begriff er, dass seine Mutter Jean-Lucs Gitarre anschaute. Eine Träne lief ihr die Wange hinunter.

Brendan war oben, er packte zusammen, legte Kleidungsstücke in den Koffer, nahm sie aber anschließend wieder heraus. Er erwog, lieber zu bleiben und das Vorstellungsgespräch zu vergessen. Mauras leerer Koffer lag aufgeklappt auf dem Bett, er hörte ihre Schritte. Dann stand sie im Türrahmen und sah ihn an.

Traurig schloss er seinen Koffer und begegnete Mauras Blick. Während er mit ihr sprach, ließ er jedoch den Kopf sinken. Er wusste nicht, wie er ihr begegnen sollte. »Ich habe keine Ahnung, was ich machen soll, Maura. Das Vorstellungsgespräch …«

Sie schürzte die Lippen. »Er wirkte so fit.«

»Ich weiß.«

»Deine Mutter ist am Boden zerstört.«

»So habe ich sie noch nie gesehen.«

»Ich wollte mehr Decken von hier oben holen. Sie friert da unten, trotz Kamin.«

Ehrfürchtig schlichen sie in Evies und Jean-Lucs Schlafzimmer. Die Vorhänge waren noch geschlossen, ein Beatles-T-Shirt lag über dem Kissen, die Decke war zurückgeschlagen. Alles war noch genauso, wie sie es am vorigen Morgen verlassen hatten.

»Gibt es noch andere Decken, Brendan? Wir sollten lieber nicht die hier nehmen. Das ist immerhin die, unter der sie geschlafen haben …«

In einem der Schränke fanden sie eine in Plastikfolie eingewickelte, offenbar neue Decke. Brendan holte sie heraus. Währenddessen sah Maura sich die Fotos auf der Kommode an. Sie nahm eines in die Hand, das Jean-Luc als jungen Mann mit seiner Gitarre zeigte. Brendan wollte ihr gerade Neugier vorwerfen, da sah er die Tränen in ihren Augen.

»Du mochtest Jean-Luc, nicht wahr?«

»Haben wir das nicht alle?« Sie nahm das Pillenfläschchen in die Hand und las das Etikett. Sie seufzte. »In der Praxis habe ich Rezepte für so etwas gesehen. Das sind Betablocker.«

Brendan drückte die Decke an sich. »Komm mit nach unten. Wir sollten uns um Mom kümmern und dann vielleicht packen. Wir müssen bald los. Falls wir tatsächlich abreisen. Ich meine, ich muss eigentlich zu diesem Vorstellungsgespräch, aber ich bin nicht sicher, ob es richtig ist, zu fahren, jedenfalls jetzt …«

»Brendan, vielleicht bleibe ich einfach hier. Wir beide sollten bleiben.«

Er drückte die eingepackte Decke noch immer gegen seine Brust, die Plastikverpackung knisterte.

»Ich meine, ich sollte erst einmal hierbleiben, übergangsweise. Dann kannst du allein zurückfahren und das Vorstellungsgespräch wahrnehmen. Ich bleibe ein oder zwei Wochen bei deiner Mutter. Sie braucht jemanden um sich.«

»Du hast recht, Maura. Ich frage sie, was sie davon hält. Ich meine, das alles kommt ein bisschen plötzlich …«

»In der Praxis finden sie es ohnehin nicht toll, dass ich mir so viel freinehme. Wenn ich zurückkomme, gehe ich in Teilzeit. Das ist mir wirklich nicht so wichtig.«

Brendan rührte sich kein Stück.

»Fahr du ruhig zurück nach Dublin, wenn du musst. Frag deine Mutter. Ich kann später auch einen Flug nehmen. Und ich werde mich nicht bei dir melden, bis ich zurückkomme. Du sollst das auch nicht. Ein oder zwei Wochen Abstand tun uns sicher gut, so kann jeder für sich darüber nachdenken, was er will …«

»Du meinst, voneinander?«

»Ich denke einfach, dass du Zeit brauchst, um zu erkennen, was du willst, Brendan. Was dir wichtig ist. Was du fühlst.« Abrupt wandte sie sich um und ging die Treppe herunter.

Beladen mit der Decke, stolperte Brendan hinter ihr her.

Maura saß in dem großen Sessel vorm Kamin und hatte die Arme vor dem Bauch verschränkt. Brendan stand neben der Tür und drückte Evie an sich. Sein Hemd war auf der Schulter nass von Evies Tränen, sie hing förmlich an ihm und legte den

Kopf an seine Schulter. Brendan hatte die Arme um sie gelegt, ihr Rücken bebte.

»Soll ich lieber hierbleiben, Mom? Du bist ganz durcheinander. Du brauchst mich jetzt.«

»Brendan.«

»Ich muss nicht fahren. Ich meine – das ist nur ein Vorstellungsgespräch, und du bist …«

Evie schniefte und sah ihn an. »Du solltest fahren.«

»Nein, Mom. Ich bleibe. Ich kann dich doch nicht hier allein lassen, nach allem …«

»Ich bin nicht allein.« Sie schaute sich im Raum um. Überall lagen Jean-Lucs Sachen: sein Mantel, seine Mütze, die Gitarre.

»Ich habe es mir überlegt. Du brauchst mich hier. Es wird auch noch andere Gelegenheiten für einen Job geben.«

Als sie ihn ansah, waren ihre Augen rot gerändert, aber ihr Blick war eindringlich. »Nein, ich brauche dich nicht, Brendan. Fahr nach Dublin. Führ das Gespräch.«

»Ich fahre nicht. Ich bleibe.«

»Ich habe Nein gesagt. Ich komme zurecht. Das geht schon.«

»Aber Mom. Ich kann doch jetzt nicht einfach gehen. Lass mich wenigstens ein paar Tage bleiben …«

»Fahr, Brendan. Es ist ein wichtiges Vorstellungsgespräch. Sag mir, wie es gelaufen ist. Ich habe ja das Smartphone. Ruf mich jederzeit an oder schreib mir.« Sie hielt inne, atmete tief ein und wischte sich Tränen aus den Augen. »Ich habe Maura hier und Caroline. Außerdem kommt Benji morgen. Mir geht es …« Sie überlegte kurz. »Mir geht es prächtig.«

»Bist du sicher? Ich meine, ich könnte hierbleiben …«

Statt zu antworten, lächelte sie nur schwach. Und Brendan umarmte sie noch einmal. Evie zog ein großes, blaues Stofftaschentuch aus der Tasche und vergrub ihr Gesicht darin. Es gehörte Jean-Luc.

Maura legte Evie eine Hand auf die Schulter, ihr Gesicht wirkte aschfahl. »Du solltest jetzt fahren, Brendan.«

Einige Stunden später waren seine Koffer im Panda. Er öffnete die Tür, setzte sich hinters Steuer und seufzte tief. Sobald er den Motor angelassen hatte, blickte Brendan zögernd in den Rückspiegel. Beide Frauen sahen zu ihm, sie rührten sich nicht, winkten auch nicht.

Er fuhr an und schluckte schwer, während er sich immer weiter von ihnen entfernte und auf die Straße bog. Im Rückspiegel wurden Maura und seine Mutter immer kleiner. Es fühlte sich komisch an, allein im Auto zu sitzen – er fühlte sich stark, aber irgendwie auch leer. Brendan fuhr auf die Hauptstraße, kratzte sich am Kopf und blickte erneut in den Rückspiegel. Evie und Maura waren verschwunden, und ihm fiel das schiefe Schild auf, die große, hölzerne Weinflasche, die zur Seite kippte. Dann fiel sein Blick auf den Koffer auf dem Sitz neben sich, und er dachte an seine Mutter, an Maura, an das Kind und an Jean-Luc. Er hätte darauf bestehen sollen, bei ihr zu bleiben, stattdessen fuhr er nun zurück zur Fähre, um das Bewerbungsgespräch für die Stelle an der St. Cillian's wahrzunehmen. Auf einmal verspürte Brendan den stechenden Schmerz der Einsamkeit.

47. KAPITEL

Das O'Driscoll's quoll förmlich über vor Menschen. Viele von ihnen hatte Evie noch nie gesehen. Ray hatte darauf bestanden, dass sie sich alle nach der Trauerfeier im Pub für eine Wache trafen. Während er jetzt Speisen anrichtete, stand Evie zögernd im Türrahmen und betrachtete die Leute. Maura und Caroline waren bei ihr. Evie atmete ein und sagte: »Auf ins Getümmel.«

Flüsternd fragte Caroline: »Bist du sicher, dass du das schaffst?«

Evie antwortete nicht, sondern ging langsam an einer Reihe Menschen vorbei, die ihre Hand schüttelten, ihr auf die Wange küssten, sie umarmten, *»désolé«* murmelten und ihr Hilfe bei der Weinernte anboten sowie versprachen, sie bald zu besuchen. Jeder schenkte ihr ein mitfühlendes Lächeln. Auch Evie bemühte sich um Herzlichkeit und sprach mit jedem Einzelnen. »Thank you … *Merci … Vous êtes gentils.* Ich vermisse ihn sehr. Das ist sehr freundlich.« Das ging so, bis sie an der Bar angelangte, wo Ray und Paulette sie umarmten.

»Du brauchst einen starken Drink, meine Liebe«, schlug Ray vor, und schon hatte sie ein Glas in der Hand. Billy the Banjo spielte in der einen Ecke eine leise Melodie, Evie hörte Geflüster und spürte ein Zittern, das ihr die Luft zum Atmen nahm. Sie hatte sich fest vorgenommen, nicht zu weinen.

Im Krematorium hatte sie geschluchzt, und das Wetter hatte es noch schlimmer gemacht. Leichte Wolken verdeckten an diesem Tag die Sonne, und über den Hügeln in der Ferne lag tiefer Nebel, der Evie förmlich erdrückte.

Sie dachte an Jean-Luc, fragte sich, ob er all das hier beobachtete, dabei lächelte und über Natur und Pantheismus nachdachte. Aber sie bezweifelte es und verdrängte diese Gedanken schnell wieder. Sie hatte den Sarg betrachtet, das dunkle Holz und die goldenen Griffe. Sie wusste, er war nun nicht mehr bei ihr, und ihre Brust schmerzte.

Nachdem Evie an ihrem Brandy genippt hatte, stellte sie das Glas zurück auf die Theke. Sie wollte es nicht. Und es gab nicht mehr viel, was sie wollte. Das Einzige, was sie wirklich brauchte, würde sie nie wieder zurückbekommen, und es war so einfach, sich in Gedanken zu verlieren, die jedes Mal, wenn sie versuchte, sich an sie zu erinnern, ins Leere liefen.

Maura hakte sich bei Evie unter und wagte sich mit einer Frage vor. »Was machst du jetzt? Ich meine, willst du wieder zurück nach Dublin gehen?«

Entsetzt sah Evie sie an. »Nein, ich habe nicht vor, nach Dublin zurückzugehen. Ich lebe hier. Ich gehe bestimmt nicht noch mal in so ein schreckliches Altenheim. Mein Leben ist jetzt hier.«

Maura wirkte besorgt. In diesem Moment lehnte Ray sich über die Theke zu ihnen.

»Vor einer Woche oder so ist er auf einen Drink hier gewesen, um die Mittagszeit herum. Er meinte, er würde mit dir zu seinem Cottage in die Berge fahren. Ich sagte, ich würde auch mit meinen Mädchen wegfahren, an die Küste, und wir alle würden uns ein, zwei Tage Pause gönnen.«

»Ich erinnere mich daran.« Evie lächelte gequält.

»Er wusste, dass er krank war, Evie.«

Geschockt blinzelte sie, so als hätte jemand sie geohrfeigt. »Er wusste davon? Was genau wusste er?«

Ray sah Maura an. Sie gab ihm mit einem Blick zu verstehen, dass er darüber sprechen sollte.

Mit Bedacht wählte Ray seine Worte. »Er war bei verschiedenen Ärzten und dann bei seinem Anwalt. Er hatte schlechte Nachrichten bekommen. Es ging ihm trotz der Pillen nicht besser, und er meinte zu mir, er bräuchte einen Brandy. Wir haben lange geredet. Vor allem darüber, wie sehr du sein Leben verändert hast und wie glücklich du ihn gemacht hast. Alles gehört jetzt dir, Evie. Dafür hat er gesorgt.«

Jetzt trank Evie doch noch einen großen Schluck Brandy und schloss die Augen. »Er ist einfach der perfekte Mann.« Sie merkte, dass sie von ihm in der Gegenwart sprach. Sie konnte ihn einfach nicht gehen lassen, noch nicht. Tränen stiegen ihr in die Augen. Sie sah Ray direkt an. »Meinst du, es wäre okay, wenn ich …? So viele Menschen sind gekommen, um ihm zu danken, und sie alle waren so freundlich zu mir. Könnte ich … Wäre es okay, wenn ich mich bei ihnen bedanke?«

Ray umfasste ihre Hände, dann klopfte er auf die Holztheke und stellte Evie kurz auf Französisch vor. Im Raum wurde es still.

Sie nahm noch einen kleinen Schluck Brandy und blickte in die vielen Gesichter. Einige kannte sie: Die zwei Männer, die sich in der Bar geprügelt hatten, der kleine Mann mit Baskenmütze, der ihr Drinks ausgegeben hatte; Paulette, Billy the Banjo und seine Frau. Unter ihnen waren auch bekannte Gesichter vom Markt, auch von der Weinprobe, die sie vor Wochen organisiert hatte, als alles begonnen hatte. In einer Ecke sah sie Benji in einem schwarzen Anzug mit Krawatte, zusammen mit einer kleinen Frau, die sich hingesetzt hatte. Ihr dunkles Haar war streng nach hinten frisiert. Sie trug ein schwarzes Kleid, und ihre Augen glänzten, als sie Evie anschaute.

Evie räusperte sich. »Ich … ich wollte euch allen danken, dafür, dass ihr heute hergekommen seid, um euch zu erinnern. Ich versuche es gar nicht erst auf Französisch. Mein Französisch ist noch nicht so gut, aber eines Tages wird es das sein.« Sie hielt inne, dachte an Jean-Luc und ihre gemeinsamen Französischstunden. »Ich werde an meinem Französisch arbeiten. Das ist mein erstes Versprechen. Das zweite ist, dass ich mich immer an den wunderbarsten Mann auf dieser Welt erinnern werde, an Jean-Luc Bonheur.«

Wieder hielt sie inne. Alle Anwesenden schauten zu ihr, ihre Mienen waren traurig. Evie sprach nun ein bisschen lauter. »Wir kannten einander nicht sehr lange, aber ich kannte ihn lange genug, dass … Wie sagen die jungen Leute das heute? … er mein Seelenverwandter wurde. Er ist mein Seelenverwandter, so ein wunderbarer, freundlicher Mann.« Sie verstummte. Wieder Gegenwart. Sie fragte sich, wie lange es dauern würde, bis sie nicht mehr in der Gegenwart von ihm sprach. Schnell fuhr sie fort: »Ein wunderbarer, intelligenter, warmherziger, großzügiger Mann, ein bisschen sentimental, aber er hatte ein …«

Sie presste die Lippen aufeinander. Sie konnte nicht sagen, dass er ein gutes Herz hatte. Sie versuchte es noch einmal. »Er war so voller Liebe, und ich habe ihn geliebt.« Sie schluckte erneut. »Ich liebe ihn noch immer … Und ich möchte …«

Sie hielt inne, suchte in ihren Taschen und fand ein Stück Papier. Ihre Hand zitterte, als sie ihre Lesebrille ebenfalls hervorholte. Evie spürte, wie Maura und Caroline ihr jeweils eine Hand auf die Schulter legten. »Ich habe Google Translate benutzt.«

Verhaltenes Lachen ertönte.

»Einmal hat er mir dieses Gedicht aufgesagt, auf Französisch, von Alphonse de Lamartine. Auf Französisch klingt es wunderschön, und er zitierte es, als wir zusammen in den Bergen waren. Ich wusste nicht, was er da sagte, was das alles bedeutete. Nachdem er … nach … Nun ja, da habe ich beschlossen, ich sollte vielleicht … Ich sollte wissen, was er mir damals gesagt hat. Also habe ich gestern gegoogelt, es übersetzt und möchte es nun in Gedenken an ihn vorlesen.«

Sie sah die Leute um sich herum an, die vielen Gesichter, die ihr zugewandt waren. Schließlich rückte sie die Brille zurecht und atmete zitternd ein. Dann las sie vor:

»So laßt uns lieben denn! Die Stunden solcher Gnade
Sind kurz; genießen wir!
Der Mensch hat keinen Port, die Zeit hat kein Gestade,
Sie flieht und wir mit ihr.
O Zeit, wie kann's denn sein, daß du die Wonneschauer

Des Tags, da uns den Kelch randvoll die Liebe schenkt,
Uns ganz so rasch entführst, als wie den Tag der Trauer,
Der uns mit Zähren tränkt!«

Sie hielt inne und spürte die schwere Stille in dem Raum. Dann hörte sie, wie Maura hinter ihr schniefte. Andere weinten ebenfalls, einige wischten sich eine Träne aus dem Augenwinkel, manche hatten nasse Gesichter, schämten sich jedoch nicht für ihre Trauer. Evie nahm ihr kleines Glas in die Hand, hielt es hoch, und ihre Stimme klang dünn und schwach, als sie sagte: »Auf Jean-Luc Bonheur.« Sein Nachname ging in dem Echo unter, während die Gäste wieder und wieder seinen Namen riefen. Erschöpft sank Evie gegen die Theke und hielt das Gedicht fest umklammert.

Als sie nach Hause kamen, war es schon früher Abend. Vor dem Haus stand ein Van. Drei Männer packten gerade ihr Werkzeug wieder ein. Das riesige Holzschild in Form einer Weinflasche war entfernt worden. Nun stand an seiner Stelle ein brandneues, gerades Schild. Es war wunderschön aus Holz gearbeitet, der Name *Cave Bonheur* war in schwarz-goldener Schrift hineingeschnitzt worden. Neben dem Schriftzug erkannte man die Silhouette eines leicht gebeugt sitzenden Mannes mit Pferdeschwanz und einer Gitarre. Jean-Luc. Unverkennbar.

Evie stolperte aus Carolines Wagen und eilte zu dem Schild. Sie lächelte und brauchte eine Weile, bis sie etwas sagen konnte: »Es ist perfekt.«

Maura und Caroline standen hinter ihr und wechselten auch noch besorgte Blicke, als Evie sich ihnen mit Tränen in den Augen zuwandte. »Ich habe das für ihn bestellt. Es sollte eine Überraschung werden. Ach, er hätte es geliebt.«

Caroline umarmte sie. »Das ist wunderschön, Evie.«

Sanft löste sie sich aus der Umarmung. »Das ist ein Denkmal.« Seufzend ging sie ins Haus.

Bis spätabends saßen Evie und Maura am Kamin. Eine Uhr tickte laut, aber beide Frauen schwiegen. Holz knackte und knisterte, Funken flogen den Kaminschacht hinauf, und sie sahen einander an, das Feuer erleuchtete ihre Gesichter. Beide hingen ihren Gedanken nach.

Maura ergriff als Erste das Wort, die Hand auf dem Bauch. »Schwer zu glauben, dass da ein Baby drin ist.«

»Ja, das Leben ist schon seltsam.« Evies Stimme klang leer. »Jemand stirbt, und jemand Neues wird geboren. Das ist der Lauf der Dinge, was?«

Maura wusste nicht, was sie darauf antworten sollte.

Evie schniefte. »Freust du dich auf das Kleine, Maura?«

»Das werde ich, wenn ich mich an den Gedanken gewöhnt habe. Jetzt kann ich es mir noch überhaupt nicht vorstellen, wie es sich anfühlt, einen großen runden Bauch zu haben, das Kind auf die Welt zu bringen und es großzuziehen.«

»Das wirst du sicher gut machen.«

»Evie, was ist, wenn ich dann allein bin? Eine alleinerziehende Mutter? Was mache ich dann?«

»Wir alle werden dir helfen. Du schaffst das schon. So ist das bei uns Frauen, oder nicht? Wir schaffen das schon.«

Maura dachte kurz nach. »Aber was, wenn ich ihn wirklich verloren habe? Brendan, meine ich. Er war der einzige Mann, den ich je geliebt habe. Der Einzige. Und jetzt habe ich ihn vielleicht für immer verloren.«

Evie sah auf, ihr Blick war klar und bestimmt. Sie atmete ruhig. »Ich weiß, wie du dich fühlst.« Sie beugte sich vor und hielt einen Moment Mauras Hand. Dann schauten sie zu den Flammen und hingen wieder den eigenen Gedanken nach, den Problemen, dem persönlichen Schmerz.

48. KAPITEL

Früh am Morgen wachte Evie auf. Ihr war kalt, obwohl sie die Arme um sein Kissen geschlungen hatte. Sie atmete tief ein, die Nase nah am Stoff, aber sie konnte seinen Geruch nicht erkennen. Das Beatles-T-Shirt, das sie trug, bot keine Erinnerung mehr an ihn, obwohl er es früher auf seiner Haut getragen hatte. Auch in dem Zimmer erinnerte nichts mehr an ihn. Suchend sah sie sich um, aber er war verschwunden.

Evie ging nach unten. Ihre Füße waren eiskalt und blass, ihre Finger wurden taub. Im Dunkeln setzte sie sich in den Sessel und betrachtete die vertrauten Schatten der Möbel, die sich dunkel von der Wand abzeichneten. Einige Augenblicke lang fragte sie sich, was die Zukunft für sie bereithielt. Vor drei Monaten hatte sie Jean-Luc noch gar nicht gekannt. Jetzt fühlte sich seine Abwesenheit an wie eine schwere Last, die sie herunterdrückte, die ihr die Luft zum Atmen nahm und das Innere ihres Körpers mit Kälte erfüllte.

Sie würde weiterleben, aber jetzt konnte sie das noch nicht. Es war noch zu früh. Noch immer wachte sie nachts auf und streckte den Arm nach ihm aus. Noch immer öffnete sie morgens die Augen und hielt nach ihm Ausschau, weil sie vergessen hatte, dass er tot war. Sie rechnete den ganzen Tag über damit, dass er den Raum betrat, sobald sie nur ein Türknarren hörte.

Es gab Dinge, die sie jetzt einfach noch nicht tun konnte. Seine Sachen anfassen, den Traktor anschauen, der jetzt leer und starr hinten in der Scheune stand. Sie ertrug es nicht, die Fotos auf ihrem Telefon zu betrachten, die sie zusammen in den Bergen gemacht hatten. Damals war sie so fröhlich und unbeschwert gewesen – nur wenige Tage bevor sie ihn reglos in den Weinbergen gefunden hatte. Sie spürte, wie sich Wut in ihr breitmachte, und ihr Innerstes sich zusammenzog bei dem Gedanken, dass er gewusst hatte, wie schlecht es um seine

Gesundheit stand. Er hatte ihr nichts gesagt. Doch sie wusste, warum, und verzieh ihm.

Im Wohnzimmer war es dunkel und still, seine Gitarre stand noch immer an ihrem Platz. Als Evie länger in die Richtung schaute, erkannte sie einen langen Hals, die Schulterlinie, eine Taille. Sie schloss die schweren Lider und stellte sich vor, wie er sie hielt, wie seine Arme sich anfühlten und sie drückten. Die Gitarre war seine erste große Liebe gewesen. Evie nahm sie in die Hand, hielt sie dicht an ihren Körper. Er würde nicht mehr wiederkommen, und sie wusste, dass ihr nichts anderes übrig blieb, als das zu akzeptieren. Aber in diesem Augenblick konnte sie nichts anderes tun, als zu weinen.

Eine Woche war es nun her, ein Tag zog sich länger als der andere. Maura schlief noch. Sie schlief lange, lag zusammengerollt in ihrem Bett, das Gesicht ganz friedlich. Evie schlich hinaus und schloss wenig später die Haustür hinter sich ab.

Sie fuhr mit dem roten Sportwagen in die Berge. Caroline kam mit, um ihr Gesellschaft zu leisten, beim Navigieren zu helfen und ihr beim Fahren eines ihr unbekannten Fahrzeuges beizustehen. Evie liebte dieses kleine Auto. Sie verschätzte sich zwar immer beim Schalten, beim Gasgeben heulte der Motor laut auf, und es ruckelte heftig, aber sie wurde besser. Konzentriert betrachtete Caroline eine Karte, die sie im Internet gefunden hatte. Evie erkannte darauf nichts wieder und meinte nur, all die verdammten Berge sähen gleich aus. Die Straßen stiegen steil an, welchen Weg sie auch nahmen, und dichter Nebel verstellte ihnen die Sicht.

Sie fuhr langsamer. Denn die Straßen waren schmal, und gleich neben der Fahrbahn ging es steil bergab. Sie fuhren im zweiten Gang in gemächlichem Tempo, als auf einmal ein Schaf auf die Straße vor ihnen lief und stehen blieb. Es starrte sie entsetzt an und verschwand dann in einer Hecke.

Evie bremste abrupt, sie und Caroline wurden nach vorn geworfen und dann wieder zurück in die Sitze. »Beinahe hätte es Lamm zum Abend gegeben«, scherzte Evie. Es war ein mutiger Versuch, ihr fröhliches Wesen von früher wieder heraufzubeschwören, das sich irgendwo tief in ihr verkrochen hatte und nicht mehr hervorkommen wollte.

Der Nebel war dicht und schwer, hier und da riss er auf. Evie gefiel das – irgendwie fühlte es sich an, als würde er sie einhüllen, von der Welt draußen trennen.

Neben ihr knabberte Caroline gesalzene Erdnüsse und bot ihr welche an. Evie schüttelte nur den Kopf und rümpfte die Nase.

Als sie um eine Kurve bogen, machte sie das kleine weiße Cottage aus. Es lag in einem kleinen Tal, und Evie gab ein bisschen Gas, bevor sie direkt neben der Haustür zum Stehen kamen. Sie schloss auf, und die Tür öffnete sich leicht.

Caroline war fasziniert, ihre Stimme überschlug sich beinahe vor Begeisterung, als sie jedes Zimmer in Augenschein nahm, nach oben ging, die Fenster weit aufriss und ihre Ideen für Wandfarben und sonstige Gestaltungen verkündete. Evie dachte über etwas anderes nach und war froh, als sie wieder unten waren und sie sich an den Tisch setzen konnte, während Caroline in der Küche Tee aufsetzte.

»Was hast du denn jetzt mit diesem Haus vor, Evie?«

Übertrieben zuckte sie die Achseln, so wie Jean-Luc es immer getan hatte. Dann fiel ihr auf, dass Caroline sie gar nicht sehen konnte, also sagte sie: »Ich bin mir nicht sicher.«

»Du könntest es vermieten, zum Beispiel als Ferienhaus. Oder es verkaufen. In jedem Fall machst du damit einen Haufen Geld.«

Wieder zuckte Evie die Achseln. Ihre Miene ließ sicher keinen Zweifel daran, dass ihr das vollkommen egal war.

Caroline plauderte weiter. »Oder du vermietest es. Es gibt sicher Bauern oder andere Leute, die gern hier oben leben würden. Schließlich ist es nicht weit mit dem Auto in die nächste Stadt, aber im Winter wird es wahrscheinlich recht einsam hier oben.«

Evie starrte auf ihre Hände, während sie hörte, wie Caroline Wasser aus dem Kessel in ein anderes Gefäß schüttete.

»Ich bin so froh, dass er dir etwas hinterlassen hat, Evie. Ich meine, allein als Sicherheit. Wer weiß schon, was die Zukunft bringt. Uns allen.«

Sie blickte in die Ferne. »Jean-Luc hatte keine Familie. Jedenfalls niemanden, den er kannte.«

Caroline stellte zwei Tassen auf den Tisch und setzte sich zu Evie. »Na ja, zumindest hat das auch etwas Gutes an sich.« Evie blickte sie scharf an, worauf Caroline betroffen das Gesicht verzog. »Ich meine nur, zumindest, du weißt schon … hast du ein Zuhause, und …« Sie trank ihren Tee, und es senkte sich Schweigen über den Raum. Beide Frauen dachten nach.

Auf einmal richtete Evie sich auf. »Ich habe Monsieur Joffert, seinen Anwalt, getroffen. Ein netter Mann. Er hat mir alles auf Englisch erklärt. Auch für Benji hatte Jean-Luc ein bisschen Geld zur Seite gelegt. Ich habe ihm gesagt, dass ich das Geschäft weiterführen möchte. Für Jean-Luc. Er meinte, er würde mir helfen und mich beraten, wenn nötig. Ich hatte vor, meine letzten Tage mit Jean-Luc zu verbringen, jetzt habe ich vor, die Zeit, die mir noch bleibt, in seinem Haus zu verbringen.«

»Also bist du jetzt eine Geschäftsfrau?«, fragte Caroline nach.

Evie nippte an dem Tee, schob die Tasse dann aber beiseite. »Für all das ist es noch zu früh, Caroline. Ich setze mich nicht unter Druck. Ich bin sicher, die Zeit, in der ich Räume umgestalte und Häuser vermiete, die Weinernte organisiere und mich an Jean-Luc erinnere, ohne Schmerzen zu erleben, kommt irgendwann, aber …«

Caroline unterbrach sie, indem sie eine Hand auf Evies legte und sagte: »Wenn du irgendwas brauchst, Nige und ich sind immer für dich da. Ein Anruf genügt.«

»Darauf komme ich bestimmt zurück. Ich weiß, dass ich hier viele Leute habe, die mir beistehen. Aber ich bin jetzt eine unabhängige Frau. Einige Entscheidungen muss ich allein treffen. Eins steht aber natürlich fest: Ich gehe nicht wieder ins Heim. Keinesfalls.«

Evies blickte sich im Haus um. Sie dachte an das letzte Mal, als sie hier gewesen war. Wenn sie sich anstrengte, konnte sie ihn vor sich sehen, wie er das Feuer anzündete, wie er Pacharán in zwei kleine Gläser goss, ihren Nacken küsste. Sie konnte seine Stimme hören, ganz nah an ihrem Ohr. *»Mon amour.«* Evie schluckte schwer und sagte sich, dass sie keine Zeit für solche Sentimentalitäten hatte. Kurz war sie schwach geworden und spürte noch Tränen in den Augen. Aber sie wollte Carolines Mitgefühl nicht herausfordern. Also stand sie mit zusammengebissenen Zähnen auf. »Bleiben wir über Nacht hier, Caroline? Oben sind zwei gemachte Betten. Meinst du, das wäre okay für Nige? Ich könnte einen Drink vertragen.«

Ihre Freundin lächelte und holte ihr Handy hervor. »Gibt es hier Empfang? Dann sage ich ihm Bescheid.«

Evie wusste genau, was sie zu tun hatte. Genau wie Jean-Luc es getan hatte, machte sie im Kamin ein Feuer an, und als es anständig brannte, ging sie in die Speisekammer. Viel gab es dort nicht, aber sie fand schrumpelige Kartoffeln, eine Zwiebel und einen Karton Eier. Sie würden Omelette essen. Außerdem fand sie eine Flasche Rotwein und den Pacharán sowie die Gläser, aus denen sie und Jean-Luc getrunken hatten. Fest entschlossen deckte sie den Tisch.

Zwei Stunden später tanzten die Flammen im Kamin und züngelten sich den Schacht hoch, als würde der Wind an ihnen ziehen. Ihre Teller waren leer, und sie hatten eine zweite Flasche geöffnet. Evie goss den Pacharán in kleine Gläser.

Caroline nippte andächtig daran. »Das habe ich noch nie getrunken. Sehr süß.«

»Jean-Luc liebte es. Er liebte all die schönen Dinge am Leben, gutes Essen, guten Wein.«

Blinzelnd strich Caroline sich das rotbraune Haar aus dem Gesicht. »Und dich, Evie. Er liebte dich.«

Zum sicher zehnten Mal hob Evie ihr Glas. »Auf Jean-Luc.«

»Auf Jean-Luc.« Caroline leerte ihrs in einem Zug.

Evie flüsterte: »Mein Geliebter.« Dann schenkte sie nach.

Caroline nippte wieder. »Du wusstest nicht, dass er herzkrank war?«

Evie seufzte. »Jetzt weiß ich es.« Sie lächelte ihre Freundin an. »Weißt du, ich bin trotzdem froh, dass er es mir nicht gesagt hat. Ich hätte mir so viele Sorgen gemacht. Er sah so gut und gesund aus. So groß und stark.«

Caroline runzelte die Stirn. »Nahm er keine Tabletten?«

»Doch, viele, die standen alle auf dem Nachtisch.« Evie zuckte die Achseln. »Aber er meinte, das wären Vitamine, und ich habe ihm geglaubt.«

»Ich wünschte, ihr hättet mehr Zeit miteinander gehabt, Evie. Ihr wart das perfekte Paar.«

Bitter lachte sie auf. »Wir hatten nicht mal genug Zeit für ein Kreuzworträtsel.« Tränen standen in ihren Augen, sie wischte sie schnell weg. Der Alkohol machte sich langsam bemerkbar. »Weißt du was, Caroline, ich habe diesen Mann wirklich geliebt. In den wenigen Wochen habe ich ihn mehr geliebt als Jim während unser gesamten Ehe.«

Caroline schien leicht zu wanken, biss sich auf die Lippe und trank aus. Evie schenkte ihr Pacharán nach. »Er war einfach wunderbar, mein Jean-Luc. Ein toller Mann. Freundlich, aufmerksam, intelligent, zärtlich. Er war einfach perfekt.«

Ihre Freundin nickte schweigend.

Leise schnaubte Evie, bevor sie sagte: »Weißt du, an was ich mich am besten erinnere?«

Carolines Augen waren rund und glasig. Sie hielt ihr Glas hoch. »Keine Ahnung, Evie. An seinen Sportwagen? Seinen guten Geschmack?«

Sie schüttelte den Kopf. »Ach nein, nicht so was. Sondern an seinen Hintern, der war einfach himmlisch.«

Caroline fiel die Kinnlade herunter. Und nach kurzem Zögern brachen beide in Gelächter aus. Evie schenkte ihnen noch mehr Pacharán ein, und sie tranken und lachten, während ihnen Tränen über die Wangen liefen.

»Caroline?« Auf einmal setzte sich Evie aufrecht hin. »Können wir rausgehen und den Himmel anschauen?«

Ihre Freundin versuchte, sich hinzustellen, gerade zu stehen, aber sie fiel zurück in den Sessel.

»Als Jean-Luc und ich … Als wir hier waren, haben wir das zusammen getan. Die Sterne angeschaut. Und er hat mir ein Gedicht aufgesagt. Meinst du, wir könnten kurz rausgehen?«

Arm in Arm stolperten sie schließlich nach draußen, eine Frau groß, die andere klein, und schlossen die Tür zum warmen Cottage hinter sich. In der kalten Nachtluft zitterten sie. Der Himmel funkelte voller Sterne, wie beim letzten Mal.

Still schauten beide nach oben. Carolines Stimme war nur ein Flüstern. »Meinst du, er ist da oben, Evie? Jean-Luc? Im Himmel?«

Abrupt wandte Evie sich um. »Mein Jean-Luc glaubte nicht an solchen Unsinn. Er war Pantheist. Und was mich betrifft, ich bin katholisch, also glaube ich immer, dass die Möglichkeit besteht. Wer weiß? Er hat mir jedenfalls gezeigt, dass das Hier und Jetzt zählt.« Kurz dachte sie nach. »Ach, Caroline. Ich hatte so viele schöne Momente mit ihm, in so kurzer Zeit.« Eine Weile schwiegen beide, dann sagte Evie: »Man könnte ohne Weiteres denken, er wäre meine letzte Chance gewesen, um glücklich zu sein. Aber das stimmt nicht. Er hat mir etwas geschenkt, und zwar, dass ich glücklich sein und Freude empfinden kann. Bonheur eben. Das werde ich nie vergessen.

Dieses Geschenk, glücklich zu sein und im Hier und Jetzt zu leben.«

Caroline drückte ihren Arm, und langsam gingen sie wieder zurück ins Haus.

Am nächsten Tag standen noch immer die fettigen Teller und die leeren Gläser mit den angetrockneten Resten des roten Schnapses auf dem Tisch. Die zwei Frauen machten sich ans Aufräumen. Ohne es auszusprechen, hatten beide das Gefühl, das Haus sei eine Art Schrein und sollte sauber hinterlassen werden, für das nächste Mal.

Als sie fertig waren, griff Evie nach ihrem Mantel. »Wir sollten uns lieber auf den Weg machen, Caroline. Wir müssen durch den Nebel hindurch und ein paar Schafe überfahren. Jetzt hast du das Haus gesehen und kennst es. Ich bin froh, dass du mitgekommen bist … Nächstes Mal kommen wir mit Farbe und Pinseln.«

Sie kehrten zurück, und Evie verabschiedete sich von Caroline. Nachdem sie *Cave Bonheur* betreten und ins Haus gegangen war, fand Evie Maura vor dem Feuer. Sie hatte die Füße hochgelegt und trug noch immer ihren Schlafanzug, mit Morgenmantel und dicken Hausschuhen. Es war fast sechs Uhr abends.

Evie setzte sich ihr gegenüber und lachte trocken. »Du ruhst dich anscheinend gut aus, Maura. Das ist schön.«

Maura streckte die Beine aus, reckte sich und gähnte. »Ich genieße einfach die Ruhe hier. Es ist schön, mal Zeit für mich zu haben, zum Nachdenken.«

»Wann bist du aufgestanden?«

»Vor ein paar Stunden. Ich dachte, ich rufe vielleicht meine Schwester an und sage ihr, dass ich schwanger bin. Sie hat keine Ahnung. Ich habe es noch niemandem erzählt. Niemand in Dublin weiß Bescheid.«

»Du wirst es den Leuten bald sagen müssen. Wo lebt denn deine Schwester?«

»In Roscommon. Ich sehe sie nicht oft. Ihre Arbeit als Pflegerin und die drei Kinder nehmen sie ganz schön in Beschlag. Sie wird so überrascht sein, dass ich schwanger bin.«

Evie presste die Lippen aufeinander. »Du hast sonst keine Familie?«

»Außer Brendan? Nein, nur Bridget und ihren Mann. Sonst niemanden.«

Evie schwieg, während sie an ihren Sohn dachte. Er war wieder in Dublin, wahrscheinlich bei der Arbeit. In den wenigen Nachrichten, die er ihr geschickt hatte, hatte er das Vorstellungsgespräch an der St. Cillian's nicht erwähnt. Sie kannte Brendan gut genug, um zu wissen, dass es nichts nützte, ihn zu drängen. Am besten wartete sie darauf, dass er es von sich aus ansprach. In ein, zwei Tagen würde er sie sicher anrufen, um zu hören, wie es ihr ging, selbst wenn er und Maura sich auf eine Pause verständigt hatten. Sie seufzte. Die beiden müssten eigentlich dringend miteinander reden, anstatt das Thema Baby zu meiden und eine gemeinsame Zukunft auszuklammern. Sofern sie denn eine hatten.

Das sollte sie Maura sagen, aber nicht jetzt. Sie stand auf. »Ich mache uns etwas zu essen, was meinst du?«

Seufzend bewegte Maura den Kopf. »Ich habe keinen Hunger.«

»Ich auch nicht«, gab Evie zu. »Aber du bist nun mal schwanger und solltest auf dich achten. Und ich bin eine alte, einsame Frau und sollte auch besser auf mich achten. Ich habe nachgedacht. Wir müssen uns gesund ernähren. Von jetzt an werden wir stärker und fitter. Also hoch mit dir, Maura, du kochst den Reis, und ich schneide das Gemüse. Es gibt Risotto. Und einen frischen Salat dazu.«

49. KAPITEL

Brendan betrat den Pausenraum für Sportlehrer und ließ sich auf seinen Stuhl fallen. Er streckte die Beine aus, die in Jogginghosen steckten.

»Du siehst erledigt aus, Brendan. Fühlt sich an, als wären nie Ferien gewesen, was? Keine Sorge, bald ist Weihnachten.« Penny Wray holte ein Baguette heraus, das sorgfältig in Frischhaltefolie eingewickelt war, und warf es Brendan zu – ein perfekter Wurf. »Das habe ich für dich aufbewahrt: Brie und Cranberrys.«

Nachdem er die Folie zurückgeschoben hatte, biss er ab. Schon zog er ein Stück Plastik aus seinem Mund und kaute dann nachdenklich auf dem Brot herum. »Danke, Penny. Wirklich nett von dir.«

»Langer Morgen, Brendan?« Tony Azikiwe war hereingekommen, er setzte sich Brendan gegenüber an den Tisch, seine Shorts rutschten bei der Bewegung auf seinen Oberschenkeln hoch. Er war der neue Sportlehrer für Rugby – fit, mit breitem Kreuz, der Kopf kahl rasiert bis auf ein paar Dreadlocks, die ihm in die Stirn fielen.

Kevin Fearon hatte das heute Morgen kommentiert, als Brendan die Beckett-Hausaufgaben eingesammelt hatte. »Mister Azikiwe ist cool, Sir. In jedem Fall viel cooler als Sie.« Brendan hatte eine Grimasse geschnitten. »Der ist cooler als wir alle«, hatte er geantwortet und dann den Schülern gesagt, sie sollten *Warten auf Godot* auf Seite 22 aufschlagen.

Brendan starrte aus dem Fenster. Der Oktober war schon weit fortgeschritten, allmählich wurde es kühler. Er aß sein Baguette und dachte daran, wie schlammig es werden würde, wenn er bei dem Regen mit dreißig Kindern auf den Sportplatz ging. Penny machte es sich neben ihm bequem und klopfte ihm auf die Schulter.

»Wie läuft's bei dir, Brendan?«

Er nickte bloß und murmelte: »Okay.« Penny wusste, dass er Maura seit sechs Wochen nicht gesehen und auch nichts von ihr gehört hatte, auch wenn seine Mutter ihn regelmäßig über ihre Schwangerschaft informierte. Evie erzählte ihm am Telefon von den Weinbergen, wie die Ernte anlief, und die Pausen, die sie beim Sprechen machte, verrieten ihm, wie sehr sie Jean-Luc vermisste. Brendan seufzte. Er sollte bei ihr sein, bei ihnen beiden. Sein Blick wanderte zu seinen Sportschuhen, die voller Matsch waren, dann weiter zu seiner Jogginghose, die er seit über einer Woche trug, ohne sie zu waschen. Er achtete nicht auf sich und fühlte sich deshalb allmählich schlecht. Zur Schule ging er in knittrigen Hemden und dreckigen Sportshirts, oft rasierte er sich auch so unordentlich, dass er überall im Gesicht kleine Schnittwunden hatte. Zu Hause gab es niemanden, der ihn darauf aufmerksam machte oder ihm das Blut abtupfte. Bloß diese unendliche Stille. Wenn er morgens in den Spiegel blickte, sah er einen müden, ungepflegten Mann.

Er warf das halb aufgegessene Baguette auf den Tisch, das noch immer in Folie gewickelt war, und Tony Azikiwe witterte seine Chance.

»Willst du das nicht mehr, Brendan?«

Brendan verneinte. In zwanzig Minuten würde es zum Nachmittagsunterricht läuten. Fußball auf dem Allwetter-Sportplatz. Regen prasselte gegen das Fenster und floss in Schlangenlinien hinunter. Draußen war der Himmel finster und grau.

Penny legte die Füße auf den Tisch. Ihre Beine waren noch immer braun und hoben sich von den weißen Socken und pinken Sportschuhen ab. »Die enge Auswahl an Kandidaten für meine Stelle steht jetzt«, verkündete sie. »Drei Frauen, zwei frisch ausgebildete Lehrerinnen und eine Frau Ende zwanzig. Sie kommen nächste Woche vorbei, um sich umzusehen. Ihr müsst sie treffen.«

Ihr Blick traf Brendans, und er hoffte, sie würde nicht versuchen, ihn zu verkuppeln.

Tony Azikiwe sah sie direkt an. »Es ist so schade, dass du gehst, Penny. Ich habe gerade erst hier angefangen.«

Ihr Lachen klang glockenhell. »Wir können in Kontakt bleiben, Tony. Meine neue Schule ist nur am anderen Ende der Stadt. Wir bleiben doch alle in Kontakt, oder nicht?«

Tony schenkte ihr ein hoffnungsvolles Lächeln und aß das Brie-Sandwich auf. Brendan nahm seine Tasche und suchte darin nach seinen Unterrichtsnotizen. Er fand die Mappe mit Yeats' Gedichten und ein paar Texte, die er heute Abend bewerten musste. Er fragte sich, warum er sich darauf freute, nach Hause zu gehen. Dort würde niemand auf ihn warten.

Als er ankam, war es fast dunkel. Es war nach sechs Uhr, seine Tasche war schwer. In der Wohnung war es kalt. Er hatte vergessen, die Heizung neu einzustellen, und überlegte, ob es sich überhaupt lohnte, sie jetzt noch anzuschalten. Er würde früh ins Bett gehen. Sein Magen schmerzte leicht und knurrte. Tagsüber hatte er nicht viel gegessen.

In der Küche öffnete er einen Schrank nach dem anderen und fand eine Dose Bohnen, eine mit Thunfisch, etwas Salz und eine Tütensuppe. Kurz rührte er sich nicht, dann beschloss er, noch zum Supermarkt zu gehen, vielleicht kaufte er auf dem Rückweg Fish and Chips.

Eine Stunde lang lief er ziellos durch den Supermarkt, kaufte Kekse, Sardinen in der Büchse, Kakao und andere Dinge, die er eigentlich nicht mochte. Für nur eine Person einzukaufen, bereitete Brendan Kopfschmerzen.

Als er mit dem Panda die Einfahrt hinauffuhr, regnete es heftig. Im Haus brannte Licht. Er musste kurz blinzeln und rieb sich die Stirn. Langsam trug er die Einkaufstaschen in der einen und die Pommes mit Backfisch samt Aluverpackung in der anderen Hand, bis er vor der Eingangstür stand. Sie war offen. Er war sich ganz sicher, sie abgeschlossen zu haben.

Einen Augenblick lang schloss er die Augen und fühlte sich erschöpft. Die Griffe der Taschen schnitten in seine Finger und hinterließen rote Striemen.

Drinnen war es jetzt etwas wärmer, dabei konnte er sich nicht daran erinnern, die Heizung aufgedreht zu haben. Offenbar verlor er langsam wirklich den Verstand. Vielleicht lag es an der Einsamkeit, schließlich erledigte er nur noch eine Aufgabe nach der anderen, wie ein Roboter und ohne nachzudenken. Nachdem er die Tür hinter sich geschlossen hatte, hängte er die Schlüssel auf, legte den Mantel ab, stellte die Einkaufstüten in der Küche auf die Arbeitsfläche, nahm ein Stück Backfisch aus der Verpackung und biss ab.

Mit einem Mal roch er Parfüm, einen weichen, holzigen Duft, nicht unangenehm. Und als er sich umdrehte, stand Maura im Flur. Sie trug eine weite, geblümte Tunika, die von ihrem Körper abstand, obwohl sie nicht fülliger aussah. Ihr Gesicht wirkte entspannt, die Augen schimmerten. Brendan spürte, wie sich sein Magen zusammenzog. Dieses Gefühl kannte er nur zu gut. Er legte die Arme dicht an seinen Körper und lächelte schüchtern. Maura sah ihn an und lächelte – es war das gleiche Lächeln wie bei ihrer ersten Verabredung.

Brendan ging zu ihr und wollte sie auf die Wange küssen, doch stattdessen stand er einfach nur still da und starrte sie an. »Ich wusste nicht, dass du kommst.«

»Ich habe am Flughafen ein Taxi genommen.«

»Ich hätte dich abgeholt.«

»Ich wollte dir keine Umstände machen.«

Eine Weile schwiegen sie, dann sagte Maura: »Deine Pommes werden kalt.«

Brendan holte hastig einen Teller aus dem Schrank, dann einen weiteren. »Möchtest du etwas abhaben?«

»Ich esse jetzt nicht in der Menge für zwei, Brendan. Und ich versuche, mich gesund zu ernähren. Außerdem habe ich im Flieger gegessen.«

Sie nahmen auf dem Sofa Platz, zwischen ihnen blieb eine Lücke, und Brendan aß die kalten, pappigen Kartoffeln. Einige Minuten war im Zimmer nichts zu hören außer seinem Kauen. Schließlich stellte er den noch halb vollen Teller auf den Tisch und lehnte sich zurück.

»Und, Maura, wie geht es dir?« Kaum hatte er die Frage ausgesprochen, kam sie ihm selten dämlich vor.

»Mir geht es gut. Dem Baby auch. Morgen treffe ich die Hebamme, und ab nächster Woche arbeite ich wieder, zwei Nachmittage pro Woche.«

»Oh.«

»Und für Freitag habe ich einen Ultraschalltermin gemacht.«

Brendan fragte sich, ob er darum bitten könnte, sie zu dem Ultraschalltermin zu begleiten, immerhin war er der Vater. Er überlegte, was er ihr sagen könnte, und entschied sich für: »Das ist gut.«

»Was ist mit dir? Darf ich fragen, wie das Vorstellungsgespräch lief?«

»An der St. Cillian's?«

»Ja. Wie war's? Hast du den Job?«

Er musterte sie. Ihre Züge verrieten nichts, keine Verurteilung, keine Hoffnung. Sie war einfach nur interessiert.

»Eine schöne Schule. Tolle Kinder. Die anderen Lehrer waren sehr nett, und der Job wäre sicher interessant, viel Seelsorge und so weiter …«

Maura zog die Augenbrauen hoch. Er wartete darauf, dass sie fragte: »Also hast du den Job nicht bekommen?« Er rechnete damit, dass sie ihn unterbrechen würde, ihn fragte, was schiefgelaufen war, aber sie sah ihn bloß an. Ihre Augen leuchteten, ihr Blick war klar und strahlte eine Sicherheit aus, die Brendan den Atem raubte.

»Ich habe abgelehnt und ihnen gesagt, dass die Position nicht das Richtige für mich ist.«

Maura war überrascht. »Ich dachte immer, du wolltest gern an der St. Cillian's arbeiten? Und dass es dir an deiner jetzigen Schule nicht sonderlich gefällt.«

Er fuhr sich mit der Hand durchs Haar. »Um ehrlich zu sein, an der St. Cillian's wäre es auch nur ein normaler Lehrerjob gewesen. Ich wusste, wenn ich mich dafür entscheide, verpflichte ich mich für fünf Jahre, Minimum sind drei Jahre. Ich war mir nicht sicher, ob ich das kann, wenn … Na ja, ich wusste eben nicht, was aus uns wird, jetzt, wo die Dinge nun mal so sind, wie sie sind.«

Maura spielte mit den Ringen an ihren Fingern. »Wir müssen einiges besprechen.«

»Ja, du hast recht, das müssen wir.«

»Hattest du Zeit, über alles nachzudenken?«

»Ja. Und du?«

»Ja. Ich habe die ganze Zeit darüber nachgedacht.«

Brendan stand auf. »Ich mache uns eine Tasse Tee.« Er ging zum Teekessel, holte Becher heraus und war sich bewusst, dass er das Gespräch hinauszögerte. Um das Thema zu wechseln, rief er Maura aus der Küche zu: »Wie ging es Mom denn, als du abgereist bist?«

»Es scheint ihr gut zu gehen, Brendan. An manchen Tage besser als an anderen. Natürlich vermisst sie Jean-Luc. Sie beschäftigt sich, so gut es geht. Sie lernt Französisch, besucht einen Yogakurs in Foix und hat hier und da neue Freunde gefunden. Sie trifft noch viele aus dem O'Driscoll's sowie Caroline und Nige. Dann gibt es irre viel zu tun mit der Weinernte und derzeit gerade mit dem Weinkeltern.«

»Das ist doch gut.« Brendan war sich nicht sicher, ob es gut war oder nicht. »Hat sie genug Unterstützung bei all diesen Dingen?«

»Sie hat ein Team, das ihr bei der Ernte hilft. Die Männer haben vorher schon für *Cave Bonheur* gearbeitet. Die kennen sich aus. Und Benji ist auch immer da.«

»Ich bin sicher, so lässt es sich gut leben.« Er kam mit zwei Bechern zurück, stellte sie auf den Couchtisch und ließ sich neben sie aufs Sofa fallen.

Maura hielt eine Liste in der Hand. »Sie hat mir das hier gegeben. Sie will, dass wir ihr ein paar Bücher schicken. Jean-Luc hat einige der Titel auf Französisch, und sie möchte, dass wir ihr die englischen Versionen schicken.«

Brendan nahm ihr die Liste aus der Hand und lachte. »Dostojewski, Camus, Kerouac, Lamartine? Georges Sand? Marcel Proust!«

Maura meinte es ernst. Sie legte ihm eine Hand auf den Arm, berührte ihn leicht mit den Fingern. »Tut es noch weh?«

Er schüttelte den Kopf. Das Handgelenk war perfekt verheilt und schmerzte nur noch, wenn er es zu stark belastete.

»Mom hat uns Geld überwiesen. Für uns und für das Baby. Ich konnte sie nicht davon abhalten. Sie meinte, sie und Jean-Luc wollten uns etwas schenken. Ich wusste nicht, was ich dazu sagen sollte.«

Brendan trank seinen Tee. Er war so heiß, dass er im Mund brannte. Dann sagte er: »Ich werde sie nachher anrufen. Ist sicher schön, sie mal wieder zu sprechen.«

Eine Weile schwiegen beide. Brendan starrte auf seine Füße. Ihm fiel auf, dass er zwei verschiedene Socken trug.

»Also?« Maura richtete sich auf. »Kommen wir jetzt zu unserem eigentlichen Problem?«

Er rutschte auf dem Sofa hin und her. »Meinst du, wir sollten darüber nachdenken, das Haus zu verkaufen?«

Maura holte tief Luft, ihr Gesicht wurde rot, so aufgewühlt war sie offenbar. »Das war's also?« Sie wartete kurz. »Es ist aus zwischen uns, nicht wahr, Brendan? Das hast du so entschieden? Wir verkaufen das Haus und teilen alles auf?«

Mit der Faust rieb er sich ein Auge und schaute auf seine Knie. »Das habe ich nicht damit gemeint. Willst du das denn?«

Sie wandte sich ab. »Du zuerst.«

»Maura«, setzte er an. »Ich meine, wir bekommen ein Baby. Wir können es schaffen, es könnte funktionieren. Ich ... wir ... Wir werden Eltern, und vielleicht könnten du und ich einen Weg finden, dem Kind zuliebe ...«

Wütend konterte sie: »Nein, Brendan. Dem Kind zuliebe? Nein, das möchte ich nicht.«

»Nein?« Er drehte sich von ihr weg und schloss die Augen.

»Nein. Lieber bin ich allein und erziehe dieses Kind allein, als mich damit abzufinden, nur die zweite Wahl zu sein, in einer zweitklassigen Ehe.«

»Du findest mich zweitklassig?«

»Nein.« Ihre Stimme klang drängend. »Aber du hast es gerade selbst gesagt. Du meintest, wir sollten das Beste daraus machen. Wir sollten dem Kind zuliebe zusammenbleiben.«

Brendan schwieg. Er wollte ihr sagen, was ihm durch den Kopf ging, was er in seinem Herzen empfand, aber er konnte das einfach nicht in Worte fassen.

»Du bedeutest mir viel, Brendan, aber ich will nicht nur die nächstbeste Frau für dich sein.«

Er sah sie an, während sie sprach, ihre Stimme klang so entschieden, und er lächelte sie mit Tränen in den Augen an. »Ich bin so ein Idiot.«

»Das bestreitet niemand.« In ihrer Äußerung schwang Zuneigung mit.

»Maura, du hast mir gefehlt.« Ihr Haar war gewachsen, hing ihr offen über die Schultern. Er dachte daran, wie sie zum ersten Mal auf dem Sofa im alten Haus seiner Eltern gesessen hatten, praktisch noch Teenager, jung und unerfahren, wie sie Händchen gehalten und darauf gewartet hatten, dass Jim und Evie endlich hinausgingen. »Ich will damit sagen: Ohne dich bin ich zu nichts nutze. Und damit meine ich nicht nur die praktischen Dinge. Ich habe dich vermisst. Dabei geht es nicht nur ums Kind, und dieses Haus ist mir egal. Ohne dich habe ich kein Leben, keine Seele. In den letzten sechs Wochen ist mir klar geworden, wie dumm ich gewesen bin. Ich habe die Frau, die ich liebe, vergrault.«

Maura seufzte leise. »Wir beide haben Fehler gemacht, Brendan.«

»Was ich eben gesagt habe … Ich meinte nicht, dass ich finde, wir sollten nur wegen des Kindes zusammenbleiben.«

»Was meintest du denn dann?«

»Ich meinte, es tut mir leid. Ich habe so vieles falsch gemacht. Wir mussten reden, und ich habe einfach dichtgemacht, alles abgewehrt. Das hat überhaupt nicht geholfen. Ich bin unentschlossen, nicht mitteilsam. Ich war eifersüchtig, egoistisch und stur. Wegen dieses Verhaltens habe ich meine wunderschöne Frau verloren. Ich vermisse dich, Maura. Ich vermisse dich so sehr, dass es wehtut, es dir zu sagen.« Er sah auf seine Hände.

Sie schluckte. »Ich war auch nicht besser, Brendan. Ich war oft gereizt und wollte alles unter Kontrolle haben. Ich glaube, ich war frustriert. Wir steckten einfach in unserem Trott fest.«

Er erinnerte sich an ihre Launen, wie sie ihren Ärger ungebremst gegen ihn oder seine Mutter gerichtet hatte. Das alles kam ihm so lange her vor. Kopfschüttelnd betrachtete er sie. »Wenn ich dich jetzt anschaue, sehe ich das gar nicht mehr.«

»Was siehst du denn?«

»Einen warmen, selbstsicheren, zufriedenen Menschen. Eine Frau, die strahlt … Die Frau, die ich liebe.«

Mauras Mundwickel zuckten. »Und ich sehe einen liebevollen, warmherzigen, gefühlvollen und gutmütigen Mann.«

Brendan dachte kurz daran, ihre Hand zu nehmen. »Ich habe jeden Tag an dich gedacht. Es war hart, allein aufzuwachen und sich zu fragen, ob ich dich je wiedersehen würde. Ich meine, ich dachte, du würdest ernsthaft in Frankreich bleiben. Du schienst dort so glücklich zu sein.«

»Das war ich auch. Dort lebt man ganz anders, und diese Lebensart gefällt mir. Ich liebe es dort. Aber du hast mich nicht angerufen. Oder zumindest nach mir gefragt, als du deine Mutter am Telefon hattest.«

»Du hast mir gesagt, ich sollte das nicht tun.« Er sah sie an und musste grinsen. »Du meintest, du brauchst Zeit zum Nachdenken. Jeden Abend habe ich das Telefon in die Hand genommen und darüber nachgedacht. Genauso wie ich darüber nachgedacht habe, Mom anzurufen, als wir in Frankreich auf der Suche nach ihr waren. Aber es war leichter, alles aufzuschieben und abzuwarten.«

»Ich mag es dort aber wirklich sehr. Die französische Lebensart passt zu mir, Brendan.«

Brendan schloss kurz die Augen. Jetzt würde sie ihm sagen, dass sie zurück nach Frankreich ging. Vielleicht hatte sie dort jemanden kennengelernt. Er nahm ihre Hand. »Ich habe mich geändert, Maura. Ich habe das gemacht, was du gesagt hast. Ich habe über alles nachgedacht und weiß jetzt, was ich will.«

»Wir beide haben uns ein bisschen verändert, nicht wahr? Wir beide hatten Zeit, darüber nachzudenken, was wirklich wichtig ist.«

»Bin ich wichtig?«, fragte er sie, und Maura lächelte.

»Das Wichtigste«, lautete ihre Antwort.

Sie sah hinreißend aus. Ihre Mundwinkel gingen leicht nach oben, als sie lächelte. Jetzt nahm er ihre Hand und legte sie auf seinen Oberschenkel. »Wir werden gute Eltern sein, Maura.«

»Meinst du?« Sie seufzte. »Aber das wird ja nicht reichen. Wir müssen auch gut füreinander sein.«

»Ich möchte aber mit dir zusammen sein. Du kommst an erster Stelle, mit Kind oder ohne. Ich liebe dich so, wie du bist. Du bist meine Frau. Ich möchte, dass wir zusammenbleiben.«

Eine Weile dachte sie nach. »Woher wissen wir, dass wir nicht wieder in den alten Trott verfallen? Was ist, wenn wir einander irgendwann nicht mehr zu schätzen wissen?«

Er sah sie aus dem Augenwinkel an. »Du bist glücklich in Frankreich, nicht wahr?«

»Es lebt sich dort gut. Die Landschaft ist wunderschön. So ruhig und friedlich. Dort ist es langsamer, gemütlicher.«

Aufmerksam beobachtete er ihr Mienenspiel. »Ein guter Ort, um noch einmal von vorn anzufangen? Um ein Kind großzuziehen?«

»Ich verstehe nicht, was du damit sagen willst, Brendan. Ich dachte, du wolltest mit mir zusammen sein.«

Er atmete tief ein. »Ja, das will ich, mehr denn je, aber nicht hier, nicht in diesem Haus. Vielleicht woanders, ganz woanders.«

Sie wirkte verwirrt. »Was schwebt dir vor, Brendan?«

»Wir haben eine Menge durchgemacht, du und ich. Diesen Sommer ist so viel passiert: Mom, Jean-Luc, das Baby, alles ist jetzt anders. Und ich bin mir nicht mehr sicher, ob ich noch unterrichten will. Ob ich das überhaupt jemals wollte. Ich möchte ein Leben, in dem wir Zeit füreinander haben, damit wir zusammen alt werden können und den Freiraum haben, den wir brauchen. Ich denke, wir müssen neu anfangen, nicht hier, sondern woanders. An einem Ort, wo wir als Paar wachsen können wie die Trauben in der warmen Sonne.«

Sie atmete ein. »In Frankreich.«

»Du und ich.« Er drückte ihre Hand. »Genau das brauchen wir, wir brauchen einander.«

Ihre Hand umschloss seine. Sie sahen sich an, rührten sich kein Stück und erinnerten sich an ihre schüchterne Teenagerzeit, als sie noch voller Spannung der Zukunft entgegenblickt hatten.

Er lehnte sich zurück, und Maura zögerte kurz. Dann legte sie den Kopf an seine Schulter, und Brendan flüsterte froh: »Einen Neubeginn, Maura. Das brauchen wir. Ganz von vorne anfangen, zu dritt.«

Maura nahm seine beiden Hände. »Genau das will ich, Brendan.«

»An einem Ort, wo wir wir selbst sein und ein ruhiges Leben führen können. Wo wir keinen Deadlines hinterherjagen.

Wo jeder Moment zählt und wir die Menschen sind, die wir wirklich sind, ohne all die Dinge, die uns voneinander trennen. Ein Ort, wo wir unser Kind großziehen und einen anderen Lebensrhythmus genießen können. Ich meine, wir beide kennen den idealen Ort, ein Haus, wo wir direkt einziehen können, wo wir beide gemeinsam arbeiten und leben können …«

Lächelnd erwiderte sie seinen Blick, und Tränen schimmerten in ihren Augen. Mit den Fingerspitzen wischte Brendan sie weg. Er nahm Maura in den Arm, zog sie so fest an sich, wie er konnte, und spürte die Wärme ihres Körpers, die ihn daran erinnerte, dass er am Leben war.

Sie küsste ihn auf den Mund und fragte leise. »Wann brechen wir auf? Meinst du, für Evie wäre das okay?«

»Ich rufe sie morgen an. Ich bin mir sicher, sie wird Unterstützung brauchen können, um das Geschäftliche zu regeln. Und ich habe keinen Zweifel daran, dass sie uns bei sich wohnen lässt. Wenn dann alles läuft und wir alle bereit dazu sind, können wir ihr immer noch helfen und vielleicht ein eigenes Häuschen in der Nähe suchen. Wo wir uns niederlassen können, gemeinsam glücklich sind und das tun, was wir wollen, nur für uns. Wo wir uns unsere eigene Zukunft aufbauen. Wo das Baby auf dem Land aufwachsen kann. Und Französisch lernt.«

50. KAPITEL

Im Haus war es still bis auf die Essensgeräusche der Männer. Einige kratzten die Reste des Stews aus dem Topf, luden sich eine zweite Portion auf, nahmen mit Brot die Soße auf und tranken Wasser. Als sie fertig waren, schoben sie – einer nach dem anderen – die leeren Teller von sich und lehnten sich zurück.

»Merci, Evie. Un bon repas!«

Evie lächelte und machte sich daran, die Teller zu stapeln, als die Männer aufstanden und ihre staubigen Jacken wieder anzogen. Benji wollte vorausgehen, doch dann hielt er inne, lief auf Evie zu und umarmte sie.

Als er schließlich zur Tür ging, rief sie ihm hinterher: »Benji, ich habe einen Kuchen für deine Mutter gebacken. Vergiss nicht, ihn mitzunehmen.« Sie dachte kurz nach. *»N'oublie pas. J'ai un gâteau pour ta mère.«* Er eilte nach draußen. Zwei der älteren Männer folgten ihm, um zurück an die Arbeit zu gehen.

»Gaston. Un moment, s'il te plaît«, rief Evie, und der kleine Mann mit Schnurrbart und schwarzer Mütze drehte sich zu ihr um. Kurz überlegte sie und wählte ihre Worte. *»Inès arrive plus tard, avec les poules?«*

Gaston grinste. Seine Frau hatte viele Hühner, die unzählige Eier legten, und sie hatte Evie versprochen, ihr zu zeigen, wie sie ihre eigenen halten konnte.

»Elle arrivera vers seize heures.«

Evie zählte mental auf Französisch. Sie würde um vier hier sein.

Gaston öffnete die Tür, zog angesichts des kalten Windes den Reißverschluss seiner Jacke hoch und zwinkerte Evie zum Abschied zu. *»La langue s'améliore, Evie«*, sagte er. Dann verschwand er nach draußen.

Evie war verwirrt. »Was meint er damit, die Zunge wird besser? Was stimmt denn nicht mit seiner Zunge? Oder meint er vielleicht meine?« Sie ging zum Spiegel hinüber und steckte ihre kleine, rosafarbene Zunge heraus. Da wurde ihr klar, was Gaston ihr sagen wollte: dass ihre Französischkenntnisse besser wurden. Sie schloss die Augen. Manchmal dauerte es einfach, bis man etwas wirklich begriff.

Sie räumte den Tisch ab, wusch das Geschirr und wischte über die Arbeitsfläche. Dabei summte sie eine Melodie, die sie zusammen mit Jean-Luc in der Scheune gesungen hatte, als sie ihm bei der Arbeit zur Hand gegangen war. Bei der einen Liedzeile hielt sie inne: *Ne me quitte pas*. Ihre Lippen formten ein Lächeln. Das bedeutete: *Verlass mich nicht*. Natürlich.

Das Aufräumen dauerte. Als alles wieder sauber und ordentlich war, setzte Evie sich mit einer Tasse Tee in den Sessel und nahm eins der Bücher zur Hand, das Brendan ihr geschickt hatte. *Der Idiot* von Dostojewski. Sie blätterte durch die Seiten.

Das war ihr Lieblingsplatz: der Sessel am Kamin. Sie schaute sich das Bild in dem silbernen Rahmen über dem Kamin an. Ihre neue Freundin Marie-Thérèse – Marie Thé – aus der Yogaklasse hatte ihr bei der Auswahl des Fotos geholfen, und sie hatten es zu dem besten Geschäft in Foix gebracht, um es rahmen zu lassen. Jetzt sah Evie ihr eigenes Gesicht, das sie anlächelte, fröhliche Augen hinter der Sonnenbrille. Jean-Lucs Arm hielt sie, hinter ihnen ragten die Berge in die Höhe, der Himmel war tiefblau. Evie dachte über ihren Gesichtsausdruck nach, die Arglosigkeit und den festen Glauben an eine gemeinsame Zukunft. Als sie noch einmal Jean-Luc auf dem Foto betrachtete, fiel ihr in seinem Blick so etwas wie Resignation auf, die Gewissheit, dass das Hier und Jetzt alles war, was er hatte. Sie sollte nicht nach Erklärungen suchen.

Evie nahm ein neues Holzscheit von dem Stapel neben dem Ofen und legte es ins Feuer. Ihre Freunde waren sehr teilnahmsvoll gewesen. Während sie sich fragte, wie sie es ohne sie geschafft hätte, rieb sie sich die Stirn. Caroline und Nige hatten sie einem Bekannten vorgestellt, der Bäume fällte, und nun hatte sie genügend Holz, selbst für den kältesten Winter. Eine ganze Wand hoch lagerten die Holzscheite in der Scheune neben dem Traktor. Caroline und ihr Freund waren so freundlich zu ihr; Ray und Paulette schrieben ihr jeden Tag und luden sie mindestens einmal pro Woche ins O'Driscoll's ein. Es gab hier so viele Menschen, die ihr ans Herz gewachsen waren.

Sie schloss das Buch und dachte an Brendan und Maura. Es war erst zwei Wochen her, dass Maura zurück nach Dublin gefahren war. Und obwohl sie die ganze Zeit recht träge gewesen war, entweder geschlafen oder die Füße hochgelegt hatte, war auch sie Evie ans Herz gewachsen. Maura hatte ihr leidgetan, als sie nach Toulouse zum Flughafen gefahren waren. Sie hatte zusammengekauert und nervös mit ihren Koffern im Sportwagen gesessen und die ganze Fahrt über kein Wort gesagt.

Sie dachte an die Telefonate, die sie in den letzten zehn Tagen mit Brendan geführt hatte. Er hatte wieder so positiv geklungen, hatte Dinge gesagt, die sie zum Weinen gebracht hatte. Ein Neuanfang. Evie sah sich im Haus um, sie betrachtete die alte Wandfarbe, die schweren Möbel. Und da kam ihr eine Idee. Sie legte das Buch auf den Boden und ging leichtfüßig nach oben.

Sie spazierte durch das Schlafzimmer, durch ihr Zimmer, und ging noch einmal zurück, um alles genauer zu betrachten. Ihr Kopf füllte sich mit Ideen. Die Vorhänge waren zugezogen, also schob sie sie zur Seite und öffnete das Fenster weit, sodass eine sanfte Brise ins Zimmer wehte und die Vorhänge sich leicht aufblähten. Auf der Kommode lag Staub, den sie mit der Hand wegwischte. Auch auf den Fotos von Jean-Luc lag eine dünne Staubschicht. Rahmen für Rahmen nahm Evie in die Hand und musterte die Gesichter, die früher einmal in die Kamera gelächelt hatten. Dort hing auch ein neues Bild, ebenfalls eines der Fotos von ihr und Jean-Luc in den Bergen. Sie nahm es ab, und mit den Fingern strich sie über sein Gesicht. Kurz musste sie lachen. Sie wurde schon so sentimental wie er. Vielleicht sollte sie das alte Bett rausschmeißen und stattdessen ein Himmelbett aufstellen, mit violettem Samtbezug, oder ein breites Holzbett mit Schubladen unter der Matratze.

»Hmmm.«

Auf der Schwelle zu dem Zimmer, in dem Brendan und Maura geschlafen hatten, blieb sie stehen. Hier müsste neu gestrichen werden, vielleicht in einem dunklen Rot, das würde ihnen sicher gefallen. Ein neuer Anstrich würde ihnen vielleicht auch helfen, die Leidenschaft in ihrem Leben neu zu entfachen.

Als ob sie dabei Hilfe bräuchten. Seit er die Kündigung eingereicht hatte, klang Brendan viel fröhlicher. Er und Maura waren voller neuer Energie, wenn sie mit ihr über ihre Umzugspläne sprachen. Evie beschloss, dass sie einen neuen Schrank bräuchten. Jeder einen. Und der freie Raum konnte auch einen neuen Anstrich vertragen, damit dort Gäste übernachten konnten. Schließlich betrat sie das kleinste Zimmer, das am Ende des Flurs lag. Dort standen lauter Kisten voller Gerümpel – das meiste davon würde im Müll landen. Der Fensterrahmen war grauweiß, das Holz trocken und teils lädiert. Die alten, karierten Vorhänge hatten Schmutzränder und waren so dünn, dass sie im Luftzug schon zitterten. Der Ausblick jedoch war absolut malerisch: die Weinberge mit reihenweise Reben, sanfte Hügel und ganz in der Ferne dichter Nebel vor den mächtigen Schatten der Berge.

An der Decke gab es eine feuchte Stelle, und die karge Glühlampe hing an einem alten, schmutzigen Kabel. Die Tapete war blassorange mit einem beigen Wellenmuster, das vielleicht in den Siebzigern modern gewesen war, jetzt aber auf alle Fälle verschwinden musste. Pastellblau oder ein schönes Rosa wären okay oder ein Sonnengelb. Vielleicht eine neue Tapete mit

Kaninchen, Igeln oder süßen Bärchen. Evie schloss die Augen und stellte sich den Raum vor. Sie sah Spielzeug, weiche Kleidung und ein kleines Bett, sie hörte Stimmen und Lachen. Es wäre so schön, die drei hier zu haben. Nicht nur, weil sie die Hilfe beim Geschäft gut gebrauchen könnte, sondern auch wegen der Gesellschaft. Wegen des Spaßes. Schließlich waren sie eine Familie. Und mehr als das: Sie würden sich alle nahestehen. Sie fragte sich, ob Brendan und Maura das Geschlecht des Kindes wissen wollten. Aber das war nicht so wichtig. Ein Kinderzimmer könnte schließlich auch einfach kunterbunt sein.

Wehmütig dachte sie daran, dass Jean-Luc diesem Kind niemals das Gitarrespielen beibringen würde. Aber vielleicht würde ihr Enkel das eines Tages auch so für sich entdecken, und dann wäre das Haus wieder erfüllt von wunderschönen Klängen. Das hätte Jean-Luc gefallen. Und sie würde zusehen können, wie das Kind heranwuchs, wie es in den Weinbergen spielte, auf den Traktor kletterte, sie *grand-mère* oder einfach Evie nannte. Es gab endlose Möglichkeiten, die ihr allesamt durch den Kopf gingen, bewegte Bilder, Formen und Szenerien.

Als sie wieder unten war, wusch sie ihre Tasse ab und warf einen Blick auf die Uhr. Es war schon nach drei, Inès würde bald kommen. Evie schlüpfte in eine alte Jacke von Jean-Luc, zog Strickhandschuhe an und ging nach draußen. Die Tür schloss sie gut hinter sich, damit die Kälte nicht ins Haus kroch.

Der Himmel war fleckig und grau, er sah aus wie mit Aquarell gemalt. Kleine Wolken zogen schnell vorbei, der Wind wehte kühl. Evies Blick fiel auf das Schild von *Cave Bonheur*, und sie fühlte sich gut. Das war genau die Begrüßung, die sie sich für das Weingut gewünscht hatte, und ihm hätte es gefallen. Sie ging zu den Weinstöcken, wo die Trauben geerntet wurden. Wie schwer es ihr fiel, nachdem sie ihn, vor nicht allzu langer Zeit, dort auf dem Boden liegend gefunden hatte; selbst seinen Namen zu sagen, war ihr anfangs beinahe unmöglich erschienen. Inzwischen war es einfacher. Ihr fiel es leichter, sich an ihn zu erinnern, wenn sie mit anderen redete, auch wenn sich ihr Magen noch ab und zu vollkommen unerwartet vor Schmerz zusammenzog. Dieses Haus würde immer seines sein, sein Zuhause, sein Geschäft, aber nun war es eben auch ihres, und sie würde alles daransetzen, dass es gut lief.

Die Männer arbeiteten in der Scheune, wo der Wein gekeltert wurde. Sie hatte viele von ihnen schon früher gesehen, als sie Benji zur Hand gegangen waren, aber unter ihnen gab es auch neue Gesichter; so viele Menschen, die helfen wollten. Evie hörte ihre Stimmen, als sie an der Scheune vorbeilief.

Sie ging nicht hinein, sondern wollte allein sein, abgesehen davon waren die Männer so konzentriert bei der Arbeit, dass sie ihre Anwesenheit wahrscheinlich nicht einmal bemerkt hätten. Evie ging noch ein Stück weiter, bis sie zu den nun kahlen Rebstöcken kam. Sie waren heruntergeschnitten, nur noch Stöcker, die aus der Erde ragten, dünne, knorrige Finger und Stümpfe. Ein paar dunkle, schrumpelige Trauben waren bereits vertrocknet und hingen hier und da in Büscheln herab. Die Holzpfähle, an denen die Reben sich hochrankten, standen noch immer sicher und fest im Boden, während sich die Weinreben nur noch schlaff um sie wickelten. Einzelne Grasbüschel wuchsen noch zwischen den Reben, doch insgesamt war der Boden braun, erdig und voller kleiner, spitzer Steine. Evie zog einen Handschuh aus und umfasste den Stamm eines Weinstocks. Er fühlte sich holzig an, fest wie ein Tau, überraschend stark und fest verwurzelt. Nächstes Jahr würden neue Trauben wachsen. Es würde wieder reichlich Wein geben.

Eine Weinrebe nach der anderen, in geraden Reihen – so sprossen sie wie kleine, kahle Büsche aus der Erde und bedeckten die Hügel. Der eisige Wind drang durch Evies Jacke, die Kälte kroch ihr bis in die Knochen. Sie schlang die Arme um ihren Oberkörper und blickte in die Ferne. Ihr Haar wehte aus der Stirn, und ihre Augen tränten leicht. Sie atmete die klare Luft ein; vielleicht kam sie von den Bergen und brachte Schnee mit. Der Winter würde kalt werden, aber sie würde Familie und Freunde um sich haben. Und den Kamin. Dann würde es irgendwann Frühling werden, und ein Baby wäre da; die Weinstöcke würden Knospen tragen. Vielleicht wäre das eine gute Zeit und ein guter Ort, um seine Asche zu verstreuen und Lebewohl zu sagen. Jetzt konnte sie ihn noch nicht gehen lassen, aber es würde ein neues Jahr kommen und ein neues Leben beginnen.

Evie drehte sich um, sodass der Wind ihr in den Rücken blies, und ging zurück zum Haus. Ein Auto fuhr gerade die Einfahrt entlang und hielt bei dem neuen Schild. Sie winkte der Frau zu, die ausstieg, den Kofferraum öffnete und einen Käfig mit zwei Hühnern herausholte. Die Frau rief ihr einen Gruß zu. Evie grüßte zurück und musste lächeln. Schnellen Schrittes ging sie ihrer neuen Freundin entgegen. Es gab viel zu tun, viel zu organisieren und einiges zu besprechen. Sie summte wieder die vertraute Melodie vor sich hin und lächelte zufrieden. *Ne me quitte pas. Verlass mich nicht.* Die Erinnerungen würden ihr für immer bleiben; er würde sie nie verlassen. Sie schlang die Arme um Jean-Lucs weite, alte Strickjacke, spürte die Wärme der Wolle. Die Luft war eiskalt, und schon bald würde es dunkel werden.

Während sie später zum Haus ging, zählte sie in Gedanken die Monate bis Weihnachten, bis das Kind kam, und suchte nach einer Vier. Aber es gab keine Glückszahlen, nur das Leben, so wie es war, das Hier und Jetzt, die Chancen und Veränderungen. Sie würde sich ein neues Leben schaffen, im Hier und Jetzt, in ihrem neuen Zuhause: ein gutes Leben für sie und die Menschen, die sie liebte. Und sie würde sich darauf konzentrieren, dass sie alle froh und zufrieden waren. Glück würde sie nicht mehr brauchen. Sie hatte ihren eigenen Weg zu einem fröhlichen Leben gefunden. Das Hier und Jetzt war wahrhaftig ein Geschenk. Es ging einzig und allein darum, mit sich selbst und seinem Leben zufrieden zu sein und Freude zu empfinden. Nein, um Glück ging es dabei nicht. Von jetzt an würde sie dieses Gefühl *Bonheur* nennen.

QUELLENANGABEN

William Butler Yeats. Die Gedichte: Neu übersetzt von Marcel Beyer, Mirko Bonné, Gerhard Falkner, Norbert Hummelt, Christa Schuenke. Luchterhand Literaturverlag, München 2005, S. 81 und 212.

A. de Lamartine. Premières et nouvelles Méditations poétiques. La Mort de Socrat. Le pèlerinage de Childe-Harold. Le Chant du sacre. Paris 1855, S. 57.

Emanuel Geibel. Fünf Bücher französischer Lyrik vom Zeitalter der Revolution bis auf unsere Tage in Übersetzung von Emanuel Geibel und Geinrich Leuthold. Stuttgart 1862, S. 24.

DANKSAGUNG

Mein Dank geht an Kiran von Keane Kataria und an Rachel Faulkner-Willcocks und ihrem Team bei Avon, HarperCollins, die einfach unglaublich sind und diesen Roman möglich gemacht haben. An meine Master-Studenten und Leser der Klasse von 2015 in Falmouth. Lieben Dank auch an Sarah und Jim, die mich in ihrer Villa haben wohnen lassen. An die Totnes-Schreibgruppe: Danke für die Gespräche und die Kreativität. Meinen Erstlesern Erika, Sarah und Beau bin ich wegen ihrer Herzlichkeit und ihrer guten Laune zutiefst verbunden. Liam und Caitlan schätze ich für ihre unbändige Intelligenz und Energie. Tony und Kim danke ich für ausgelassene Sonntagsessen. Big G wegen all der Liebe und dafür, mich immer wieder zu erden. Meinem Vater, Tosh, und meiner eigenen Mom, meiner Inspiration.